福克纳作品精选系列

William Faulkner

去吧，摩西

Go Down, Moses

〔美〕威廉·福克纳——著

李文俊——译

上海文艺出版社

图书在版编目(CIP)数据

去吧,摩西/(美)威廉·福克纳著;李文俊译.
—上海:上海文艺出版社,2018
(福克纳作品精选系列)
ISBN 978-7-5321-6603-9

Ⅰ.①去… Ⅱ.①威… ②李… Ⅲ.①长篇小说-美
国-现代 Ⅳ.①I712.45

中国版本图书馆 CIP 数据核字(2018)第 090492 号

William Faulkner

GO DOWN，MOSES

Simplified Chinese Copyright © 2019 by Shanghai 99 Readers'
Culture Co.，Ltd

责任编辑:秦　静
特约策划:邱小群　刘佳俊
封面绘图:杨　猛
封面设计:高静芳

去吧,摩西
〔美〕威廉·福克纳　著
李文俊　译
上海文艺出版社出版、发行
地址:上海绍兴路 74 号
新华书店经销　上海盛通时代印刷有限公司印刷
开本 890×1240　1/32　印张 11.25　字数 289,000
2019 年 3 月第 1 版　2022 年 3 月第 3 次印刷
ISBN 978-7-5321-6603-9/I · 5258　定价:59.00 元

目录

献给大妈

卡洛琳·巴尔
密西西比人
（1840—1940）

她生为奴隶，但对我的家庭
忠心耿耿，慷慨大方，从不
计较报酬，并在我的童年时代
给予我不可估量的深情与热爱

话说当年

1

　　艾萨克·麦卡斯林，人称"艾克大叔"，早过七十
都快奔八十了，他也就不再实说自己的年纪了，如今
是个鳏夫，半个县的人都叫他大叔，但他连个儿子都
没有。①

　　这里要说的并非他亲身经历、甚至亲眼目睹的故
事，经历与目睹的是年纪比他大的表亲麦卡斯林·爱
德蒙兹，此人乃是艾萨克姑妈的孙子，说起来是家族
中女儿一支的后裔，不过却是产业的继承人，到一定
时候又会是赠予人，这份产业原先有人认为而现在仍
然有人觉得该是艾萨克的，因为当初从印第安事务衙
门那里得到土地所有权状的是姓他那个姓的人，而
住在这儿的他父亲手下的奴隶的有些后裔直到如今仍

---

① 本节原文除第一个词 (Issac) 系大写之外，每段首词均为小写，而每段结尾处均无句号。作
者的用意是想表示出此节与以下各节时间上的差异。这一节可以看作是故事正文之前的
"楔子"。

然姓他的这个姓。可是艾萨克本人却不作此想：——二十年来他一直是个鳏夫，他一生中所拥有的东西里，无法一下子塞进衣袋并抱在手里拿走的就是那张窄窄的铁床和那条沾有锈迹的薄褥子，那是他进森林野营时用的，他去那里打鹿、猎熊、钓鱼，有时也不为什么，仅仅是因为他喜欢森林；他没有任何财产，也从来不想拥有，因为土地并不属于个人而是属于所有的人的，就跟阳光、空气和气候一样；他仍然住在杰弗生镇一所质量低劣的木结构平房里，那是他和他女人结婚时老丈人送的，他女人临死时把房子传给了他，他装作接受了，默许了，为的是讨她喜欢，让她走的时候心里轻松些，不过尽管临终有遗言关照，这房子并非他的由法院判定有正式遗嘱规定而具有永久所有权的产业，正式说法是不是这样可不清楚，反正是这么回事，而他留着房子仅仅是为了让他小姨和那几个外甥有地方住，他老婆死后他们便跟他住在一起，也是为了自己可以住其中的一间，老婆在世时他就是这样住的，她那时也愿意他这样住，如今小姨和外甥们也这样，他们愿意他这样住，直到他去世，至于死后这并非他亲身经历、甚至亲自记得的，仅仅是从表外甥麦卡斯林处听来的，是耳闻而得的陈年旧事，他这外甥出生于一八五〇年，大他十六岁，由于艾萨克这棵独苗儿出生时父亲已年近七十，所以与其说麦卡斯林是他外甥还不如说是长兄，或者说简直就是他父亲而非外甥与哥哥，这故事发生在早年间。

2

那时候他① 和布克大叔发现托梅的图尔又逃走了，便跑回到大房

---

① 这里的"他"已不是艾萨克，而是麦卡斯林·爱德蒙兹，下同。本故事发生在1859年，当时他9岁。下文常用"孩子"来指他。

子里去，这时候，他们听见布蒂大叔在厨房里诅咒和吼叫，接着狐狸和那些狗冲出厨房，穿过门厅进入狗房，他们还听到它们急急穿过狗房进入他和布克大叔的房间接着看见它们重新穿过门厅进入布蒂大叔的房间，然后听见它们急急穿过布蒂大叔的房间重新进入厨房，到这时听起来像是厨房的烟囱整个儿坍塌了，而布蒂大叔大叫得直像条汽艇在拉汽笛，这时狐狸、狗群外加五六根劈柴一起从厨房里冲出来把布蒂大叔裹挟在当中而他手里也拿着根劈柴瞅见什么就揍什么。真是好一场精彩的赛跑呀。

当他和布克大叔跑进他们的房间去取布克大叔的领带时，那只狐狸已经窜到壁炉架上的钟后面去了。布克大叔从抽屉里取出领带，把几只狗踢开，揪住狐狸脖颈上的皮，把它拎下来，塞回床底下的柳条筐里，接着他们走进厨房，布蒂大叔正在那里把早饭从炉灰里捡起来，用他的围裙擦干净。"你们这究竟算什么意思，"他说，"把这天杀的狐狸放出来让一群狗满屋子的追撵？"

"别提那骚狐狸了，"布克大叔说，"托梅的图尔又跑了。快让我和卡斯胡乱吃点早饭。没准我们能赶在他到达那边之前把他逮住。"

这是因为他们非常清楚托梅的图尔是往哪儿跑的，但凡有机会可以开溜，一年总有两回吧，他总是朝休伯特·布钱普先生的庄园跑去的，就在县界的另一边，休伯特先生（跟布克大叔和布蒂大叔一样，他也是个老光棍）的妹妹索凤西芭小姐至今还想让大家称那地方为"沃维克"，这是英国一个府邸的名称，她说休伯特没准是真传的伯爵，只不过他从来没有那份傲气，更没有足够的精力，去争取恢复他的正当权利。托梅的图尔是去那儿跟休伯特先生的女奴谭尼厮混的，他总是在那儿泡着直到有人前去把他抓回来。他们无法从休伯特先生手里买下谭尼，用这个办法来稳住托梅的图尔，因为布克大叔说他和布蒂大叔手底下黑鬼已经太多，弄得都没法在自己地里自由走动了，他们又不能把托梅的图尔卖给休伯特先生，因为休伯特先生说他不但不想买托梅的图尔，也不想让自己的家里有这个天杀的白皮肤的（他身上有一半麦卡斯林家血液①）小伙子，白送不要，即使布克大叔和布蒂大叔肯倒贴房饭钱也不要。若是没人立即去把托梅的图尔领回来，休伯特先生就会自己把他押来，还和索凤西芭小姐一起来，他们会待上一个星期或甚至更久，索凤西芭小姐住在布蒂大叔的房间里，而布蒂大叔就得干脆搬出房子，睡到小木屋区去，那是麦卡斯林的外曾祖父在世时黑奴们住的地方，外曾祖父死后，布克大叔和布蒂大叔就让所有的黑鬼都搬进外曾祖父来不及装修完毕的大房子里去，而黑鬼们住在那儿时，布蒂大叔连做饭也不上那儿去做，甚至连屋子也不再进去，只除了晚饭后在前廊上坐坐，在黑暗里坐在休伯特先生与布克大叔之间，过了一会儿，连休伯特先生也敛住了话头，不再说等索凤西芭小姐出嫁时他还要往给她的陪嫁上增添多少口黑奴和多少英亩土地，而是就去睡觉了。去年夏季有一天半夜里，布蒂大叔偶然醒来，恰巧听见休伯特先生驾车离开庄园的声音，等他叫醒大家，大家让索凤西芭小姐起床、穿戴好，再把车套好出发，赶上休伯特先生，天都快亮了②。因此，总是他卡斯和布克大叔出发去逮托梅的图尔的，因为布蒂大叔是从来不出门的，他不愿进城，就连到休伯特先生那里把托梅的图尔领回来也不愿去，虽然大伙儿知道布蒂大叔冒起风险来要比布克大叔胆大十倍。

他们匆匆忙忙把早饭吃完。布克大叔趁大伙儿朝空地跑去抓马儿时赶紧把领带打上。抓托梅的图尔是他唯一需要打领带的时候，而他从去年夏天那个晚上之后就再未把它从抽屉里取出来过，当时布蒂大

---

① 因为图尔是托梅跟艾萨克的祖父卡洛瑟斯老爷养的私生子。
② 如作为陪伴者的休伯特不在，未婚的索凤西芭小姐的名誉将受到损害，布克便不得不与之结婚。因此，他们非得把想摆脱妹妹的休伯特追住不可。

叔在黑暗里把他弄醒，说："起来，得赶快。"布蒂大叔则是连一根领带都没有的；布克大叔说布蒂大叔根本不愿费这份心，即使在他们这样的地区，感谢上帝这儿女士是如此稀少，一个男人可以骑马沿着一根直线走上好几天，也无需因见到一位而躲躲闪闪。他的奶奶（亦即布克大叔和布蒂大叔的妹妹；他自幼失母，是姥姥把他一手领大的。他的教名，麦卡斯林，也由此得来，而他的全名是卡洛瑟斯·麦卡斯林·爱德蒙兹）说布克大叔和布蒂大叔两人合用一根领带，无非是堵别人的口的一种办法，不让他们说两人像双胞胎，因为即使年届六十，他们仍然一听人说分不出他俩谁是谁就要跟人打架；这时麦卡斯林的父亲就说了，任何人只要跟布蒂大叔打过一次扑克，就再也不会把他当作布克大叔或是任何人了。

乔纳斯①已经给两匹马备好鞍，等在那里了。布克大叔登上马背的动作一点儿也不像个六十岁的人，他瘦削灵活得像一只猫，头颅圆圆的，一头白发留得很短，一双灰眼睛又小又冷酷，下巴上蒙着一层白胡茬，他一只脚刚插进马镫，那匹马就挪动步子了，等来到开着的院门口就已经在奔跑了，到这时，布克大叔才往马鞍上坐了下去。爱德蒙兹不等乔纳斯托他上去，便胡乱爬到那匹矮小些的马的背上，用脚跟夹了夹，让小马跑起它那僵僵的、两下两下连得挺紧的小步，出了院门去追赶布克大叔，这时布蒂大叔（麦卡斯林甚至都没注意到他在场）从院门里跨出来一把抓住马嚼。"看着他点儿，"布蒂大叔说，"看着梯奥菲留斯。一旦有什么不对头，赶紧骑马回来叫我。听见了吗？"

"听见了，大叔，"麦卡斯林说，"快让我走吧。我连布克大叔都要撵不上，更别说托梅的图尔——"

---

① 应是麦卡斯林庄园里的一个黑种仆人。

布克大叔骑的是"黑约翰"，因为只消他们能在离休伯特先生家院门至少一英里的地方看见托梅的图尔，"黑约翰"就能在两分钟以内撵上他。因此当他们来到离休伯特先生家大约三英里的那片长洼地时，瞧，托梅的图尔果然正在前面大约一英里外端坐在那匹叫"杰克"的骡子背上往前赶路呢。布克大叔伸出胳膊往后一挥，勒紧缰绳，蹲伏在他那匹大马的背上，圆圆的小脑袋和长有瘤子的脖子像乌龟那样伸得长长的。"盯住①！"他悄没声地说，"你躲好，别让他见到你惊跑了。我穿过林子绕到他前面去，咱们要在小河渡口把他两头堵住。"

　　他等着，直到布克大叔消失在林子里。然后他继续往前走。可是托梅的图尔看到他了。他逼近得太早了；也许是因为生怕赶不上看见图尔被撵上树②。那真是他有生以来所见过的最精彩的一次赛跑。他从未见过老杰克跑得这么快，而托梅的图尔平时走路总不慌不忙的，即使骑在骡背上也这样，谁也没料到他也能快跑。布克大叔在林子里呼啸了一声，对准猎物冲去，紧接着只见黑约翰从树丛里窜出来，急急奔着，伸直身子，平平的，像只鹰隼，这时布克大叔简直就趴在它耳朵后面，一边在大声吼叫，看上去活像一只大黑鹰③驮着只麻雀，他们穿过田野，跳过沟渠，又穿过另一片田野，这时这孩子也动起来；还不等他明白过来，那匹母马已在全速飞奔，他自己也吼叫起来。照说作为黑人，托梅的图尔一见他们本该从牲口背上跳下，用自己的双脚跑的。可是他没这样做；兴许是托梅的图尔从布克大叔处溜走已有点历史，所以已习惯于像白人那样逃跑了。仿佛是人和骡把

---

① 打猎用语，原文为"stole away"，意思是催促猎狗紧跟住猎物的嗅迹。
② 这前后用的都是猎人追捕猎物的语言。"撵上树"即逼进死角之意。
③ 据注家泰勒女士说，这种美国南方的沼泽鹰在冬季总是掠过野草飞捕猎物。故此福克纳以之比喻布克大叔胯下的那匹黑马。

托梅的图尔平时走路的速度和老杰克生平发挥得最好的速度加到了一起，而这速度恰好足以使他赶在布克大叔之前到达渡口。等孩子和小马赶到时，黑约翰已经喘得不行，浑身冒汗，布克大叔下了马，牵着它溜圈儿，好让它缓过劲儿来，这时他们已能听到一英里外休伯特先生家招呼进午餐的号角声了。

　　不过，眼下托梅的图尔好像也不在休伯特先生的庄园里。那黑孩子仍然坐在门柱上，在吹号——院门早就没有了，光剩下两根门柱，一个个头跟他差不多的黑孩子坐在一根门柱上，正在吹一把猎狐小号；这就是索凤西芭小姐仍然在提醒人们其名称为沃维克的那个庄园，虽则人们早已清楚她要这样称呼用意何在，到后来一方面人们不愿意叫它沃维克而她呢甚至都不想知道他们在讲的是什么，于是听上去就像是她和休伯特先生拥有的是两个各不相干的庄园，却占据着同一块地方，仿佛是一个叠在另一个之上。休伯特先生正坐在"泉房"里，脱了靴子，双脚浸在泉水里，一边啜饮甜酒①。不过那边的人谁也没看见托梅的图尔；有一阵子好像休伯特先生甚至连布克大叔所说的那人是谁都对不上号。"哦，那个黑鬼，"他终于明白过来了，"咱们吃过午饭去找他就是了。"

　　不过看上去他们也还不打算吃饭呢。休伯特先生和布克大叔干了一杯甜酒，这时休伯特先生总算派人去关照门柱上的那孩子可以不必吹了，接着他和布克大叔又干了一杯，而布克大叔仍在不断地说："我只不过是想找回我的黑小子。然后我们就得动身回家。"

　　"吃了午饭再说吧，"休伯特先生说，"要是咱们没能在厨房左近把他轰出来，咱们就放狗出去搜他。只要那臭挨刀的沃克种狗②嗅得出来，就不愁逮不住他。"

---

① 用糖水、波旁威士忌和冰兑成的一种饮料。
② 一种猎狐犬，因约翰·沃克参与育种而得名。

可是终于有一只手从楼上百叶窗破洞里伸出来，开始挥动一块手帕或别的什么白布。于是他们穿过后廊，走进宅子，休伯特先生跟往常一样，再次警告他们要留神他还顾不上修的一处朽坏的地板。这以后他们站在门厅里，过不多久传来一阵环佩叮当与衣裙窸窣的声音，他们开始闻到香气，原来是索凤西芭小姐下楼来了。她把头发拢在一顶带花边的软帽里；她穿的是星期天穿的出客服装，一根珠链和一条红缎带系在脖子上，有个黑小姐给她拿着扇子，孩子静静地站在布克大叔身后一点儿的地方，注视着她的嘴唇，一直盯到双唇张开，他看见了那颗有黄斑的牙齿。他以前从未见到过有谁牙齿带黄斑，他还记得有一回他姥姥和他爸爸谈到布蒂大叔和布克大叔，他姥姥说索凤西芭小姐有一阵子也还算好看。也许她好看过。他可说不准。他才只九岁啊。

"唔，是梯奥菲留斯先生呀，"她说，"还有小麦卡斯林，"她说。她从不把眼光投向他，这时也不是在对他说话，这他很清楚，虽然他做好了准备，也平衡好身子，等布克大叔脚往后退时也把他的脚向后退。[①] "欢迎光临沃维克呀。"

他和布克大叔把脚退了退。"我无非是来把我的黑小子领回去，"布克大叔说，"完了我们就得动身回家。"

接下去索凤西芭小姐讲了一通一只大黄蜂的事，不过他记不清是怎么讲的了。话说得太快，也说得太多，耳环与珠链的碰击声犹如小体型的骡子一路小跑时它那小挽链发出的音响，而香气也更咄咄逼人了，好像耳环与珠链每一晃动都能把香水喷雾似的喷向别人似的，他还盯视着那颗变色的牙齿在她的唇间轻叩并闪光；反正是在说布克大叔像只从一朵又一朵花里吮吸蜜汁的蜜蜂，从不在一处久留，而积贮

---

① 这是当时美国南方绅士正式鞠躬的一种姿势：在把头低下去的同时右脚向后退 18 英寸左右。

的蜜都虚掷在布蒂大叔的荒凉的空气里了①，她把布蒂大叔叫作阿摩蒂乌斯先生，就像把布克大叔叫作梯奥菲留斯先生一样，要不，说不定这蜜汁是留待一位女王莅临时享用的吧，那么这位幸运的女王又是谁，将于何时莅临呢？"什么，小姐？"布克大叔说。这时候休伯特先生接茬说了：

"哈。一只雄蜂②啊。我看等他把双手揪住那黑小子的时候，那黑小子会觉得布克是只雄赳赳的大黄蜂③哩。不过我想布克眼下最需要的还是尝点肉汁，吃点饼干和喝上一杯咖啡。我自己也饿了呢。"

他们走进餐厅吃起来，这时索凤西芭小姐说真不像话，只隔开半天骑马路程的邻居如今也不常来往，布克大叔就是这样，于是布克大叔说是的，小姐，接着索凤西芭小姐说布克大叔打从生下来躺在摇篮那会儿起就是个铁了心的浪荡单身汉，这一回布克大叔竟停止了咀嚼，把眼睛抬起来说，是的，小姐，他的确是这样，而且天生如此，现在太晚了，再改也难了，不过至少他可以感谢上帝没有哪位女士必须受和他与布蒂大叔一起生活的罪，这时索凤西芭小姐又说了，呀，也许布克大叔仅仅是至今还未遇到这样一位女士吧，她会不但愿意接受布克大叔愿意称之为受罪的那种生活，而且还会使布克大叔觉得连自己的自由也只不过是值得为之付出的一个很小的代价呢，这时布克大叔说："是啊，小姐。还没有遇到。"

接着他、休伯特先生和布克大叔走出屋子来到前廊上坐下。休伯特先生甚至还没来得及再把鞋子脱掉，也没来得请布克大叔把他的也脱了，索凤西芭小姐就从门里走了出来，托着一只托盘，上面搁着

---

① 参见英国诗人托·格雷(1716—1771)的《墓园挽歌》中的诗句："世界上多少花吐艳而无人知晓，/把芳香白白的散发给荒凉的空气。"
② 此处的"雄"，原文为"buck"，与"布克"谐音，休伯特是接住妹妹的话头在打趣。
③ 英语俗语中有"疯得像只大黄蜂"(mad as a hornet)之说。休伯特是在继续逗弄布克。

又是一杯甜酒。"得了，西贝，"休伯特先生说，"他才吃过饭。他现在不想喝。"可是索凤西芭小姐像是根本没听见他的话。她站在那里，那颗黄斑牙现在没有闪光，而是固定着，因为她这会儿没开口说话，只是把甜酒递给布克大叔，过了片刻才说她爸爸以前总是说再没有一位密西比① 女士的纤手更能使一杯密西比甜酒喝起来更加怡人的了，布克大叔想不想看看她以前是怎样给爸爸添点甜味的呢？她举起酒杯抿了一小口，然后端还给布克大叔，这一回布克大叔接下了。他再次把一只脚往后退了退，喝下了那杯甜酒，说若是休伯特先生打算躺下休息的话，他也可以睡一会儿，因为从各种情况看来，托梅的图尔是决心让他们有一番漫长、艰苦的追逐的，除非休伯特先生的那些狗表现特别出色，与往常大不一样。

休伯特先生和布克大叔进到宅子里去了。小麦卡斯林过了不多会儿也站起来，绕到后院，等他们起床。他一抬头就看见托梅的图尔的脑袋在巷子围栏的上方移动。可是等他穿过院子去拦截时，托梅的图尔连跑都没跑。他蹲在一丛灌木后面，观察着宅子，眼光从灌木丛边上朝后门与楼上的窗子看去，他发出声音，不能确切地算是耳语，却也不是大声嚷嚷："他们这会儿在干啥？"

"他们这会儿在打盹儿，"麦卡斯林说，"不过你别太高兴了；他们起床后要放狗来逮你呢。"

"哈，"托梅的图尔说，"你也别太高兴了。我现在有保护了。我只消做到得到那句话之前别让老布克逮住我。"

"什么话？"麦卡斯林说，"谁发的话？是休伯特先生决心把你从布克大叔手里买下吗？"

"嘻，"托梅的图尔又说了，"我受到的保护可比休伯特先生自己

---

① 密西西比的简称，这里有学小儿语故作娇态之意。

得到的还多。"他站起身来，"我要跟你说一句话，你千万得记住：每逢你想做成一件事，管它是锄庄稼还是娶媳妇儿，让老娘们儿搀和进来准保没错。完了你坐下来等着就成，别的啥也不用干。你记住我这话好了。"

说完托梅的图尔就走了。过了一会儿，麦卡斯林又回到宅子跟前来。现在毫无动静，除了有鼾声从布克大叔和休伯特先生睡的房间里传出来，还有稍轻的鼾声从楼上房间里传出来。麦卡斯林走进泉房，学休伯特先生的样，坐下来把双脚浸在水里，因为这样可以快点凉快下来，追逐马上要开始了。果不其然，没多久休伯特先生和布克大叔就走出屋子来到后廊上，索凤西芭小姐紧跟在后面，手里端着那只甜酒托盘，只是这回布克大叔不等索凤西芭来得及添加甜味就赶紧把他那杯喝了，索凤西芭小姐关照他们要早点回来，因为对于沃维克，布克大叔所了解的仅仅是猎狗和黑奴，今天她既然把他请来了，她非得让他参观她的花园不可，那是休伯特先生和任谁都没有插过手的。"是的，小姐，"布克大叔说，"我只不过是要抓回我的黑小子。然后我们就得赶回去。"

四五个黑小子牵来那三匹马。猎狗仍然一对对的拴着等候在巷子里，但他们已经听到那喧闹声了，就跨上坐骑，顺着巷子朝黑人住处驰去，这时布克大叔竟已赶到狗群的前面去了。因此麦卡斯林根本不知道他们是在何时从何处轰出托梅的图尔来的，也不知道他是从哪所小木屋里冲出来的还是从别处跑出来的。布克大叔骑着黑约翰冲在最前头，他们都还没顾得上放狗出去便听见布克大叔吼道："盯住[1]！我的天，他从躲藏处跑出来啦！"这时黑约翰的蹄子在地上叩击了四下，就跟开了四枪一样脆响，这是它在聚拢四只脚准备飞奔呢，紧接

---

[1] 原文为"gone away"，意同前面的"stole away"，亦是招呼猎狗的惯用语。

着它和布克大叔便翻过山头不见了，就像是越过了这世界的地角天边似的。休伯特先生也吼起来了："盯住！放狗呀！"于是猎狗纷纷朝山脊涌去，刚好赶上看见托梅的图尔冲过平地，即将进入树林，于是狗群又飞也似的冲下山头，在平地上疾奔。它们仅仅伸出舌头吠叫了一次，等簇拥到托梅的图尔身边时，它们看来像是要跳上去舔他脸似的，这时连托梅的图尔也放慢了步子，他和那群狗是走着一起进入树林的，那模样就像是猎完兔子一块儿回家。等大伙儿进入树林追上布克大叔，不论是托梅的图尔还是那群狗连影儿都不见了，只看到老杰克，那是大约半个小时之后了，拴在一丛灌木上，身上系着托梅的图尔的外衣，当作鞍子，地上摊着差不多半蒲塞耳休伯特先生的燕麦，老杰克早就吃饱，连拿鼻子去吸起再喷回去的兴趣都没了。这算是哪门子追捕呀。

"然而咱们能在晚上逮住他，"休伯特先生说，"咱们给他设下圈套。咱们在半夜左右让黑小子们和猎狗在谭尼屋子四周布下包围圈，准保手到擒来。"

"今晚，不行，"布克大叔说，"天黑时，我、卡斯和那黑小子三个该在回家半路上才行。难道你手下的黑小子里没有那种能追踪那些猎犬的小杂种狗吗？"

"那还不得不傻瓜似的在树林里兜上大半夜？"休伯特先生说，"我可以跟你打赌，赌五百元，你啥也不用干，只消天黑后走到谭尼小屋门口，喊上一声，就能把他逮住了。"

"五百元？"布克大叔说，"打就打！因为不管是我还是他，天黑时谁也不会上谭尼家附近去的。五百块钱！"他和休伯特先生相互轻蔑地瞪视对方。

"打定了！"休伯特先生说。

于是他们等着，让休伯特先生派一个黑小子骑上老杰克回宅子去，大约半小时后那黑小子回来了，带来一只一丁点儿大的短尾巴小黑狗以及又一瓶威士忌。接着黑小子驱动坐骑来到布克大叔跟前，递给他一样包在纸里的东西。"那是什么？"布克大叔说。

"是给您的。"那黑鬼说。布克大叔便把它接过来打开。原来是方才系在索凤西芭小姐脖子上的那根红缎带，布克大叔骑在黑约翰背上，捏着缎带，仿佛那是条水蝮蛇，只不过他不打算让任何人看出他害怕这东西，他对着黑小子急捷地眨动眼睛。接着就停止了眨眼。

"什么意思？"他说。

"她就让带来给您，"那黑鬼说，"她说让您'成功'。"

"她说什么来着？"布克大叔说。

"我也不懂，老爷，"黑小子说，"她光说'成功'。"

"哦。"布克大叔说。后来小狗找到了那群猎狗。他们在距离相当远处就听到了它们的声音。这时太阳眼看就要下山，它们不是在跟踪嗅迹，而是在发出狗群想从什么地方出来的那种喧闹声。他们也发现那是什么地方了。那是地里的一间十平方英尺大存放棉花的小屋子，离休伯特先生家大约两英里，所有十一条狗全给关在里面，门用一块厚木板楔得死死的。那黑小子把门弄开，他们眼看狗群像开锅的粥似的扑出来，休伯特先生稳坐在马背上，瞧着布克大叔的脖颈。

"唷，唷，"休伯特先生说，"反正这样很有意思。现在你又可以使唤它们了。看来它们跟你的黑小子没什么冤仇，而他跟狗群也处得不错。"

"冤仇是不够深，"布克大叔说，"我是说双方都是如此。我还是得依靠那只小杂种狗。"

"那也好，"休伯特先生说，接着说，"嗨，菲留斯①，走吧。咱们

---

① 布克大叔教名梯奥菲留斯的简称。

吃晚饭去吧。我告诉你，你想逮住那黑小子唯一要做的就是——"

"五百块钱，"布克大叔说。

"什么？"休伯特先生说。他和布克大叔相互盯看着。他们现在已不是在怒目而视了。他们也不是在互相打趣。他们是在初起的薄暮里坐在马背上，相互对看，仅仅是眨了几下眼。"什么五百块钱？"休伯特先生说，"是赌你不可能今天半夜在谭尼的小屋里逮住那黑小子吗？"

"是赌今天半夜我跟那黑小子除了我自己那所之外都不会走近任何别的房子。"

"五百块钱，"休伯特先生说，"就这么定了。"

"定了。"布克大叔说。

"定了。"休伯特先生说。

"定了。"布克大叔说。

于是休伯特先生带了那群猎狗和几个黑小子回去了。而他麦卡斯林和布克大叔还有那个带来小杂种狗的黑小子继续前进，那黑小子一手牵着老杰克，另一只手捏着系小狗的皮带（那是一段磨旧的犁绳）。这时布克大叔让小狗闻闻托梅的图尔的外套；那只小狗好像这会儿才第一次明白他们要找的是什么，他们本该把套在它脖子上的皮条解开，骑马追随在它的后面，可是不早不晚，宅子那边的黑孩子吹响了招呼用晚餐的猎狐号角，他们便不敢那样做了。

接下去天空全黑了。这以后——孩子不知道究竟过了多久，也不清楚他们在什么地方，离宅子有多远，只知道那是块良田，天黑了已有一阵子，而他们还在往前走，布克大叔时不时弯下身让那小狗再闻闻托梅的图尔的外套，而自己则端起威士忌瓶子再呷上一口——他们发现托梅的图尔又绕回来了，正在兜一个大圈子往大宅子走去。"我的天，咱们算是找到他了，"布克大叔说，"他想缩进洞去呢。咱们抄近道回宅子去，赶在他缩进窝之前截住他。"因此他们让那黑人放开小狗，让他骑上老杰克跟踪图尔，而孩子和布克大叔则策马朝休伯特先生家奔去，只在山冈上停留片刻，让马儿喘口气，同时谛听小狗在沟底叫唤的声音，托梅的图尔还在那儿兜圈子呢。

可是他们压根儿没逮住他。他们来到漆黑的黑人村；他们可以看见休伯特先生宅子里灯光仍然亮着，有人再次吹响了猎狐号角，那肯定不是什么小孩吹的，而他从未听到过有谁把猎狐号吹得这样气急败坏的，他和布克大叔便分开，守在谭尼小屋下的斜坡上。接着他们听到了那小狗叫起来了，不是在搜寻臭迹，而是在狂吠，约莫在一英里以外，接着那黑人发出了高声吆喝的声音，他们便知道小狗又失去臭迹。那是在沟边出纰漏的。他们在堤岸上来回搜寻了一个多小时，仍未能把托梅的图尔乱七八糟的臭迹理出个头绪来。最后连布克大叔也不抱希望了，他们开始朝大宅赶回去，那只小狗现在也上了坐骑，就趴在黑小子身前的骡背上。他们正来到通向黑人村的巷道上；他们顺着屋脊能看见休伯特先生的大宅如今已一片漆黑，这时，小狗突然叫了一声，从老杰克背上跃下，一落地就急急奔跑，每蹦一下就叫一声，布克大叔也下了马，而且不等孩子双脚完全退出铁镫就一把将他从小马背上拽下，两人也奔跑起来，一直跑过好几座黑黑的小屋，朝小狗窜去的那座跑去。"咱们找到他了！"布克大叔说，"快绕到后面去。别喊；就给我抄起根棍子朝后门猛敲，声音要响。"

事后，布克大叔承认是他自己不好，他竟忘掉了即便是小小孩也该明白的事理：但凡惊动一个黑鬼时千万别站在他面前或是背后，而是要永远站在他的一边。布克大叔居然忘了这档子事。他对准前门而且就站在门口，还有那小狗梗在他前面，只要新吸进一口气就像叫救火和救命似的叫；他说他光知道小狗尖叫一声，转了个回旋，托梅的图尔便已在狗的身后了。布克大叔说他都没看见门是怎么开的；那只小狗仅仅尖叫了一声，便从他腿缝里钻过去，接着托梅的图尔飞跑着从他身上跨过。他甚至都没有颠跳一下；他撞倒了布克大叔，没有停止奔跑，便在布克大叔着地前扶住了他，他托住布克一只胳膊，把他拉起来，仍然没停下，把他往前拖了总有十英尺，一边嘴巴里说："留神这儿哟，老布克。留神这儿哟，老布克。"然后才把他扔下，兀自往前跑。到这时，他们连小狗的叫唤也完全听不见了。

布克大叔倒没有受伤；就只是托梅的图尔把他四脚朝天摞倒在地时一下子气儿回不过来。不过他后面兜里揣着个威士忌酒瓶，他省下最后一口原本想在逮住托梅的图尔时喝的，所以他不愿动弹，非得先弄清楚那摊湿的仅仅是威士忌而不是血。因此布克大叔稍稍转向一侧，松开身子，让孩子跪在他背后把碎玻璃从他兜里掏出来。接着他们朝大宅子赶去。他们是步行去的。那黑小子牵着马赶了上来，不过谁也不提让布克大叔再坐上去。他们现在根本听不见小狗的声音了。"他跑得很快，不错，"布克大叔说，"可是就算是他，我也不信能赶上那杂种狗，我的天，今儿晚上真是够瞧的呀。"

"咱们明天准能逮住他。"孩子说。

"明天，去你的吧，"布克大叔说，"明天咱们已经回到家了。休伯特·布钱普或是那黑鬼，不管是谁吧，只要把脚踩进我的地，我就要让上头以非法侵入和流浪罪把他们逮捕。"

宅子里一片漆黑。他们能听见休伯特先生此时鼾声大作，就像是在一门心思对着房子练习竞走。可是他们听不见楼上有任何声响，即使进入了黑黢黢的门厅，来到了楼梯底下。"看来她的卧室是在后面，"布克大叔说，"在那儿，她不用起床也能对着楼下的厨房吆喝。再说，家里来客人时，未婚的女士一定会锁上房门的。"因此布克大叔就在楼梯最低一级处坐下来，孩子便跪下来帮布克大叔脱下马靴。接着他也脱了自己的，并把靴子贴墙根放好，他和布克大叔便登上楼梯，摸黑来到二楼的过厅。这里也是黑黢黢的，还是听不到什么声响，除了楼底下休伯特先生的鼾声，于是他们一路摸黑朝前楼走去，直到摸到一扇门。他们听不见门里有什么声音，布克大叔试着转了一下门把，门儿开了。"行了，"布克大叔悄没声地说，"轻点儿。"他们这时稍稍能看出一点儿了，也仅能看出床和蚊帐的轮廓。布克大叔卸下背带，解开裤子的纽扣，来到床边，小心翼翼地往床沿坐下去，想松快松快，孩子再次跪下，帮布克大叔把裤子拉下来，他正脱自己的裤子时，布克大叔撩起蚊帐，抬起双脚，就翻身上床。这时，索凤西芭小姐在床的另一边坐了起来，发出了第一下尖叫声。

3

第二天午饭前那孩子回到家里时真是筋疲力尽了。他累得不想吃饭，虽然布蒂大叔一直等着要大家先吃饭；他方才待在小马背上直想打盹，简直无法再走一英里了。事实上，他准是一边对布蒂大叔说话一边就已经睡着了，因为等他再醒过来早已是黄昏了，他正躺在颠簸不已的大车底的干草上，布蒂大叔则坐在自己头顶的赶车座上，那模样就跟他往常骑在马背上或是坐在厨房炉灶前一把摇椅里做饭时一模一样，他手里拿着鞭子，就跟平时拿把勺子或叉子搅动食物尝味道时一模一样。布蒂大叔用湿麻袋包住面包、熟肉和一瓶酸奶，准备让他醒过来时吃。在眼看黑下来的暮色里，他坐在大车里吃着。他们准是很快就动身的，因为他们已来到离休伯特先生家不到两英里处了。布蒂大叔等他吃完。然后说："再跟我说一遍。"于是他又说了一遍：他和布克大叔如何终于找到了一间空房间，布克大叔就坐在床沿上说："噢天哪，卡斯。噢天哪，卡斯。"这时他们听到休伯特先生上楼的声音，看见烛光从过道上照过来，接着休伯特先生走进房来，穿着睡衣，走过来把蜡烛放在桌子上，站在床前盯看着布克大叔。

"嘻，菲留斯，"他说，"她终于把你逮住了。"

"这是意外事件，"布克大叔说，"我向上帝起誓——"

"哈，"休伯特先生说，"不见得吧。这话你跟她说去。"

"我说了，"布克大叔说，"我已经跟她说了嘛。我向上帝起誓——"

"那当然，"休伯特先生说，"不过你听呀。"他们听了一分钟。那孩子倒是早就在听她的吼叫了。她不像刚开始时那么吵得吓人；不过声音一直是持续稳定的。"你要不要回进房间去再跟她说这是次偶然事件，你完全没有不好的用意，希望她能原谅并把一切都忘掉？那好吧。"

"什么好吧？"布克大叔说。

"回进去再跟她说呀。"休伯特先生说。布克大叔盯着休伯特先生看了足足有一分钟。他迅速地眨动眼睛。

"那么我回出来后怎么跟你说呢？"他说。

"跟我？"休伯特先生说，"我的看法是根本不是你所说的这么回事。你不也会这么认为的吗？"

布克大叔盯看着休伯特先生。他又迅速地眨动起眼睛来。接着他又停住了。"等一等，"他说，"你要讲道理嘛。就算是我真的闯进了一位女士的卧室，甚至是索凤西芭小姐的卧室；为了把问题说得更清楚些，就算是除了她世界上再没别的女人而我闯进她房间就是为了想跟她睡觉，难道我会带上个九岁的男孩吗？"

"我也正是要讲道理，"休伯特先生说，"你是自觉自愿进入大熊出没的地区的。好吧；你是个成年人，你明知道前面是大熊出没的地方，你还知道退路就跟你知道进去的路一样，而且进与退都是可以由你自己选择的。可是不。你一定要钻进熊洞去躺在熊的身边。至于你知道或是不知道熊在不在洞里那是无关紧要的。因此要说你能从熊洞里逃出来连爪痕都没留下一处，我信了才怪哩，那我岂不成了个十足的大傻瓜了。说到底，既然好不容易有了个机会，我自然也想过几天自由自在的太平日子。是的，老兄啊。她可逮着你了，菲留斯，这你也明白。你参加了一次艰苦的赛跑，你跑得挺快，可就是闯进了母鸡窝，这样的错误犯上一回也就满够了。"

"是啊。"布克大叔说。他深深吸了口气又把气儿慢慢地、轻轻地吐出来。不过你还是能听到出气声。"嗯，"他说，"那我看我只好碰碰运气啰。"

"你本来就是在碰运气嘛，"休伯特先生说，"你回宅子里来就是来碰运气的。"这时他也停住了。接着他眨动眼睛，不过只眨了大约六下。完了他也停住话头，盯住布克大叔瞧了足足有一分多钟。"碰什么运气？"他说。

"那五百块钱呀。"布克大叔说。

"什么五百块钱？"休伯特先生说。他和布克大叔相互盯视着。现在是休伯特先生再次眨动眼睛然后再次停下来了。"我原以为你说过是在谭尼的小屋里找到他的。"

"正是这样，"布克大叔说，"你和我打的赌是我会在那儿抓住他。即使有十个我这样的人站在那扇门的前面，我们也是逮不住他的。"休伯特先生对着布克大叔眨眼，一下下很慢，也很稳定。

"这么说你还打算让我为那个愚蠢的赌负责。"他说。

"你当初也是在碰碰运气嘛。"布克大叔说。休伯特先生朝布克大叔眨眨眼睛。接着他停住了。然后他走过去从桌上拿起蜡烛，走了出去。两人坐在床沿上瞧着烛光顺着过道照过去，并听见休伯特先生下楼的脚步声。过了一会儿，他们又开始见到烛光，并听见休伯特先生重新上楼的脚步声。接着休伯特先生走进房间，来到桌子前，把蜡烛放下，并在边上放下一叠纸牌。

"玩一盘，"他说，"暗扑克①。你洗牌，我切，这孩子发牌。五百块钱对西贝。咱们也可一锤子把这黑小子的问题给解决了。要是你赢，你买下谭尼；我赢，我买下你那黑小伙儿。两人价钱都一样：三百块。"

"赢什么？"布克大叔说，"赢家买下黑奴？"

"是西贝，笨蛋！"休伯特先生说，"是西贝！咱们坐到半夜争吵还为别的什么？牌比输的一方把西贝拿去，还得把黑奴买下。"

"这样吧，"布克大叔说，"我就把那死丫头买下，这档蠢事别的全都一笔勾销。"

"哈，"休伯特先生又说，"这正是你平生一本正经十的第一等蠢事啊。不行。你说过你要碰运气，现在就让你来碰。它就在这里，就在这张桌子上，正等着你哪。"

于是布克大叔便把牌洗了，休伯特先生切了牌。接着孩子拿起那摞牌，依次发牌，直到布克大叔和休伯特先生都有了五张。接着布克大叔久久瞪视着自己手里的牌，然后说要两张，于是孩子给了他两张，休伯特先生却朝手里的牌倏地看了一眼，便说要一张，于是孩子给了他一张，这时休伯特先生把他的垫牌甩在布克大叔扔掉的两张牌上，把新拿的牌插到手里的一副牌中，把牌展开，又倏的看了一眼，便把牌合上，看着布克大叔，说："怎么样？对你那三张有帮助吗？"

"没有。"布克大叔说。

"嗯，对我可有。"休伯特先生说。他把牌往桌面上一甩，使牌面

---

① 这种牌戏原文系"draw"，为"draw poker"的简称，玩法是每人发五张暗牌，下注后可要求换发手中不需要的牌，一般不超过三张。然后比大小。北京人俗称"拉耗子"。

朝上一张张摊开在布克大叔的面前，那是三张老K和两张5①，然后说："老天，布克·麦卡斯林，你算是撞见丧门星了。"

"就这些吗？"布蒂大叔说。这时间时间已晚，太阳快下山了；他们再赶十五分钟就能抵达休伯特先生家了。

"是的，您哪。"孩子说，接着又说了下面的情况：布克大叔如何在天刚亮时把他叫醒，接着他从一扇窗户里爬出去，找到那匹小马，就离开了那儿，而布克大叔还说要是在这期间他们把他逼得太紧，他也要顺着水落管爬下去，躲在树林里，直到布蒂大叔来到。

"哈，"布蒂大叔说，"托梅的图尔是在那儿吗？"

"是的，您哪，"孩子说，"我去牵小马的时候，他正等在马厩里呢。他说：'他们还没弄妥吗？'"

"那你说什么了？"布蒂大叔说。

"我说：'布克大叔像是已经给弄妥了。可是布蒂大叔还没来呢。'"

"哈。"布蒂大叔说。

这就是大致的情况。他们来到那所大宅。也许布克大叔正在观望着他们，不过如果是的话，他却根本没露面，没从树林里走出来。也没见到哪儿有索凤西芭小姐的影子，因此至少是布克大叔还没有完全屈服；至少他还未向她求婚。于是那孩子、布蒂大叔和休伯特先生一起用晚餐，接着他们从厨房走进房间，清了清桌子，仅仅在上面留下那盏灯和那副纸牌。这以后的情况就跟昨晚一模一样，不同的仅仅是布蒂大叔没系领带，休伯特先生穿的是正式的衣服而不是睡衣，桌子上放的是一盏有罩子的灯而不是一支蜡烛，休伯特先生坐在桌子的一头，手里拿那摞牌，用大拇指翻动纸牌边缘，盯视着布蒂大叔。接着他把牌边拍拍齐，把这摞牌放在桌子中央的灯下，叠起胳膊支在桌

---

① 这是所谓"满堂红"。

子边缘上，身子稍稍前倾，盯视着布蒂大叔，而布蒂大叔坐在桌子的另一头，双手放在膝上，上上下下都是灰色的，就像块古老的灰色岩石或是长满灰色苔藓的树桩，纹丝不动，长着白发的头颅圆圆的，跟布克大叔的一样，只是他不像布克大叔那样爱眨眼，身躯也比布克大叔厚实些，好像是因为老坐着盯看在煮的饭菜，又好像他烹煮的食物使他比应分的厚重一点儿，而他做饭所用的原料，面粉之类啦，也使他全身都变得灰扑扑的很不惹眼。

"开始之前来点儿甜酒怎么样？"休伯特先生说。

"我是不喝酒的。"布蒂大叔说。

"好吧，"休伯特先生说，"我早知道菲留斯之所以显得有人情味，除了他的娘娘腔之外，还有别的原因。不过没关系。"他眼睛朝布蒂大叔眨了两回。"拿布克·麦卡斯林来赌我答应过的作索凤西芭结婚陪嫁的土地与黑奴。要是我赢了你，菲留斯把西贝娶了，没陪嫁。要是你赢了我，你把菲留斯带走。不过菲留斯买谭尼欠我的三百块钱还得给我。没错吧？"

"没错。"布蒂大叔说。

"来四明一暗的，"休伯特先生说，"就一盘。你洗牌，我切牌，这孩子发牌。"

"不行，"布蒂大叔说，"不要卡斯。他太小了。我不想让他搀和到任何赌博里来。"

"哈，"休伯特先生说，"不是说跟阿摩蒂乌斯·麦卡斯林玩牌不算是赌博吗。不过没关系。"他仍然在瞧着布蒂大叔；他说话时连头都没扭过去："上后门口去喊一声。把第一个应声的活物带来，管它是牲口、骡子还是人，只要会发十张牌就行。"

于是那孩子走到后门口。可是他根本不用喊，因为托梅的图尔就蹲在门外墙根下呢，于是他们回进餐厅，休伯特先生仍然交叉双臂坐在桌子他那头，布蒂大叔双手放在膝上坐在另一头，那摞纸牌面朝下放在他们之间的灯下面。孩子和托梅的图尔进来时，那两个人连眼皮都没抬。"洗牌吧。"休伯特先生说。布蒂大叔洗了牌，把牌放回到灯下，两只手也放回到自己膝上，接着休伯特先生切了牌，又把胳膊交叉起来搁在桌沿上。"发牌吧。"他说。他或是布蒂大叔仍然是谁都不把眼皮抬起来。他们就那样坐着，这时托梅的图尔那双马鞍色的手伸到灯光下，拿起纸牌开始发牌，他给了休伯特先生一张面朝下的，给了布蒂大叔一张面朝下的，给了休伯特先生一张明的，那是张老K，还给了布蒂大叔一张明的，那是张6。

"布克·麦卡斯林赌西贝的嫁妆，"休伯特先生说，"发牌。"于是那只手发给休伯特先生一张牌，那是张小3，又给布蒂大叔一张牌，那是张小2。休伯特先生抬起眼来看看布蒂大叔。布蒂大叔用指关节在桌上敲了一下①。

"发牌。"休伯特先生说。于是那只手发给休伯特先生一张牌，那又是张小3，又给布蒂大叔一张牌，那是张4。休伯特先生瞧了瞧布蒂大叔的牌。然后他看看布蒂大叔，布蒂大叔又用指关节在桌子上敲了一下。

"发牌。"休伯特先生说，那只手发给他一张爱斯，发给布蒂大叔一张5，这时休伯特先生就那样静静地坐着。足足有一分钟，他不看任何东西，也一动不动；他光是坐在那里，盯看着布蒂大叔自洗牌以来头一回把一只手伸到桌面上，掀起他那张面朝下的牌的一只角，对它看了一眼，然后又把手放回到膝上。"你先加注吧。"休伯特先生说。

"我拿那两个黑奴跟你赌。"布蒂大叔说。他也一动不动。他坐在那儿，姿势就跟他坐在大车里、马背上或是待在那把摇椅上做菜时一

---

① 意思是催促发牌，好把牌戏进行下去。

模一样。

"赌什么呢？"休伯特先生说。

"赌梯奥菲留斯为买谭尼欠你的三百块钱，加上你和梯奥菲留斯说好要为托梅的图尔花的那三百块。"布蒂大叔说。

"哈。"休伯特先生说，不过这一回声音一点儿也不高，甚至也不是短促的，然后又说，"哈。哈。哈。"同样不是高声的。然后他说："好。"接着又说，"好，好。"接着又说，"咱们先等一分钟。要是我赢，你把西贝带走，没有嫁妆也没有那两个黑奴，我就再不欠菲留斯任何东西。要是你赢——"

"——那么梯奥菲留斯便自由了。可你还欠他买托梅的图尔那三百块钱。"布蒂大叔说。

"那是倘若我决定'跟'①你的话，"休伯特先生说，"如果我不跟呢，那就菲留斯什么都不欠我，我也不欠菲留斯什么，除非我收下那个黑小子，那是我多年来就跟你也跟他一直在解释我这里实在不需要的。我们就重新回到这件蠢事一开始的那个局面，除了那一点之外。因此结果造成的形势是：要就是我得白白送掉一个黑奴，要就是冒买进一个的风险，而这个你已承认在你家里是养不住的。"这时他停住了话头。约莫有一分钟，似乎他和布蒂大叔都睡着了。接着休伯特先生拿起他那张脸朝下的纸牌，把它翻过来。又是一张3，休伯特先生就坐在那儿，不朝任何地方看，他的手指在桌子上叩击出一个鼓点子，慢慢的，很稳定，也不太响。"嗯，"他说，"你需要一张小3，但拢共只有四张，而我手里已经有了三张。你光是洗牌。接着我切了牌。倘若我跟你，我就非得买下那个黑鬼不可。是谁发这些牌的呢，阿摩蒂乌斯？"不过他并不等别人回答。他伸过手去把灯罩弄斜一

---

① 扑克术语，意为对方下注后自己也下同样的注，然后双方摊牌以决胜负。

些，光线顺着托梅的图尔的胳膊往上移动，这胳膊应该是黑色的，但是也不算太白，移动到他星期天穿的衬衫上，那应该是雪白的，但是现在也不太白了，每回他逃跑都穿这件衬衫，正如布克大叔每回去抓他都要系上领带一样，而光线最后落到他的脸上；休伯特先生就坐在那儿，捏住了灯罩，盯看着托梅的图尔。接着他把灯罩放回去，拿起他的牌，把它们翻成脸朝下，把牌往桌子中间一推。"我派司了，阿摩蒂乌斯。"[1] 他说。

4

这孩子仍然太疲倦，直想睡，难以骑马，因此这回他、布蒂大叔还有谭尼三个全坐在大车里，让托梅的图尔骑在老杰克背上牵着小马。天亮刚过，他们回到家中，这一次布蒂大叔都没来得及动手做早饭，那只狐狸也没能从柳条筐里钻出来，因为那些狗就在这房间里。老摩西干脆钻进柳条筐要跟狐狸待在一起，因此它们都从后面那头钻了出去。那是说，狐狸钻出去了，因为布蒂大叔开门进去时，老摩西脖子上仍然套着大半只筐，还是布蒂大叔帮摩西把筐从它身上踢开的呢。索赛才迈开步子穿过前廊绕房子跑了一圈，他们就能听到狐狸顺

---

[1] 1957 年，福克纳在一次回答提问者时说："托梅的图尔希望得到自由，因此他把适当的牌发给适当的人，而休伯特先生是明白这一点的。"（《福克纳在大学里》，第 7 页）休伯特手里有三张 "3"，布蒂那张暗牌倘若是 "3"，那就是一副顺子，要比休伯特的牌大。因此，休伯特认输了。这样，布克就不必与索凤西芭结婚，而且还将谭尼赢去与图尔成亲。不过，从福克纳的《熊》等作品可以看出，索凤西芭还是与布克结了婚，而且生下艾克。关于这一点，克林思·布鲁克斯在他的《威廉·福克纳浅介》（耶鲁大学出版社，1983）里是这样说的："我有一次问福克纳先生，布克大叔后来还是与索凤西芭小姐结了婚，还生下一个孩子，亦即艾萨克·麦卡斯林，这件事是如何发生的呢。布克大叔刚从索凤西芭小姐的掌心里被解救出来，在这样幸免于难之后布克大叔肯定是更加警惕与神经紧张的呀。福克纳解释说，他始终没顾得上写出布克大叔是怎样终于被俘获的。"

着披屋柱子窜上屋顶时那些爪子的搔刮声了——这场赛跑够精彩的，只是结束得太快，那棵树晃动得太厉害了。

　　"你这算是哪门子规矩，"布蒂大叔说，"把那骚东西跟这些狗全关在同一个房间里？"

　　"就别操心狐狸的事了，"布克大叔说，"快去做早饭吧。我都觉得离开家足足有一个月了。"

灶火与炉床

第一章

1

　　为了彻底防范乔治·威尔金斯，他[1]头一件要做的事就是得把自己的烧锅[2]藏起来。不光是这样，他还得单枪匹马地干——在黑暗中把它卸开，在没有人帮助的情况下运到足够远、足够隐秘的地方去，免得卷进日后会出现的喧闹与骚动，而且还得在那里把东西藏起来。正是这个前景让他气恼，而且又提前让他增添了精疲力竭的感觉，通宵劳累后肯定会有这种结果的。他倒不怕自己的买卖暂时中断；五年前买卖就给打断过一回，当时他快刀斩乱麻应付了那次危机，就像他如今处理当前的这回一样——从那时候起那个对手就一直在帕区曼[3]州立劳改农场里犁地、砍木头和摘棉花，那可不是他自家的棉花，乔治·威尔金斯

---

① 指本篇主人公路喀斯·布钱普。
② 原文为 still，是酿酒的蒸馏器的简称。1862 年美国国会通过法律，规定酿酒必须纳税。但仍有人为赢利私酿出售。
③ 帕区曼在福克纳故乡密西西比州奥克斯福西南 75 英里，该处设有州立监狱。

八成是在步此人的后尘，除非他去把自己的意图向卡洛瑟斯·爱德蒙兹一五一十地说清，清楚得就跟他自称在银行里存了多少钱一样。

　　使他恼火的还不是这干扰所带来的财务上的损失。他六十七了；眼下存在银行里的钱他已经用不完了，比卡洛瑟斯·爱德蒙兹本人还多呢，要是你相信有人想从卡洛瑟斯·爱德蒙兹小铺 [①] 里支取额外的现金与实物时爱德蒙兹的那些诉苦的话。问题是他必须独自单枪匹马地完成所有的事；他得在播种大忙季节的当口干一整天活之后从地里回来，把爱德蒙兹那些骡子赶进厩房，喂它们，自己吃晚饭，然后把他那匹母马套上单匹牲口拉的大车赶三英里路去到烧锅那里，在黑暗中凭手感把它卸了，然后再赶一英里到他能想到的最稳妥的地方去，即使出了事闹得满城风雨时也是相当安全的地方，等这一切办完回到家中，夜晚没准已过去一大半，都不值得上床睡了，因为马上又得回地里去干活了，然后一直要等时机成熟了再去向爱德蒙兹说那句话；——所有这一切都得他单独干，得不到任何帮助，因为他原来满有理由、名正言顺可以指望而且命令他们帮一把的那两个人，现在却根本不能考虑：一个是他的老伴，她年老体衰这种事情干不动了，再说他对她的保密能力也不敢信任，倒不是说她不够忠诚；至于他的闺女，与其让她对他要做的事有所知晓，还不如干脆请乔治·威尔金斯本人来帮他藏起烧锅呢。他并非对乔治此人有什么意见，照说有他帮忙自己岂不是可以待在家里睡大觉而不用面临精神折磨与肉体疲累吗。要是乔治光是黏在爱德蒙兹租给他的那块地上整治土圪垃，那他路喀斯倒是愿意痛痛快快把纳特许配给他的，反正会比答应大多数他认得的黑小子都要痛快。可是他不想让乔治·威尔金斯或是别的什么

---

① 美国南方庄园里的一种店铺，蓄奴制盛行时是奴隶主向奴隶发放口粮、衣服、工具的地方。奴隶解放后，则成为农场主向佃农售货之处，往往以赊销的形式售出，待秋收后连本带利一起结算。

人闯进他生活了快七十个春秋的角落，更不愿让乔治进入他出生的那块土地，在自己一手创立、悄悄地惨淡经营了二十年的行当里参加竞争。自打他在离扎克·爱德蒙兹厨房门口不到一英里处为他头一锅出品点火以来，已经过去二十年了；——确实是够保密的，因为不用谁告诉他扎克·爱德蒙兹或是他的儿子卡洛瑟斯(老卡斯·爱德蒙兹也一样啊，就此事而言)会怎么做，倘若他们发现的话。就凭乔治两个月前开始弄出来的也算是威士忌的喂猪泔水，他是不怕乔治会在他已经根深叶茂的买卖或是他的老主顾里插上一杠子的。可是乔治·威尔金斯是个根本不知谨慎为何物的蛮大，迟早会给人抓住，这一来今后十年爱德蒙兹地里每个树丛后都会有个副保安官蹲伏在那里了，每晚从日落一直守到日出①。他不想有个呆女婿，更不愿让一个傻瓜和自己住在同一个地方。要是必须让乔治进牢房以缓解目前的局势，那是乔治和洛斯·爱德蒙兹之间的事。

不过事情也快熬到头了。再有一小时光景他就可以回家了，在天亮之前尽可能睡一小会儿觉，然后回到地里去对付一直到跟爱德蒙兹谈话的恰当时刻来临。也许到那时火头已经过去，他唯一需要对付的就是疲乏了。不过地是他自己的，虽然他既不拥有它也不想甚至也没有必要去拥有它。他耕耘这块土地已有四十五年之久，当时连卡洛瑟斯·爱德蒙兹还未出生呢，他啥时候干，咋样干，是犁、是种还是锄，都由他自己说了算(说不定还啥都不干呢，兴许就在前廊上坐整个上午，边瞅那块地边琢磨自己是不是真的打算那样干)，爱德蒙兹也许一星期三回骑了那匹母马来看看庄稼，没准是整个季节就来一次，停上片刻以便把要对他作的忠告说完，其实他压根儿不听，不光不听劝告而且连对那谆谆嗓音本身也都听之藐藐，仿佛那一位方才啥

① 酿私酒者为了不让人见到冒出的烟，往往在夜间工作。

都没说，这以后爱德蒙兹驱马往前而他就该干啥还是干啥，反正是该装的样子也装了，该耗的时间也耗了，这事就在被原谅、宽恕之后给忘得一干二净了。总之，这一天是会过去的。这以后他就可以去到爱德蒙兹跟前说他要说的话，就跟往"吃角子机"里塞枚硬币扳一下操纵杆一样：接下去他只消等着看结果，别的啥也不用操心了。

　　他很清楚自己要去什么地方，就算周围是一片漆黑。他是本乡本土出生的，比当今的东家爱德蒙兹早二十五年。他刚到能扶直犁的年龄便在这块地上干活；他在这儿的每一寸土地上打过猎，在童年、青年时期也包括成年时期一直到他洗手不干为止，他所以不干，并非因为成天成夜边走边猎让他受不了，而是觉得再猎食兔子与负鼠未免太丢份儿，他不仅是爱德蒙兹农庄上男人里而且也是所有活着的人里年纪最大的一个，是麦卡斯林后裔里年岁最大的，虽然在世俗的眼光里他不是麦卡斯林的后裔而是麦卡斯林的家奴的后裔，他岁数几乎跟老艾萨克·麦卡斯林一般大，此人目前住在镇上，依靠洛斯·爱德蒙兹想起时愿意给的一些接济为生，如果艾萨克·麦卡斯林的正当权利为人所知，如果人们知道老卡斯·爱德蒙兹——眼下这个爱德蒙兹的爷爷——是如何夺走了他的祖产的，那么这片土地以及上面的一切就都是他的；岁数几乎跟老艾萨克一般大，也几乎跟老艾萨克一样，是老布克和布蒂·麦卡斯林的同时代人，他们俩跟他们的父亲卡洛瑟斯·麦卡斯林一起活在人世时老爷子从印第安人手里弄到了土地，那是很早很早以前的事了，那时候不管黑人白人都是人。

　　他现在来到沟底了。奇怪的是，能见度倒像是高了一些，似乎那浓密的、不透阳光的由柏树、柳树和荆棘组成的莽丛非但没有使晦暝变得更浓，却凝聚成了由树干与枝条组成的具体物体，剩下的空气与空间——它们与莽丛脱离了关系，比起来也更轻些，——能为视线所穿透，至少对母马的眼睛是这样，使它能在树干和无法穿越的灌木丛之间迂回行走。接着他见到他要找的那个地方了——一个莫名其妙地从地板般平的谷底升起的矬矮、平顶的、相当对称的土墩。白种人管它叫印第安土墩①。五六年前的一天，一伙白人，其中还有两个是女的，大多戴着眼镜，一律穿着卡其布衣裤，它们在二十四小时前显然还都叠得好好的放在一家商店的货架上，这伙人带来了铁锹、铲子、水壶以及一瓶瓶驱虫剂，对着土墩挖了整整一天，而本地大多数的居民，男男女女以及小孩，在这一天不同时间里陆陆续续前来静静地观看；以后——实际上是今后的两三天之内——他将以几乎是悚然的惊愕心情回忆起，自己当时居然是怀着冷静与鄙夷的好奇心注视着他们的。

不过那是以后的事。眼下他忙得啥也顾不上。他看不清表面，可是他知道快到半夜了。他把大车停在土墩旁，把蒸馏器卸下来——那是只里面是一层黄铜的壶，价格昂贵得他到现在仍然不忍心去回忆，尽管他一辈子根深蒂固是个瞧不上低劣用具的人——接着又卸下螺旋管以及他的铁锹、铁铲。他选中的是土墩一边上面略略有点悬垂的地点；不妨说他要挖的洞的一边已是现成的，只需稍稍扩大就行，在他那把看不见的铁锹的挖掘下，土块迅速落下，随着他那看不见的铲子的移动，它们又不断发出轻轻的沙沙声，不久那个洞就深得足以把螺旋管和蒸馏壶都藏进去了，就在此时——也许那不过是叹息似的轻轻一声，可是在他听来却比一场雪崩还响，仿佛整个土墩都吼叫着朝他压下来——整个悬垂都坍塌了。它砸在空壶上，盖没了壶和螺旋管，直漫到他脚上，而且在他往后一跳绊了下跌倒在地时，也压到他身上，把土块、土坷垃朝他扔来，最后又把一样比土块大点儿的东西端端正正地打在他脸上，给了他最后的一个打击——这个打击倒也不算

---

① 据有关资料介绍，密西西比州现存的印第安人留下的土墩小者不到一英尺高，大者则是五六十英尺高的小丘，其用途是多方面的，包括殡葬、地理标志、瞭望、宗教礼仪、军事、避难与防洪等。

特别毒，只是出手挺重，像是黑暗与孤独的精灵，是古老的土地，也许就是列祖列宗本身所发出的某种最终警告式的拍击。因为，在他坐起身来、终于重新缓过气来又是喘气又是眨眼时，只见那土墩显然丝毫没有变小，在比喧闹的声波还要逼人的长长的寂静中阴森森地矗立在他的上方，那寂静真像是一阵嘲弄人的经久不息的大笑，这时候，他的手摸到了方才打他的那样东西，而且在伸手不见五指的黑暗中感觉出了那是什么——是一件陶器的碎片，那陶器若是完整无缺准有搅乳器那样大，在他把那块陶片举起来时，它再次裂开并把一样东西放入他的掌心，就像是特地交给他似的，那是一枚硬币。

他说不清自己怎么知道那是金的^①。不过他甚至都不用划亮一根火柴来看。他可不敢冒险发出任何光亮，因为这时他脑子里挤满了听来或是传闻的关于窖藏的各种各样的故事，在接下去的五小时里他四肢着地在坍塌的松土里搜寻，现在那些泥土阒寂无声了，他几乎是一块土一块土地翻了个遍，过上一阵才停下来看看星星，估摸这飞逝中的短促春夜还剩下多少时候，接着又在那干燥、无感觉的尘土里搜寻，那些尘土打了下哈欠向他投来个让他目眩的不容置疑的一瞥，然后又封闭了。

当东方开始变得灰蒙蒙时他停止了搜寻，跪着直起腰身，让发僵疼痛的肌肉放放松，尽可能伸伸直，这从半夜以来还是头一回。他再也没有找到任何东西。他甚至都没能找到搅乳器或是陶罐的其他碎片。这就是说那些碎片可能散布在塌陷处底下的任何地方。他得用铁锹和铲子把窖藏的钱币一个一个地挖掘出来。这意味着要花时间，但更意味着得孤独。明摆着的是，绝对不再容许出现保安官和别的吃公事饭的人上此地来嗅嗅闻闻搜寻酿酒蒸锅的哪怕是最最微小的可能

---

① 据研究者估计这应该是一枚"杰弗逊像金币"。美国政府曾赠送给南方印第安人此种金纪念币以示友好。在福克纳的出生地新奥尔巴尼就出土过这种金币。

性。于是，乔治·威尔金斯还不知道自己交了好运便给缓了刑，就像方才不清楚自己要倒霉便陷入了险境一样。想起三小时前一根汗毛都没碰他便让他始终不直一下腰的那股巨大的威力，他一时间竟动了心想让乔治参加当个小股东，由这小子负责实际的挖掘工作；事实上这不仅是让他做点事儿，而且也是对机遇、命运的一种酬谢、报答与还愿，因为倘若不是乔治，他是连这一枚钱币也根本不可能找到的。可是不等这个想法酝酿成熟他就把它抛弃了。他，路咯斯·布钱普，仍在这片世代相传的土地上生活的麦卡斯林后裔里年纪最老的人，他确实还记得老布克、布蒂活在人世时的模样，他，比扎克·爱德蒙兹老，即使扎克今天仍然在世，他几乎和老艾萨克一样老，此人在某种意义上，咳，人也真是说不准哪，竟成了他姓氏与家世的背叛者，居然会软弱地放弃了名正言顺属于他的土地，住到城里去靠自己外孙的施舍为生；——他，路咯斯·布钱普，竟要分享布克与布蒂约百年前埋下的钱里的一丁点儿、一小枚钱，与一个祖先不明、来历不清的闯入者，此人的姓氏二十五年前这一带没一个人知道——这是个下颚突出的小丑，连威士忌怎么酿都学不会，他不仅仅打算干涉以及威胁他的买卖，瓦解他的家庭，而且还使他一个星期以来不是着急便是生气而到了今夜——现在该说是昨夜了——这气恼更是达到了顶点，而且烦心的事还没有完，因为他还得把螺旋管与蒸馏壶藏起来呢。不行。不让乔治进监狱就是对他的最好酬谢了，按说即使法律不送他进去，洛斯·爱德蒙兹也会这样干的。

　　天稍微有点亮了；他现在看得见了。崩落的泥土已经把烧锅遮盖住了。唯一需要做的就是弄几根树枝来堆在上面，好让新土不致受到偶尔过路者的注意。他站起身。可是他仍然不能完全站直。他一只手压在后腰上，仍然有些佝偻，开始发僵、痛苦地朝五十英尺外一丛三角叶杨的幼苗走去，这时不知什么打树丛里或是树丛边上突然跑开，接着便拼命跑拼命跑，声音逐渐减弱而且已经开始拐弯朝树林的边缘跑去了，他在那儿站了约有十秒钟，下颚松垂，惊愕不已，简直无法相信，他的头转过去跟踪那看不见的疾跑的脚步。紧接着他一转身跳将起来，不是朝那声音而是和它平行，他以令人难以置信的灵巧和速度在树木和灌木丛间边跳边跑，总算及时穿出树林，在逐渐亮起来的苍白光线里见到追捕对象像头鹿那样飞也似的越过一块空地，躲进了对面仍被黑夜封锁的一片林子。

他知道那是谁了，虽然他还未回到她方才奔脱的那个树丛，去站住凝视他女儿那光脚板的印迹，她曾在这里的湿泥里蹲伏，这脚印他太熟悉了，就跟他一眼就能辨认出自己母马或狗的脚印一样，有好几分钟他站在脚印前对着它们凝视但却已经视而不见。原来是这么档子事啊。从某种意义上说，事情倒变得简单了。即便是还有时间（再过一小时沟边每块地里便都会有个黑人赶着头骡子在干活了），即便他真敢希望把土墩这边泥土翻动过的一切迹象都消灭，把他的烧锅再倒腾到另一个掩埋地点去，那也是徒然的。因为当人们来到土墩这儿挖掘时，他们必定不仅会找到一些东西，而且准是很快、立即就找到，而这样的发现与出土必然会使他们停止并走开——是不是这样更好一些，半埋半露，上面就放不多点儿的灌木枝子，让他们在把枝子全部拖走之前就能发现。因为这是件公开的、承认了的、不容争议的事情，甚至都不用讨论的。乔治·威尔金斯必须走人。他必须在又一个夜晚过去之前滚蛋。

2

他把他的椅子从晚餐桌前往后一推，站起身来。他朝他女儿那张低垂、神秘的脸投去一瞥，不算严峻却是冷冷的。但是他没有对她或是他老伴直接说话。照说他应该对她们中的一个或是两个或是不具体对着谁说上这么一句的："上路那头去一下。"

"这么晚了还上哪儿去？"他老伴说，"昨晚就在那块洼地里捣弄了整整一夜！回来忙不迭套牲口下地，太阳升起都足足一个钟头了！你该上床睡觉的，要是你想把溪边那块地犁好的话，洛斯先生说了——"

这时他已走出家门，也不用再听她唠叨了。又是夜晚了。土路在玉米播种季节① 无月的天空下微微发白地向前延伸。很快小路就与他打算在蚊母鸟② 叫起来时种上棉花的那块地平行了。要不是乔治·威尔金斯捣乱，他如今准已经全都犁完，打好畦，一切都弄舒齐了。不过现在也差不离了。再有十分钟，事情就会像投一枚镍币到"吃角子机"里一样，倒不是说哐的一响向他浇下来一阵金雨，他不指望这个，不需要这个；他愿意自己侍弄这赌钱机，只是要在干的时候能太太平平，不受干扰。干活儿他倒不怵，即使要熬夜而且没有帮手，即使不得不挖去半个土墩。他才六十七岁，比有些年纪只有他一半大的人身子骨还棒，倒退回去十岁，他还能干个连轴转呢，晚上整个通宵，白天照干不误。可是如今他不想这样拼了。在某种程度上，放弃农活他还真有点不舍得。他爱干农活，瞧着自己的地他觉得顺眼，他喜欢侍弄它，若是有上好的家什，若是把它们使唤得漂亮，他会着实感到骄傲，瞧着不像样的设备和松松垮垮的活计他便嗤之以鼻，他支起炉子酿酒时蒸锅又是非买最好的不可——那把里层是铜的壶的价钱他现在更不愿想起来了，因为这壶他不仅眼看要失去而且简直是自己

---

① 在美国南方一般是在 3 月底 4 月初。
② 美国南方常见的一种鸟，属夜莺科。一般在春天、初夏啼鸣，过此季节便移徙它处。种棉花一般是在 5 月初。

有意出送的。在第一桩事干成后连跟爱德蒙兹怎么说用哪些措词他都已经想好了，他要告诉爱德蒙兹他决定不种地了，老啦，该歇息了，要求爱德蒙兹把他的地拨给别人务必把庄稼管好收好。"行啊，"爱德蒙兹会说，"可是你不能指望我会给一个一点地都不种的家庭白白供应住房、柴火和用水。"这时他会说，万一事情真正变得这样的话——没准真会这样的，因为他路喀斯至死也要说，扎克·爱德蒙兹为人比他儿子好，而老卡斯·爱德蒙兹又比这爷儿俩加在一起都好："那好。我跟你租房住就是了。你开个价，我每周六把钱给你送去直到我不想住为止。"

不过这件事会自行解决的。另一件事才是头等紧要的呢。原先，在他今儿早上回家那阵，他是打算去向保安官本人报告的，这样就绝对不会有什么闪失了，免得爱德蒙兹满足了仅仅去捣毁乔治的蒸馏器与地下仓库，光是把他从农庄轰走。倘若这样，乔治仍然会赖着不走，仅仅是想方设法不让爱德蒙兹看见而已；于是，既然什么农活都没有，更不用说酿酒了，他无事可做，就会整个白天懒洋洋，到了晚上却一夜不挨床铺在外面瞎混，比起过去来威胁更大了。得让爱德蒙兹这个白人去报告，因为在保安官眼里路喀斯仅仅是另一个黑鬼，这一点保安官和路喀斯都很清楚，虽然他们当中只有一个人清楚在路喀斯眼里保安官只不过是个红脖梗的穷白人而已，没有祖先可以夸耀，也没有根据对自己的后裔抱什么奢望。要是爱德蒙兹决定私了而不诉诸法律，那路喀斯就要向杰弗生某个人去报告：不仅仅是他和乔治·威尔金斯知道在卡洛瑟斯·爱德蒙兹的农庄里有一个蒸馏器，而且卡洛瑟斯·爱德蒙兹也是知情的。

他走进那扇宽阔的可走马车的院门，车道从这里起逐渐上升，通向一个长满了橡树和雪杉的土丘，来到这里他已经可以见到屋子里的电灯光了，这比煤油灯亮多了，屋子里比现在的这位更出色的老主人有煤油灯甚至是蜡烛就感到很满足了。骡棚里停着一辆拖拉机,扎克·爱德蒙兹是绝对不会让家里有这种东西的,还有辆汽车停在专门盖的车房里,老卡斯是连脚都不愿踩到这种车子里去的。不过那是早年间,是旧时代,那时候的人都比现在的更出色;他路喀斯自己就是一个,他和老卡斯甚至不仅仅在精神上是同时代人,他们相同之处甚多,尽管这样说似乎有点荒谬:——老卡斯仅仅在母系方面有麦卡斯林的血统,他姓的是自己父亲的姓,虽然土地归了他连同其利益与责任;路喀斯则是在父系上有麦卡斯林的血统虽然姓了母亲的姓①,他可以使用土地从中得到利益却不必承担任何责任。更加出色的人:——像老卡斯,他仅仅在母亲方面算得上是个麦卡斯林,可是血管里老卡洛瑟斯·麦卡斯林的成分却是够足的,故而敢于把土地从真正继承者手里夺过来,仅仅是因为他想占有这块地,知道自己能把它利用得更好,知道自己更强大,更无情,更像老卡洛瑟斯·麦卡斯林本人;即便扎克也不含糊,虽然他不像乃父有那样多的男子汉气概,不过他路喀斯,一个男性的麦卡斯林后裔,却是把他当作对手看待的,以致曾起意要杀他,一直到了这个地步——当时他所有的事务均已料理定当,就像从容赴死的人那样——四十三年前的一个早晨,他手执卸去套子的剃刀,站在那个睡得正香的人的面前。

他走近大宅——那两边由圆木构筑的侧翼(这是卡洛瑟斯·麦卡斯林建造的,也曾满足了老布克、布蒂的需要)由不封闭的过道相连,老卡斯·爱德蒙兹后来给过道加上廊柱,砌上墙,用白色隔板加出了一个二楼过厅,这也算是显示自己骄傲的纪念碑与墓志铭吧。路喀斯并未绕到后面去走厨房门。自从当今的爱德蒙兹出生以来,他只

---

① 路喀斯的父亲是麦卡斯林家的奴隶图尔,母亲是布钱普家的女奴谭尼。他只被允许用母亲主家的姓。

进过一次厨房门；他这辈子再也不会走第二次了①。他也不愿登上台阶。他仅仅是在廊子旁的黑暗中停住脚步，用手指关节叩击板边直到那白人来到门厅朝前门外面张望。"嗯？"爱德蒙兹说，"什么事？"

"是我。"路喀斯说。

"哦，进来吧，"那人说，"干吗站在外面？"

"你出来，"路喀斯说，"谁知道，乔治没准正猫在哪儿偷听呢。"

"乔治？"爱德蒙兹说，"乔治·威尔金斯？"他走出来，来到廊子里——仍然显得挺年轻，他是个单身汉，三月里刚满四十三岁。路喀斯不用想也记得很清楚。他永远也不会忘记的——早春的那个夜晚，已一连下了十天雨，连老人也不记得曾见过这么大的雨，白人的老婆要分娩了，沟里的水漫了出来，整个沟谷像是一条为漂浮的圆木和淹死的牲口所挤塞的河，到后来在黑暗中连骑在马背上蹚过河去打电话请医生也不可能了。当时莫莉还年轻，正在奶他们的头生子，半夜里那白人亲自来把她叫醒，于是他们跟着他穿过满处淌水的黑暗来到他的宅子，路喀斯在厨房里等着，一边把炉子里的火燃得旺旺的，莫莉则去把白娃娃接下来，除爱德蒙兹外再没别人帮忙，接着他们明白大夫是非请不可的了。于是不等天亮他就走进水里并且还真的蹚了过去，怎么能做到的他至今也不明白，天黑时分他带了大夫回来，简直是死里逃生（有一回他都相信自己完了，没命了，他和骡子眼看要变成另外两具翻白眼、松垂下巴的浮尸，等一个月后水退了，靠着盘旋不去的兀鹰方能找到，但已肿得无法辨认）。但是闯鬼门关却不是为自己而是为了老卡洛瑟斯·麦卡斯林，此人不但是他的而且也是扎克·爱德蒙兹的祖先——等他回来，发现白人的老婆已经咽了气，而他自己的老婆则在白人的宅子里有了一席之地。这就像在这个天气恶

---

① 黑人与穷白人一般只被允许从后门进入有钱人家的住宅。

劣、风雨交加的日子里他渡过去又渡回来的是一条冥河，他逃了回来，得以捡回一条命脱身而出是付出了代价的：接受一个外表上与前无异但已起了微妙与决定性变化的世界。

就像是那个白种女人不但根本没离开过那个宅子而且从未在世界上生存过——他们两天后在果园里埋葬的那个物体（他们仍然无法越过河谷去教堂墓地）是一件不存在于时间中的、未经圣化的、虚无飘渺的东西；而他自己的妻子，那个黑女人，如今却独自住在他们结婚时老卡斯为他们盖的房子里，一直维持着他们成亲那天他点燃的炉火，从那天起这火一直没灭过虽然现在已没多少饭菜要煮了；——就这样，直到差不多半年后的一天他上扎克·爱德蒙兹那儿去，说："我要我的老婆。我家里少不了她。"接着——他本来是没打算说这句话的。可是时间几乎长达半年，他老得独自一人来维持家中的灶火，这火将一直燃着直到他与莫莉都不再人世给它加柴添薪，整个春季与夏季一夜接着一夜他都是独自坐在炉火前，直到有天晚上他站在火前大发雷霆，气得七窍生烟，啥也看不见了，那只松木水桶都已经挂到火上去了，这时他好不容易才强压怒火，把水桶放回到座架上去①，但仍然气得发抖，甚至都不记得要拿起水桶用水了——接着②他说："我琢磨你拿准我不会接她回去的，是不是？"

那个白人正要往椅子上坐下去。在年纪上他和路喀斯可以算是兄弟，几乎是双胞胎呢。他慢慢地往椅背靠去，眼睛看着路喀斯。"唉，天哪，"他轻声轻气地说，"原来你想到这上头去了。你把我当成什么人了？你把自己说成是什么人了？"

"我是个黑鬼，"路喀斯说，"不过我也是一个人。我还不仅仅是个人。制造我爸的那同一个东西也造出了你的姥姥。我要把她带

---

① 水桶一般都放在后廊的一个架上。煮水则用铁皮水壶。
② 以下与前六行的"接着——"相连，当中的是插入语。

回去。"

"天哪,"爱德蒙兹说,"我从来没有想到过要向一个黑鬼起誓。可是我愿意发誓——"路喀斯转过身子,已经走开了。他像一阵旋风。那一位现在站起来了。他们面对着面,虽然一瞬间路喀斯气得根本看不见他。

"用不着!"路喀斯说,"我今天晚上就要她回到我的家。你听明白了吗?"他走回到地里去,回到立着的犁头那儿去,方才他犁了半垄突然发现他现在就得去,就得在这一刻,到小铺或是宅子或是那白人会在的任何地方去,闯进他的卧室倘若有必要,去和他当面说清。他方才把骡子系在一棵树底下,绳索什么的全没卸下。他现在重新把骡子套好继续犁地。他每犁完一垄掉头时都可以看见自己的屋子。可是他从不朝那边看,即使是他知道她已回去,已经回到家里,即使是在那新鲜柴火的炊烟在停了几乎半年后又再次在小晌午从烟囱冒出时,他也没朝那边看望;晌午时分,她沿着围栏走来,手里拿着一只小桶和一个加盖的盘子,她在那儿站上一会儿,瞧瞧他,然后放下东西转身回家,即使在那样的时刻他也没朝那边看望。接着庄园报午的钟响起来了,那平平的、悦耳的、从容不迫的当当声。他给骡子松了套,饮水,喂料,然后才上围栏旮旯儿去,午饭在这儿呢——一盘小饼,还有点热乎,盛猪油的小桶里有半桶牛奶,铁皮由于擦洗和长期使用已泛出一种旧银器才有的发暗的光辉——一切都跟过去一模一样。

接着,下午也过去了。他进厨房,喂了爱德蒙兹的骡子,把轭套等挂在特定的木楔上准备明天再用。然后来到巷子里,来到夏日绿莹莹的薄暮里,现在正是萤火虫闪光与飘飞的时刻,是蚊母鸟前前后后唱和的时刻,也是满沟的蛙群鼓噪喧腾得正欢的时刻,直到此时,他才第一次注视他的房子,注视烟囱上面无风状态下那稀疏羽毛似的晚餐炊烟，他的呼吸变得越来越费劲，越来越费劲，也越来越深，越来越深，最后他那褪色的衬衫竟在胸口上绷得很紧连纽扣处都有压力了。也许等他老了之后他就会不在乎了。可是他知道他永远不会的，即使他活到一百岁也记不清她的面容、名字，也记不清那白人和自己的面容和名字。我得把他杀了，他想，或者是我得带了她上别处去。片刻之间，他想到上白人那儿去告诉他自己一家要走了，就在现在，今晚，马上。不过倘若让我现在再见到他，没准我会杀了他的，他想。我想我已经拿定主意打算怎么做了，不过倘若让我现在看到他，遇见他，我没准会改变主意的。——这还算是个男子汉吗！他想。他把她在自己家里留了六个月而我什么行动都没采取：他让她回来我却杀了他。这就好比我向整个世界大声宣告：他不是因为我告诉他了才让她回来的，而是因为厌倦了才把她还给我的。

他走进木栅栏的院门，这栅栏是老卡斯把房子拨给他们住时他自己修的，当时他还从地里运来石块给没长草的院子铺上了小路，他老婆每天早上都要用柳枝扎的笤帚扫院子，在用碎砖、瓶子、瓷片、各种颜色的草砌边的花坛之间把不脏的尘土扫成一个个弯曲、复杂的图案。春季里她有时还回家来侍弄花坛，因此那儿还跟往常一样有花可看——都是些黑人喜爱的皮实、刺眼的花卉：太子羽、向日葵、美人蕉和蜀葵——可是直到今天为止花坛间的小路从去年以来就没扫过。是的，他想，我得把他杀了，要不就得走得远远的。

他走进门厅，然后进入房间，在这里两年前他点燃了炉火，这火将比他们两人都存活得更长久。他事后不是总能记住自己说过的话，却永远也忘不了当时心中涌起的那股惊讶与难以置信的怒火，他怀着这股怒火想道：哼，时至今日她甚至都不知道我是不是起过疑心呢。她坐在炉前，那儿正煮着晚饭，她抱着孩子，手掌放在孩子面前给他挡住光和热——即使那时她也是个娇小的女人，当时离她皮肉自然也

包括骨骼开始朝内里抽缩还有好些年呢，他站在她上方往下看，见到
的不是他自己的孩子而是一个白人小孩的脸，正偎挤向她隆起的黑乳
房——那乳房不是爱德蒙兹妻子的而是他自己老婆的，他曾一度失去
这个老婆；那小孩也不是他的儿子而是那个白人的，如今又撂到他这
儿来了，他的声音很响，他那爪子似的手猛地朝婴儿伸去，但是她的
手飞快举起抓住了他的手腕。

"咱们自己的呢？"他喊道，"我的孩子呢？"

"就在那边床上，睡得正香呢！"她说，"去瞧瞧他呀！"他没有
动，还是站在她的上方，用手和手腕和她较着劲儿。"我不能扔下这
个！你知道我不能！我只好把他带来！"

"别跟我撒谎！"他说，"别跟我说扎克·爱德蒙兹知道他的孩子
到哪儿去了。"

"他知道的！我告诉他了！"他挣脱了手腕，把她的手和胳臂往
后一推；当她的手背打在她面颊上时，他听见她的牙齿发出轻轻的叩
击声，他看着她把手举到嘴边，又让它垂落下来。

"这就对了，"他说，"离开那边跑回来根本不是你自己的意思！"

"你这笨蛋！"她喊道，"哦，天哪，"她说，"哦，天哪。好吧。
我把他送回去。我早晚要送回去的。蒂斯比大妈可以让他咂糖水奶
嘴 ①——"

"你甭送，"他说，"我也不送。你以为扎克·爱德蒙兹回来发现孩
子不见了还会在家里待着不动吗？不会的！"他说，"我老婆是我去扎
克·爱德蒙兹家向他讨回来的，他的儿子也让他上我家来要吧！"

他在廊子上等候。他能看见沟谷对面那幢房子里的亮光。他仅仅
是还没回到家里，他想。他的呼吸很慢很平稳。不用着急。他会做出

---

① 蒂斯比显然是爱德蒙兹农庄里的一个黑人妇女。当时（1898 年）还不可能有橡皮或塑料奶
　 嘴，一般的情况是用布包着糖扎成奶头状来哄婴儿。

一些举动，那么我也做出一些，然后事情就会结束了。会没事儿的。
这时灯光熄灭了。他开始镇静、大声地说："对。对。他得花些时间
才能走到这儿来。"他继续这么说，其实时间已经过去很久，足够让
那一位在两幢房子之间走上十个来回了。这时候好像他早就明白那位
是不会来的，似乎在那幢房子里等候的是他，轮到他在眺望着他的，
也即是路喀斯的房子。接着他又明白那人甚至都没在等待，似乎是他
已经站在卧室里，他的下方是一个沉睡的人在缓慢地呼吸，他的前面
是一个未加防卫的、不知有危险的咽喉，而一把露出刀锋的剃刀已经
捏在他的手里。

　　他重新走进屋子，走进他老婆和两个孩子在床上躺着的那个房
间。天刚黑他回家时煨在炉火上的晚饭甚至都没有取下，到这会儿剩
在锅里的东西早该烧焦煮干了，要不就是在越来越微的余烬里几乎没
一点热气了。他把炖锅和咖啡壶拨到一边，用根柴火把炉底一角的灰
烬刮净，露出砖块，用一只湿手指去摸摸其中的一块。砖头热烘烘
的，不特别烫，不炙人，那是一种迟钝、深沉的热，它凝聚了火在它
身上不停地烧了两年之久的岁月，凝聚的不是火而是时光，仿佛只有
时光才能使它变凉而不是火的熄灭，甚至连水也不行。他用他小刀的
刀片把砖头撬起，把砖底下温暖的土拨开，起出一只小小的金属的公
文递送盒，差不多一百年前，他的白皮肤的祖父卡洛瑟斯·麦卡斯林
本人曾经拥有这只盒子，他从那里取出一个扎好的小布包，小包里密
密匝匝地挤放着许多硬币，其中的一些几乎和卡洛瑟斯·麦卡斯林是
同时代的，而路喀斯十岁前就开始积攒钱币了。他老婆睡下时仅仅脱
掉了鞋子（他也认得这双鞋子。那是属于那个不曾死去甚至也从未生
存过的女人的）。他把那个打上结的小包放在一只鞋里，又走到胡桃
木橱柜跟前，这柜是艾萨克·麦卡斯林送的结婚礼物，他从抽屉里
取出剃刀。

他是在等待天亮。他也说不清为什么要等。他靠在院门和白人房子半当中一棵树前蹲着，就和那无风的晦暗本身一样，一动也不动，这时，斗转星移、蚊母鸟们的合唱越来越快，越来越快，后来又停住了，接着头一批公鸡开始打鸣，这时短暂的"假天亮"来临，完了天色又暗了下来，紧接着鸟雀们开始躁动，夜晚终于过去了。天刚刚亮他就登上白人家宅前的台阶，走进未锁的前门，穿过寂静的门厅进了卧室，他觉得自己已经进来过，而且就在片刻之前，他捏着打开的剃刀站在那个正在呼吸、毫无戒备、未加防卫的咽喉的上方，再次感到此情此景自己是经历过的。这时他察觉枕头上那张脸上的眼睛在静静地盯着他，这时候他明白自己为什么非要等到天亮了。"因为你也是麦卡斯林的子孙，"他说，"虽然是女儿的后裔。也许原因就在这上头。也许正是因为这一点你才那样做：因为你跟你爹非得通过一个女人才能从老卡洛瑟斯那里得到点儿什么——不是通过负责任的男人、可以依靠的男人。因此没准我已经原谅你了，可是我仍然不能原谅你，因为人只能原谅损害你的人；连《圣经》也不要求一个人去原谅他打定主意去伤害的人呢，因为即便是耶稣也终于发现对人这样要求未免太过分了。"

"把剃刀放下，我再和你说话。"爱德蒙兹说。

"你知道我是不怕的，因为你知道我也是麦卡斯林家的子孙而且是父裔方面的。你从来没有想到吧，因为我也是个麦卡斯林，所以我不愿意。你连想都没有想到吧，你以为我也是个黑鬼，所以我不敢。不。你以为因为我是黑鬼所以我根本不会在乎。我倒是从来没想过要用剃刀。可是我给过你平等的机会。也许你走进我家的门时我不知道自己会怎么做，可是我知道我要做的是什么，知道我相信我会怎样做，知道卡洛瑟斯·麦卡斯林会要我怎样做。可是你没有来。你甚至都没有给我机会来做老卡洛瑟斯会叫我做的事。你想让我服输。这你永远也做不到，即使明日此时我被吊死在树枝上，浇的煤油还在燃烧，你也永远没法让我认输。"

"把剃刀放下，路喀斯。"爱德蒙兹说。

"什么剃刀？"路喀斯说。他举起手，看着剃刀，好像不知道自己捏着的是剃刀，好像他从来没看见它似的，在看的同时他把刀朝开着的窗户扔去，亮闪闪的刀旋转着在初升的黄铜色阳光里闪出了几乎像血一样的颜色，旋即便消失了。"我不需要什么剃刀。我赤手空拳就能把事情办成。现在你把你枕头底下的手枪拿出来吧。"

可是那个人仍然一动不动，甚至都没有把手从被单底下抽出来。"枪不在枕头底下。是在那边的抽屉里，一直是放在那儿的，这你也知道。过去瞧瞧。我不会跑掉的。我跑不了。"

"我知道你不会跑的，"路喀斯说，"你也知道你不会跑的。因为你知道我需要的、我一心想看到的就是你想逃跑，是你转过身去逃跑。我知道你不会这样做的。因为你唯一要压垮的就是我。我要战胜的则是老卡洛瑟斯。去拿你的枪呀。"

"不，"那个人说，"回家去。你给我出去。今天晚上我会上你家去——"

"出了这样的事之后？"路喀斯说，"我和你，难道还会待在同一个地方，甚至还呼吸同样的空气？出了这样的事之后，不管你编派出什么花言巧语，甚至还变着法子去证明，都要我一五一十地接受？去拿枪吧。"

对方把双手从被单底下抽出来放在上面。"好吧，"他说，"去站到墙根那儿，等我去拿。"

"哈，"路喀斯说，"哈。"

对方又把手放回到床单底下去。"那你去捡你的剃刀吧。"他说。

路喀斯呼吸变得急促起来，他连连往里吸气，却不见他吐气。白人能看到他的胸膛抽紧了，那件褪色的旧衬衫在上面绷得鼓鼓的。"就在你毫无表示地瞧着我把它扔掉之后？"路喀斯说，"就在你知道如果我现在离开这个房间我就再也不会回来的时候？"他走到墙根下，背靠墙站着，还是面对着床。"因为我已经灭了你的威风，"他说，"是老卡洛瑟斯灭的。去拿你的枪吧，白人。"他站在那里喘息，急急地往里吸气，直到他的肺似乎再也容纳不下了。他看着对方从床上起来，抓住床脚，把床从墙边拉开，直到两边都能上床；他看着白人走过房间，来到多屉柜，从抽屉里取出手枪。路喀斯仍然没有动弹。他贴紧墙站着，瞧着那白人走到房门口把门关上，转动钥匙，然后回到床边，把枪扔在床上，这才抬起眼来望着路喀斯。路喀斯颤抖起来了。"不。"他说。

"你去一边，我待在另一边，"那白人说，"咱们跪下来握紧手。我们不需要数数。"

"不！"路喀斯说，气儿几乎出不来，"最后一次跟你说。拿着你的手枪，我来对付你。"

"那就来吧。你以为我是你所说的女性后裔，麦卡斯林家气概就会少一点吗？没准你连个麦卡斯林女性的后代都不是，仅仅是个不守本分的黑鬼呢？"

这时候路喀斯来到床边了。他甚至都不记得自己移动过身子。他跪在地上，他们的手对握着，当中是床和那把手枪，面对面的那人他从小就认识，始终亲兄弟似的共同生活直到长大成人。他们一起钓鱼一起打猎，在同一片水里学会游泳，他们在一张桌子上吃饭，不是在白孩子的厨房里便是在黑妈妈的小屋里；他们在森林的篝火前合盖一条毯子睡觉。

"这是最后一次，"路喀斯说，"我告诉你——"这时他大声嚷叫起来了，不是冲着这个白人的，这一点白人也知道；他眼看那黑人的眼白里突然涌现出红颜色，那是野兽——熊或是狐狸——被围困时眼睛里的那种血色。"我告诉你！别对我要求太高了！"我是做错了，那白人想。我做得过头了。可是现在已经太迟。他即使想把手挣脱却已被路喀斯的手紧紧捏住。他赶紧伸出左手去抓枪，可是路喀斯也把他的左腕抓住了。这以后两人除了前臂之外别的部位都一动不动，他们捏紧的手逐渐转动，直到白人的手背贴在了手枪上。那白人一动不动，被扭住了也动弹不了，他盯看着对面那张精疲力竭、怒不可遏的脸。"我给你机会，"路喀斯说，"你不锁门睡觉又把机会给了我。我把剃刀扔掉再把机会还给你。以后你又把机会扔还给我。是这样的，对不对？"

"对。"那白人说。

"哼！"路喀斯说。他一使劲，把白人的左手和左胳膊甩开，挣脱了右手，同时把对手从床边推开；这个动作同时也使他拿到了枪，他跳起来往后一退，此时此际白人也站直了身子，那张床隔在两人当中。路喀斯打开枪后膛，朝旋转弹膛飞快瞥了一眼，转动它直到击锤下的空膛停在最底下，这样，不管弹膛朝哪边转也总有一颗实弹会在击锤下面。"因为我需要两颗子弹。"他说。他把后膛啪地关上，面对着白人。白人又一次看见他眼睛充血，直到里面既不见角膜也没有虹膜。机会来了，那白人想，思路很快也很清晰，甚至都不觉得惊讶，他尽量大胆地在聚积力量。路喀斯似乎没在注意。他这会儿甚至都看不见我，那白人想。可是时机又错过了。路喀斯如今在看他了。"你总以为我不会这样做，是不是？"路喀斯说，"你知道我能打赢你，所以你想用老卡洛瑟斯的威力来压倒我，就像卡斯·爱德蒙兹对付艾萨克那样：利用老卡洛瑟斯来让艾萨克放弃土地，那原本是他的，因为卡斯·爱德蒙兹是女儿生的麦卡斯林，是女儿这一支的，是妹妹，好像老卡洛瑟斯会叫艾萨克向姑妈的后代让步，因为她日子过不下去了。你以为我也会那样做，是吗？你以为我会痛痛快快那样做，比艾萨克还痛快，因为要我放弃的并不是土地。我也根本没有麦卡斯林家的大片良田可以放弃。我唯一必须放弃的就是麦卡斯林的血统，从法律上说那玩意儿与我根本无关，至少是没有什么价值，因为那天晚上老卡洛瑟斯给了托梅使我爸得以出世的东西，这对他来说本来就不是什么损失。而且如果这就是麦卡斯林的血统带给我的东西，我也不想要。要是那种血流到我的黑人血液里来对他从未造成什么损害，那么从我这里流走对我也不会有损害的，甚至也不会像老卡洛瑟斯那样得到最大的快乐。——或者是，不。"他喊道。他现在又看不见我了，那白人想。现在干吧。"不！"路喀斯喊道，"比方说我压根儿不用这第一颗子弹，比方说我只用最后那颗来把你和老卡洛瑟斯的威风全压下去，给你留下点纪念，让你去到老卡洛瑟斯已经在的地方，在你不用忙着想出点什么跟老卡洛瑟斯说说的时候也有点事儿可以回味回味，那是在明天、又一个明天、再一个明天之后，只要还有明天——"那白人猛的一跳，朝床的上空一扑，去抓那把枪和捏住枪的那只手。路喀斯也猛的一跳；两人在床的中央接触，路喀斯在那里用左胳膊夹住那人，就跟拥抱他似的，他把手枪插进白人的胁肋，扣动扳机，同时把白人往外一推，这都是一下子同时完成的，但这时他听见了没打响的枪那轻轻的、干巴巴的却又响得出奇的撞击声。

那一年年景不错，虽然一开头雨水多，发过大水，好天气来得迟了些：那是夏季特别长的年份。他的收成会比多年来的都好，虽然迟至8月他的玉米地还有几块没犁最后一遍。眼下他正干这活儿，在两行苗壮、齐腰高的玉米秆的肥厚、黝黑、闪亮的叶片之间赶他的独匹骡子，在一垄的尽头停下，把犁从土里拔出来，扭动方向，吆喝走偏了的骡子朝下一垄走去，直到午饭的炊烟终于在他家烟囱上无分量地悬挂在明净的空气里，接着到了老时间，她拿着盖好的盘子和小桶沿着围栏走来。他也不朝她看，只顾继续犁地，直到庄园的午时钟声响起。他喂饮骡子，然后自己吃饭——那是牛奶和仍然温乎的饼——接着便在树荫底下歇息，直到钟声再次响起。这以后，他仍然不起来干活，而是从兜里掏出一颗子弹，再次对着它细看，同时陷入了沉思——这就是那颗没爆炸的子弹，连脏都没弄脏，也没锈蚀，撞针在未爆炸的底火铜帽上弄出了清晰、深深的一道凹痕——这颜色发暗的小黄铜圆柱体不比一根火柴长，不比一支铅笔粗，也重不了多少，却包容了两条人命。是曾经包容，准确地说。因为我是不会用那第二颗子弹的，他想。我得付出代价。我得等待吊索，甚至还有煤油。我得付出代价。因此看来，我毕竟不是白有老卡洛瑟斯的血统的。老卡洛瑟斯，他想。我需要他的时候他出现并且替我发言了。他又继续犁地了。不久，她沿着围栏再次走来，亲自取走了盘子和小桶，免得他回家时还要带上这些东西。可是今天够她忙的；他觉得下午没过去多久却又看见晚饭的炊烟了——这晚饭她会给他留在炉子上，而她自己则要带着两个孩子到大宅去。他在暮色苍茫中回到家时她正要走。不过她这会儿没穿那个白女人的皮鞋，身上也还是早上穿的那件没有样子的褪色花布裙子。"你的晚饭做好了，"她说，"我来不及挤牛奶。只好让你干了。"

"要是我想喝牛奶得等，那我看母牛也可以等一等的，"他说，"你抱两个娃娃行吗？"

"我想能行。那么久没个男人帮忙，这两个娃儿也都是我在带着。"她连头都没有扭过来，"我哄他们睡着后再回来。"

"我看你把时间都用在他们身上得了，"他粗声粗气地说，"反正你一开头就是这样干的。"她往前走去，既不答话也没扭过头来，毫不在乎，很平静，甚至还很安详。他也不再望着她了。他的呼吸很缓慢，很平静。娘们儿，他想。娘们儿。我永远也看不透。我也不想看透了。我情愿啥也不知道，这总比以后发现自己被耍了要强些。他朝有炉火的房间走去，那里煨着他的晚饭。这一回他是大声说出来的："他娘的，请别跟俺的黑老婆睡觉，这话叫一个黑人怎么跟白人开口说呢？就算是他真的说了，那白人又他娘的怎么会答应不这样做呢？"

3

"乔治·威尔金斯？"爱德蒙兹说。他走到柱廊的边上[①]——他还是个年轻人，但已有几分那种说变就变的火爆脾气了，路喀斯记得这是老卡斯·爱德蒙兹的脾气，却跳过了当中一代的扎克。从年龄上说，这年轻人满可以做自己的儿子，但实际上却有更多的理由不是，因为该交所得税、保险金与利息的并非路喀斯，拥有产业的也不是路喀斯，有了产业就得操心挖沟、排水、围栏、施肥并为一年的收成去冒反对上帝的风险，他倒不用流汗，这就是他唯一的好处了。"乔治·威尔金斯到底干了什么——"

路喀斯连语气都没有变，而且显然没做什么努力，甚至连这样的打算都没有，就从一个黑人变成了一个黑鬼，倒不是有了什么不可穿透的秘密，也没变得奴颜婢膝与丧失个性，但是却让自己被一重无时间性的、愚钝、冷漠的氛围裹起来，那东西就如同是一种气味。"他在'老西地'后头的沟里支起了烧锅。要是你也想要威士忌，上他家厨房地板底下去找好了。"

"一只蒸馏壶？"爱德蒙兹说，"在我的地里？"他吼叫起来了，

---

① 此处与第 42 页第 7 行相接。这之间的是个"闪回"。"他"指洛斯·爱德蒙兹。

"难道我不是跟这儿每一个男人、女人和孩子都打过招呼吗，如果在我的地界里发现一滴白骡威士忌①，我会怎么办？"

"这话你甭跟我说，"路喀斯说，"我打生下来就一直住在这里，那会儿你爹还没出生呢。你也好你爹也好老卡斯也好，除了你和他在圣诞节送给莫莉的那瓶城里货以外，听说过我跟任何品种的威士忌有啥关系吗？"

"这我知道，"爱德蒙兹说，"我一直以为乔治·威尔金斯——"他停住了。他说："哈。我听说过什么来着，是不是乔治想娶你的闺女？"

有一小会儿路喀斯没有回答。接着他说："是有这档子事。"

"哈，"爱德蒙兹又说了，"你以为在乔治自己被逮住之前向我告发了乔治，我就会宽宏大量，让他砸烂壶把酒倒掉，这账就可以一笔勾销了吗？"

"我说不上来。"路喀斯说。

"好，你现在能说得上来了，"爱德蒙兹说，"乔治也能说得上来了，等保安官——"他回进屋子里去。路喀斯侧耳听他的鞋跟踩在地板上的坚实、急遽、愤怒的哒哒声，然后又谛听摇电话曲柄的拖长、激烈的转动声。接着他不再去听了，而是一动不动地站在半明半暗处，眨了几下眼睛。他想，还有那么多的麻烦事儿。我原先想都没有想到呢。爱德蒙兹又回出来了。"行了，"他说，"现在你可以回家了。去睡吧。我知道提了也是白搭，不过我希望见到你南溪边的那块地明儿天黑前能够种上。你整天迷迷瞪瞪地围着那块地转都好像有一星期没睡觉了。我不清楚你夜晚在干什么，不过你也太老了，不管自个儿怎么想，再像公猫那样满处转已经不合适了。"

---

① 即非法土酿威士忌，无色，故曰"白"，"骡"则是戏指其土。

他回到家里。如今，事情都过去了，办妥了，他才发觉自己真的有多么疲倦。就像是过去十天里交替出现的惊慌、狂烈、愤怒与恐惧的浪潮，其顶点是昨晚的激烈行动以及连续三十六小时的未曾宽衣解带，已使他神经麻木，对疲倦本身都失去了任何感觉。不过现在好了。如果需要他体力上有所消耗，哪怕再累上十天半个月，只要能免去昨晚那段难熬的时刻，他也心甘情愿。这时候他记起了他忘记告诉爱德蒙兹自己决定不再务农的事了，他得让爱德蒙兹把他一直在种的地租给别人，好把庄稼收下来。不过没准还是不说的好；没准再有一个夜晚就能把这样大小一个瓦罐能盛下的其余的钱都找到，这样他就可以留下地，留下庄稼了，他干惯了，没事干闲得难受。——除非我有什么更好的理由不需要留，他阴郁地寻思。因为对这样一笔横财我兴许连搜刮一下都办不到，可它也真沉得住气，竟等我活到了六十七岁才来临，可我已经太老，都不需要它，不想发财了。

整幢房子黑黢黢的，只有他和他老伴房间的炉床里才露出一点微光。门厅对面他女儿睡的房间也是黑黑的。而且也准是空的。他早就料到会是这样的。我看乔治·威尔金斯有女人陪伴今晚是最后一次了。他想。按我听说的，他明儿要去的地方连女人的影儿也不会有。

他上床时老伴没有真醒，却喃喃地说："你哪去了？昨儿一宿在路上瞎折腾。今天又走了一宿，咱们的地正哭着喊着等播种呢。你就等洛斯先生来训——"说到一半就打住了，还是没醒。过了些时候，他醒过来了。那时已经过了半夜。他盖了条被子躺在玉米衣垫子上。差不离就是这时辰了。他很清楚他们是怎么干的——那白人保安官、几个税务官还有助理猫腰爬着穿过灌木丛，手里捏着枪，去包围蒸馏壶，遇到每一个树桩和形迹可疑的土堆便像猎狗似的吸气与嗅闻，直到每只坛坛罐罐都给搜出来，带回到汽车停着的地方；没准他们还会咂上两口以驱除夜晚的寒气，然后回到蒸馏壶附近蹲着，等乔治毫无戒备地前来自投罗网。他既不扬扬得意也没有出了一口气的感觉。如今他对乔治倒抱有几分个人的歉疚之情呢。他还年轻，他想。他们不会永久把他关在那儿不让他出头的。事实上就他路喀斯而言，关上两个星期也就够了。为这事蹲一两年他还蹲得起。也许等他们放他出来时，他就会接受教训，知道再不敢玩某某人的女儿了。

这时候他老伴弯身在床上，一边摇他一边尖叫。天刚蒙蒙亮。他穿着衬衫、裤衩紧跟着她朝后廊跑去。稳稳安放在廊外地上的是乔治·威尔金斯那只打了补丁的瘪瘪凹凹的蒸馏壶；廊子上则安放着形状各异的水果瓶、陶罐、一两只小桶，还有一只生锈的五加仑油桶，在路喀斯那双惊恐、睡意未消的眼睛看来，它盛的东西足能灌满一只十英尺长的马槽了。他甚至能看见玻璃瓶里的东西——一种暗暗的、说不上什么颜色的液体，上面还漂浮着玉米衣的碎屑，这是乔治那换过十个主儿的蒸馏壶没能去掉的。"纳特昨晚在哪儿？"他喊道。他一把抓住老伴的肩膀，摇晃她。"纳特在哪儿，老婆子？"

"你一走她跟着就不见了！"老婆子也大声嚷嚷说，"她又盯你的梢去了，就跟前天晚上一样！这你还不知道？"

"我现在知道了，"路喀斯说，"快拿斧子来！"他说，"把这砸了！咱们来不及搬走了。"可是连砸也来不及了。还不等他俩动弹，县保安官就带着一个副手从屋角后走出来了——那是个大个头的胖子，看得出通宵没睡，而且显然还在为这事发着脾气。

"妈的，路喀斯，"他说，"我原以为你挺聪明不会干这件事的。"

"这根本不是我的，"路喀斯说，"你也清楚这不是我的。要真的是，我还会摊在这儿吗？乔治·威尔金斯——"

"你甭操心乔治·威尔金斯了，"保安官说，"我也逮住他了。他在那边的汽车里，你的宝贝闺女也在。快穿上裤子。咱们进城去。"

两小时后，他来到杰弗生联邦法院 ① 督察员的办公室。他脸上仍然摆出一副莫测高深的样子，偶尔眨几下眼，倾听着身边乔治·威尔金斯沉重的呼吸声和那些白人说话的声音。

"烦死人了，卡洛瑟斯，"督察员说，"这算哪门子的塞内冈比亚 ② 的蒙太古和凯普莱特之争呢？"

"问他们去！"爱德蒙兹气冲冲地说，"问他们去呀！威尔金斯跟路喀斯那闺女要结婚。路喀斯不知为什么不赞成——我现在像是有点明白了。于是昨晚上路喀斯上我家告诉我乔治在我的地里支起了一个蒸馏壶，因为——"爱德蒙兹连口气都不喘，便再次吼叫起来，"——他很清楚我会怎样做，因为多年来我不断对我地界里的每一个黑小子说我会怎样办，要是我发现一滴那种私酿的猫尿——"

"是的，是的，"督察员说，"对，对。因此你才打电话给保安官——"

"于是我们得到了情报——"说话的是副手中的一个，胖嘟嘟的但远不及保安官块头大，他一开口就滔滔不绝，小腿处有泥迹，脸上也有点脏和显得疲倦，"我们到了那儿，洛斯先生告诉我们该上哪儿去找。可是他说的那条沟里啥壶也没有，于是我们坐下来细细琢磨，要是我们自己是洛斯先生的黑佃户，我们会把蒸馏壶藏在什么地方，接着便上那儿去找，果不其然还真的找到了，藏得那真叫干净、稳当，卸成一个个部件，正埋了一半，用灌木枝遮住，是在沟底的一个小土墩前。可是这时天快亮了，因此我们决定先折回到乔治家去，照洛斯先生吩咐的到厨房地板底下去找找看，然后再跟乔治聊聊。于是我们拐回到乔治家，可是乔治不在，屋里连个鬼影都没有，地板底下

---

① 酒税由联邦政府征收，因此有关诉讼亦由联邦法院处理。
② 西非旧时地名，此处戏指黑人。蒙太古与凯普莱特则是莎剧《罗密欧与朱丽叶》中相互仇视的两个家族。

也是空空的，于是我们又去洛斯先生家，问他会不会记错了地方；这时天已差不多大亮，我们离路喀斯的家大约有一百码远，你猜我们瞧见什么，乔治跟那丫头正费劲地爬上小山朝路喀斯的小屋走去呢，两人一手提着一只一加仑的罐子，只不过乔治在我们逮住他们之前就把罐子在树根上砸碎了。约莫就在这时候，路喀斯的老婆在屋子里大叫起来，我们小跑绕到屋后，只见路喀斯的后院里还有一套蒸馏器呢，他后廊上放着约莫四十加仑威士忌，像是要大拍卖似的，而路喀斯穿着裤衩，露出了衬衫下摆，在大吼大叫：'快拿斧子来把它砸了！拿斧子来把它砸了！'"

"行了，"那督察员说，"不过你们控告谁呢？你们下乡是去抓乔治的，可是你们的证据都是不利于路喀斯的。"

"有两套蒸馏设备，"那副手说，"而乔治和那丫头都发誓说路喀斯一直在爱德蒙兹后院里酿造、出售威士忌，足足有二十年了。"这一瞬间，路喀斯抬起头来，遇到了爱德蒙兹的眼光，那不是谴责的甚至也不是惊异的，而是恶狠狠与怒气冲冲的。于是他把目光移了开去，眨眨眼睛，倾听着身边的乔治·威尔金斯像是人熟睡时所发出的深沉呼吸声以及周围的说话声。

"可是你不能让他自己的女儿作证反对他呀。"督察员说。

"乔治是可以的，"副手说，"乔治跟他没有任何亲属关系。再说乔治恰好处境不妙，得想点好话说说，而且脑筋还得动得快。"

"这一切让法庭来解决吧，汤姆，"保安官说，"我昨晚一宿没睡，这会儿还没吃早饭呢。反正我给你带来一个犯人、三四十加仑的物证，还有两个证人。咱们把这事了结吧。"

"我想你是带来了两个犯人。"督察员说。他开始往面前的纸上写字。路喀斯瞅着那只在动的手，一边眨着眼睛。"我打算判他们两个人有罪。乔治可以做控告路喀斯的证人，那个姑娘则可以当反对乔治的证人。她跟乔治也还没有亲属关系呢。”

其实，把他和乔治的出庭费记在他的账上也不至于使他银行存款的第一位数字有所变动的。在爱德蒙兹开了支票替他们付清了款项之后，他们都钻进了爱德蒙兹的汽车。这一回开车的是乔治，纳特也跟着坐前排。回家要走十七英里。在这十七英里的路程里，他在后座傍着那绷着脸生闷气的白人，除了两个后脑勺再没什么可看的——一边是女儿的脑袋，她尽可能离乔治远些，缩在她的角落里，头一次也没有扭过来；另一边是乔治的脑袋，那顶破巴拿马草帽斜挂在右耳上方，人是坐着，却仍然像是在大摇大摆地走路。至少这会儿不是满脸全是牙齿，往常但凡有人看他便总是那样，他恶狠狠地想。可是先别去管这个了。汽车在院门口停下时，他坐在车子里瞅着纳特跳出车子，像只受惊的鹿，顺着小路朝他的家飞跑，仍然是连头也不回，一次也没有看他。接着他们继续前进，来到骡子院和马棚那儿，他和乔治下车，他又一次听到乔治在他后面呼吸的声音，这时候已坐到方向盘后面去的爱德蒙兹一只胳膊靠在车窗上瞪视着他们两人。

“快去套你的骡子呀！”爱德蒙兹说，“你他妈的还等什么？”

“我寻思你准要说点儿什么，”路喀斯说，“来教训一个人的亲属别在法庭上揭发他。”

“你管这个干什么！”爱德蒙兹说，“乔治可以揭发的事儿多着呢，再说他还不是你的亲属。倘若他记性忽然变得不行了，可纳特不是乔治的亲属，她可以说的事儿也多着呢。我知道你脑子里在打什么主意。可是你已经错过了时机。如果乔治和纳特现在想去花钱领一张结婚许可证，官方没准会把你和乔治俩都吊死的。得了，先不说这些了。一等你锄完棉花，我立刻亲自送你们进监狱。现在你马上给我去你那块在南溪边的地。上帝在上，这回你非听我的劝告不可了。还有你给我注意：不种完不许回来。天黑了也不用着急。我会派人送提灯去的。"

天黑前他真的把南溪边的地种完了；他原本就打算今天干完这件事的。他回到厩房，给两头骡子饮了水，擦过皮毛，把它们关进厩栏，并喂了草料，这时候乔治还没有松下轭套呢。接着他踏进小巷，在初起的暮色中朝自己家走去，屋顶烟囱上，因为没有风，晚饭的炊烟立得直直的。他没加快步子，说话时也没把头扭过来。"乔治·威尔金斯。"他说。

"是的，您哪。"乔治在他后面说道。他们一前一后，几乎是左右脚齐步的，中间隔了约莫五英尺。

"你当时打的到底是什么主意？"

"我到现在也还不清楚呢，您老，"乔治说，"这差不多都是纳特的主意。我们压根儿没给您惹事儿的意思。她说您和洛斯先生告诉过保安官那烧锅藏在什么地方，要是我们把它起出来，您在后廊上发现了它，我们又提出在他们来到之前帮您搬走，说不定您会改变主意借钱给我们——我是说会答应让我们成亲的。"

"哼。"路喀斯说。他们接着往前走。现在他能闻到炖肉的香味了。他来到院门口，转过身来。乔治也停住脚步，他瘦瘦的，细蜂腰，歪戴帽子，即使穿了条旧工裤也摆出副花花公子的做派。"卷进这场糟心事儿的可不光是我一个呀。"

"是啊，您哪，"乔治说，"可不是吗。我希望我能从里边接受一点教训。"

"这也是我的希望，"路喀斯说，"等他们把你送进帕区曼，在种棉花和玉米的空当里——我看你也不见得会得到三分之一或是四分之一的分成了——你会有足够时间去琢磨这场教训的。"他们两人对看了一眼。

"是的，您哪，"乔治说，"特别难得的是能有您老在那儿帮我一起琢磨。"

"哼。"路喀斯说。他没有移动身子；他叫了一声，声调几乎没有提高："纳特。"他连眼光都没朝自己家转过去，那丫头就顺着小路跑过来了，光着脚，穿了条干净的旧花布裙子，包着块艳丽的头巾。她的脸哭肿了，可是声音却是气鼓鼓的，倒也并不歇斯底里。

"让洛斯先生给保安官挂电话的可不是我！"她喊道。他生平头一次正眼看她。他一直盯着她，直到那挑衅的眼光开始消失，而为某种警惕与猜疑的神情所代替。他看见她的眼光越过他的肩膀朝乔治站的地方闪去，接着又收回来。

"我改变主意了，"他说，"我打算让你和乔治结婚。"她瞪大了眼看他。再一次他看见她的眼光朝乔治闪去又收回。

"变得够快的。"她说。她盯看着他。她的手，那是黑人典型的狭长、柔软、掌心颜色很淡的手，伸上去在包头的鲜亮花布上摸了摸。她的语气，连同音色与调门都已起了变化。"我，嫁给乔治·威尔金斯，去住在那样一间小屋里，那儿后廊全坍了，还得让我走上半英里路到泉边去打水？他可连炉子都没有！"

"我的烟囱好烧着哩，"乔治说，"我可以把后廊再支起来的。"

"挑上满满两桶水走一英里我还能对付，"她说，"凑合支一支的后廊我可不要。我要乔治的房子里有个全新的廊子，还要有炉灶和一口水井。你打算怎么做到这几桩？你能出钱砌新灶、建新后廊、雇人帮忙挖井吗？"不过她眼睛看着的却仍然是路喀斯，她那高亢、尖利的女高音并非逐渐变轻而是陡然停住的，她目光炯炯地望着父亲的脸，仿佛在用花剑和对方搏斗似的。他的脸既不阴沉也不冷酷与愤怒。那是绝对没有表情与看不透的。他真像是站在那儿睡着了，像匹马那样睡着了。他终于开口了，像是在自言自语。

"一个炉灶，"他说，"后廊修一下。一口井。"

"要新的后廊。"她说。他像是根本没听见女儿的话。仿佛她根本没张过嘴。

"后廊修一下。"他说。这时她不再看他了。那只手再一次举起来，细巧、秀气的手，没一点干过粗活的痕迹，那手捋了捋后脑上的头巾。路喀斯身子动了一下。"乔治·威尔金斯。"他说。

"您老咋说？"乔治说。

"进屋去吧。"路喀斯说。

于是，过了一段时候，判决的那个日子终于来到。他和纳特还有乔治穿了星期天穿的好衣服站在院门口，汽车开过来停住了。"早上好，纳特，"爱德蒙兹说，"你什么时候回来的？"

"我是昨儿个到家的，洛斯先生。"

"你在维克斯堡①待的日子不短嘛。我都不知道你打算去，等莫莉大婶告诉我的时候你已经走了。"

"是啊，先生，"她说，"我是那些保安官来过的第二天走的。——我自己也没料想到，"她说，"我不太想去。是爸爸的主意让我出门去看姑妈——"

"别啰嗦了，快上车吧，"路喀斯说，"我该在本地收自己的庄稼还是得去帕区曼县替别人收，我也想早点知道呢。"

"是啊。"爱德蒙兹说。他又跟纳特说话了。"你和乔治先走一步。我有几句话要跟路喀斯说。"纳特和乔治往前走了。路喀斯站在汽车旁，爱德蒙兹看着他。从那个早晨到现在已过去三星期，爱德蒙兹还是头一回跟他说话，仿佛得要三星期的时间才能使他的怒火自行消解，至少是自己熄灭。现在这白人靠在车窗上，望着那张明显有白人血液的深不可测的脸，那血和他自己血管里所流的是一样的，是通

---

① 密西西比州西部一城市，在密西西比河东岸。

过男性后裔去到这个黑人身上的，而来到自己身上却是通过女性后裔，不但如此，去到黑人身上比他自己还早上一个辈分——他望着那张脸，那张矜持、深不可测，甚至还有点傲慢，连表情都有点像他曾外公①麦卡斯林的脸。"我想你知道自己会有什么命运，"他说，"联邦律师收拾纳特，纳特收拾乔治，乔治又收拾你，然后高恩法官把你们三个统统收拾了。你在这地方住了整整一辈子，时间几乎是我的一倍。你认识所有在这儿生活过的麦卡斯林家和爱德蒙兹家的人，除开老卡洛瑟斯。你后院的那只蒸馏壶、那些威士忌是你的不是？"

"你也知道那不是我的。"路喀斯说。

"那好，"爱德蒙兹说，"他们在沟底找到的那只蒸馏壶该是你的了吧？"

他们对看着。"他们审判我又不是为了那一只。"路喀斯说。

"那只蒸馏壶是你的不是，路喀斯？"爱德蒙兹说。他们互相对看。可是爱德蒙兹看着的那张脸仍然是绝对没有表情与深不可测的。甚至那双眼睛的深处也是一片空白。他想，他这样想也不是第一次了：我瞧着的这张脸不单单比我老，比我见多识广，而且是属于一个一万年以来血液大抵是纯正的人，可我呢，从老祖宗起就是来历不明、混乱不清的。

"这个问题你一定要我回答吗？"路喀斯说。

"不要了！"爱德蒙兹粗暴地说，"上车吧！"

他们来到城里时，广场以及通向广场的各条街道上都停满了汽车与大车；联邦法院屋顶上，旗帜在5月晴朗的天空中翻飞。他还有纳特与乔治，跟在爱德蒙兹后面穿过拥挤的人行道，从他们认得的那些脸组成的细狭通道里通过——这些人来自他们的庄园，也来自溪边一

---

① 指麦卡斯林家族族长卡洛瑟斯，实际上应为曾曾外公。前面所说的"早一个辈分"亦不确切。这说明洛斯性格上比较大大咧咧。

带各个农庄和邻近各处，他们走上十七英里，明知自己进不了法院的建筑，只能等在街上看他们经过——还有一些脸，那是他们仅仅听说过名字的：那是富有的白人律师、法官和警长，他们一边傲慢地挥动着雪茄一边聊天，那可是地面上有权有势、自命不凡的人。他们走进大理石的门厅，这里也是人头济济，声音也嗡地变响了，一到这里，乔治不由得用他星期天才穿的皮鞋的硬后跟走起一种小心谨慎的步子来。而路喀斯则从他外衣口袋里取出那份厚厚的、脏兮兮的、折叠起来的文件，它在路喀斯炉灶那块撬松的砖头底下已经埋放了三个星期，路喀斯用它去碰碰爱德蒙兹的胳膊——纸够厚的，也够脏的，但轻轻一碰显然就自动打开了，硬邦邦的，但顺着被手弄污的旧折痕散开时还算是很自然的，显露出，呈现出三个词儿：乔治·威尔金斯、纳塔莉·布钱普以及去年10月的一个日期，这三个词儿埋藏在抬头与印鉴之间由一个籍籍无名的文书所写的、没有实际含意也无人去读的紧密、潦草的书法里，只有那三个词才是路喀斯费心去辨认的。

"你的意思是，"爱德蒙兹说，"你一直有这份文件？整整三个星期里它都在你手里？"可是他盯着看的那张脸仍然是毫无表情，几乎是睡意蒙眬的。

"你把它交给高恩法官。"路喀斯说。

他和纳特、乔治安静地坐在一间小办公室的一条硬条凳上，房间里有个半老的白人——路喀斯知道他是个副警长，但也不能太肯定——边嚼一根牙签，边看一份孟菲斯出的报纸。接着一个动作快、有几分心事、戴了副眼镜的年轻白人推开门，在一瞬间让他的眼镜闪了闪光接着便消失了；接着，他们跟在那个上了年纪的白人的后面，再一次穿过门厅，这大理石洞窟模糊不清地回响着永远在缓慢移动的脚步的声音和说话声，在他们登上楼梯时，那些脸又再次瞪视着他们。他们穿过空荡荡的法庭，没有停下来，进入另一个办公室，这间更大些，也更讲究更安静些。这里有一个脸容愠怒的人，路喀斯不认得他——他是合众国的检察官，八年前政府换届① 后才调到杰弗生来的，那时路喀斯已不再经常进城了。不过有爱德蒙兹在这儿呢，桌子后面坐着的那人路喀斯倒认得，四十五年前老卡斯当家那阵每逢打鹌鹑的季节此人都要下乡，一待就是好几个星期，和扎克一起打猎，但凡狗群指出了猎物所在方位他们需要下马射击时，就由路喀斯来牵住马笼头。事情不一会儿就处理完了。

"是路喀斯·布钱普吗？"法官说，"大白天在他后廊上放着三十加仑威士忌和一只蒸馏壶？笑话。"

"我不是跟您说了吗，"那个愠怒的人说，双手一挥，"我原先一点不知道这事，直到爱德蒙兹——"可是法官连听也不听他的。他在看纳特。

"过来，姑娘。"他说。纳特往前挪了挪步，就站住了。路喀斯能看到她在颤抖。她看上去很娇小，又细又薄像根板条，非常年轻；她是他们家最小的幺妹——才十七岁，是他老伴晚年所生的，有时候他觉得，也是自己暮年时所得到的一个孩子。她还太年轻不该结婚，不该去面临种种烦恼，这些烦恼是婚后男女必须经历的，为的是使自己变老，去亲自发现宁静的滋味与妙处。光有一个炉灶、一个新的后廊和一口井是不够的。"你是路喀斯的闺女？"法官问道。

"是呀，老爷，"纳特用她那嘹亮、甜美、吟唱般的女高音说道，"我叫纳特。纳特·威尔金斯，乔治·威尔金斯的妻子。您手里的那张纸可以证明的。"

"我看到是那么写的，"法官说，"上面的日期是去年 10 月。"

"是啊，法官老爷，"乔治说，"去年秋上我卖完棉花我们就领了

---

① 指 1932 年 11 月罗斯福继胡佛成为美国总统。

文书了。我们那时就办手续了，只不过她不愿上我那儿去住，除非路喀斯先——我是说除非我砌好炉灶，修好后廊，把井挖好。"

"你现在都办成啦？"

"是啊，法官老爷，"乔治说，"我这会儿有钱办这些事了，我这就去把剩下的事给办了，哪天得空我就会拿起锤子和铁锹的。"

"我明白了，"法官说，"亨利，"他对另外那位老人说，也就是含着牙签的那位，"那些威士忌还在你那里，你可以找个地方把它倒掉吗？"

"可以的，法官。"那人说。

"还有那些蒸馏器，你可以把它们砸碎，让它们永远不能再用吗？"

"可以的，法官。"

"那就退庭吧。把他们带走。至少把那个下颚突出的小丑给我拎出去。"

"他在说你呢，乔治·威尔金斯。"路喀斯喃喃地说。

"是啊，您哪，"乔治说，"我也听出来了。"

4

起先他以为在外面干两三天也就足够了——或者说是两三个晚上，因为白天乔治一定会在自己的地里侍弄庄稼的，且不说还得和纳特在他们的房子里为婚后过日子忙于各种杂事。可是一个星期过去，虽然纳特白天总至少要回娘家一次，一般是为了借什么东西，他却压根儿没见到乔治。他明白自己不安的根源是什么——那土墩和它的秘密，这是某个人，任何一个人，都可能像他一样偶然发现的，以及那段正飞快逝去、随着一天天过去而变得更短的他计划好的时间，他要在这段时间里不仅找到财宝，而且从中得到好处与喜悦，现在他倘若不能把插进来的小事处理完便只好干等，在空等的当儿又根本无事可做——多好的年景，多好的大春季节，甚至在播种机碾压出的轮印里，棉花与玉米都一个劲儿地往上蹿，而这当口他却百无聊赖，只能靠在围栏上瞧庄稼猛长；——一方面，他想干的事不能干；另一方面他可以干的事却纯属多余。可是最后，熬到了第二个星期，他知道再过一天他的耐心就会消失殆尽了，这时，他站在厨房门口里面，看见乔治在暮色里走进院子，穿过空地，进入马厩，牵出他的母马，把它套上大车并且驶走了。因此，第二天早上，他也不走远，仅仅来到他第一块地的地头，倚在为晶亮的露水所覆盖的围栏上，凝望着他的棉花，直到他老伴在房子里开始对他喊叫。

他回进屋子时，纳特坐在壁炉旁他坐惯的那把椅子里，身子前伛，那双细长的手无力地垂在她的两膝之间，脸蛋又哭肿了。"你还有你那个乔治·威尔金斯！"莫莉说，"快告诉你爸呀。"

"他打井啥的全没开始呢，"纳特说，"他连后廊都没修。他拿了你给他的钱却啥都没干。我问他，他光说顾不上，我等了一阵子再问他，他还是说忙啊，顾不上呀。直到后来我终于告诉他，要是他不照他答应过的快点开始，我可就要对保安官来那晚我们见到的事改变看法了，于是昨天晚上他说他有事儿要去路那头，问我想不想回娘家住一宿，因为他没准要很晚才回家，于是我说我可以插上大门的，因为我想他准是要开始打井了。后来我看见他赶走了爹的母马和大车，我知道就是这么回事了。他是天快亮才回来的，可是啥也没运回来。既没有打井的工具，也没有支廊子用的木板，可是爹给他的钱全花掉了。于是我告诉他我打算怎么做，我上大房子去等着，洛斯先生一起床，我就跟洛斯先生说对那晚看到的事我改变看法了，洛斯先生那个咒和骂呀，他说我改变得太迟了，因为我如今已经是乔治的老婆，法律再也不听我的了，他还要我来说，让你和乔治在太阳下山之前离开他的庄园。"

"你瞧瞧！"莫莉喊了起来，"你的乔治·威尔金斯真是个宝贝！"路喀斯已经在朝门口走去了。"你去哪儿？"她说，"咱们往哪儿搬呀？"

"啥时候洛斯·爱德蒙兹为咱们还不搬走操心，你再操这份心吧。"路喀斯说。

太阳已经高高的了。今儿准是个大热天；太阳下山前棉花和玉米准会又长上一截。他来到乔治的屋子时，乔治已从屋角绕出来，平静地站在那里。路喀斯穿过没长草的、晒得晃眼的院子，那里的细微的尘土给扫成复杂、弯曲的图案，这种扫法是莫莉传给纳特的。"东西在哪儿？"路喀斯说。

"我就把它藏在我以前安锅的沟里，"乔治说，"上一回保安官在那儿啥也没找到，他们准会认为去那儿找是多余的。"

"你这傻瓜，"路喀斯说，"现在离下一轮选举一星期也不到了，你以为因为洛斯·爱德蒙兹跟他们说过这里安有烧锅，就不会有人上沟里去看一眼吗？这一回他们逮着你，就再不会有人证明你去年秋天成了亲了。"

"他们这一回逮不住我，"乔治说，"我学乖了。我要按你教的办法来侍弄这口锅。"

"你是得学学乖，"路喀斯说，"天一黑，你就用大车去把东西从那条沟里拉走。我会告诉你该安在哪儿的。哼，"他说，"我想这一口准跟沟里原来的那口一样糟，都让人看不出有没有变过吧。"

"不，您哪，"乔治说，"这可是口好锅。里面那些曲里拐弯的铜管差不多是崭新的呢。就因为这个我杀不下他要的价。廊子和打井的钱都给了他还短两块，不过我自己补上了，也不再去麻烦您了。可是真让我担心的还是给人逮住。我老在盘算，对纳特咱们该怎样交待那后廊和打井的事。"

"什么咱们？"路咯斯说。

"那就算是我一个人吧。"乔治说。路咯斯瞪看了他片刻。

"乔治·威尔金斯。"他说。

"您老咋说？"乔治说。

"我是从不给一个男人出主意，教他怎么对付自己老婆的。"路咯斯说。

第二章

1

　　他们来到离小铺大约还有一百码处，路喀斯没有停下脚步，却扭头扔过去一句话。"你等在这儿。"他说。

　　"不，不，"那推销员说，"我要亲自和他谈。要是我不能卖给他，那就没一个——"他停住了。实际上他是往后退了一步；再走一步他就会与路喀斯撞个正着了。他年轻，还不到三十岁，身上有一股子干他那行的人与一个白人所具有的自信心以及路子稍稍有点儿不正的冲劲与干劲。然而他居然停下不语，并且正眼看着这个穿了一身破工作服的黑人，此人逼视着他，眼光里不仅仅有尊严而且还有命令的色彩。

　　"你等在这儿。"路喀斯说。于是那推销员在这晴朗的8月早晨斜倚在围栏上，让路喀斯独自进入小铺。路喀斯登上台阶，台阶旁站立着一匹毛色漂亮的年轻母马，额上有块白斑，三只蹄子上都有圈白毛，身上压着副宽阔的农场马鞍。路喀斯走进一个长房间，那里有一排排货架，上面放着食品罐头、烟草和成药，墙上的钩子上挂着挽链、颈圈和颈轭。爱德蒙兹坐在前窗旁一张有活动拉盖的办公桌前，正往一个账本上写什么。路喀斯静静地站着，谛视着爱德蒙兹的脖颈，直到他转过身来。"他来了。"路喀斯说。

爱德蒙兹把椅子一转，椅背还是朝后倾斜着。椅子还没有停下，他的眼睛里就已是充满怒气了；他的口气粗暴得让人吃惊："不行！"

"他是来了。"路喀斯说。

"不行！"

"他把东西带来了，"路喀斯说，"我亲眼看见——"

"你是在对我说你竟写信让他来，在这之前我已告诉你我不会给你预支三百元的，连三百分甚至三分钱也不——"

"我见到东西了，我告诉你，"路喀斯说，"我亲眼看见它灵得很呢。今儿早上我在后院里埋下一块钱硬币，那机器硬是径直来到它埋的地方找到了它。我们今晚就能找到那笔钱，明儿一早我就把钱给你全部还清。"

"好呀！"爱德蒙兹说，"好得很呀！你在银行里存了三千多块钱。自己去提前取出来嘛。这样你连还都不用还了。"路喀斯看着他，连眼皮都不眨一下。"哈，"爱德蒙兹说，"那么又是为了什么呢？因为你他娘的知道得跟我他娘的一样清楚这地方根本就没有埋下过什么钱。你在这里住了六十七年了。你听说过这一带有谁钱多得要埋到地下去的吗？你能想象这地方有人埋下光是值五毛钱的东西而他的亲人、朋友或是乡邻会不立刻起出来花掉吗？会快得连他都没来得及回到家里放好铁锹呢。"

"这你可错了，"路喀斯说，"有人挖到过的。我没告诉过你吗？三四年前有天晚上，两个陌生白人天黑后来到这里，起出来一只旧搅乳桶，里面装了两万两千块钱，还不等人见到他们就跑掉了。我看到过他们重新填好的那个坑。还有那个搅乳桶。"

"是的，"爱德蒙兹说，"你跟我说过的。可是连你自己当时都不相信是真的。可是现在你又改变看法了。是不是这样？"

"他们是找到了，"路喀斯说，"神不知鬼不觉他们就一溜烟走了，人家连知都不知道他们来过。"

"那你又怎么知道起出的是两万两千块钱呢？"可是路喀斯光是看着他。那神态决非顽固不化，而是一种无穷无尽的、耶和华般的耐心，仿佛他谛视着的是一个小疯子的古怪行为。

"要是你父亲在世，他准会借给我三百块钱的。"他说。

"可是我不借，"爱德蒙兹说，"倘若能够阻止你拿自己的几个小钱去买一架寻找窖藏的什么破机器，我也会那样做的。哦对了，你又不想花自己的钱，是吗？所以才来找我。你倒是够精的啊。你把希望寄托在我的傻里傻气上。是不是？"

"看来我是得动用自己的钱了，"路喀斯说，"我想再问你一遍——"

"不行！"爱德蒙兹说。这一回路喀斯谛视着他足足有一分钟。他也没有叹气。

"那好吧。"他说。

等他从小铺里出来，他也瞧见乔治了，从乔治那顶破草帽脏分分的反光里，他可以看见乔治和那个推销员这会儿正蹲在一处树荫下，两人都用脚后跟蹲着，没支傍什么。哈，他想，他也许说话能跟城里人一样，甚至自己认为自己是城里人。可是我现在知道他是生在哪儿的了。路喀斯走近时，他抬起眼。他对路喀斯迅速、严厉地看了一眼，同时站起身，已在朝小铺走去了。"嗨，"他说，"我不是早跟你说过让我来跟他谈吗！"

"不，"路喀斯说，"你给我站住。"

"那你打算怎么办呢？"推销员说，"我大老远的从孟菲斯赶来——我仍然弄不明白，你当初究竟是怎么说服圣路易①那些仁兄同意不预收部分款子就把机器发出来的。我现在正正经经跟你说，要是我不得不把机器运回去，但要为这次出差去报销开支又没有任何单据证明，事情就没那么——"

"咱们在这儿干站着有啥用，这多傻啊。"路喀斯说。他往前走，那人跟着他，回到院门口推销员汽车停着的路旁。那架探测器放在后座上，路喀斯站在开着的车门旁，打量着它——那是个长方形的金属箱子，每一头有一个把手，是用来抬它的，模样挺紧凑结实，按键、表盘什么的一应俱全，还蛮灵巧，蛮像个样。他没有伸手去触摸它。光是斜靠在车门上弯身对着它，一边眨眼，一边在盘算。他没在跟谁说话。"我是看见它转得蛮灵的，"他说，"我亲眼看见的。"

"你以为会是怎么样？"那推销员说，"它就是用来做这种事的。所以我们才要三百块钱嘛。懂吗？"他说，"你打算怎么办？我得知道，这样我才能决定自己该做什么。你有没有三百块钱？你家里人有没有？你老婆会不会在床垫底下什么地方藏着三百块钱？"路喀斯却在对着机器沉思。他眼光都还没有抬起来。

"咱们今天晚上会找到那笔钱的，"他说，"你出机器，我指给你看该在哪儿找，咱们对半分。"

"哈，哈，哈。"那推销员干冷地说，除了嘴皮子不得不张开点儿之外，脸上的肌肉纹丝不动。"还是听听大爷我的吧。"路喀斯在对着那个箱子沉思。

"咱们找到它是十拿九稳的，长官，"乔治突然说，"三年前有天晚上，两个白人偷偷溜进来起走了藏在只旧桶里的两万两千块钱，天不亮就一溜烟颠儿了。"

---

① 密苏里州一大城市，当时为制造业与邮购业中心。

"没错，"推销员说，"而且你知道得清清楚楚那是两万两千块钱，因为你捡到了他们瞧不上没拿走的小零钱。"

"不，先生，"乔治说，"没准还不止是两万两千块呢。那是口大桶。"

"乔治·威尔金斯。"路喀斯说。他仍然是半截身子探在车子里。他连头都没有扭过来。

"嗳，您哪。"乔治说。

"给我住嘴。"路喀斯说。他把脑袋与上身退出来，转过头来看着推销员。那年轻的白人再次见到了一张绝对看不透甚至有点儿冷酷的脸。"我拿一头骡子来跟你换。"路喀斯说。

"一头骡子？"

"等咱们今天晚上找到了那笔钱，我就拿三百块钱从你手里赎回那头骡子。"乔治倒抽了一口气，发出了轻轻的咝咝声。推销员飞快瞥了他一眼，看看那顶斜歪的帽子和迅速眨动的眼睛。接着推销员又把眼光投向路喀斯。他们互相对看——年轻白人那张精明、突然变得清醒、突然注意力高度集中的脸以及黑人那张绝对没有表情的脸。

"骡子是你的吗？"

"不是我的还能拿来跟你换？"路喀斯说。

"我们去看看。"推销员说。

"乔治·威尔金斯。"路喀斯说。

"嗳，您哪。"乔治说。

"上我厩房去把我那牲口绳取来。"

2

那天黄昏，管牲口的丹和奥斯卡刚赶了畜群从牧场回来，爱德蒙兹立刻就发现骡子不见了。那是只三岁口、重一千一百磅的母骡,名儿叫艾丽斯·本·博尔特,春上有人出价三百元他都不卖。他发现后甚至都没有骂娘。他仅仅把母马交给丹,等候在空场围栏的旁边,听母马的得得蹄声在暮色中消失然后又重新出现,这时丹从马背上跃下,把洛斯的手电筒与手枪递给他。接着,洛斯自己骑母马,那两个黑人坐在没套鞍的骡子背上,他们重新穿过牧场,蹚过小溪,来到骡子被牵领穿过的围栏缺口处。从那里开始,他们跟踪骡子和那个人踩在软泥上的脚印,顺着一片棉花地的边沿来到大路上。上了大路,他们仍然能跟踪骡与人的脚印,丹现在是步行了,他拿着手电,那个人牵着没打蹄铁的骡子曾经走在石子路边的软泥上。"是艾丽斯的蹄子,"丹说,"走到天边我也能认出来。"

事后爱德蒙兹自然明白两个黑人也都认出那些脚印是谁的。可是当时他的怒火与焦虑使他对黑人脾性的正常敏感变得迟钝了。当然,即使他当时问他们,他们也不会说的,不过明白了他们是知晓的就可以使自己做出正确的判断,从而免去他将遭遇的那四五小时精神与肉体上的折磨。

他们找不到足迹了。他原来希望能找到骡子被装上一辆等在那儿的卡车的痕迹;倘若那样,他就回家去打电话给杰弗生的保安官与孟菲斯的警察,让他们密切注意明天的骡马市场。可是没有这样的痕迹。他们用了差不多一小时才发现足迹是从何处隐没到石子路上去的,又怎么穿过石子路,进入对面路边的杂草丛,在三百码外另一块地里重新出现。他晚饭没吃,怒火中烧,母马也是一整天未卸鞍进食,他跟在两团黑影似的骡子后面,一路不断咒骂艾丽斯、黑夜与他们不得不依靠的那星微弱的亮光。

两小时之后,他们来到离宅子四英里的沟底。他现在也下马徒步而行了,否则他的脑袋会撞碎在一根黄枝上,他会在荆棘、灌木、朽木和树顶丛中翻倒乱滚的，他一只手牵着马，另一只胳臂挡住脸，还得留神自己的脚下，因此当他撞到一匹骡子身上，骡子往后狠狠给他尥了一蹶子时，他本能地往正确的方向跳开去，这才发现黑人已停了下来。他大声咒骂着，又赶紧朝另一方向跳去，以便避开那头该在这方位的但是尚看不见的第二匹骡子，就在此刻他注意到手电筒灭了，也看见前面林木间有一点油松火把的微暗、冒烟的亮光。亮光在移动。"做得对，"他急急地说，"别开手电。"他叫奥斯卡的名字。"把骡子交给丹，再回这儿来给我牵着母马。"他等着，盯着那亮光，直到那黑人的手摸到了他的手。他放开马缰，在两匹骡子周围转动，抽出手枪，眼光始终没离开那点在动的亮光。"手电给我，"他说，"你和奥斯卡等在这儿。"

"我还是跟您一块儿去吧。"丹说。

"好吧，"爱德蒙兹说，一边盯看着那团火光，"让奥斯卡牵着骡子。"他不等待就赶紧往前走，但是马上就听到那黑人已紧紧跟在他后面，两人尽可能大胆地快走。怒气此时此际已不是冷冷的了。它变得热腾腾的，他朝前冲，一种渴望、一种复仇的狂喜在心中升起，已顾不上脚下是否有灌木或圆木，他左手持电筒右手执枪，正很快地逼近那个火把。

"那是老印琼① 土墩，"丹在他后面喃喃地说，"所以火光看着才那么高。他跟乔治·威尔金斯到这会儿也该快完事儿了。"

"他和乔治·威尔金斯？"爱德蒙兹说。他突然停住脚步。他呼地转过身子。他不仅将看清整个局势的全貌，就像摄影师闪光灯亮起的一瞬间那样，而且他此刻明白自己从来就是看清的，只是不愿相信罢了，这纯粹、仅仅因为他知道，倘若真的接受这一事实，他的脑袋

---

① "印第安"的讹音。

会爆炸的。"路喀斯和乔治？"

"在土墩那块往下挖呢，"丹说，"打从春上路喀斯大叔在那儿找到那枚值一千块钱的金币起，他们每天晚上都挖呀。"

"那你是知道这事的？"

"这事我们谁都知道。我们一直在瞅着呢。那天晚上路喀斯大叔找到那枚价值一千的金币，当时他正打算藏起他的——"他的声音一点点没了。爱德蒙兹什么也听不见了，他脑袋里轰地响了一声，倘若年纪再大几岁那就是一次中风。有一瞬间他既无法呼吸也啥都看不见。接着他又呼地转过身子。他用嘶哑、出不来气儿的嗓音说了句什么，同时往前冲，终于跌跌撞撞从灌木丛里脱身出来，进到林中空地，矬矮的土墩在这里咧开了腹胁像是在打哈欠，它恰像摄影师所需要的背景衬托出那两个被逮住而张大了嘴在傻看他的人——其中的一个手里抱着只爱德蒙兹原先准会认为是饲料容器的东西，但是爱德蒙兹现在知道天黑下来后这两人都不会抽时间去喂艾丽斯或是别的什么骡子的，那另一个手持一只冒烟的松木火把，将它高高擎在自己歪戴的破草帽之上。

"你，路喀斯！"他喊道。乔治赶紧将火把一扔，可是爱德蒙兹的手电已像被烤肉叉叉住似的使他们无法遁逃了。接着他头一回看见那白人，那推销员了，翻檐帽、领带等一应俱全，正从一棵树的旁边站起身来，裤腿一直卷到膝头，双脚粘满湿泥，因此根本看不见。"好呀，"爱德蒙兹说，"你跑呀，乔治。快跑。我一枪能把你的帽子打飞，还不伤你一根毫毛。"他走上前去，手电的光束收缩在路喀斯抱着的那只金属箱子上，照得那一排排摁键与表盘熠熠闪亮。"原来是这么回事，"他说，"三百块钱。我倒希望有谁能往本地引进一批种子，让人从新年一直到圣诞节每天都忙个不停呢。你们黑小子一旦农闲没得干了，麻烦就开始了。不过先别管这些。因为我今天晚上还不打算为艾丽斯的事操心呢。要是你和乔治愿意架着这混账机器走到天亮，那是你们的事儿。不过天一亮那骡子非得回到我厩房她的栏里不可。你们听见了吗？"这时候那个推销员突然出现在路喀斯的肘旁。爱德蒙兹都已经把他给忘了。

"你说的是什么骡子？"他说。爱德蒙兹把手电打到他身上，照了片刻。

"我的骡子呀，城里人先生。"他说。

"真是这样的吗？"那一位说，"我这儿有张出卖这头骡子的票据。是由这个路喀斯签了名的。"

"你那儿有，是吗？"爱德蒙兹说，"等你回到家里，你尽可以拿它来当点烟斗的纸捻子。"

"是吗？听着。你叫什么名字——"但爱德蒙兹已经把手电打回到路喀斯身上去了，他仍然把那架探测器抱在身前，仿佛那是一样有象征意味的物件，是举行某个仪式、典礼必不可少的圣物。

"在重新考虑之后，"爱德蒙兹说，"我都根本不想计较骡子的事了。对这整个事情的看法今天早上我已经跟你说过。不过你是个成年人；你想瞎折腾我也拦不住。说实话，我都不想阻拦。不过倘若天一亮太阳出来那头骡子还不在她的栏里，我就给保安官打电话。你听见我说的没有？"

"听见了。"路喀斯闷闷不乐地说。这时那推销员又开口了。

"很好，大兄弟，"他说，"要是那头骡子在我准备把它装车运走之前就不见了，我就给保安官打电话。这你也听见了吗？"这一回爱德蒙兹蹦跳起来，急急转身，手电的光束照在那推销员的脸上。

"你是在跟我说吗，城里人先生？"他说。

"不，"推销员说，"我是在跟他说。他也听见了。"又有好几分钟，爱德蒙兹把手电打在那人的脸上。过了一会儿才垂下来，因此只有他们的腿脚显露出来，杵在光圈和它的折影里，仿佛他们正站在水里。他把手枪放回到兜里。

"好吧，你和路喀斯只有天亮前这点时间来解决这个问题了。因为太阳一出那骡子就必须回我厩房。"他转过身子。路喀斯瞧着他走回到丹等着的空地边缘去。接着两人往前走，亮光在树丛、灌木间摇晃闪烁。很快亮光就全不见了。

"乔治·威尔金斯。"路喀斯说。

"嗳，您哪。"乔治说。

"把松明找出来重新点上。"乔治照着做了；再一次那刺眼的红光一面冒着浓烟一面摇曳着发出臭味，红光指向 8 月午夜后的星星。路喀斯把探测器放下，拿起火把。"你来拿着这东西，"他说，"我这会儿就得找到它。"

可是天亮时他们还是没能找到。火把在灰蒙蒙、多露水的曙色里变得暗淡了。推销员这时候已在湿地上睡着了，破晓时分的潮湿阴冷使他蜷成一团，他胡子拉碴，那顶挺帅的城里人帽子皱巴巴地团在他的脸颊底下，弄脏的白衬衫的领子处那根领带也扭歪了，沾满泥巴的裤子一直卷到膝头，昨天擦得锃亮的皮鞋如今成了两个不成形状的大泥团。他们终于把他叫醒，他一边坐起来一边骂娘。不过他倒是立刻就明白自己在何方以及何以会在此处的了。"好，听着，"他说，"要是那头骡子从我们拴着的棉花房离开一步，我就去叫保安官。"

"我再有一个夜晚就行了，"路喀斯说，"那钱是在这儿。"

"再有一个夜晚，"推销员说，"再有一百个夜晚。你愿意的话在这儿待上一辈子也不关我的事。你先告诉我，那人说骡子是他的，这是怎么回事？"

"让我来对付他，"路喀斯说，"我今天上午就来处理。你甭为这事操心了。再说，如果今天你打算自己把骡子弄走，保安官也会把它从你手里抢去的。你就让它留在这儿也甭为自己和我操心。这机器再让我用一晚，我就把什么都弄妥了。"

"很好，"那推销员说，"可是你知道再用一晚你得花多少钱吗？得另交二十五元整。现在我可要进城去睡了。"

他们回到推销员的汽车那里。推销员把探测器放到车后的行李箱里，锁上。他让路喀斯和乔治在路喀斯家院门口下了车。车子沿着大路往前开，已经走得很快了。乔治对着它迅速地眨动眼睛。"咱们现在干什么呢？"他说。

"尽快吃完你的早饭，然后回这儿来，"路喀斯说，"你得进城一趟，中午还得赶回来。"

"我也需要上床睡觉的，"乔治说，"我也困得很呢。"

"你明天可以睡，"路喀斯说，"也许今天晚上就可以睡上大半夜。"

"要是你早点儿说，我满可以搭车去而且跟他一起回来的。"乔治说。

"哼，"路喀斯说，"不过我来不及说。你尽快吃你的早饭。要是你怕搭不到车，你不如不吃早饭马上就出发。因为得走三十四英里呢，你还得中午就赶回来。"十分钟后，乔治来到路喀斯院门口时，路喀斯已在那里等他，支票上也已签上他那写得挺费劲、扭七扭八然而还是蛮清晰的名字。是要取五十块钱。"跟他们要银币，"路喀斯说，"中午就回这儿来。"

推销员的车子重新停在路喀斯门前时，天刚暗下来，路喀斯和乔治已经在等着了。乔治带了把铁锹和一只长把儿的铁铲。推销员胡子刮干净了，一看就知道已有过充分的休息；那顶翻檐帽刷过了，衬衫也是新换的。不过他现在穿的是一条卡其布裤子，上面还缝着厂家的商标，仍然有今早商店开门营业时放在货架时的折痕。路喀斯和乔治走近时，他朝路喀斯狠狠地、嘲讽地瞪了瞪眼。"我不想问我的骡子怎么样了，"他说，"因为没有这个必要。是不是？"

"它挺好的。"路喀斯说。他和乔治爬进汽车的后座。那探测器现在放在前座推销员的身边。乔治进到一半时，停下来对着机器迅速眨动眼睛。

"我忽然想到，要是它知道的我也都知道，那我能趁多少钱呀，"他说，"咱们都能趁钱。也不用一夜接一夜费时间寻宝了，是不是啊？"他现在是在对着推销员说话，用一种和蔼、恭敬和随和的口气："那您跟路喀斯先生也不用去管骡子归谁，而且连有没有骡子也不在乎了，是吗？"

"住嘴，快上车。"路喀斯说。推销员拉好排档，但还不让车走。他转过半个身子，看着路喀斯。

"嗨？"他说，"你今晚想上哪儿去散步？老地方？"

"不去那儿，"路喀斯说，"我来带你去。咱们昨儿找的地方不对。我看那张纸没领会准。"

"敢情，"推销员说，"认识了这一点就值那二十五块了——"他已经启动车子了。可是又突然停住，这就使得光挨屁股边儿坐在后座上的路喀斯和乔治被扔到前座的后背上。"你说什么来着？"推销员说，"你把那张纸怎么啦？"

"我没领会准。"路喀斯说。

"没领会什么？"

"那张纸。"

"你是说你手里有一封信或是别的什么，它说了东西埋在哪儿？"

"对，"路喀斯说，"昨天我没领会准。"

"它在什么地方？"

"在我家里，我放好了。"

"去把它拿来。"

"别管那个了，"路喀斯说，"我们不需要。我这回领会准了。"那推销员扭过头来对着路喀斯看了好一会儿。接着他扭回去伸手拉排档，其实排档已经拉好了。

"好吧，"他说，"那地方在哪儿？"

"往前开，"路喀斯说，"我会告诉你的。"

他们用了差不多两小时才抵达那里，那儿的路根本不能算路而是一条山间曲里拐弯的小道，沟沟壑壑的，长满了杂草，他们要去的地方也不在沟底而是在俯临溪流的一座小山上——这儿有几棵枝条乱七八糟的雪松，几柱坍塌的原来就未抹水泥的老烟囱，还有个坑，原来不知是井还是蓄水池，周遭有几块地力已乏的布满荆棘和芦苇的废田，还有几棵歪歪扭扭的树，那儿想必曾是果园，在没有月亮、夏末狰狞的星星游走着的天空底下显得鬼影幢幢、阴气逼人。"是在果园里，"路喀斯说，"分作两处，埋在两个分开的地方。其中一处是在果园里。"

"除非是写信给你的那个家伙没有回来把两处又合并成一处。"推销员说。"咱们还等什么？嗨，杰克①，"他对乔治说，"把东西拎出来。"乔治把探测器从汽车里搬出来。推销员现在也有手电筒了，挺新的，插在后裤兜里，不过他并没有立刻把它打亮。他环顾别的小山形成的黑黑的轮廓，虽然天黑，好几英里外还看得满清楚。"天哪，你们最好一锤子就把它找出来。要不了一个小时，十里方圆内每一个人只要长得有腿的都会围拢来看热闹。"

"这话别跟我说，"路喀斯说，"跟我花三百二十五元买下的那个会开口的匣子说去，到现在为止除了说不以外它啥都不会说。"

"这箱子你还没买下呢，大兄弟，"推销员说，"你说有一处是在

---

① 对不知其名或不屑知其名的人的带轻蔑色彩的称呼。

那边树丛里。好啊，在哪儿呢？"

路喀斯手持铁铲走进果园。那两个人跟在后面。推销员看着路喀斯停下来，眯缝了眼观察树木与天空以确定自己的方位，然后又往前挪动。最后他终于停了下来。"我们可以在这儿开始。"他说。推销员啪地打亮手电，弯起手掌使光线集中到乔治手里的箱子上。

"好吧，杰克，"他说，"干起来吧。"

"还是让我来拿机器吧。"路喀斯说。

"不，"推销员说，"你太老了。你看来不像是能跟上我们的速度呢。"

"昨天晚上我跟上了。"路喀斯说。

"今儿个可不是昨天晚上，"推销员说，"走呀，杰克！"他恶狠狠地说。他们往前走，乔治夹在当中，端着那架机器，三人一边在果园里一行行来回梳篦，一边一起盯看着手电光束下的那些意味深长的小表盘，只见那些针抖动着有了生命，在旋转、摆动了一会儿后又停住了，但仍在微微颤动，这整个过程中，三人的眼睛一眨不眨地瞪看着。接着路喀斯把着机器，注视着乔治往光圈集中的地点挖下去，只见一只生锈的罐头终于被起出，白花花的银元瀑布似的在推销员手里闪光、滚动，又听见那推销员在说："噢，天哪。噢，天哪。"路喀斯也蹲了下来。他和推销员对蹲在小坑的两边。

"唔，我总算至少是找到了这些，"路喀斯说。推销员一只手护着这摊钱，另一只手往下一劈，仿佛路喀斯是要把钱夺走似的。他蹲在那里，残酷、持久地对着路喀斯冷笑。

"你找到了？这机器不属于你，老头儿。"

"我打你手里买来了。"路喀斯说。

"用什么？"

"一头骡子啊。"路喀斯说。另外的那个在小坑对面朝他冷笑，既残酷又持久。"我开给你一张发票了。"路喀斯说。

"那东西一文不值，"推销员说，"就在我车子里。你愿意就拿去。它啥也不值，我都懒得去撕掉它。"他摸索着把钱币装回到罐子里去。手电仍然在他方才丢下——是扔掉——的地方，还亮着呢。他迅速地从光圈里站起来，只剩下小腿被照着，显出了那条新弄皱的布裤子以及那双浅帮黑皮鞋，它没有重新上油擦亮，仅仅是揩洗了一下。"好吧，"他说。"这根本算不上是一笔钱。你说是分成两笔的，是分开埋在两个不同的地方的。那另外一笔在哪儿呢？"

"问你的找宝机去呀，"路喀斯说，"不是说它知道得一清二楚吗？不是为了这个你才要价三百元的吗？"他们在黑暗中面对着面，两个脸容不清的黑影。路喀斯动了动身子。"我看咱们可以回家了，"他说，"乔治·威尔金斯。"

"嗳，您哪。"

"等一等。"那推销员说。路喀斯站住了。他们又是面对面了，谁也看不清。"这儿的还不到一百块钱呢，"推销员说，"大笔头的是在另一个地方。我给你一成。"

"那封信是我的，"路喀斯说，"那哪儿够啊。"

"两成，"推销员说，"这就碰顶了。"

"我要一半。"路喀斯说。

"一半？"

"卖骡的单据还给我，再开张单据说明那架机器归我了。"

"哈哈，"那推销员说，"真是哈哈哈。你说那封信说钱在果园里。果园也不算太大。今晚还有大半夜，更不用说还有明——"

"我说的是一部分的钱在果园里。"路喀斯说。他们在黑暗里又一次面对着面。

"明天。"推销员说。

"这会儿。"路喀斯说。

"明天。"

"这会儿。"路喀斯说。对方那张看不清的脸瞪视着他自己的看不清的脸。他和乔治似乎都感到无风的夏夜空气随着白人的颤抖而在震动。

"杰克，"那推销员说，"你方才说那些家伙找到多少钱？"可是不等乔治来得及开口，路喀斯就回答了。

"两万两千块钱。"

"没准比两万两千还多，"乔治说，"那是一口很大的——"

"好吧，"推销员说，"等咱们干完，我马上给你开一张售出的单据。"

"我这会儿就要。"路喀斯说。他们回到汽车旁。路喀斯拿着手电。他们看着推销员扯开他的漆皮公事包，把那张卖出骡子的单据揪出来扔给路喀斯。接着他们又看着他那只抖动的手填写一张有复写纸副本的长长的表格，又看他签上名，撕下副本里的一张。

"明天早上归你所有，"他说，"在这以前它还是我的。"他从车子里跳出来。"来吧。"

"它找到的一半归我。"路喀斯说。

"你站在那儿光动嘴皮子，又怎能得到一半或是多少呢？"那推销员说，"来呀。"可是路喀斯还是不动。

"那我们已经找到的五十块①又怎么说呢？"他说，"我不也该得到一半吗？"这回推销员仅仅是站在那里对着他笑，冷酷、僵硬、毫无欢乐之意。接着他走开去了。他连公事包都没有关上。他从乔治手里夺过机器，从路喀斯手里抢走手电，跑回到果园去了，他一边跑那

---

① 他们方才"找到"这笔钱时并未点数，照说路喀斯不该知道具体数字。若是推销员聪明一些，应看出这里面颇多蹊跷。

团光亮也一边在颤抖跳动。"乔治·威尔金斯。"路喀斯说。

"嗳，您哪。"乔治说。

"把那头骡子弄回到你牵出来的地方。然后去告诉洛斯·爱德蒙兹快别为这事弄得鸡飞狗跳的了。"

3

他登上残缺不全的台阶，那匹配了宽鞍具的漂亮母马站在台阶旁，他走进长房间，这里一个个货架上放着罐头食品，钩子上挂着圈套、挽缰、颈轭和犁绳，空气中满是糖浆、干酪、皮革和煤油的气味。爱德蒙兹把转椅从办公桌前扭过来。"你上哪儿去啦？"他说，"两天前我就让人捎话叫你来见我。你干吗不来？"

"我想我准是在睡觉，"路喀斯说，"接连着三晚我都是通宵没睡。我再也不能像年轻时那样熬夜了。你到我这年纪也会支持不住的。"

"可我比你聪明，年纪没到你一半就明白不能乱来。也许等你年纪到大我一倍时也只好学我的样儿了。不过我不想跟你谈这些。我要知道的是那混蛋圣路易商贩怎样了。丹说他还在此地。他在干什么？"

"在搜寻埋藏的钱。"路喀斯说。

有一瞬间爱德蒙兹没有开口。接着他说："什么？搜寻什么？你说什么来着？"

"在搜寻埋藏的钱。"路喀斯说。他让自己舒舒服服地靠在柜台边上。他从背心口袋里掏出只放鼻烟的小铁皮盒，打开盒盖，小心翼翼、精确地往盖子里装上鼻烟，又用大拇指与食指把下嘴唇往外拉，把鼻烟斜着倒进去，盖上铁盒，放回背心口袋。"使我的找钱匣子。

他论晚向我租用。所以我才整宿不睡，为的是看住匣子能要回来。可是昨天晚上他根本没露面，所以我改变做法，美美地睡了一夜。因此，我估计他已经回他从那儿来的地方去了。"

爱德蒙兹在转椅里坐得笔直，眼睛瞪着路喀斯。"从你手里租用？就是你偷了我的——好让你——的那一台——"

"二十五块钱一晚，"路喀斯说，"那是他让我用一夜开的价。因此，我想让他出这点租钱是很公平的。他把东西卖了；他该明白。反正我是这样要价的。"爱德蒙兹把双手放在椅子扶手上，不过他还没有动。他一动不动地坐着，稍稍前倾，瞪视着那个倚靠在柜台上的黑人，在他身上，只有下巴处稍稍有点凹瘪才看得出这是个老人，他下面穿一条破旧的马海毛料裤子，这是格罗弗·克利夫兰[1] 或是塔夫脱总统[2] 会在夏天穿的，上身是一件胸前有硬衬的无领白衬衫，一件提花背心，有年头了，所以泛黄了，还斜挂着一根沉甸甸的金表链，头上戴的是一顶值六十块钱的手工缝制的海狸皮帽子，是爱德蒙兹的父亲五十年前送给他的，底下那张脸不能算清醒也不能算是严肃，而是毫无表情。"全都因为他找错了地方，"他说，"他在那座小山上找。可那笔钱是埋在山下沟底的什么地方的。四年前悄悄前来人不知鬼不觉地带走两万两千块钱的那两个白人——"现在爱德蒙兹已经离开椅子站在地上了。他长长的吸了一口气，开始坚定地朝路喀斯走去。"眼下我们，也就是我和乔治·威尔金斯，已经跟他断绝往来了——"爱德蒙兹坚定地朝他走去，把憋住的气吐了出来。他原以为自己会大喊大叫的，可是说出来的仅仅是一句耳语。

"出去，"他说，"回家去。再别来了。倘若需要什么，就让莫莉大婶来领。"

---

[1] 史蒂芬·格罗弗·克利夫兰（1837—1908），美国第 22 届和第 24 届总统。
[2] 威廉·霍华德·塔夫脱（1857—1930），美国第 27 届总统。

第三章

1

最初，爱德蒙兹从账本上抬起头见到有个老妇人从路上走过来时，他并没有认出是她。他又埋下头去看账本，直到听见她爬上台阶沉重的脚步声、见到她走进小铺时，他才明白是谁。因为他大约已有四五年没见过她走出院门了。他骑了母马去巡视庄稼经过她家时会看到她坐在廊子上，那干瘪的脸凑在陶土烟锅的芦苇秆上，往里一抽一抽的，要不就是在后院的洗衣盆、晾衣绳之间挪动，动作既缓慢又痛苦，她那衰老的动作即使在爱德蒙兹看来也比他所知道她的确切年龄显得老得多；爱德蒙兹有时认真想想便会得出这样的结论。他按常规总是一个月一次在她家院门口下马，将母马拴在围栏上，自己进去，带上一罐烟草或是一小包便宜的软糖，那是她爱吃的，和她聊上半个小时。他把这称作对自己机遇的一次祭酒，就像古罗马的百人长①在饮酒前也总要先洒掉一些一样，其实这是对他祖先与良知的祭祀，他说不定会承认自己在良知上是及不上这个黑人妇女的，无论在礼数还是在人品方面，她是他心目中唯一的母亲，她不仅在大雨滂沱、一片泽国的夜晚亲自给他接生，让自己丈夫在险些送命的情况下去请大夫，可大夫来晚了，而且还带了她自己的孩子住到这幢宅子里来，让白娃娃、黑娃娃和自己睡在同一个房间里，这样就可以给他们两个喂奶，一直喂到他断奶，而且在他十二岁上学前从不长时间离开宅子——这是个小个儿女人，几乎小得出奇，而且在接下去的四十年里仿佛越长越抽抽了，老是包着同样的洁净的白头巾，围着同样的洁净的白围裙，他打记事起就见到她是这样装束的，他知道她其实比路喀斯年轻，但是看上去却更显老，老得令人难以相信，近年来她开始用他父亲的名字叫他，甚至用老一辈的黑人对他祖父的称呼来叫他了。

"老天，"他说，"你大老远的上这儿来干吗？你干吗不差路喀斯来？他应当清楚，让你来是不——"

"他这会儿正躺在床上睡觉呢，"她说，走路使她稍稍有点气喘，"所以我才有机会来。我什么东西也不需要。我是来和你谈事儿的。"她朝窗口稍稍转过去一些。于是他见到了那张布满皱纹的脸。

"为什么？是什么事儿？"他说。他从转椅里站起身来，从办公桌后面拉出另一把椅子，那是一把椅腿用铁丝加固过的直背椅子。"坐吧。"他说。可是她仅仅用同样视而不见的眼光看看他又看看椅子，他只好去搀她的胳膊，那胳膊在两三层很旧但是一尘不染的衣服底下捏上去简直不比她抽的烟斗的芦苇秆粗多少。他扶她来到椅子边，让她就座，她那一层又一层的裙子与衬裙摊了开来。她立即低下头去转

---

① 古罗马的基层军官，大约掌管 100 名士兵。

向一边，把一只扭曲粗糙像是团干枯发黑树根似的手举起来，放在眼睛上。

"太亮了，眼睛不好受。"她说。于是他又扶她起来，把椅子转成椅背朝窗。这一回她自己找到椅子了，并且坐了下去。爱德蒙兹坐回到转椅里去。

"好吧，"他说，"是什么事儿？"

"我要离开路喀斯，"她说，"我要办那个……那个……"爱德蒙兹坐着，一动不动，盯看着他现在看不大清楚的那张脸。

"你要办什么？"他说，"离婚？四十五年之后，在你这样的年纪？你打算干什么？你日子怎么过呢，没有人——"

"我可以干活。我要——"

"行了，"爱德蒙兹说，"你知道我不是这个意思，即使父亲没在他遗嘱里写明要照顾好你的下半辈子。我是说你打算怎么办？离开属于你和路喀斯的房子去跟纳特、乔治一块儿过？"

"那只会跟原先一样糟，"她说，"我得彻底走开。因为他疯了。自打他有了那台机器后他就变疯了。他还有——还有……"虽然他刚刚提到过，他知道她连乔治的名字都想不起来了。她又开口了，一动不动，在对着他说不上来的什么东西瞪视，两手在洁白的围裙上像是两团难以辨认的墨迹："——每天晚上都整宿不沾家，寻找那笔埋在地下的钱。他连自己的牲口都再也不管不顾。得由我来喂母马、喂猪、挤牛奶，我只好尽量对付。不过这还不要紧，我干得了。碰到他身体有病我也是乐意做的。可是他现在是头脑有病。病得很厉害。他连星期天也不再起床上教堂。他病得很重呢，老爷。他在做上帝不愿人去做的事。我害怕呀。"

"怕什么？"爱德蒙兹说，"路喀斯壮得像匹马。他现在比我还棒。他这阵子农闲没活儿干，要等庄稼熟了才有事。有几天通宵不睡和乔治一起在沟头沟尾走走对他没什么害处。下个月一摘棉花他自然会停下的。"

"我怕的还不是这个呢。"

"那又是什么？"他说，"怕的是什么？"

"我是怕他会找到那笔钱呀。"

爱德蒙兹重新跌落到他的椅子里，直直地看着她。"怕他会找到？"她仍然在对着他说不上来的什么东西瞪视，一动不动，那么小，就像是个玩具娃娃，是件小摆设。

"因为主说了：'入我土者必归于我直至我允其复生。勿论男女凡触及者务须注意。'① 所以我害怕。我必须走。我必须要摆脱开他。"

"这地方根本就没有钱埋在土里，"爱德蒙兹说，"他从春天起不就在洼地那儿探来探去想找到钱吗？那台机器也是不会找到的。我已经想尽办法让他别买了。除去控告那个商贩私自闯进别人产业把他逮捕，我什么都做了。我真后悔当时没那样做。倘若我预先料到——不过这也不会有用的。路喀斯反正是会在哪段大路上和他碰头把机器买下的。不过有了它路喀斯也不会找到一个钱的，跟他背着手在沟头沟尾走来走去，认为哪儿有就让乔治·威尔金斯挖下去没什么区别。他再傻，过不了多久也会死心的。他会停下来的。到那时他就正常了。"

"不，"她说，"路喀斯老了。他看上去不显老，可他已经六十七了。一个人那么一把年纪迷上了挖宝，就跟迷上了赌钱、喝酒和追娘们儿一样。他根本没有停下来的空儿。然后他还会跟着迷下去，迷下去……"她停下了话语。她坐在硬椅上一动不动，就连放在褪色围

_____

① 此处所引似非《圣经》原文。类似的意思见《创世记》第 3 章第 19 节："你本是尘土，仍要归于尘土。"以及第 3 章第 18 节："你必汗流满面才得糊口。"莫莉的意思是不应将非劳动所得的不义之财据为己有。

裙上两摊墨渍似的多节瘤的手也是一动不动。他娘的，他娘的，他娘的，爱德蒙兹想道。

"我可以告诉你怎样在两天内把他的毛病治好，"他说，"要是你年轻二十岁的话。可是你现在做不到了。"

"告诉我。我做得到的。"

"不，"他说，"你现在太老了。"

"告诉我。我做得到的。"

"明天早上等他带了那东西回家，你自己带上它到沟底去寻找埋藏的钱。后天早上也这样干，大后天也是。让他发现你是在干什么事儿——在他睡觉的时候用他的机器，在他睡觉不能盯着看它、不能自己找钱的全部时间里。让他回到家里发现没给他准备好早饭，睡觉醒来发现晚饭没做，因为你仍然在沟底，在用他的机器寻找埋藏的钱。这个办法能治好他的。可是你太老了。你顶不住的。你回家去等路喀斯醒了，你跟他——不，路太远了，不能让你一天跑两回。告诉他我说的，让他在家里等我。我晚饭后去你们家跟他谈谈。"

"谈谈是不会让他改变主意的。我谈没用。你谈也没有用。我唯一能做的就是干脆离开他。"

"谈话也许没用，"爱德蒙兹说，"可是要说的话我是一定要说的。他也一定得听着。我晚饭后来。你叫他等着。"

这时候她站起身来。他看着她怪费劲地一路走回去，那么小，简直像只玩具娃娃。他现在的感情不仅是对她关怀，如果他足够坦率的话，那根本不是关怀，他是在勃然大怒——一种不仅是他活着这几十年而且是他父亲一生所积累的轻蔑与气愤的突然迸发，甚至还可追溯到他的祖父麦卡斯林·爱德蒙兹的时日。路喀斯不单是这地方活着的年纪最大的人，比爱德蒙兹的父亲年纪还大，倘若老人家还活着的话，他身上有四分之一的血液，那不仅是白人的血液，甚至还不是爱德蒙兹家的血液，而是老卡洛瑟斯·麦卡斯林本人的，路喀斯是他的男性后裔，而且与他只隔一辈，而爱德蒙兹却是女性的后裔，算起来是第五代；他小时候就注意到路喀斯总称呼他的父亲为爱德蒙兹先生，从不像别的黑人那样称他为扎克先生[①]，而且逢到要与白人说话时也总是冷静与有心机地避免用任何名称来称呼对方。

可是路喀斯并没有拿他的白人的、甚至是麦卡斯林家的血统来作资本，恰好相反。好像是他不仅不拿这当作一回事，而且还非常冷淡。他甚至不觉得有必要用它来争取什么。他甚至也懒得去反对它。他兀自充当他这个人得以组成的那类双种族综合物，任凭自己拥有这个身份，就仅仅以这样的方式来抗拒它。他也不去当这两种张力的战场兼牺牲品，相反，他是一个容器，很结实，来历不明，并非导体，在其身上毒素与对立物相互制约，不起波澜，在外界空气里没有制造出什么谣言。原先是同胞三个：老大詹姆士，然后是一个姐姐，叫凤西芭，再就是路喀斯，他们的父亲是托梅大婶所生的图尔，他是老卡洛瑟斯·麦卡斯林的儿子，母亲则是谭尼·布钱普，她是爱德蒙兹的舅公[②]阿摩蒂乌斯 1859 年在一次牌戏中从邻居手里赢来的。凤西芭结婚后搬到阿肯色州去住，再也没有回来过，虽然路喀斯不断地听说她的情况，直到她的死讯传来。可是詹姆士那个老大，还没成年就跑掉了，他一路都没停下来，直到他越过了俄亥俄河，后来他们再也没有听到他捎来的或是关于他的任何消息——这是就他白人亲戚所知而言的。就好像他不仅仅（他妹妹日后也这样做）让奔腾的河水隔开他自己与他祖母的被弃以及他父亲的没有姓氏的出生，而且还让纬度与

---

① 前者为平等的称呼，后者则是南方家奴或仆佣对主人的叫法。
② 应为曾舅公。

地理介入，永远地把自己脚下得自原先那片土地的尘土踩下去①，在那片土地上他的白人祖先可以按照自己的怪念头今天承认他明天又抛弃他，可是他却连与白人祖先脱离关系的想法都不敢有，除非是恰巧碰上白人此刻也正好这样想。

　　可是路喀斯留了下来。其实他不是非得留下不可的。在三个孩子里，他不仅没有物质上的羁绊（也没有良心上的束缚，如卡洛瑟斯·麦卡斯林后来开始理解的那样）使他难以脱身，而且他是哥仨中唯一一事先就在经济上独立、满二十一岁后任何时候都可以永远离开的人。在爱德蒙兹家中这是父传子再传子一直传到卡洛瑟斯这一代的事，他们全都知道早在五十年代②初，老卡洛瑟斯·麦卡斯林的双胞胎儿子阿摩蒂乌斯与梯奥菲留斯在开始释放父亲的奴隶时，就对父亲的黑人儿子作出一项特别的规定（因而也算是一种正式承认了，虽然还仅仅是推论，而且仅仅是得自他白皮肤的同父异母兄弟）。那是一笔钱，还加上累积的利息，是给这个黑皮肤儿子的，在他口头提出要求的时候，可是托梅的图尔在宪法上规定③获得自由之后选择留下来，他从来没有利用这个机会。后来他也死了，那时老卡洛瑟斯·麦卡斯林已经去世五十多年，连阿摩蒂乌斯与梯奥菲留斯也已不在人世了，他们是七十好几在同一年去世的，就跟他们在同一年出生一样，这时麦卡斯林·爱德蒙兹拥有地产和农庄了，在实际上与名义上都如此，这是梯奥菲留斯的儿子艾萨克·麦卡斯林让给他的，这样做，除了讨一份麦卡斯林以及他儿子扎卡里还有扎卡里的儿子卡洛瑟斯至今仍在付给住在杰弗生草草搭成的小平房里的艾萨克的养老金之外，还

---

① 《圣经·路加福音》第9章第5节："凡不接待你们的，你们离开那城的时候要把脚下的尘土踩下去，见证他们的不是。"

② 指19世纪的五十年代。

③ 1865年12月，美国国会通过宪法第十三修正案，规定废除奴隶制度。

有什么理由，并且究竟出于什么考虑，就没有人确切知道了。不过让是确实让掉了，事情发生在密西西比州的黑暗岁月里，那时，一个人真得冷酷无情才能使祖产传到自己手里，也得很坚强冷酷才能保住产业直到传给别人；——让掉，简直就是放弃，由产业真正的继承人（亦即艾萨克，人称"艾克大叔"的，他没有子裔，如今是个鳏夫，住在他亡妻留下的房屋里，他也同样拒绝接受房子的产权，他是父亲老年所得之子，他自己也活了很久，但是却越活越小越活越小了，因为他过了七十眼看奔八十连自己都不爱照实说了，可身上却出现了唯独少年人才有的那种高尚无私的天真劲儿），他只保留了一份遗赠的托管权，这是他亲自这样要求的，对这笔遗赠，他的黑人叔叔[1]仍然不太能理解只要提出申请就是自己的了。

他从未提出申请。他去世了。接着他的大儿子詹姆士出走了，跑掉了，离开他出生的茅舍，离开庄园，甚至出了密西西比州，连夜出走，除了走时所穿的一身衣服什么都没带。当艾萨克·麦卡斯林在城里听说此事后他领出了这笔钱，这笔遗赠的三分之一以及累积的利息，都是现钱，也离开了，而且一星期后才回来，又把钱存回到银行里。接着那个女儿凤西芭结婚了，而且搬到阿肯色州去了。这一回艾萨克跟随他们而去，并把三分之一的遗赠存进阿肯色州当地的一家银行，作出安排，让凤西芭每周可以从这笔钱里取出三元[2]，不多也不少，然后他才回家。接着有一天早晨，艾萨克在家，正在看报，并不是认真看而是对着它像是在看，这时他明白过来是怎么回事和为什么了。正是那个日子。今天是谁的生日，他想。接着他出声地说："是路喀斯的。他今天二十一岁了。"这时候他妻子走进来了。她那会儿还是个年轻的女人；他们结婚还没几年，可是他已经能看懂她脸上

---

① 指泰瑞尔，或称托梅的图尔。
② 按照本书第五篇《熊》里的说法是每月三元。

的表情了，他现在并且后来也总是以这样的一种眼光看着她：很平静，对她，也是对她与自己都怀有怜悯与遗憾的眼光，就跟熟悉她的表情一样，他现在对那紧张、刻毒、咄咄逼人的声音也了解得非常透彻了。

"路喀斯·布钱普在厨房里。他要见你。没准是你表外甥捎话来说他决定连每月那五十块钱也不再给了，那是他用来换走你父亲庄园的钱。"不过这样说了也没什么关系。无所谓的。他也可以大声请求她的原谅，声音大得像在吼叫，以此来表示自己的怜悯与悲哀；夫妻间往往不需要开口说话，这倒不仅仅是长期生活在一起习惯使然，而是因为在他们漫长而凄惨的生活中至少有一个瞬间（那也是很久以前的事了，即使在当时他们也知道这个瞬间是不会也不可能持续下去的），他们曾经亲近过，像上帝一样，那时他们自愿地并事先就彼此原谅，虽然他们知道对方是不可能永远这样做的。这时候路喀斯已经到房间里来了，他就站在房门进来一点点的地方，手捏着帽子，贴在大腿上——脸色像旧马鞍，容貌饶有古叙利亚风，倒不是就种族意义而言，而是说他满像在沙漠上生活了十个世纪的骑士的一个后代。完全不是他们祖父卡洛瑟斯·麦卡斯林那样的脸。而是好比他们的上一辈的人的脸：由一万个不承认失败的南部同盟士兵的容颜综合而成的、像是铁版相片①上的脸。稍稍有点漫画化，不细看还看不出来，矜持、冷峻，比他自己的冷峻，比他自己的严酷，比他自己的更有深度。

"祝你长命百岁！"艾萨克说，"我的上帝，我正要——"

"是的，"路喀斯说，"剩下的那笔钱。我要它了。"

"钱？"艾萨克说，"什么钱？"

---

① 早期摄影的一种技术。将感光材料涂于铁版上，摄影冲洗后这铁版即是正片。

"老主人留给我爹的。如果仍然算我们的话。要是你打算给我们的话。"

"这钱不是我的，不该由我来说是给还是不给。那是你父亲的。你们几个只需提出来就行了。我曾想找到吉姆，那会儿他——"

"我现在就提出来。"路喀斯说。

"全部？有一半是吉姆的呢。"

"我可以代他保管的，就跟你一直在做的那样。"

"是的，"艾萨克说，"你也要走，"他说，"你也要离开了。"

"我还没有决定，"路喀斯说，"我也许会的。我是大人了。我想怎么做就可以怎么做。我要知道我决定想走的时候就可以走。"

"你本来就是什么时候都可以这样做的。即使是爷爷没有留下钱给托梅的图尔也罢。你们几个，你们当中的任何一个，只消上我这儿来说一声就可以……"他的声音一点点沉寂了下去。他想，五十块钱一个月。他知道我只有这点儿钱了。知道我背叛了，喊"牛绳"① 了，出卖了我的与生俱来的权利，背叛了我的血统，为了他也会说是并非平静而是消弭伤痕以及一点点的食物。"钱存在银行里，"他说，"我们去取出来好了。"

只有扎卡里·爱德蒙兹以及他的儿子卡洛瑟斯——在轮到他管事的时候——知道一部分的情况。可是下面要说的事杰弗生镇大多数的居民都知道，于是这故事不仅仅在爱德蒙兹家的年谱里占一席之地，而且也成为镇史里的一个小插曲了：——都说那天早上白皮肤与黑皮肤的堂兄弟如何肩并肩地走进银行，路喀斯开口说："等一等。这笔钱数目不小呢。"

"是太多了，"那白人说，"多得没法藏在炉床的一块砖的底下。

---

① 源出南方儿童游戏。男孩子欺侮女孩子，往往揪住她们的发辫让她们求饶，非要她们承认这发辫是"牛绳"才肯松手。因此喊"牛绳"即是认输、服软。

让我代你保管吧。让我来保管好了。"

"等一等，"路喀斯说，"银行可以像替白人保管那样替黑人保管的吧？"

"可以的，"白人说，"我可以叫他们这样办。"

"那我怎么取回来呢？"路喀斯说。那白人就解释支票是怎么一回事。"好吧。"路喀斯说。他们一起站在服务窗前，白人办转户手续，填写了新的存折；路喀斯又说了声"等一等"，于是他们一起站在墨迹斑斑的木架前，路喀斯签写支票，他在白人的指导下一气呵成地写下了自己的名字，字写得歪歪扭扭，但是能看清楚，这点本事还是白人的母亲[①] 教会他以及他哥哥和姐姐的。接着他们又重新站到格栅前，出纳员把支票兑了现，路喀斯仍旧堵在那唯一的服务窗前，不厌其烦、慢条斯理地把钱数了两遍，然后把钱推回到格栅里面出纳员的面前。"现在你可以把它存回去了，"他说，"我那张纸还我。"

可是他并没有离开庄园。那年年内他结了婚，娶的不是一个乡下姑娘，不是农庄里的闺女，而是个城里女人，麦卡斯林·爱德蒙兹为他们盖了所房子，又专门划了几英亩地，只要他住在这儿不走，就随他怎么耕种。接着麦卡斯林·爱德蒙兹去世了，他的儿子娶了亲，在发大水被围困的那个春夜，男孩卡洛瑟斯诞生了。他孩提时起就已接受这个黑人，把他看作是那个女人的附属品，这女人则是他记忆中唯一的母亲，就是这样简单明了，就像他接受他黑皮肤的干哥，接受自己的父亲，把他视为自己的生存的附属品一样。即使在他脱离婴儿期之前，两幢房子就是一而二二而一的：他和他的干哥要就是睡在白人房子里同一张草席上，要就是在黑人家里的同一张床上，也是在两

---

① 据研究者考证，艾萨克的母亲索凤西芭死于 1877 年，她可能教过吉姆与凤西芭，但不可能教当时只有 3 岁的路喀斯。按照《熊》里的说法，是"麦卡斯林的妻子艾丽丝曾教凤西芭认过一点字"。路喀斯应该也是艾丽丝教的。

边餐桌上吃同样的饭菜，事实上比起来他倒是更喜欢黑人房屋的，那儿炉床里即使在夏天也总燃着一小堆火，这是一家人生活的中心。他甚至都不需要了解这样的事本来就是他家史中的经常现象，他的白皮肤的父亲和他干哥的黑皮肤爸爸小时候也有过同样的经历，他也从来没有想到他们在他们的幼年而且也是从不记事时起就将自己的生命与一个女人连结在一起，而这女人的皮肤也同样是黑色的。有一天他知道了，没有想过也不记得是何时知道、如何知道的，这个女人原来并不是他的妈妈，知道了也没感到遗憾；他也知道自己的母亲已经过世了，知道了也没感到哀伤。还有这个黑女人呢，这是永恒不变的，还有这个黑皮肤的男人呢，比起自己的父亲来他并不少见到甚至见的时候更多，还有那个黑人的茅舍呢，那里有一股浓烈、温暖的黑人气息，有夜晚的炉床以及即使夏天也总是煨着的炉火，比起自己的宅子来他仍然更喜欢这个茅舍。再说，他不再是个小娃娃了。他和他干哥骑在庄园的马和骡子的背上，他们有一小群跟去打猎的小猎狗，还有希望再过一两年便可得到的猎枪；他们日子过得充裕、完美，像所有的孩子一样，他们不求让人了解，一旦隐私受到侵害便跳进孩子们共有的壁垒里去，他们只要求可以去爱别人，可以随便提问、盘查而不遭到呵斥，另外就是不要多管他们。

接着有一天，他父辈的古老的诅咒降落到他头上[①]来了，这古老的居高临下的祖传的傲慢，它并不产生自任何价值而是一个地理方面的偶然事件[②]的结果，并非起源于勇敢与荣誉，而是得自谬误与耻辱。当时他对之并没有什么认识。那年他和他的干哥亨利都是七岁。他们在亨利家里吃完晚饭，莫莉正要打发他们上门厅对面的房间里去睡觉，他们在这边时总在那儿睡的，突然之间，他说："我要回

---

① 《圣经·民数记》第 14 章第 18 节："耶和华……必追讨他的罪，自父及子直到三四代。"
② 指扎克生活在密西西比这个蓄奴州，而这并非出于他的选择。

家了。"

"咱们就在这儿睡吧，"亨利说，"我想咱们早说好了要跟我爹一块儿起床一块儿去打猎的。"

"你留在这儿好了，"他说，他已经在朝门口走去了，"我要回家了。"

"好吧。"亨利说，也跟了出来。他记得他们怎样在夏夜初起的晦暗中走了半英里来到他家，他自己让步子就快那么一点点，始终不让那黑孩子赶上来和他并肩而行，他们成单行鱼贯进入宅子，上楼，走进卧室，那里有一张床，地板上有张草垫，他们在这里过夜时总在草垫上睡，他记得自己怎样衣服脱得就慢那么一点儿，好让亨利赶在他头里躺到草垫上去。接着他来到床边躺了下去，身子僵僵的，一直对着黑黑的天花板瞪视，他听到亨利用一只胳膊肘支起上身，以一种不慌不忙、平平稳稳的惊讶眼光朝床的方向看去，即使这时候，他仍然在瞪视。"你要在那儿睡吗？"亨利说。"那好。我睡这草垫觉得挺好，不过要是你想，睡床我也可以的。"说着便爬起身走到床前，站在白孩子的边上，等他移动身子腾出地方来，可是那孩子用虽然不很响但却刺耳、粗暴的声音说：

"不！"

亨利没有动弹。"你是说你不要我在床上睡，是吗？"那孩子也没有动。他不回答，僵僵地朝天仰卧，向上瞪视。"好吧。"亨利轻轻地说，走回到草垫那儿重新躺下。那孩子听到他的声音，也注意谛听他的声音；他不能不这样，他躺在那儿，捏紧拳头，全身发僵，睁大眼睛，听那不慌不忙、不紧不慢的声音在说："我想今儿晚上这么热，咱们可以睡得凉快些，倘若咱们——"

"别说了！"那孩子说，"你老是说个没完，我们俩还能睡吗？"亨利便再也不说了。可是在亨利平静、没有心事的呼吸声响起后，孩子仍然没睡着，他怀着一种自己也解释不清的夹杂着无名火的忧伤，一种他不愿承认的羞耻心，僵硬地躺在那儿。接着他睡着了，可是自己觉得还是醒着的，他醒来时不知道自己已睡着过了，直到他在朦胧的晓色里看到地板上那张空荡荡的草垫。那天早上他们没有去打猎。他们再也没有在同一个房间里睡觉，也没有在同一张桌子上吃饭，因为他承认现在再这样做很不像话，他不再上亨利家去，一个月以来他仅仅从远处看到亨利，看见他和路喀斯在地里干活，走在父亲的身边，在路喀斯犁地时他拉着两匹牲口的缰绳。后来有一天他知道这是可悲的，也准备承认这是可耻的了，他要想这样承认，可是已为时太晚，而且是永远、永远地太晚了。他上莫莉家去。时间已近黄昏；亨利和路喀斯现在任何时候都会从地里回来。莫莉在家，他穿过院子时她站在厨房门口对着他看。她脸上什么也没有显露出来；他尽当时情况所能说了一句话，因为待会儿他还要恰如其分地说些话的，说了以后就再不用说了，这事就算是永远过去了，他还没进屋子就停住步子，双脚稍稍分开，正面对着她，稍稍有点发颤，但还是居高临下、盛气凌人地说："我今天晚上和你们大家一块儿吃饭。"

这很好。她脸上什么也没显露出来。到时候他是可以随时把要说的话说出来的。"当然可以，"她说，"我给你炖只鸡。"

接下去好像那件事根本没有发生过似的。亨利不多会儿就回来了；亨利准是在地里就看到他的，于是他和亨利在厨房里宰鸡洗鸡。接着路喀斯也回来了，他和亨利、路喀斯一起去谷仓，亨利在那儿给母牛挤奶。然后他们于暮色中在院子里忙这忙那，一面闻着炖鸡的香味，直到莫莉叫亨利，过了一会儿又叫他，那声调和以往的一样，平静而又坚定："进来吃你的晚饭吧。"

可是已经太晚了。餐桌放在厨房里一直放的地方，莫莉也像以往一样站在炉前，把烤饼干的屉子拉出来，可是路喀斯不在，这儿只有一把椅子，一只盘子，旁边放着给他的那杯牛奶，盘子里堆着没有动过的鸡，即使在他往后跳了一步、房间在他眼前翻腾晃动、弄得他什么也看不见时，亨利也没有改变他转过身子朝门外走去的步态。

"我吃的时候你不好意思吃，是吗？"他喊道。

亨利停住脚步，把头稍稍扭过来一点儿，用慢腾腾的、没有火气的声音说道："我没为任何人感到不好意思，"他平静地说，"包括我自己。"

因此，他进入了他的传统。他咽下了它的苦果。他听路喀斯提到他父亲时称之为爱德蒙兹先生而从来不叫扎克先生；他注意路喀斯怎样完全避免用任何称呼叫白人，真可谓煞费心机，时刻警惕，手段又是那么高明与滴水不漏，有一段时间他真拿不准是不是连他父亲也不知道这黑人现在根本不愿叫他"先生"了。最后他终于和父亲说了。父亲严肃地听着，脸上的表情对那孩子来说是深不可测的，而且他那时也没怎么注意，因为他那时还小，还是一个孩子；他还没有看出在他父亲与路喀斯之间存在着某种关系，这关系并不能仅仅用种族之间的区别来解释，因为它不存在于路喀斯与别的任何一个白人之间，也不仅仅能用白人的血统，甚至是麦卡斯林家的血统来解释，因为这种关系在他的表亲艾萨克·麦卡斯林与路喀斯之间并不存在。"你所以那样想是因为路喀斯比我年老，老得足以能有点儿记得布克大叔和布蒂大叔，又是原本就住在这块儿的人的后代，而我们爱德蒙兹家却是篡夺者，是昨天刚冒出来的蘑菇，这还不足以使他不愿称呼我为'先生'吗？"他父亲说，"我们是一块儿长大的，我们一起吃一起睡一起打猎一起钓鱼，就跟你和亨利那样。我们一起那样，直到我们长大成人。不过我总是在打枪方面超过他，除了一次。而那一次到头来还是我压过了他。你认为这理由还不够充分吗？"

"我们不是篡夺者，"那孩子说，几乎是在叫喊了，"咱们的祖奶奶麦卡斯林也和布克、布蒂大叔一样，是老卡洛瑟斯的嫡亲后裔。艾萨克大叔自己给了——艾萨克大叔自己说……"他停住了。他的父亲盯着他。"不，父亲，"他生硬地说，"理由还不够充分。"

"啊。"他父亲说。这时那孩子能看懂他脸上的意思了。他以前见到过，就像所有的孩子都经历过的那样——见到过那样一个时刻，自己虽然仍被温馨与信任所围裹与环绕，但是却发现他原以为已经不复存在的保留仅仅是后退了一步，并且树立起一个新的屏障，仍然是不可穿透；——见到过那样一个瞬间，孩子怀着又伤心又生气的心情理会到父母亲早就预料这个时刻准会来到，他们经历种种事情，既失意过也得意过，这些经历却一点儿也没有小孩的份儿。"我和你达成个协议如何。路喀斯用什么态度对待我，你让我自己来和他处理，至于他怎么对待你，这是你们之间的事儿，我也不管。"

接着，在进入青年时期后，他知道那天早上自己在父亲脸上所见到的是什么了，那是什么样的阴影、什么样的痕迹、什么样的记号①——是发生在路喀斯和他父亲之间的一件什么事情，除了他们之外无人知道，而且永远也不会知道，如果那个说法该取决于他们——反正发生过一件什么事儿，之所以发生是因为他们是他们自己，是男子汉，而并非源出他们种族间的区别，也不是因为同一种血液流动在他们两人的身上。再以后，在他十八九岁几乎是个成年人时，他甚至都知道那是怎么一回事了。那是为了一个女人，他想。我父亲跟一个黑鬼，为一个女人而争吵。我父亲跟一个男黑鬼为一个女黑鬼而争斗，因为他压根儿不朝这方面去理解：他甚至拒绝考虑那会是一个白种女人。莫莉的名字他则是连想也没有想到过的。那倒算不了什么。但居然是路喀斯打败了他，天哪，他想。爱德蒙兹，他想，恶狠狠与

①《圣经·创世记》第4章第15节："耶和华就给该隐立一个记号，免得人遇见他就杀他。"又《耶利米书》第2章第22节："你虽用碱，多用肥皂洗濯，你罪孽的痕迹仍然在我面前显出。"

恶毒地。爱德蒙兹。甚至作为黑鬼的麦卡斯林也是更强的男人，比我们都强。老卡洛瑟斯就在自己后院里让个女的怀上他的黑野种，我真想看到有哪个丈夫或任何别的人敢对他说个不字。——是的，路喀斯打败了他，否则路喀斯是不会留在这儿的。如果是父亲打败了路喀斯，即使他原谅了路喀斯也不会让路喀斯留下来的。情况只能是这样：路喀斯之所以会留下，是因为他面对任何人都是概不松动，即使他原谅了他们，即使他不得不伤害他们。

在岁月面前也是毫不松动。扎卡里·爱德蒙兹去世了，现在轮到他来继承这个庄园，而那个真正的继承人——是子系的后裔，从道德上自然是，如果真情为人所知的话，从法律上看大概也是——仍然活在人世，依靠那点微薄的施舍为生，现在又轮到他的曾甥孙按月给他送去了。如今洛斯管理这庄园已有二十年了，他想尽力赶上这个起了变化的时代，就跟父亲、祖父、曾祖父在他以前所做的那样。可是当他回顾这二十年时，他觉得那是一个漫长与不间断的过程，充满了骇人的麻烦与冲突，倒不是由于土地或气候（近年来更添上了联邦政府这一项），而是因为那个老黑人，他作为一个黑人甚至都不用费心去记住不称他为"先生"，而是叫他爱德蒙兹先生，或是卡洛瑟斯先生，或是卡洛瑟斯，或是洛斯，或是孩子，或是把他和一伙黑人青年搁在一起，把他们全拢作一堆，称之为"你们这些小后生"。这些年里，路喀斯一成不变，继续用古老的笨办法耕作他那几英亩地，没准当年卡洛瑟斯·麦卡斯林本人就是这样耕作的，他不听劝告，拒绝使用任何改良农具，甚至连拖拉机穿越他的地都不让，这地是他的麦卡斯林祖先让他终生无偿使用的，他甚至还拒绝飞行员把杀象鼻虫的农药洒在光剩他那块没喷的棉田里，连那架装了农药的飞机想飞过都不让，可是他却大模大样地到小铺去领取各种供应，仿佛他种了一千英亩并获得令人难信、极为可观的利润似的，小铺账本上至今还记着他头三十年前欠下的债，爱德蒙兹知道这笔钱路喀斯是永远不会还的，理由很简单，路喀斯不仅会活得比目前的这个爱德蒙兹长久，就像他活过了前两代一样，而且说不定在记下了欠债的账本都久已不存在之后还会活在人世呢。然后是蒸馏壶的事，按照那闺女的说法，路喀斯几乎是在他爱德蒙兹的后院里经营了至少二十年，直到他自己的贪婪暴露了自己，还有那三百块钱的骗子，他不仅是从自己的事业上的合作者、担保人那里而且是从自己的血亲那里偷来的，偷了去换一台探测窖藏地点的机器；如今又出了这样一档子事：在建立四十五年后去拆掉一个妇女的家，这妇女是他爱德蒙兹记忆中唯一的母亲，她抚育他，像她自己亲生子那样用自己的乳汁喂养他，还持久地用无微不至的关怀来保护他的肉体乃至精神，教他要有礼貌，要行为端正——对不如自己的人要和善，对相等的人要尊重，对弱者要慷慨，对老人要多加照顾，在所有人面前都要彬彬有礼、以诚相待和勇敢无畏——她给了自己这个失怙的孤儿一种始终不渝的、永不衰竭的深情与热爱，这是他在世上任何别的地方再也没能找到的，但是她给他时毫不吝惜，也从未考虑是否会得到回报；——去拆掉这样一个妇女的家，她除了在杰弗生的一个哥哥之外再没有别的亲戚，而且已有十年没见到他了，另外就是那十八岁出阁的女儿，她肯定是不会跟女儿一块过的，因为这女婿同样在自愿走火入魔，跟她认为的自己丈夫的处境一模一样。

在岁月面前也是毫不松动。爱德蒙兹独自坐在他吃不下去的晚餐前，仿佛眼前真的出现了路喀斯，站在房间里他的面前——六十七了可是他的脸却比四十三岁的自己那张显得年轻，不像自己的脸因激情、苦思、餍足、沮丧留下了那样深的痕迹——路喀斯的脸倒不全是乃祖麦卡斯林的翻版，即使漫画化的也不是，可是却继承了如今又以无比惊人的忠实性复制了老祖宗整整的一代人的面貌与思想——如老艾萨克·麦卡斯林四十五年前那个早晨①所见到的，那是一个整整一代凶猛的、不认输的年轻同盟军人的集体形象，用香料使之不朽，也稍稍有点木乃伊化——他惊愕地也几乎是不无畏惧地思忖：他比我们所有人加在一起，包括老卡洛瑟斯在内，都更像老卡洛瑟斯。他既是传人同时又是原型，是产生了老卡洛瑟斯和我们其余的人以及我们这个族类的所有的地理、气候与生物因素的传人与原型，我们的族类已数目繁多，难以胜数，变得面目不清，甚至名姓不详，但只有他是自成体系、不受外界影响、完整无缺的，对所有的血统不论是黑是白是黄是红，包括他自己的在内，全都不放在眼里，老卡洛瑟斯当年想必也是如此。

2

他把母马拴在路喀斯的围栏上，走上那条两旁细致地用碎砖、瓶底以及这类东西镶边的石块路，登上台阶。此时，天已经完全黑了。路喀斯在等候，他戴着帽子站在门口，炉床发出的火光衬出了他的身影。老婆婆没有站起来。她就跟下午在小铺里时一样，一动不动地坐着，只是上身稍稍前倾，她那双虬结的手一动不动地置放在白围裙上，那瘪陷、悲惨的面具的这一块或那一块被火光映照着，成为亮点，在他印象中，见到她在屋子里里外外嘴上没含那须臾不离的陶土烟锅，这倒还是破天荒头一遭。路喀斯为他拉过一把椅子。但是路喀斯自己没有坐下。他去站在炉子的另一边，火光现在也触及他了——照出了那顶手工缝制的海狸皮帽的宽阔的边檐，这帽子是爱德蒙兹的

---

① 指前面所写到的路喀斯前去索取遗产的那一天。

爷爷五十年前给他的，照出了那有点像叙利亚人的面容，以及那松垂在没扣住的背心上的沉甸甸的金表链。"这又是怎么啦？"爱德蒙兹说。

"她要打离婚，"路咯斯说，"蛮好。"

"蛮好？"爱德蒙兹说，"蛮好？"

"是的。那得让我破多少财？"

"我懂了，"爱德蒙兹说，"要是你得为这事儿破财，她反正是一个子儿也拿不到的。告诉你，这件事可不是让你拿来哄骗人的。你此刻不是在买进或卖出挖金机，老爷子。她要的也不是一匹骡子。"

"她要离就离，"路咯斯说，"我只不过想知道我得花多少钱。干脆你给我们离了不就得了？就跟去年夏天你给奥斯卡和他从孟菲斯带来的黄皮 ① 娘们办成的那样。你不单单宣布他们离掉，而且还亲自带她进城给她买火车票打发她回孟菲斯去呢。"

"那是因为他们还没有正正经经结婚，"爱德蒙兹说，"而且早晚她会用她带着的那把剃刀给他来上一家伙的。要是她有什么差错闪失，他也会拧断她的脖子的。他正眼巴巴地等着这时机呢。所以我才那样做。可你不是奥斯卡。这是不同的。听我说，路咯斯。你年纪比我大，这我承认。你攒的钱比我多，我估摸是这样的，而且没准你脑子也比我的好使，反正你自己是这样想的。可是这事你千万做不得。"

"这话别跟我说，"路咯斯说，"跟她说去呀。又不是我要这样做的。我对现状挺满足的。"

"是啊。当然啦。反正你想干什么就干什么——除去睡觉和吃饭，把所有的时间都用在差乔治·威尔金斯在沟底踏过来踏过去上，带着那台该死的——该死的——"这时他停住话头，然后重新开始，不仅

---

① 指黑白混血儿的那种黄褐色。

压低了嗓子，而且简直是把声音全吃了进去，至少有一瞬间是这样的："我一遍又一遍地告诉你这一带根本没有藏起的钱。你只不过是在浪费时间。不过这也没啥。就我而言，你跟乔治·威尔金斯俩尽可以在那儿乱转，直到累得趴下。可是莫莉大婶——"

"我是个老爷们儿，"路喀斯说，"在这儿，我是当家的男人。在我家里，由我说了算，就跟在你们家里由你、你爹和你爷爷说了算一样。你对我种田收庄稼这方面没啥意见吧？"

"没意见？"爱德蒙兹说，"没意见？"另外那人根本没打断自己的话头。

"只要地种好了，我私人的事情就由我自己来管，你爹若是在人世绝对会这样劝告你的。再说呢，我很快也不能每晚都去找钱了，因为我要摘棉花了。我想光是星期六、星期天晚上去找。"到这时为止，他显然是在对着天花板自说自话。现在他把眼光移向爱德蒙兹了。"可是那两个晚上是我的。那两个晚上我不侍弄任何人的地，不管自认为这地是属于他的那人是谁。"

"好吧，"爱德蒙兹说，"一星期两个晚上。下星期你就得开始，因为你有些棉花已经熟透了。"他转身向那老太太说，"嗳，莫莉大婶，"他说，"一星期两个晚上，就算是路喀斯这样的人，不久之后也准会清醒过来的——"

"我不是要他一星期刨去两晚不去找钱。"她说。她一动不动，用吟唱般单调的声音说话，也不看着两人中的任何一个。"我要他根本不去找钱。因为这会儿已经晚了。他如今已经管不住自个儿了。再说我一定要得到自由。"

爱德蒙兹再次抬起眼睛去看宽边老式帽子底下那张不动声色的、看不透的脸。"你是要让她走？"他说，"是不是这样？"

"我是要做当家的男人。"路喀斯说。那口气倒不是有意闹别扭。

那是平静的，也是斩钉截铁的。他的眼光像爱德蒙兹一样坚定，而且是更加无比地冷峻。

"听着，"爱德蒙兹说，"你年纪一点点老了。也不会在世界上活多长的时间了。方才你提到我的父亲。很好。不过他在大限来临躺下准备离开人世时，他的心可是平静的。因为他从来没做过——"什么事情耶稣啊，他几乎要出声地说出来。该死该死真该死他想什么事情在他妻子老年时是对不起她的因而必须得说主啊原谅我做了那件事吧。几乎要出声地说出来；但总算控制住了。"等你的时辰来到你想心平气和躺下，这一刻何时来到你是不知道的。"

"你也是不知道的。"

"不错。可是我四十三岁。你可六十七了。"他们对瞪着。在帽子底下的那张脸仍然是不动声色、无法看透的。接着路喀斯动了一下。他转开身子朝火里怪利落地啐了口唾沫。

"是的，"他平静地说，"我也是要安然躺下睡觉的。[1] 我不用那机器就是了。我把它送给乔治·威尔金斯——"这时候老太太动弹了。爱德蒙兹转过头去，只见她打算从椅子里站起来，一只手撑着椅子借把力，另一只手伸得直直的，倒不是想挡住路喀斯，而是向他爱德蒙兹伸来。

"不！"她喊道，"扎克先生！你还不明白吗？他不但会接着使用机器，就跟归他所有的时候一样，而且还会把上帝的诅咒转移到我最小的幺妹子纳特身上去。已归还给上帝的东西谁碰了都会遭到报应的。我要机器留在他那儿！我非得离开，就是为了让他留着，连转送给乔治的念头都不用起！你还不明白吗？"

爱德蒙兹站起身了，他的椅子哗地朝后倒去。他浑身发抖，瞪视

---

[1] 《圣经·诗篇》第4篇第8节："我必安然躺下睡觉，因为独有你耶和华使我安然居住。"

着路喀斯。"原来你对我也想搞阴谋诡计。对我也搞,"他用颤抖的声音说道,"好。你不能离婚。你也不能把机器送掉。明天天一亮,你就把那东西送到我家里来。你听见没有?"

他回到家中,或者不如说回到厨房里。现在月亮出来了,照在已绽开马上就可以收的棉桃上,白花花的一片。上帝的诅咒。他知道她的意思了,知道她颤巍巍摸索向前想要达到的是什么了。就算那令人几乎无法相信的情况是确实的,在路喀斯的搜索范围之内某处确实埋藏着被人遗忘的钱,多至一千元,就算是果真给路喀斯找到了——这更令人无法相信了,那对他,即使是对一个六十七岁的老人,会有什么好处呢,据爱德蒙兹所知,路喀斯在杰弗生的一家银行里存有相当于这笔钱三倍的款子,多了这么一笔没花血汗、至少是没花他自己血汗的钱,又会有什么好处呢。对他的女婿乔治,此人一文不名,年纪未满二十五岁就有了个来年春天就要分娩的十八岁的妻子,又会产生什么后果呢。

没有人来给他牵走母马;他告诉过丹别等他。他亲自卸下马鞍,擦刷皮毛,打开通向牧场夹道的门,解下马笼头,拍拍她那月亮般发光的屁股,看她又跑又跳,嗖地冲了出去,拐弯时脚踝上那三圈白毛和额上那颗白星朝月亮反出了光。"他娘的,"他说,"我真他娘的希望自己或者路喀斯·布钱普是一匹马。哪怕是头骡子也行啊。"

路喀斯第二天早上根本没带着那台探测器出现。爱德蒙兹本人在九点钟(这天是星期天)离开家时,他仍然没有来。爱德蒙兹现在正驾驶着他的车;有一瞬间他想去路喀斯家,半路上在那儿停一下。可是这天是星期天;他觉得从5月起一星期倒有六天他都在为路喀斯的事情操心,备受熬煎,而且非常可能明天太阳一出来还要接着受罪,而且既然路喀斯自己说了从下周起光在星期六星期天使用这台机器,那么很可能在这期限之前,他是会认为自己该遵守戒规不去用它的。

因此他把车子径直往前开了。他出去了整整一天——先是去五英里外的教堂，接着又往前开了三英里和几个朋友一起享用星期天的午餐，在那里他看了别人的棉花，又吼叫着参加到大伙儿对政府在棉花种植与销售方面的干预的咒骂里去。因此，当他重新来到自己的大门口记起路喀斯、莫莉与探测器时，天已经黑了好一会儿了。路喀斯是不会在他出外时把机器留在空荡荡的宅子里的，因此他掉转车头，朝路喀斯的小屋开去。屋子里黑黑的；他喊他们，可是无人回答。于是他又开了四分之一英里来到乔治与纳特的家，可是这儿也是黑灯瞎火，无人理会他的喊叫。也许现在一切都弄妥了，他想。也许他们全都去教堂了。反正再过十二小时就是明天了，我又得开始操心路喀斯和别的什么事了，因此不如就让它去吧，那些事至少是我熟悉与习惯的。

接着是第二天早上，那是星期一，他来到马厩都快一小时了，可是还不见丹与奥斯卡的影子。他亲自打开厩房的门，把骡群赶进通向牧场的夹道，在他正提了饲料篮从母马厩栏里出来时，奥斯卡来到谷仓当中的甬道，他不是小跑来的，而是疲惫、慢腾腾地拖着步子走来的。接着爱德蒙兹看到他仍然穿着星期天的好衣服——一件鲜艳的衬衫，打着领带，毛哔叽裤子，一条裤腿上拉了一个大口子，烂泥一直溅到膝盖处。"是莫莉·布钱普大婶，"奥斯卡说，"昨天不知什么时候起她就不见了。我们一通宵都在找她。我们发现她下沟底的地点，便跟踪她的脚迹。只是她那么小那么轻，几乎没在地上留下一只脚印。路克大叔、乔治、纳特和丹还有别的一些人还在继续找呢。"

"我来给母马备上鞍，"爱德蒙兹说，"我已经把骡子放出去了；你得到牧场去拦一头了。快点儿。"

那些骡子在大牧场里自由奔跑，很难逮住；差不多过了一小时，奥斯卡才骑了匹光背的骡子回来。又过了两小时，他们才追上路喀斯、乔治、纳特、丹和另外一个人，这伙人追踪、失去、再搜寻又找到并重新追踪那老太太的很淡、很轻的足迹，她像是沿着小沟漫无目的地在荆棘丛与朽木之间乱走的。快到中午时，大伙儿才找到她，见到她脸朝下躺在烂泥地里，一向是一尘不染的围裙与整洁的旧裙子也弄脏撕破了，她的一只手仍然紧握她摔倒时捏着的探测器的把柄。她并没有死。奥斯卡把她抱起来时，她睁开了眼睛，茫然地不知在看谁与看什么，然后又闭上了眼睛。"快跑，"爱德蒙兹对奥斯卡说，"骑母马去。回去开车去接赖德奥特大夫。要快呀。——你能把她抱去吗？"

"我可以带去的，"奥斯卡说，"她根本没有分量。还不如那台觅宝匣子沉呢。"

"我来带她吧，"乔治说，"她是纳特的——"爱德蒙兹转过身去对着他，也对着路喀斯。

"你提那只箱子，"他说，"你们俩拎着它。最好它能在此地与我的房子之间找到点儿什么。因为往后去即使这些个指针再在我的地界里晃动，你们任谁也休想再见到了。——我要亲自来处理这桩离婚案，"他对路喀斯说，"再这样下去她真会把自己杀了的。也不用你跟那台机器通力合作把她害死了。天哪，我真庆幸自己此刻不处在你的位置上。我很高兴我今晚不用睡你的床，操你不得不去操的那份心。"

那一天来到了。棉花都收进来了，①轧了棉籽也打成包了，霜降了，使玉米最终变干，现在正在收摘、过秤与藏进谷仓。路喀斯和莫莉坐在后座，他开车进入杰弗生，把车子停在县法院的前面，法官要在这儿开庭。"你不用进来，"他告诉路喀斯，"他们也许不让你进。不过你也别走远了。我可不想等候你。还有，记住了。莫莉大婶要分到房子、你今年一半的收成以及每一年的一半收成，只要你一天待在

---

① 一般是在 10 月与 11 月。

我的地界里。"

"你是说我每种一年我的地就得这样分？"

"我是说你在我地界里每待上一年，就得这样。我的意思非常清楚。"

"卡斯·爱德蒙兹把那块地给我了，说只要我一天——"

"我已经说得非常清楚了。"爱德蒙兹说。路喀斯看着他，眨动着眼睛。

"你是不是要我搬走？"他说。

"何必呢？"爱德蒙兹说，"有什么必要呢？你不是还要每天晚上通宵在上面找埋下的钱吗？你不如整个白天都在上面睡觉呢。再说，你还得在那上面干活，好把莫莉大婶那一半收成挣出来。而且我还不是说光是今年。我的意思是每一——"

"全部收成归她都可以，"路喀斯说，"我种庄稼就是了。她把全部收成都拿去也行。我还有老卡洛瑟斯留给我的那三千块钱呢，就存在那边的那家银行里。这些钱也够我一辈子花的了——除非你又决定要分出一半来给某某人。等我跟乔治·威尔金斯找到了那笔钱——"

"从我的车子里滚出去，"爱德蒙兹说，"走。快出去。"

法官正开庭，地点在他的办公室——那是法院正楼旁附属的一个小楼。他们朝那里走去时，爱德蒙兹突然得去扶住老太太的胳膊，他及时抓住了她，再一次感觉到好多层衣料底下那条细瘦的、几乎没有肉的手臂，它干枯、清脆、虚软，简直像根朽枝。他停住脚步，把她扶直了。"莫莉大婶，"他说，"你还是要这样做吗？你不一定非这样不可的。我替你把那东西从他那里夺走。天哪，我——"

她拉着他的手要继续往前走。"我得这样干，"她说，"他会再去弄一台来的。然后会马上把那台交给乔治，免得又给你收走。有一天他们会找到钱，没准那时我已经不在，管不了这事儿了。纳特是我最晚生的幺妹子。我闭上眼睛以前是不会再见到那几个孩子的了。"

"那就走吧，"爱德蒙兹说，"那就往前走吧。"

有为数不多的几个人在办公室里里外外走动，有几个人待在里面，人不算多。他们安静地待在房间深处，等轮到他们。这时候爱德蒙兹发现自己实际上是在搂着她。他领着她往前走，仍然扶着她，相信只要自己松开她一下，她就会瘫下去，在自己脚下变成极其洁净的褪色旧衣服遮盖着的一堆枯枝。"啊，爱德蒙兹先生，"法官说，"这就是原告吧？"

"是的，先生。"爱德蒙兹说。法官（他也相当老了）歪着头从眼镜上面打量莫莉。接着他把眼镜往鼻子上托了托，又透过镜片看他们。他嗓子眼里发出一下咯咯声。"都过了四十五年了。你就不能想想办法吗？"

"没法子呀，先生，"爱德蒙兹说，"我试过的。我……"法官又发出了咯咯声。他瞧了瞧秘书放到他面前的那张状纸。

"她会得到赡养，不错吧。"

"是的，先生。我会注意的。"

法官对着状纸沉吟了片刻。"没有反对意见吧，我想。"

"没有，先生。"爱德蒙兹说。可是接着——他甚至都不知道路喀斯已跟着他们进来，直到他见到法官又歪着头，这回是透过镜片朝他们身后看去，看到秘书抬起眼睛，并听见他说："嗨，黑鬼！摘掉你的帽子！"——这时路喀斯把莫莉往边上一推，自己来到桌前，边走边脱帽。

"我们不反对，但是也不离婚了。"他说。

"你们什么？"法官说，"这是怎么回事？"路喀斯一次也没有朝爱德蒙兹看。就爱德蒙兹所感觉到的，他也没有朝法官看。爱德蒙兹傻呆呆地想道，他不知有多少年没看到不戴帽子的路喀斯了；事实上他根本不记得以前是否知道路咯斯的头发都已经是花白的了。

"我们不离婚了，"路咯斯说，"我改变主意了。"

"你是那个丈夫？"法官说。

"不错。"路咯斯说。

"在法庭上要称呼'先生'！"那个秘书说。路咯斯朝秘书瞥了一眼。

"什么？"他说，"我又没想要上法庭。我已经改变我的——"

"什么，你这狂妄自大——"秘书开始说。

"等一等，"那法官说，他看着路咯斯，"你提出得太晚了。本诉状是通过正规方式与程序递上来的。我立即要对它作出判决了。"

"先等一等，"路咯斯说，"我们不打算离婚了。洛斯·爱德蒙兹明白我的意思。"

"什么？谁知道？"

"嗨，你这狂妄自大的——"那秘书，"阁下——"法官再次朝秘书稍稍举了举胳膊。他仍然在看着路咯斯。

"洛斯·爱德蒙兹先生知道的。"路咯斯说。爱德蒙兹迅速地向前走了两步，仍然挽住了老太太的手臂。那法官朝他看去。

"是吗，爱德蒙兹先生？"

"是的，先生，"爱德蒙兹说，"是这样的。我们此刻不想办了。"

"你希望撤回诉状吗？"

"是的，先生。如果您同意的话，先生。"

"啊。"法官说。他把状纸叠起来，交给秘书。"把这一起从判案单上划掉吧，休利特先生。"他说。

他们一行人走出办公室时，他几乎是在抱着她了，虽然她也想自己走。"好了，"他几乎有点粗暴地说，"现在没事了。你没听见法官的话吗？他没听见路咯斯跟法官说，洛斯·爱德蒙兹知道他的意思吗？"

　　他几乎是把她整个儿抱到汽车里去的，路喀斯紧跟在他们后面。可是他没有上车，却说："等一会儿。"

　　"等一会儿？"爱德蒙兹说，"哈！"他说，"你的等待策略破产了。你费尽——"可是路喀斯已经走开去了。爱德蒙兹只好等着。他站在车旁，看着路喀斯穿过广场，朝商店走去，在那顶讲究的、保护得很好的旧帽子底下，身子挺得笔直，时不时故意作出一副勇往直前、神气十足的模样，爱德蒙兹心里不由得一颤，他认出了这步姿与那顶帽子一样，是从自己的祖先那里得来的。路喀斯没离开多久。他不慌不忙地走回来，钻进汽车。他手里拿着一小包东西——显然是糖果，也就值一枚五分镚子儿的。他把它放进莫莉手里。

　　"拿着吧，"他说，"你牙没有了，不过还是可以含着吃的。"

3

　　那天晚上天气很凉。他点起一小堆火，从熏房里取来今年头一批熏得的火腿作晚餐的菜，他坐下来刚开始享用他独自一人吃的饭菜，好几个月来似乎也就今儿晚上有点胃口，这时听见屋子前面传来几下敲门声——那是用手指关节叩击廊壁的声音，声音不大，也不急，但却是咄咄逼人的。他对着厨房门那边的厨子喊道："叫他上这儿来。"他说。他继续吃他的饭。他还在吃，这时路喀斯走进来，走过他的身边，把那台探测器放在餐桌的另一头。此刻机器上没有泥土；看来是擦过的，让那些光洁的神秘莫测的表盘与锃亮的摁钮一衬，显得既精密又复杂，像是挺灵验的。路喀斯站着，低头朝它看了好一会儿。接着便转身走开去了。他走出房间，没有再回过头来看它一眼。"放在那儿了，"他说，"把它处理掉好了。"

"好吧。我会把它存放在顶楼上的。没准明春莫莉大婶会不在乎，你就可以——"

"不。处理掉吧。"

"永远吗？"

"是的。别留在这个地方，别让我再看到它。干脆别告诉我弄到哪儿去了。卖掉它，如果办得到的话，钱存在你这儿。不过得卖到远点儿的地方，别让我再见到它或听说它。"

"好吧，"爱德蒙兹说，"好吧。"他把椅子推得离餐桌远些，坐在那儿看着对方，看到那个老人，此人出现在自己幼年失怙的悲惨复杂境况中，是他记忆中唯一的母亲的丈夫，此人从未因为他皮肤白而叫他一声"先生"，他也知道此人甚至在他背后也叫他洛斯，更不用说当着他的面了。"听着，"他说，"你倒不一定非这样做不可的。莫莉大婶老了，她免不了有些怪念头。可是她不知道的是——因为你是不会在这里或是别的地方找到任何钱的，不管是埋藏的还是没埋藏的。要是你想偶尔把这劳什子拿出去，比方说一个月一回或是两回，用一个夜晚在那鬼沟的头头尾尾走动走动——"

"不，"路喀斯说，"把它弄走。我再也不想见到它了。《圣经》上说，我们的寿数不外七十春秋[1]。在这段时间里，一个人可以需要一大笔钱，倘若动手早，他想要的钱是可以弄到手的。我耽误了，动手晚了。地里钱是有的。三年前那个晚上，两个白人悄悄进来，起走了两万两千块，然后带着钱溜了。我很清楚。我见到他们重新填好的那个坑，还有原先埋钱的那个坛子。可是我那七十年快活到头了，我琢磨我是命中注定不该找到这笔钱的。"

---

[1] 见《圣经·诗篇》第90篇第10节。此处采用天主教"思高圣经学会"本的译法。

大黑傻子

1

　　他穿着仅仅一个星期之前曼妮亲自为他洗净的褪色的旧工裤，站在那里，听到了第一团土块落在松木棺材上的声音。紧接着，他自己也抄起了一把铁锹，这把工具在他手里（他是个身高六英尺多、体重二百来磅的彪形大汉），就跟海滩上小孩用的玩具铲子一样，它抄起的足足半立方尺泥土轻快地给扔出去，仿佛那只是小铲子扔出去的一小撮沙土。锯木厂里跟他同一小组的一个伙伴碰碰他的胳膊，说："把铁锹给我吧，赖德。"他理也不理，只是把一只甩出去一半的胳膊收回来，往后一拨拉，正好打在对方的胸前，使那人往后打了个趔趄，接着他又把手放回到甩动着的铁锹上。他正在火头上，扔土一点也不费劲，那个坟丘也就显得是自己长出来似的，好像不是一铲土一铲土堆上去的，而是眼看它从地里长出来的，到后来，除了裸露的生土之外，它已经与荒地上所有别的散乱的

121

坟丘，那些用陶片、破瓶、旧砖和其他东西做标志的坟丘毫无区别了。这些做标志的东西看上去很不起眼，实际上却意义重大，是千万动不得的，而白人是都不懂这些东西的意义的。接着，他挺直身子，用一只手把铁锹一扔，使它直直地插在坟墩上，还颤颤地抖动着，像一支标枪。他转过身子，开始往外走去。坟丘旁稀稀拉拉地站着几个亲友，还有几个老人，打从他和他死去的妻子出世，这些老人就认得他们了。这群人中走出一位老太太，一把拽住他的胳膊。这是他的姨妈。他是姨妈拉扯大的，他根本记不得自己父母是什么模样了。

"你上哪儿去？"她说

"俺回家去。"他说。

"你别一个人回那儿去，"她说，"你得吃饭。你上我那儿去吃点东西。"

"俺回家去。"他重复了一句，甩掉她的手，走了开去，他的胳膊像铁铸似的，老太太那只手按在上面，分量仿佛只有一只苍蝇那么重。他担任组长的那小组里的工人默默地分开一条路让他过去。可是还不等他走到围栏那儿，就有一个工人追了上来；他不用问就知道这是来给他姨妈传话的。

"等一等，赖德，"那人说，"我们在树丛里还藏有一坛酒呢——"接下去那人又说了一句他本来不想讲的话，说了一句他从没想到自己在这样的场合会讲的话，尽管这是每一个人都知道的老生常谈——死者还不愿或是还不能离开这个世界，虽然他们的肉身已经回进大地；至于说他们离开世界时不仅仅不感到遗憾，而且是高高兴兴地去的，因为他们是走向荣耀，这样的话还是让牧师去说，去一遍一遍地说，去强调吧。"你现在先别回去。她这会儿还醒着呢。"那工人说。

他没有停住脚步，只是朝下向对方瞥了一眼，在他那高昂的、稍稍后仰的头上，靠鼻子的眼角有点充血。"别管我，阿西，"他说，"你们这会儿先别来打扰我。"接着便继续往前走，连步子的大小都没改变，一步就跨过了三道铁丝拦成的栅栏，穿过土路，走进树林。等他从树林里出来，穿过最后一片田野，又是只一步便跨过了那道围栏，走进小巷，天已经擦黑了。在星期天黄昏这样的时刻，小巷里阒无一人——没有去教堂的坐在大车里的一家一家的人、马背上的骑者、行人和他搭话，或是在他走过时小心翼翼地抑制住自己不朝他的背影看——在八月天粉末般轻、粉末般干燥的灰白色的尘埃里，漫长的一个星期的马蹄和车轮印已被星期天不慌不忙闲逛的脚印所覆盖，但是在这些脚印底下的某些地方，在那踩上去令人感到凉飕飕的尘土里，还牢牢地留下了他妻子那双光脚的狭长的、足趾张开的脚印，它们虽已不清晰但并没有完全消失；每个星期六的下午，就在他洗澡的时候，她总要步行到农庄的小铺去，把下星期吃用的东西都买回来；这里还有他的、他自己的脚印，他一面迈着大步，一面在沙土里留下了足迹，他的步子挪动得很快，几乎跟一个小个子小跑时差不多，他的胸膛劈开了她的身躯一度排开的空气，他的眼睛接触到她的眼睛已经看不见的东西——那些电杆、树木、田畴、房舍和山冈。

他的房子是小巷尽头最后的那一幢，这不是他自己的，而是从这儿的白人地主卡洛瑟斯·爱德蒙兹手里租来的。房租是预先一次付清的，虽然他只住了六个月，但是已经给前廊重新换了地板，翻修了厨房，重换了厨房的屋顶，这些活儿都是他在星期六下午和星期天在他妻子帮助下亲自完成的，他还添置了火炉。这是因为他工钱挣得不少：他从十五六岁长个儿那阵起就在锯木厂里干活，现在他二十四岁，当着运木小组的组长，因为他的小组从日出干到日落，总比别的小组多卸三分之一的木头，有时，为了炫耀自己的力气大，他常常一个人去搬一般得两个人用铁钩子搬的那种圆木；从前，即使在他并不真正需要钱的时候，他也总有活儿干，那时，他想要的一切，或者说他需要的一切，都不必花钱去买——那些肤色从浅到深、满足他各种说不出名堂的需要的女人，他不必花钱就能弄到手，他也不在乎自己身上穿的是什么衣服，至于吃的，一天二十四小时他姨妈家里现成的都有，他每星期六交给她两块钱，他姨妈甚至都不肯收——因此，唯一要花钱的地方就是星期六和星期天的掷骰子和喝威士忌了。直到六个月之前的那一天，他第一次正眼看了看他从小就认识的曼妮，当时他对自己说："这样的日子俺也过腻了。"于是他们结了婚，他租下了卡洛瑟斯·爱德蒙兹的一所小木屋，在他们新婚之夜，他给炉子生了火，因为据说爱德蒙兹最老的佃户路喀斯·布钱普大叔四十五年前也是在他的新婚之夜点上火的，这火一直到现在也没熄灭；他总是在灯光照耀下起床、穿衣、吃早饭，太阳出来时走四英里到锯木厂去，然后，正好在太阳下了山的一个小时之后，他又回到家中，一星期五天都是如此，星期六除外。星期六中午一点钟之前，他总是登上台阶敲门，既不敲门柱也不敲门框，而是敲前廊的屋檐，然后走进屋子，把白花花的银币像小瀑布似的哗哗地倒在擦得锃亮的厨房餐桌上，而他的午餐正在炉灶上嗤嗤地响，那一铅桶热水、那盛在发酵粉罐头里的液体肥皂、那块用烫洗过的面粉袋拼成的毛巾，还有他的干净的工裤和衬衫，都等他去享用呢，而曼妮这时就把钱收起来，走半英里路上小铺去买回下星期的必需品，把剩下的钱去存在爱德蒙兹的保险箱里，再走回家，于是两人就不慌不忙地又吃上一顿忙了五天之后的舒心饭——这顿饭里有腌肉、青菜、玉米面包、冰镇在井房里的脱脂牛奶，还有她每星期六烤的蛋糕，现在她有了炉子，可以烤东西吃了。

可是如今，当他把手放到院门上去时，他突然觉得门后面空空的什么都没有。这房子反正本来就不是他的，今天，连那新安上去的地板、窗台、木瓦以及壁炉、炉子和床，也都成了旁人记忆中的一部分，因此，他仿佛是个在某处睡着突然醒来发现自己在另一个地方的人，在半开的院门口停下脚步，出声地说："我干吗上这儿来呢？"说完这句话，他才往里走。这时他看见了那条狗。他早就把它丢在脑后了。他记得自从昨天天亮之前它开始嗥叫以来，就再也没有见到过它，也没有听到过它的声音——这是一条大狗，是一条猎犬，却不知从哪儿继承来一点儿獒犬的血统。（他们结婚一个月之后他跟曼妮说："俺得养一条大狗。不然，一整天，有时还得一连好几个星期，家里陪着我就只有你一个。"）这条狗从门廊底下钻出来，走近他，它没有奔跑，却是像在暮色中飘浮过来的，一直到轻轻地偎依在他的大腿旁，昂起了头，好让他的手指尖刚能抚触到它，它面对屋子，没有发出一点声音；与此同时，仿佛是这只畜生在他不在家时控制着、保护着这所房子，直到这一刻才消除了魔法似的，在他面前的由地板和木瓦组成的外壳变硬了，充实了，有一瞬间他都相信自己不可能走进去了。"可是我得吃呀，"他说，"咱俩都得吃东西呢。"他说，接着便朝前走去了，可是那条狗并不跟着，于是他转过身来，呵斥它。"快过来呀！"他说，"你怕啥？她喜欢你，跟我一样。"于是他们登上台阶，穿过前廊，走进屋子——走进这充满暮色的单间，在这里，那整整六个月都浓缩成为短暂的一刻，使空间显得非常局促，令人感到呼吸都很困难，这整个六个月也挤缩到壁炉前面来了，这里的火焰本该一直点燃，直到他们白头偕老的；在他还没有钱购置炉灶那会儿，他每天走四英里路从锯木厂赶回家中，总能在壁炉前找到她，见到她狭长的腰背和她蹲坐着的腿与臀，一只狭长的手张开着挡在面前，另一只手捏着一只伸在火焰上的长柄煎锅；从昨天太阳出山时起，这火焰已变成一摊又干又轻的肮脏的死灰——他站在这里，那最后一缕天光在他那有力地、不服输地跳动着的心脏前消隐，在他那深沉地、不间断地起伏着的胸膛前消隐，这跳动与起伏不会因为他急遽地穿越崎岖的林地和田野而加快，也不会因为一动不动地站在这安静、晦暗的房间里而减慢。

　　这时候那只狗离开了他。他大腿旁那轻微的压力消失了；他听见它窜走时爪子落在木头地板上的嗒嗒声与吱吱声，起先他还以为它逃走了呢。可是它一出大门就停了下来，待在他这会儿可以看得见的地方，它把头朝上一扬，开始嗥叫起来，这时候，他又看到她了。她就站在厨房门口，望着他。他纹丝不动。他屏住呼吸，并不马上说话，一直等到他知道自己发出的声音不至于是不正常的，他还控制好脸上的表情免得吓着了她。"曼妮，"他说，"没关系。俺不怕。"接着他朝她走过去一步，走得很慢，甚至连手也不抬起来，而且马上又停住脚步。接着他又跨过去一步。可是这一回他刚迈步她的身影就开始消失了。他马上停住脚步，又屏住呼吸不敢出气了，他一动也不动，真想命令自己的眼睛看见她也停住不走。可是她没有停。她还在不断地消失与离去。"等一等，"他说，声音温柔得像他曾听见自己对女人发出过的最温柔的声音，"那就让我跟你一块儿走吧，宝贝儿。"可她还是在继续消失。她现在消失得很快，他确实感觉到了横在他们当中的那道无法逾越的屏障，这屏障力量很大，足足可以独自背起通常怎么也得两人才能搬动的圆木，这屏障有特别结实的血肉和骨骼，连生命都无法战胜，而他现在至少用自己的眼睛看到了一次，知道即使在一次突如其来的暴死中，倒不是说一个年轻人的血肉和骨骼，而是说这血肉和骨骼想继续活下去的意志，实际上有多么坚强。

　　这时她消失不见了。他穿过她方才站着的门口，来到炉子前。他没有点灯。他并不需要灯光。这炉子是他亲自安下的，他还打了放碟子的架子，现在他摸索着从里面取出两只盘子，又从放在冷炉灶上的一只锅子里舀了一些食物在盘子里，这些食物是昨天他的姨妈拿来的，他昨天已经吃了一些，不过现在已不记得是什么时候吃的，也不记得吃下去的是什么了，他把两只盘子端到那唯一的一扇光线越来越暗的小窗户下的白木桌上,拉出两把椅子,坐下来,再次等待,直到他知道自己的声音会符合要求时才开口。"你现在过来吧,"他粗声粗气地说,"到这儿来吃你的晚饭。俺也没啥好——"他住了口,低头看着自己的盘子,使劲地、深沉地喘着气,胸膛起伏得很厉害,但他不久就镇定下来,大约有半分钟一动也不动,然后舀了满满一调羹黏稠的冷豌豆送进自己的嘴里。那团凝结了的、毫无生气的食物似乎一碰到他的嘴唇就弹了回去。连嘴巴里的体温也无法使它们变得温热些,只听见豌豆和调羹落在盘子上所发出的嗒嗒声;他的椅子猛地朝后退去,他站了起来,觉得下腭的肌肉开始抽搐,迫使他的嘴巴张开,朝上牵引他脑袋的上部。可是还不等自己发出呕吐的声音,他就把它压了下去,重新控制住自己,一边迅速地把自己盘子里的食物拨到另一只盘子里去,拿起盘子,离开厨房,穿过另一个房间和前廊,把盘子放在最底下的一级台阶上,然后朝院门走去。

　　那条狗不在,可是还没等他走完半英里路它就撵了上来。这时候月亮升起了,人和狗的影子支离破碎、断断续续地在树丛间掠过,或是斜投在牧场的坡地或山丘上久已废弃的田垄上,显得又长又完整,这人走得真快,就算让一匹马在这样的地面上走,速度也不过如此,每逢他见到一扇亮着灯光的窗子,就调整一下前进的方向,那狗紧跟在他脚后小跑,他们的影子随着月亮的上升而变短,最后他们踩着了自己的影子,那最后一点遥远的灯火已消失,他们的影子开始朝另一个方向伸长,它还是紧跟在他脚后,纵然一只兔子几乎就从这人的脚底下窜出来,它也没有离开,接着它在蒙蒙亮的天光下挨着那人卧倒的身躯躺下,偎依着他那吃力地一起一伏的胸膛,他那响亮刺耳的鼾声倒不像痛苦的呻吟,而像一个长时间与人徒手格斗的人的哼哼声。

　　当他来到锯木厂时,这里什么人都没有,除了一个锅炉工——这个上了点年纪的人正从木堆边上转过身来,一声不吭地瞧着他穿过空地，他步子迈得很大，仿佛不仅要穿过锅炉棚，而且还要穿过（或是越过）那锅炉似的，那条昨天还是干干净净的工裤拖曳在地，给弄脏了，露水一直湿到他的膝部，头上那顶布便帽歪在一边，帽舌朝下，帽檐压在耳朵上，跟他平时的架势一样，眼白上有一圈红丝，显得焦急而紧张。"你的饭盒在哪儿？"他说。可是还不等那锅炉工回答，他就一步越过他身边，把一只锃亮的原来盛猪油的铁皮筒形饭盒从柱子的一根钉子上取下来。"俺光想吃你一块饼。"他说。

"你全都吃掉好了，"那锅炉工说，"午饭时俺可以吃别人饭盒里的东西。你吃完就回去睡觉吧。你脸色不好。"

"俺不是上这儿来让人瞅脸色的。"他说，在地上坐了下来，背靠着柱子，开了盖子的饭盒夹在双膝间，两只手把食物往嘴里塞，狼吞虎咽起来——仍然是豌豆，也是冷冰冰的，还有一块昨天星期天炸的鸡、几片又老又厚的今天早上炸的腌肉、一块婴儿帽子那么大的饼——乱七八糟，淡而无味。这时候小组工人三三两两地来到了，只听见锅炉棚外一片嘈杂的说话声和活动声；不久，那白人工头骑了匹马走进空地。黑汉子没有抬起头来看，只把空饭盒往身边一放，爬起身来，也不朝任何人瞅一眼，就走到小溪旁俯身躺下，把脸伸向水面，呼噜呼噜地吸起水来，那劲头与他打鼾时一样，深沉、有力而困难，也跟他昨天傍晚站在空荡荡的屋子里用力呼吸时一样。

接着一辆辆卡车开动了。空气中搏动着排气管发出的急促的劈啪声和锯片的呜呜声、铿锵声，卡车一辆接一辆地开到装卸台前，他也依次爬上一辆辆卡车，在他即将卸下的圆木上平衡好自己的身体，敲掉楔木，松开拴住圆木的铁链，用他的铁钩拨拉一根根柏木、胶树木和橡木，把它们一根根地拖到坡道前，钩住它们，等他小组里的两个工人准备好接住它们，让它们滚到该去的地方，就这样，弄得每卸一辆卡车都带来长时间的隆隆滚动声，而人的哼声与喊声则是分隔开这隆隆声的标点符号，随着上午一点点过去，人们开始出汗，一声声号子此起彼伏。他没有和大伙儿一起吟唱。他一向难得吟唱，今天早上就不会跟其他早上有所不同——他又挺直了身子，高出在众人的头顶之上，他们的眼光都小心翼翼地避开，不去看他，他现在脱光了上身，衬衫脱掉了，工裤的背带在背后打了个结，除了脖子上围了一块手帕之外，上身全部裸露着，那顶扣在头上的便帽却紧压在右耳上，逐渐升高的太阳照在他那身黑夜般乌黑的一团团一股股布满汗珠闪闪发亮的肌肉上，成为钢蓝色，最后，中午的哨声吹响了，他对站在卸台下的两个工人说："注意了。你们躲开点儿。"接着他便踩在滚动的圆木上从斜木上下来，挺直身子平衡着，迅速地踩着往后退的小碎步，在雷鸣般的轰隆轰隆声中直冲下来。

　　他的姨夫在等候他——那是个老人，身量和他一般高，只是瘦些，也可以说有点羸弱，他一只手里拿着一只铁皮饭盒，另一只手托着一只盖好的盘子；他们也在小溪旁树荫底下坐了下来，离那些打开饭盒在吃饭的工人有一小段距离。饭盒里有一只糖水水果瓶装的脱脂牛奶，用一块干净的湿麻袋布包着。放在那只盘子里的是一块桃子馅饼，还是温乎的呢。"她今儿上午特地为你烙的，"姨夫说，"她说让你上俺家去。"他没有回答，身子微微前俯，两只胳膊肘支在膝头上，用两只手捏住馅饼，大口大口地吞食着，满含糖汁的饼馅弄脏了他的脸，顺着下巴往下淌，他一面咀嚼，一面急急地眨着眼，眼白上红丝更多也更密了。"昨儿晚上我到你家去过，可你不在。你姨妈叫我来的。她让你上俺家去。昨儿晚上她让灯亮了一夜，等着你去呢。"

　　"俺挺好的。"他说。

　　"你一点也不好。上帝给的，**他**拿回去了呗。你要好好相信**他**。[①]

---

① 《圣经·约伯记》第 1 章第 21 节："我赤身出于母胎，也必赤身归回。赏赐的是耶和华，收取的也是耶和华。耶和华的名是应当称颂的。"姨夫这里是用俚俗语表达的。

你姨妈会照顾你的。"

"怎么个相信法？"他说，"曼妮干了什么对**他**不起的事啦？**他**多管什么闲事，来瞎搅和俺跟……"

"快别这么说！"老人说，"快别这么说！"

这时候卡车又开始滚动了。他也可以不用对自己编造为什么呼吸这么沉重的理由了，又过了一会儿，他开始相信他已经忘掉呼吸这回事了，因为现在圆木滚动时发出不断的轰隆轰隆声，他都没法透过噪音听见自己的呼吸了；可是他刚以为自己已经忘掉，又明白其实并没有，因此，他非但没有把最后一根圆木拨到卸板上去，反而站起来，扔掉铁钩，仿佛那是一根烧过的火柴似的，在方才滚下去的那根圆木的正在消失的余音中用手一撑，跳到了两块卸板之间，面朝着仍然躺在卡车上的那根圆木。他过去也这样干过——从卡车上拉过一根圆木，用双手举起，平衡一下，转过身子，把它扔在卸板上，不过他还从来没有举过这么粗的圆木，因此，在一片寂静中，现在出声的只有卡车排气管的突突声与空转的电锯的轻轻的呜咽声了，因为包括白人工头在内的所有人的眼睛都在盯着他，他用胳膊肘一顶，把圆木顶到车帮边上，蹲下身子，把手掌撑在圆木底部。一时之间，所有的动作都停了下来。那没有理性、没有生命的木头好像已经把自己的基本习性，惰性，传了一部分给这个人，使他进入了半睡眠状态。接着有一个声音静静地说："他抬起来了。木头离开卡车了。"于是人们看见了缝隙和透出来的亮光，看着那两条顶紧地面的腿以难以察觉的速度在伸直，直到双膝顶在一起，通过腹部的往里收缩，胸脯的往外挺，脖子上青筋的毕露，那圆木一点点极其缓慢地往上升，这过程中他一口白牙紧锁，上唇上抬，整个头部往后仰，只有那双充血、呆滞的眼睛没有受到影响，接着，那根平衡着的圆木经过他的双臂和正在伸直的胳膊肘，终于高过他的头。"不过，他可没劲儿举着木头转身了，"

说话的还是方才的那个声音，"要是他想动手把木头放回到卡车上，准会把他弄死。"可是没有一个人动弹。这时——倒也看不出他在拼命使劲——那圆木仿佛突然自动地从他头上往后跳去，它旋转着，轰隆轰隆地从卸板上一路滚下去；他转过身子，只一步就跨过了斜斜的滑道，从人群中穿过去，人们纷纷闪开，他一直穿过空地朝树林走去，虽然那工头在他背后不断地喊道："赖德！喂，赖德！"

太阳落山时他和他的狗来到四英里外河边的沼泽地——那里也有一片空地，它本身并不比一个房间大，那儿还有一间小房子，是间一半用木板一半用帆布搭成的窝棚，有一个胡子拉碴的白人站在门口，瞧着他走近，门边支着一杆猎枪，他伸开手掌，上面有四枚银元。"给俺来一坛酒。"他说。

"一坛酒？"白人说，"你是说一品脱吧。今天是星期一。你们这个星期不是全都在开工吗？"

"俺不干了，"他说，"俺的那坛酒呢？"他站在那儿等候，目光茫然，显然并不在看着什么东西，高昂的头稍稍后仰，充血的眼睛迅速地眨着，接着他转过身子，那只酒坛挨着大腿挂在他那只钩起的中指上，这时，那白人突然警惕地朝他的眼睛看去，仿佛是第一次看到似的——这双眼睛今天早上还在很使劲很急切地瞪视，现在却像什么也看不见了，而且眼白一点儿也没露出来——白人说：

"喂。把那只坛子还我。你喝不了一加仑[①]。我会给你一品脱的，我给你就是了。完了你快点走开，再别回来。先别回来，等到……"白人说到这里，伸出手去一把抓住坛子，对方把坛子藏在身后，用另一条胳膊往外朝上一拨，正好打在白人的胸口上。

"听着，白人，"他说，"这酒是俺的。俺钱都付给你了。"

---

① 1加仑（合4.5公升）等于8品脱。

那白人咒骂了他一句："不，还没有呢。你把钱拿回去。酒坛给我放下，黑鬼。"

"这可是俺的。"他说，声音很平静，甚至很温和，脸上也很平静，只有两只充血的眼睛在迅速地眨着。"俺已经付过钱了。"他转过身去，背对着这个人和那支枪，重新穿过空地，来到小路旁，那只狗在那儿等他，好再跟在他脚后走。他们急急地趱行在两面由密不通风的芦苇形成的墙垣当中，这些芦苇给黄昏添上了一抹淡金的色彩，也和他家的墙壁一样，多少让人感到压抑，感到憋气。可是这一回，他没有匆匆逃离这个地方，却停住脚步，举起酒坛，把塞住气味很冲而不够陈的烈性酒的玉米轴拔出，咕嘟咕嘟地一连喝了好多口像冰水般又辣又凉的酒，直到放下酒坛重新吸进空气，他都没有觉出酒的滋味与热劲儿。"哈，"他说，"这就对啰。你倒试试俺看。试试看，大小子。俺这儿有足足可以打倒你的好东西呢。"

他刚从洼地让人透不过气的黑暗中走出来，马上又见到了月亮，他喝酒时，他那长长的影子和举起的酒坛的影子斜斜地伸开去，在咽下好几口银白色的空气之后，他才缓过气来，就对酒坛说："现在看你的了。你总是说俺不如你。现在要看你的了。你拿出本领来呀。"他又喝酒，大口大口地吞咽着那冰冷的液体，在他吞咽的过程中，酒的滋味与热劲儿都像是变淡了似的，只觉得一股沉甸甸的、冰冷的液体带着一团火泻下肚去，经过他的肺，然后围裹住这正在不断地猛烈喘息的肺，直到那些肺叶也突然伸张收缩得自在起来，就像他那灵活的身躯在周围那堵银色的空气的厚墙里跑动时一样自在。他现在舒服得多了，他那跨着大步的影子和那条一路小跑的狗的影子像两团云影，在小山腰上迅速滑动；当他那一动不动的身躯和举起的酒坛在山坡上投下斜斜的长影时，他看见他姨父那孱弱的身影在蹒蹒跚跚地爬上小山。

"他们在锯木厂对俺说你走了，"老人说，"俺知道到哪儿去找你。回家吧，孩子。酒可帮不了你的忙。"

"它已经帮了俺一个大忙了，"他说，"俺已经回到家了。俺现在是给蛇咬了，连毒药也不怕了。"

"那你去看她呀。让她看看你。她只要求你做到这一点：让她看看你……"可是他已经在走动了。"等一等！"老人喊道，"等一等！"

"你可追不上俺。"他说，朝银色的空气讲话，用胸膛劈开那银色滞重的空气，这空气正开始在他身旁往后迅速地流动，就像在一匹疾驰的马身边流过一样。老人那微弱无力的声音早已消失在夜晚的广漠之中了，他和狗的影子很轻松地掠过了几英里路，他那深沉有力的呼吸也变得很轻松了，因为现在他身体舒服多了。

这时，他再次喝酒，却突然发现再没有液体流进他的嘴巴。他吞咽，却没有任何东西泻下他的喉咙，他的喉咙和嘴里现在梗塞着一根硬硬实实、一动不动的圆柱体，它没有引起反应，也不让人感到恶心，圆鼓鼓的、完整无缺，仍然保持着以他的喉管为外模的形状，从他的嘴里跳出来，在月光底下闪着亮，崩裂成碎片，消失在发出喃喃絮语的沾满露珠的草丛里。他再次喝酒。他的嗓子眼又仅仅塞满了发硬的东西，弄得两行冰凉的涎水从他嘴角流淌出来；紧接着又有一条完整无缺的银色圆柱体蹦跳出来，闪闪烁烁的，这时他喘着气把冰冷的空气吸进喉咙，把酒坛举到嘴边，一边对它说："好嘛。俺还要把你试上一试。你什么时候决心老老实实待在我让你待的地方，俺就什么时候不再碰你。"他喝了几口，第三次用酒灌满自己的食道，可是他刚一放下坛子，那闪亮的完整无缺的东西又出现了，他气喘吁吁，不断地往肺里吸进冰凉的空气，直到能够顺畅地呼吸。他小心翼翼地把玉米轴塞回到酒坛上去，站直身子，喘着气，眨巴着眼睛，他那长长的孤独的影子斜斜地投在小山冈上和小山冈后面，散开来溶进那为黑暗所笼罩的整个无垠的夜空。"好吧，"他说，"俺敢情是判断错了。这玩意儿已经帮了俺的大忙。俺这会儿挺好的了。俺也用不着这玩意儿了。"

他能看见窗子里的灯光，这时他正经过牧场，经过那咧开银黑色口子的沙沟，小时候，他在这里玩过空鼻烟罐头、发锈的马具扣和断成一段段的挽链，有时候还能发现一只真正的车轮；接着他经过菜园，以前，每到春天，他总在这里锄草，他姨妈也总是站在厨房窗户里监督他；接着他经过那个不长草的院子，他还没学会走路那会儿老是在这儿的尘土里匍匐打滚。他走进屋子，走进房间，走到灯光圈子里，在门口停住脚步。脑袋稍稍往后仰，仿佛眼睛瞎了似的，那只坛子还挂在他弯起的手指上，贴着他的大腿。"阿历克姨夫说你要见俺。"他说。

"不光是要见你，"他姨妈说，"是要你回家，好让我们照顾你。"

"俺挺好的，"他说，"俺用不着别人帮忙。"

"不。"她说。她从椅子里站起来，走到他身边，抓住他的胳膊，就像昨天在坟墓边那样。这胳膊又像昨天那样在她手里硬得像铁了。"不！阿历克回家告诉俺你怎样在太阳还没有平西就从锯木厂出走，那时候，俺就明白是什么原因和怎么回事了。喝酒可不能让你好过些。"

"它已经让俺好过多了。俺这会儿挺好的了。"

"别跟俺撒谎，"她说，"你以前从没向俺撒过谎。现在也别跟俺撒谎。"

这时他说实话了。那是他平时的声音，既不悲哀也不带惊奇的口气，而是透过他胸膛的激烈的喘气平静地说出来的，而在这房间的四堵墙里再待一会儿，他的胸口又会感到憋气了。不过他很快就会出去的。

"是的，"他说，"喝酒其实并没有让俺觉得好过些。"

"它永远也不会！别的什么也没法帮助你，只有**他**能！你求**他**嘛！把心里的苦恼告诉**他**嘛！**他**是愿意倾听，愿意帮助你的！"

"如果**他**是上帝，也用不着俺告诉**他**了。如果**他**是上帝，**他**早就知道了。好吧。俺就在这里。让**他**下凡到人间来给俺行行好吧。"

"你得跪下！"她大声喊道，"你跪下求**他**！"可是与地板接触的并不是他的膝盖，而是他的两只脚。有一会儿，他可以听见在他背后，她的脚也在门厅地板上挪动着，又听见从门口传来她叫自己的声音："斯波特！斯波特！"——那声音穿过月色斑驳的院子传进他的耳朵，叫唤的是他童年时代和少年时代用的名字，当时他还没有和许多汉子在一起干活，也还没有跟那些浅棕色的记不起名字的女人厮混，他很快就把她们忘得一干二净，直到那天见到了曼妮，他说："这种日子俺可过腻了。"从这时候起，人们才开始叫他赖德。

他来到锯木厂时，半夜刚过。那只狗已经走开了。这一回他记不得它是在什么时候和什么地方走开的了。最初，他仿佛记得曾把空酒坛朝它扔去。可是后来发现坛子还在他手里，而且里面也还有些酒，不过现在他一喝就会有两道冰凉的酒从他嘴角沁出来，弄湿他的衬衫和工裤；到后来，虽然他已不再吞饮，只顾走着，那走了味、没了劲儿、不再有热力与香味的液体却总使他感到彻骨的寒冷。"再说，"他说，"俺是不会朝它身上扔东西的呀。踢它一脚嘛倒是可能的，那是在它骨头痒痒又挨俺太近的时候。可是俺是不会朝哪条狗扔东西伤害它的。"

他来到空旷地上，伫立在悄然无声、堆得老高、在月光照耀下变成淡金色的木料堆当中，那只酒坛仍然在他手里。这时影子已没有什么东西来阻挠了，他站在影子中央，又像昨天晚上那样踩在它上面了，他身子微微晃动，眼睛眨巴眨巴地瞅着等候天明的木料堆、卸木台和圆木堆，以及在月光下显得特别文静特别洁白的锅炉房。接着，他觉得舒服些了。他继续往前走。可是他又停了下来，他在喝酒，那液汁很冷，流得很快，没什么味道，也不需要费劲吞咽，因此他也搞不清楚到底是灌进了肚子呢还是流到了外面。不过这也没什么关系。他又继续往前走，那只酒坛现在不见了，他也不知道是在什么时候和什么地方丢掉的。他穿过空旷地，走进锅炉房，又穿了出来，经过定时开动的环锯的没有接头的后尾部分，来到工具房的门口，看到从板壁缝里漏出一丝微弱的灯光，里面黑影幢幢，有几个人在嘟嘟哝哝地说话，还听见发闷的掷骰子和骰子滚动的声音，他伸手在上了闩的门上重重地捶打着，嗓门也很大："快开门，是俺呀。俺给蛇咬了，注定要死了。"

接着他走进门来到工具房里。还是那几张熟悉的脸——三个他那个装卸小组的工人、三四个管锯的工人，还有那个守夜的白人，后裤兜里插着一把沉甸甸的手枪，有一小堆硬币和旧钞票堆在他面前的地板上，还有就是他自己，大伙儿管他叫赖德，实际上也确是个赖德①，正站在蹲着的人群之上，有点摇晃，眼睛一眨一眨的，当那个白人抬起头来瞪着他时，他脸上僵硬的肌肉挤出了一副笑容。"让开点，赌棍们，"他说，"让开点。俺给蛇咬了，再来点毒也不碍事。"

"你喝醉了，"那白人说，"快滚开。你们哪个黑鬼打开门把他架出去。"

"好得很，头儿。"他说，声音很平静，那双红眼睛虽然在一眨一眨，下面的脸却一直保持着一丝僵硬的微笑。"俺没有喝醉。俺只不过是走不出去，因为你的那堆钱把俺吸引住了。"

现在他也跪了下来，把上星期工钱里剩下的那六块钱掏了出来，放在面前的地板上，他眨巴着眼睛，仍然冲着对面那个白人的脸微笑，接着，脸上仍然堆着微笑，看那骰子依次从一个人传到另一个人

---

① 赖德（rider），亦有"大个儿"的意思。

手里，这时那白人正在跟着别人下同样的赌注，他眼看白人面前那堆肮脏的、被手掌磨旧的钱在逐渐不断地升高，看这白人掷骰子，一连赢了两次双份，然后输了一盘，两角五分，这时骰子终于传到他手里，那只小盅在他握拢的手里发出发闷的嗒嗒声。他往众人中间甩去一枚硬币。

"押一块钱。"他说，接着就掷起来，看那白人捡起骰子扔回给他。"俺要押嘛，"他说，"俺给蛇咬了。俺什么都不在乎。"他又掷了，这一次是一个黑人把骰子扔回来的。"俺要押嘛。"他说，又掷起来，白人一动他马上就跟着行动，不等白人的手碰到骰子就一把将他的手腕捏住，两人蹲着，面对着面，下面是那些骰子和钱，他的左手捏住白人的右腕，脸上仍然保持着僵硬、死板的笑容，口气很平静，几乎是毕恭毕敬的："有人搞鬼俺个人倒不在乎。可是这儿的几位兄弟……"他的手不断使劲，直到白人的手掌刷的摊开，另一对骰子嗒嗒地滚到地板上，落在第一对骰子的旁边，那白人挣脱开去，跳起来退后一步，把手朝背后裤兜里的手枪摸去。

在他的衬衫里两片肩胛骨之间用棉绳挂着一把剃刀。他手一动，从肩后拉出剃刀，同时打开刀片，把它从绳子上拉下来，再把剃刀张开，让刀背贴紧他拳头的骨节，用大拇指将刀把往握紧的手指里塞，因此，不等拔出一半的手枪打响，他就确实用挥舞的拳头而不是用刀片打在那白人的咽喉上，同时乘势一抹，动作真干脆，连那人喷出来的第一股血都没有溅上他的手和胳臂。

2

事情结束之后——到结案一共也没有花多少时间；人们第二天就

找到了那个因犯，他被吊在锯木厂二英里外一所黑人小学的钟绳上，验尸官从一个或几个不知姓名的人手里接过他，作出已死的证词，把尸体交给他最亲的亲属，一共没用去五分钟——正式负责办理这个案子的副保安官在向他的妻子讲述事情的经过。他们是在自己的厨房里。副保安官的妻子在做晚饭。自从昨天半夜前不久监狱被劫、副保安官从床上被人叫醒投入行动以来，他忙个不停地跑了许多地方，由于缺乏睡眠，在不适当的时刻匆匆进食，如今已精疲力竭，正坐在炉子旁的一把椅子里，也变得有点歇斯底里了。

"那些臭黑鬼，"他说，"我向上帝发誓，咱们过去在这上头没出太多乱子，真可以算是奇迹。为什么这么说呢？因为他们本来就不是人。他们外表像人，也跟人一样站起来用后肢走路，而且会说话，你也听得懂，于是你就以为他们也能听懂你的话了，至少是有时候听得懂。可是要论正常的人的感情和情绪，那他们简直是一群该死的野牛。就拿今天的这个来说吧——"

"但愿如此。"他妻子粗暴地说。她是个胖墩墩的女人，以前挺漂亮，现在头发已经花白，脖子显得特别短，她看上去一点也没有手忙脚乱的样子，倒是很镇静从容，不过脾气很暴躁。还有，她当天下午刚到俱乐部去打过一次纸牌，赢了头奖，应该得五角钱，可是另一个会员半路里杀出来，硬要重新算分，结果这一局完全不算。"我只希望你别让他进我的厨房。你们这些当官的！就知道整日价坐在法院外面闲聊。难怪两三人就能走进去，从你们鼻子底下把犯人劫走。要是你们有一会儿把双脚和背脊从椅子、办公桌和窗台上挪开，他们可全都会搬走的呢。"

"伯特桑①家的亲戚可不止是两三个啊，"副保安官说，"这一条

---

① 伯特桑是被赖德杀死的白人守夜人的姓氏。

线上可有四十二张很活跃的选票呢。那天我跟梅丢①拿着选民名单挨个儿数过的。可是，你听我说——"这时他妻子端了一只碟子从炉子那边转身走过来。在她经过自己身边时，副保安官赶紧把两只脚收回来，她走到餐厅去，几乎是跨过他的身子走过去的。副保安官把声音提高一些，好让远处也能听见："他的老婆是因为他才死的。是这么回事吧。可是他伤不伤心呢？在葬仪上，他简直成了个了不起的大忙人。人家告诉我，还不等大家把棺材放进坑，他就夺过一把铲子朝上面抢土，速度比一台铲土机还快。这可不算什么——"他的妻子又走回来了。他又把脚往里收，重新调整自己的声音，因为现在距离又近了："——兴许他对她的感情就是这样。没有哪条法律禁止一个男人把老婆匆匆忙忙地埋掉，只要他没干什么来匆匆忙忙地送她的终。可是第二天最早回来上班的就是他，除了那个锅炉工不算，那锅炉工还没把锅炉点着，他倒已经来到锯木厂了，就更不用说把水烧开了；要是再早来五分钟，他甚至可以跟锅炉工一起把伯特桑叫醒，让伯特桑回家去继续睡他的觉呢，或是干脆当时就把伯特桑的脖子给抹了，免得后来给大伙儿增加那么多麻烦。

　　"就这样，他来上班了，是来得最早的一个，麦克安德鲁斯②和别的人原来以为他会给自己放一天假的，因为他刚埋了老婆，连一个黑鬼也没法找到更说得过去的放假理由了，而在这种情况下，白人也得歇一天工以表示他对亡妻的深切哀悼，至于夫妻间感情如何那是另一回事，连一个小孩子也懂得既然工钱照拿，这样的假期不过白不过。可他偏不。他头一个来，不等上班的哨子吹完，就从一辆运木头的卡车上跳到另一辆，独自一个人抄起一根又一根十英尺长的柏树原木，扔来扔去仿佛那是火柴梗似的。然后，当所有的人终于拿定主意随他去，因为他是

————————————

① 这是正职保安官的名字。
② 锯木厂的白人工头。

存心如此做的，他老兄却在下午的半中腰扔下手里的活就走掉了，连对不起、请原谅、明天见什么的都不跟麦克安德鲁斯或任何人说一声，却搞来了整整一加仑'保头疼劲赛骡'的私酿威士忌，径直回到锯木厂，参加掷骰子的赌局，在这种赌局中，伯特桑用灌了铅的骰子骗厂里黑鬼的钱都骗了足足十五年了，这个赖德一屁股坐下来耍钱，自从他成了个半大不大的小子，能认清那些做过手脚的骰子上的点数以来，他一向心甘情愿地把工资的大约平均百分之九十九孝敬给伯特桑，可是这一回，五分钟后，他就一刀下去，干净利落，把伯特桑的喉咙一直割到颈骨那儿。"他妻子又经过他身边到餐厅去。他再次把脚缩回来，同时提高了嗓门。

"因此我和梅丢赶紧上现场去。我们倒不指望能帮上什么忙，因为这时候他没准已经过田纳西州的杰克逊了，天都快亮了嘛；再说，要找到他，最简便的办法莫过于盯紧在伯特桑家那些小伙子的后面。当然，等他们找到他之后，也就没什么值得往回带的了，不过至少可以了结掉这桩案子。所以说，我们上他家里去真是偶然又偶然的事；我现在都不记得我们为什么去，反正我们是去了；他老兄居然在家。是坐在插上闩的大门后，一只膝盖上放着把打开的剃刀，另一只上放着支装上子弹的猎枪吗？不。他睡着了。炉子上有一大锅被他吃得一干二净的豌豆，他呢，正躺在后院大太阳底下，只有脑袋在廊檐下的阴影里，还有一条像熊和截去角的安格斯公牛杂交所生的狗，在后门口叫救火和救命似的没命地叫。我们摇醒了他，他坐起来，说：'没错，白人老兄。是俺干的。不过你们别把俺关起来。'这时梅丢说了：'伯特桑先生的亲戚倒也不想把你关起来。等他们抓到了你，你会呼吸到很多新鲜空气的。'于是他说：'是俺干的。不过你们别把俺关起来。'——他一个劲地劝说、开导保安官别把他关起来；没错儿，事情是他干的，是桩大坏事，可是现在要把他与新鲜空气隔离开来可太

140

不方便了。因此，我们把他装上汽车，这时候来了一个老太婆——是他妈妈或是姨妈什么的——喘着气一路小跑，追了上来，要跟我们一块走，于是梅丢就使劲向她解释，要是伯特桑一伙赶在我们把他关进监狱之前找到我们，她也会吃什么苦头，可她还是要去，后来梅丢也说了，如果伯特桑那人真的追上我们，她也在汽车里没准倒是件好事，因为虽说伯特桑用自己的影响帮梅丢去年夏天赢得了那个辖区的选票，干扰法律的执行总是不能原谅的。

　　"因此我们也让她坐上车，把那个黑鬼带进城，稳稳妥妥地关进监狱，把他交给了克特钱①，克特钱带他上楼，那个老太婆也跟上去，一直跟到单人牢房，对克特钱说：'我是想把他带好的。他一直是个好孩子。他以前可从来没闯过祸。他事情做得不对，应该受到惩罚。可是不能让白人把他抢走呀。'克特钱后来烦了，就说：'他不先抹肥皂沫就给白人刮胡子，后果如何，你们俩早先就不会好好琢磨琢磨吗。'于是他把他们俩都关进了牢房，因为他也跟梅丢一样，认为有她在，万一出什么事，没准能对伯特桑家的小伙子们起一些好的作用，而且等梅丢的任期满了，说不定他自己要竞选个保安官或别的什么官儿当当呢。于是克特钱回到楼下去了，紧接着，苦役队从外面回来，上楼到大牢房里去了，他就想短时间内不会出什么事，可是就在这时，突然之间，他开始听到喊叫声，倒不是大吼，而是喊叫，不过光有声音没有什么话语，于是他拔出手枪冲上楼梯朝大牢房跑去，苦役队就关在这里，克特钱朝小牢房一看，只见老太婆蹲伏在一个角落里，那个黑鬼把用螺丝拧紧固定在地板上的铁床干脆拔了出来，正站在牢房中央，铁床举在头上，就跟那是只小孩睡的摇篮似的，他对老太婆喊着说：'俺不会伤着你的。'说完便把铁床朝墙上摔去，接着走

————————————

① 监狱看守人。

过来抓住那扇闩上的铁门，把它连砖头带铰链从墙上拽了下来，就走出牢房，把整扇门顶在头上，仿佛那是一扇纱窗，他吼叫道：'没事儿。没事儿。俺不想逃走。'

"当然，克特钱本来是可以当场开枪打死他的，不过就像他所说的，如果惩罚他的不是法律，那么享受优先权的应该是伯特桑家的小伙子们。因此克特钱没有开枪。相反，他窜到那些从那扇铁门前向后退却的苦役队黑鬼的背后，大声吼道：'抓住他！把他撂倒！'可那些黑鬼起先都缩在后面一动不动，等到克特钱用脚踢、用手枪柄揍他身边的那些黑鬼，他们才向赖德拥去。克特钱说，整整有一分钟，谁冲上去赖德就把谁抓起来扔到房间另一头去，就跟那是破布娃娃似的，一边嘴里还在说：'俺没打算逃走。俺没打算逃走。'到后来，大家终于按倒了他——只见一大堆黑脑袋、黑胳膊、黑腿在地上乱扭乱动，就跟水开了锅似的，可是就算到了这地步，克特钱说还不时会有一个黑鬼从地上给掀起，像一只飞鼠那样摊开着四肢，飞到房间的另一头，眼睛像汽车前灯似的鼓了出来，最后，他们总算按得他不能动了，克特钱就走近去，动手把压在上面的黑鬼一层一层扒开，看见他躺在最底层，还在笑，一颗颗眼泪像小孩玩的玻璃球那么大，顺着脸颊和耳朵边上往下滚，掉在地板上发出吧嗒吧嗒的声音，仿佛有谁在摔鸟蛋，他笑啊笑啊，还说：'你们弄得俺都没法动脑子了。我都没法动脑子了。'你看，这多有趣儿。"

"依我看，要是你还想在这个家里吃晚饭，你快给我在五分钟之内把它吃完，"他的妻子在餐厅里说道，"我要收拾桌子了，完了我还要去看电影呢。"

古老的部族

1

起初什么也没有。只有淅沥沥的、不紧不慢地下着的冷雨和 11 月末灰蒙蒙、持续不变的那种晨曦，还有在微光中某处集结并向他们逼近的狗群的吠声。这以后，山姆·法泽斯站在了孩子[1]的紧后面，就像孩子用他第一支枪发射这枪所装的几乎第一发子弹打他生平所打的第一只跑动中的兔子时那样，他碰了碰孩子的肩膀，孩子颤抖起来，这可不是因为寒冷。接着，那只公鹿在那儿了。他[2]并不是走进他们的视界的；他就是在那儿，看上去不像幽灵而是似乎所有的光线都凝集在他身上，他就是光源，不仅在光中移动而且是在传播光，他已经在跑了，你在他已看到你的那几分之一秒中看到他，就像人们一般起初见到

---

① 指艾萨克·麦卡斯林，时年十二岁。
② 指公鹿，原文用的是指人的"他"，后面有的地方则用"它"，显示出说话者对鹿的不同感情。译文照搬，以传达作者意图。

鹿时的那副模样，在那第一下飞跃中便已将身子朝前倾，那副角枝甚至在那样晦暗的光线里看去也很像一把在他头上保持着平衡的小摇椅。

"听着，"山姆·法泽斯说，"快开枪，不过别慌张。"

孩子完全记不起那一枪是怎么开的了。他将活到八十岁，就跟他父亲及其孪生兄弟还有他们的父亲一样长寿，但是他再也不会听见那下枪声甚至连枪托的那股后坐力也记不得了。他甚至也记不起来事后把那支枪怎么的了。他正在奔跑。接着他站在公鹿的上方，它躺在潮湿的泥地上，仍然保持着飞奔的姿势，一点不像已经死去了，他站在公鹿的上方，颤抖着，抽搐着，山姆·法泽斯又来到他身边，把刀子递给他。"别迎着他的正面走去，"山姆说，"倘若他没死，他会用脚把你蹬得稀巴烂的。从后面向他走去，先抓住他的角，这样你就能按住他的头好让自己跳开去。然后把你另外那只手顺着摸下去，用你的手指勾住他的鼻孔。"

孩子照着做了——把鹿头往后扳，让脖子绷直，然后用山姆·法泽斯的刀子在脖子上一抹，这时山姆弯下身子，把双手浸在冒着热气的鲜血里，然后在孩子的脸上来回涂抹。接着山姆的号角在潮滋滋、灰蒙蒙的林子里一遍遍地吹响；于是猎狗潮水般挤涌在他们的身边，在每一条都尝到血的滋味后，谭尼的吉姆和布恩·霍根贝克用鞭子把它们赶开去，这以后爷儿们，那些真正的猎人来了——这里面有来福枪弹无虚发的华尔特·艾威尔，有德·斯班少校，有年老的康普生将军，还有孩子的表亲麦卡斯林·爱德蒙兹，他是孩子姑妈的孙子，但比孩子大十六岁，因为他和麦卡斯林都是独子，孩子出生时他父亲都快七十了，因此这个麦卡斯林与其说是他的表外甥还不如说是他的长兄，但是比起这两种身份来又更像是他的父亲——猎人们坐在马背上俯视着他们——看着这个七十岁的老人①，到现在他在两代人的眼里都是个黑人，可是他的脸相和派头还活脱脱像他父亲，那位契卡索族酋长；还看着这个十二岁的白种孩子，他脸上满是血手印，这时正无事可做，只顾直挺挺地站着，掩饰自己的颤抖。

"他做得对吗，山姆？"他的表亲麦卡斯林说。

"他做得对的。"山姆·法泽斯说。

他们，一个是那被永远抹上标志的白孩子，另一个则是肤色黝黑的老人，他父母双方都是蛮族国王之后，是他，给孩子抹上了标志，他那双血淋淋的手仅仅是在形式上使孩子圣化而已，其实在他的调教之下孩子早就谦卑与愉快地，既自我抑制又感到自豪地接受了这种地位；那双手、那样的抚触、那头一股有价值的鲜血——别人终于发现他是值得使这血流出的——把他和那个老人永远联结在一起，而老人也因此会在孩子过了七十岁再过了八十岁之后还能存在于人世，即使他自己和那些酋长、国王一样很早以前就已经入了土——这孩子当时还未成长为大人，他的祖父曾在这同一片土地上生活而且生活方式与孩子本人后来进入的那种几乎一模一样，孩子长大后也会像乃祖一样在这片土地上留下自己的后裔，再说这年逾七十的老人，他的祖辈早在白人的眼睛没见到之前就拥有这片土地，如今已和自己的全部族类从这里消失，他们留下的那点血脉如今正在另一个种族的身上流动，有一阵子甚至还是奴隶的血液，现在也快走完他的异族的、无法更改的人生历程，而且还是不育的，因为山姆·法泽斯并无子女。

他的父亲仍是伊凯摩塔勃本人，此人曾给自己起名为"杜姆"。山姆告诉过孩子这方面的情况——伊凯摩塔勃是老伊塞梯贝哈的外甥，年轻时如何出走到新奥尔良去，七年后回来时带来了一个法国朋

<hr>

① 指山姆·法泽斯。

友，此人自称"金发修女骑士"德·维特雷，在他自己家里也准是个伊凯摩塔勃这样的角色，他已经称呼伊凯摩塔勃为"头人"[①]——他回来了，重新回到家乡，带着他的外国朋友阿拉米[②]以及一个有四分之一黑人血统的女奴，她后来就是山姆的母亲，还带回一顶有金色花边的帽子、外套和一只原本放酒瓶的柳条筐，里面养了一窝刚满月的小狗，还有一只金鼻烟盒，里面是细白糖似的粉末。他又如何在大河码头处受到他年轻当光棍时的三四个伙伴的欢迎，当冒烟的松明照亮了帽子和外衣上的金穗时，杜姆在岸上的泥地上蹲下来，从筐里抱出一只小狗，捏了一小撮白粉末放在它的舌头上，还不等抱着它的人来得及把它扔下，那只小狗就已经一命呜呼了。他们又如何回到庄园，伊塞梯贝哈已在那里去世，位置由其子，也就是杜姆那胖嘟嘟的表亲莫克土贝继承了，第二天，莫克土贝那个八岁的儿子突然死去，那天下午，当着莫克土贝和大多数人（山姆·法泽斯管他们叫"草民"）的面，杜姆又从酒筐里揪出一只小狗，放了一小撮粉末在它舌头上，于是莫克土贝就逊位了，而杜姆就成了真正的头人，那是他的法国朋友早就这样称呼的。第二天，在登基的大典上，杜姆又如何宣布一桩婚事，女方是那已怀孕的有四分之一黑人血统的女奴，男方是他刚继承到手的奴隶中的一个（山姆·法泽斯的姓就是由此得来的，这姓在契卡索语里是"有双父"的意思），两年之后，他又把那男人、女人还有孩子（其实是他自己的儿子）一起卖给了他的白人乡邻卡洛瑟斯·麦卡斯林。

那是七十年前的事了。孩子结识山姆·法泽斯时他已经六十岁了——他身量不高，却是矮墩墩的，站着几乎像是坐着似的，看上去

[①] 此处的"头人"，用的是法语"Du Homme"，倘念成英语，则成为"杜姆"，刚好与"厄运"(doom) 谐音。

[②] 大仲马小说《三个火枪手》中的人物，此处指那位法国"骑士"。

肌肉松弛其实并非如此，那头马鬃般的头发即使到了七十岁也没有一点花白，脸容也不显老，除非绽开笑容时，他身上唯一看得出有黑人血统的地方是头发与手指甲有点儿发暗，还有就是你会注意到他眼睛里有点什么东西，你之所以注意到是因为它并非总在那里，仅仅是潜伏着而且也并不总是有的——这不是什么有形状有色泽的东西而仅仅是一种眼神，孩子的表亲麦卡斯林告诉过他那是什么：并不是含^①所遗传下来的，并不是奴性的标志而是受过奴役的痕迹；是因为知悉自己的血液中的一部分有一阵曾是奴隶的血液。"就跟在笼子里的一头老狮子或是一只熊一样，"麦卡斯林说，"他是在牢笼里出生的，一辈子都在笼子里；别的他什么都不知道。后来他闻到了什么。那可能是任何东西的气味，是一股什么微风吹过那东西然后飘进他的鼻孔的。但有一秒钟那热烘烘的沙漠或是甘蔗丛^②的气味穿进他的鼻孔，这些他本人连见都从未见到过，也许真的让他看到了他连这是什么也不知道，也许倒知道倘若自己回到那地方去他是无法挺得住的。可是当时他闻到的不是这些。他闻到的是牢笼的气味。在那一分钟之前他没闻到过牢笼的气味。这以后热沙或甘蔗丛的气味飘进他的鼻孔又吹了开去，他能闻到的就仅仅是牢笼的气味了。是这些才使他会有那样的眼神的。"

"那就让他走吧！"那孩子喊道，"让他走好了！"

他的表亲急促地笑了一声。他马上便陡然停住，其实只发出了一个声音。那根本还不能算是笑。"他的笼子可不是麦卡斯林家，"他

---

① 据《圣经·创世记》第九章第 18 到 27 节：含是挪亚的儿子，是迦南的父亲。一次挪亚喝醉酒赤着身子躺在帐篷里，含见到后出去告诉两个兄长，于是他们拿件衣服搭在肩上，倒退着进去给父亲披上。挪亚醒后知道小儿子含看见了自己裸露的身体，便说："迦南当受诅咒，必给他兄弟作奴仆的奴仆。"

② 指他的黑人祖先曾在非洲（"热烘烘的沙漠"）与加勒比海岛屿（"甘蔗丛"）生活的历史、地理背景。

说，"他是个野性十足的人。他生下来的时候，身上得自父母双方的全部血液，那一丁点儿白人血液除外，都熟悉很久前便从我们的血液中驯化掉的那些东西，的确是很久，以致我们不仅已把它们忘掉，而且还必须成群聚居来保护自己，使我们不受我们的根源的影响。他不仅是一个战士的而且还是一位酋长的嫡亲儿子。后来他长大成人，开始懂事了，突然有一天发现自己曾被出卖，战士与酋长们的血液被出卖了。不是被他的父亲，"他急急地添了一句，"对于老杜姆把他和他母亲出卖为奴，他兴许从来没有抱怨过，因为没准他相信在这之前损害已经造成，是他母亲给他的黑人血液使得他与杜姆身上共有的战士与酋长们的血液被出卖了。倒不是被黑人血液出卖也不是被母亲故意出卖的，但到头来还是因她而被出卖，她传给他的不仅有奴隶的血液甚至还有一点点正是奴役这种血液的别种血液；他自己就是他本人的战场，是他本人被征服的舞台与遭到失败的陵墓。他的牢笼可不是我们，"麦卡斯林说，"迄今为止，你可曾听说过，有谁包括你父亲与布蒂大叔在内，曾吩咐他去做还是别做什么事而他是多多少少照办的吗？"

这倒是真的。孩子对他最初的印象是他坐在庄园铁匠铺门口，不进森林时他就在这儿磨铧尖、修工具，甚至还做一些粗木匠活。有时候，就连森林也没能把他吸引去，即使铁匠铺里待修的用具堆了一地，那是农活等着要用的，山姆也会干坐在那儿，半天或甚至一整天啥也不干，但是没有一个人，包括孩子的父亲与他的孪生兄弟在他们管事的那阵，也包括他的表亲麦卡斯林那时已成了实际上的主人但名义上还不是，曾经对他说过一句"我要太阳下山之前给我干完这件事"或是"这事昨天为什么没做完？"而一年一度，到了深秋，在11月中，孩子会见到人们往大车里装东西，使铁箍支起的帆布篷撑得鼓鼓的——食品啦，从熏房取来的咸肉和香肠啦，从小铺取来的咖啡、面粉和糖浆啦，还有昨晚刚宰杀的一整只牛，那是准备在营地猎到兽肉之前用来喂狗的，还装上放了一只只猎狗的柳条筐，然后是被褥、枪支、号角、提灯和斧子，他的表亲麦卡斯林与山姆·法泽斯穿了猎装登上大车车座，谭尼的吉姆则坐在狗筐上，他们要赶车去杰弗生，在那里与德·斯班少校、康普生将军、布恩·霍根贝克和华尔特·艾威尔会合，再朝塔拉哈契河边的大洼地进发，那里有鹿有熊，大伙儿将在那里待上两个星期。可是甚至在装车之前，那孩子就会发现自己没法看下去。他总是走开，几乎是跑开去的，去站在房角后面，在那里看不到大车，别人也看不到他，他倒没有哭，而是把身子绷得笔直，可是在发抖，悄没声地对自己说："这下快了。这下快了。就只有三年了。"（或是只有两年、只有一年了）"我就会是十岁了。到那时卡斯就会说我可以去了。"

逢到山姆干活的时候他干的是白人的活儿。因为其他的活儿他全不干：既不耕种分配给他的地块，像老卡洛瑟斯·麦卡斯林的其他改变了身份的奴隶那样，也不按日计算拿工钱干地里的活儿，像那些年轻、新来的黑人那样——孩子始终不知道这事在山姆与老卡洛瑟斯之间，或者是老爷子死后在山姆与那对孪生兄弟之间究竟是怎么安排的。因为，虽然山姆生活在黑人当中，住在黑人村众多小木屋的一所里，跟黑人们来往（在孩子大得足以独自从家里走到铁匠铺接着能扛起一支枪之后，山姆就几乎不跟其他人来往了），穿黑人穿的衣服，像他们那样说话，甚至偶尔还跟他们一起去黑人教堂，但他仍然是那位契卡索酋长的儿子而黑人也都清楚。而且，在孩子看来，知道的还不仅仅是黑人。布恩·霍根贝克的奶奶也是个契卡索族的妇女，尽管后来他家的血变得白人的成分越来越多，布恩也成为白人了，但他身上的印第安人血统却并不来自酋长。至少对这孩子来说，只要看到布恩与山姆在一起，就能立即明显看出他们之间的不同，这一点连布恩似乎也有所察觉——连布恩也看出来了，对他来说，从他自己的传统来看，他从未想到有谁能比自己的出身更好。别人可能更聪明，这他承认，或是更富有（照他的说法是更走运），然而绝不会是出身更好。布恩是一头绝对忠心的獒犬，把自己的忠诚平分给德·斯班少校与孩子的表亲麦卡斯林，自己吃的面包也绝对依靠他们，并且也把这种依赖平摊在德·斯班少校与麦卡斯林两人的头上，倒是很能吃苦，很大方，也够勇敢的，并且是极端任性而几乎不动脑子的。至少在孩子的眼睛里，倒是山姆·法泽斯那黑人，不仅对他的表亲麦卡斯林与德·斯班少校，而且也对所有的白人，都是那么庄重、自尊，并且从不卑躬屈膝地依赖那堵黑人总在自己人与白人之间设置的用随时咧嘴嬉笑来筑成的不可逾越的墙，他对待这孩子的表亲麦卡斯林不仅像一个平等的人而且像一个老者对待较为年轻的人。

他教给孩子森林里的事儿，打猎的事儿，什么时候开枪，什么时候别开，什么时候该杀，什么时候又不该杀，而更为有用的是，杀死野兽之后该怎办。那时他总会和孩子谈话，两人坐在夏季小山顶上那挨他们很近的、咄咄逼人的群星下，一边等候猎犬把狐狸赶回到他们听得见的地方，或是在11月或12月的树林里傍着一堆篝火，此时狗群正沿着小溪寻找一只浣熊的臭迹，或是不生火在4月天亮前的黑暗与浓浓的露水中蹲在一窝野火鸡的下面。孩子从来不向他提问；山姆对于提问是不答理的。孩子就那么等着，然后便听着，而山姆就开始讲了，讲往昔的时日与种族的事情，他没能赶上认识他们，因而也记不真切了（他甚至都记不得曾见过自己父亲的脸），而替代了这个种族在他的血液中汇入的另一个种族却没有给他提供代用的故事。

在他讲古老的时日与另一个种族那些已死而不再存在的人时，这些倒是孩子都能理解的，但对孩子来说，那些古老的时日逐渐地成为不再古老而是成为孩子当前的一部分，不仅仿佛就发生在昨天，而且像是仍然在发生，那些在他和老人之间行走的人确实是有呼有吸地在行走，而且还在他们尚未离开的土地上投下了真正的身影。还不仅如此：仿佛某些事还未发生而是要到明天才出现，以致孩子最后竟觉得连自己都尚未出生，不论是他的种族还是他们带到这片土地上来的那个臣属的种族都未来到这儿呢；虽然他和山姆在上面打猎的土地曾属于他祖父，后来又属于他的父亲与叔父，现在由他表亲代管，将来有一天会归到他自己名下，其实这所有权是渺不足道而没有实际意义的，就如同记在杰弗生镇档案簿上规定这片地属于他们家的如今已褪色的古老的字迹一样，而他，这孩子，倒是来这里作客的外人，同时山姆·法泽斯的话语却成了主人的声音。

直到三年前，他那个种族的人有两个，另一个是个纯种的契卡索人，在某种意义上，他甚至比山姆·法泽斯还要叫人难信地无所适从。他称自己为乔贝克，连起来念，仿佛那是一个词儿[①]。根本没人知道他的历史。他是个隐士，住在溪汊处一所污秽的小棚子里，那地方离庄园有五英里，离任何别的居民点也差不多这点距离。他捕鱼打猎是为了拿到市场上去卖，跟谁也不来往，不管是黑人还是白人；没有一个黑人愿意跨越他门前的小路，没有人胆敢走近他的小屋，除了山姆。也许一个月里有一回，这孩子会在山姆的铺子里看到他们——两个老人蹲在泥地上，用一种黑人英语与语调低平的山乡方言的混合体交谈，时不时夹上一句古老的部族语，时间一长，孩子蹲在那里听多了，也开始有点懂了。后来乔贝克死了。也就是说，有段时间谁也没见到他。接着有天早上，山姆也不见了，没有人，甚至也包括这孩子，知道他是什么时候走的以及上哪儿去了，一直到有天晚上，几个在溪底打猎的黑人见到一把火突然烧了起来，便朝那儿走去。烧着的

---

① 实在应为乔·贝克。

原来是乔贝克的小屋，可是不等他们走近，就有人从屋后的阴影里向他们开枪。开枪的是山姆，可是谁也没发现乔贝克的坟在哪儿。

第二天早上，孩子和他表亲正坐着吃早饭，他看见山姆从餐厅窗子前走过，这时想起自己有生以来见到山姆挨近大宅最近的地方无非就是那铁匠铺。他吃到一半，连嘴巴也停住不动了；他坐在那儿，和表亲都听到了食品间门外的人声，接着门开了，山姆走了进来，手里拿着他的帽子，也没有敲门，而这地方除了仆人，旁的人要进来都是会敲门的，他进来一点点，就在不至于妨碍关门的地方，站着，也不看任何一个人——身上穿着的是黑人的衣服，上面的脸却是张印第安人的脸，正瞅着他们头顶上的什么东西或是根本不在这房间里的什么东西。

"我要走，"他说，"我要去大洼地住。"

"去住？"孩子的表亲说。

"住在德·斯班少校和你的营地里，也就是你们打猎住的地方，"山姆说，"你们不在的时候，我可以帮你们大家料理。我会在森林里给自己盖一所小屋子的，要是你们不想让我住那大房子的话。"

"这儿的艾萨克怎么办呢？"他的表亲说，"你怎么把他扔下就走呢？你是不是想把他也带去？"可是山姆仍然对谁也不看，站在房间的进门处，脸上一点表情都没有，那张脸只有在笑的时候才显露出他是个老人。

"我要走，"他说，"让我走吧。"

"好吧，"表亲平静地说，"当然可以。我和德·斯班少校商量一下。你想很快就去吗？"

"我这就走。"山姆说。他走了出去。整个情况就是这样。孩子当时九岁；这好像是极其自然的，任谁，连他的表亲麦卡斯林也都不能跟山姆有什么商量的余地。再说，如今他已经九岁了，他能理解山姆可以与他、与他们在林子里共同度过的日日夜夜告别而不致觉得特别痛苦。他相信他和山姆都知道这离别不仅是暂时的，而且是出于促使他走向成熟的迫切需要，为了他的成熟，山姆自他出生起便训练他，以便有一天把他奉献出来。去年夏天的一个晚上，他们就对这件事情作了安排，当时他们听着那些猎狗把一只狐狸逼进溪谷；现在孩子从8月高高的咄咄逼人的星星下的那次谈话里辨出了对今天这个时刻的一个预兆、一个警告。"我已把这片居留地所有的一切都教给你了，"山姆说，"你现在打猎可以和我一样好了。现在你该进大洼地了，该去猎熊和鹿了。那才是猎人的肉食，"他说，"明年你就是十岁了。你得用两个数码写自己的年纪，你得准备当大人了。你爹"（山姆总是把孩子的表亲说成是他的父亲，即使在孩子成为孤儿之前也是这样，他把两者的关系不是视作被监护人与监护人，族民与族长、家长的，而是视作孩子与一个给孩子以血肉以及思想的人的。）"答应过到时候你可以跟我们一块儿去的。"因此孩子对于山姆的离去是能够理解的。但他不能理解为什么是此刻，也就是在3月，在打猎月份的前六个月。

"如果像大家所说的那样，乔·贝克真是死了，"他说，"而山姆除了我们以外再也没有别的亲人了，那他为什么要现在就去大洼地，现在离我们去那儿打猎不是还有六个月吗？"

"也许这正是他的愿望，"麦卡斯林说，"也许他想离开你一段时间。"

不过这也没有什么。麦卡斯林和别的大人也常说这一类的话，他不当它们一回事，就跟他不拿山姆要去大洼地住的话当作一回事一样。毕竟山姆要在那儿生活六个月呢，因为要是他去了掉转身子就回来，那就根本没有去的必要。再说，正如山姆自己告诉过他的，他已经掌握了这片居留地上有关狩猎的一切学问，不论是山姆还是别的人都无法再教他什么了。因此这件事是没什么了不起的。夏天来到，然后是初次降霜后那些晴朗的日子，这以后天冷了，这一回他将和麦卡斯林一起登上大车，那个时刻会到来，他会让猎物流血，好多好多的血，这会使他变成一个大人、一个猎手，于是山姆会和他们一起回家，而他本人也会摆脱掉猎取兔子与负鼠的那种小孩子的追求。然后在冬季炉火前他也能算是一个角色，像猎人那样大谈以往的打猎故事与今后的狩猎计划。

山姆就这样离去了。他的东西就那么点儿，自己都能带上。他是走去的。他既不要麦卡斯林用大车送也不愿骑骡子。甚至都没有人见到他离去。一天早晨他就那样地走了，那所本来就没有多少东西的小屋变得空荡荡的，那个从来没干出过多少活儿的铁匠铺懒洋洋地蹲在那里。接着 11 月终于来到，现在孩子算是一个成员了——有他本人和他的表亲麦卡斯林和谭尼的吉姆，而德·斯班少校、康普生将军、华尔特·艾威尔、布恩以及做饭的老阿许大叔带着另一辆大车在杰弗生镇等他们，那儿还备好一辆四轮马车，那是给他、麦卡斯林、康普生将军与德·斯班少校坐的。

山姆在营地等候他们。如果他高兴见到他们，他可没显露出来。还有，两周后他们走时，如果他对他们的拔营离去感到难受，他也同样没有显露出来。他并没有随他们一起回去。回去的仅仅是那孩子，他孤单地只身回到熟悉的居留地，再去过十一个月那种与兔子之类小动物打交道的幼童日子，一边等着再回到森林里去，他纵使仅仅是初次在那儿作短暂的逗留，却已经带回了难以忘怀的感受——那倒不是危险的或是特别有害的，而是深厚的、能感知的、巨大的与沉思的，在这里他被允许自由来往，没有受到过创伤，他可不明白何以能够如此，可是感到自己缩小了，而且有一种陌生感，一直到他让那值得使其光明磊落地流出的血流了出来。

接着 11 月来到，他们照例要回进大森林去。山姆每天早上都会带孩子来到分派给他的那个岗位。那自然是最差的岗位，因为他只有十岁 (后来是十一岁与十二岁)，连一只飞奔的鹿都没有见到过。可是他们总是站在那里，山姆稍稍靠后，自己没有枪，那孩子八岁时开枪打那只飞奔的兔子时，山姆就是这样站着的。他们总是在 11 月拂晓时分站在那儿，过了一会儿，他们会听见犬吠声。有时那追逐会拐过来在离他们相当近的地方掠过，听得见吼叫声但是看不见；有一回他们听到了布恩·霍根贝克那支老枪的两声沉重的枪声，他用这支枪至多杀死过松鼠，而且还是静止不动的；有两次他们还听到了华尔特·艾威尔的步枪的平平的、没有回声的射击声，紧接着连等都不用等就马上听到了他吹起的号角声。

"我永远也没机会开枪了，"孩子说，"我永远也不会杀死一只猎物了。"

"不，你会的，"山姆说，"你等着。你会成为一个猎人的。你会成为一个男子汉的。"

可是山姆不愿离开森林。他们只好让他留在那里。他总是最远只走到大路上马车停着的地方，以便把骑坐的马匹带回去，但也就到此为止了。当时猎人们骑上了马，阿许大叔、谭尼的吉姆和那孩子还有山姆都坐上大车跟在后面，车子上载着野营用具、战利品、兽肉、兽头、鹿角，光要那些好的，大车就在高大的胶树、柏树和橡树之间迂回前行，那里只有猎人的斧子曾响起过伐木声，大车在芦苇与荆棘组成的两堵无法穿越的墙之间前进——这两堵墙内容不断更换但却是永远存在，墙的后面就是荒野了，即使他初进大森林才短短两星期，这荒野已在他的精神上永久地留下了烙印，这荒野似乎在伛下身子，在稍稍向他倾斜，凝视着他们，谛听着，不算不友善因为他们这些人太渺小了，就连华尔特、德·斯班少校和老康普生将军这些杀死过许多鹿和熊的人也是如此，他们的停留太短暂、太无害了，不至于引起不友善的感情，而大自然仅仅是在沉思，它是秘密而巨大的，几乎没有注意到这些人。

接着他们会走出荒野，他们会从那里走出来，那界限鲜明得像是存在着一堵有门的墙。突然瘦瘠的棉花地与玉米地会在左右两边掠过去，在灰蒙蒙的雨丝下显得荒凉而没有生气；还会出现一所农舍、一些谷仓、围栏，人的手曾捏拢来在这里刨抓过几下，如今荒野的墙留在他们的身后了，在灰蒙蒙、越来越暗的光线下显得巨大、寂静，仿佛无法穿透，他们从中钻出的那个极小的洞眼显然已被吞没。那辆四轮马车会等候在那儿，他的表亲麦卡斯林、德·斯班少校、康普生将军、华尔特与布恩在马车旁下马下车。接着山姆就从大车上爬下来，骑上一匹马，把别的那些马用一根绳子牵在他背后，便往回走。孩子总是目送他片刻，只见他衬在那堵高高的、秘密的墙的前面，变得越来越小，越来越小，他一次也不扭过头来看一看。接着他便进入墙内，回进他的寂寞与孤独中去，那孩子是这样认为的，并且相信他的表亲麦卡斯林也是这样想的。

2

因此那个时刻就这样来到了。他扣动扳机，接着山姆用热血在他脸上作标志，这血是他使之溅流的，于是他不再是小孩而成了一个猎人，一个大人。那是最后一天的事。他们那天下午拔了营，接着便离去，他表亲、德·斯班少校、康普生将军和布恩骑马，华尔特·艾威尔、那两个黑人还有他和山姆坐大车，车上放着他的兽皮与鹿角。大车里可能还有（也的确有）别的战利品。可是对他来说它们并不存在，正如他只觉得他跟山姆·法泽斯实际上仍然像早上那样是单独在一起的一样。大车迂回、颠簸地往前移动，两边是缓慢而不断地往后退去但却是永远存在的林墙，在墙的后面与上面，大荒野在注视着他们离去，它如今已不那么饱含敌意，也永远不会再含敌意了，因为公鹿仍然在跳而且永远在跳，那摇摇晃晃的枪杆逐渐变稳而且终于永远稳定，然后是轰的一声，但公鹿仍然从他永生的瞬间跃出，永远不死；——大车颠簸、跳跃着往前行进，那一瞬间，公鹿、射击、山姆·法泽斯与他本人还有山姆用来给他作标志的血，使他永远与荒野结成一体，而自从山姆说他做得很好以来，这荒野就接受了他，这时山姆突然勒住马缰，让大车停下，他们全都听到了一只鹿从隐藏处冲出的那绝对不会弄错的、令人难忘的声音。

这时布恩在小路拐弯处的另一边吼叫起来，大伙儿还一动不动地坐在停下的大车里，华尔特与那孩子已经伸手去拿枪了，这时布恩用帽子驱策骡子飞速跑回来，冲着他们吼叫，脸色既激动又显得大惑不解。接着别的骑者也都驱策坐骑从拐弯处跑回来。

"放狗呀！"布恩喊道，"放狗呀！这鹿要是头上有个鼓包①的话，那他会长出十四个角叉来的！就伏在路边那番木瓜树丛里！要是我知道他在那儿，我用小刀就能把他的喉管割断的！"

"说不定正因为这个他才跑的呢，"华尔特说，"他看见你手里从来不拿枪。"他已经拿着步枪下了大车。紧跟着那孩子也拿着自己的枪下了车，别的骑者来近了，布恩就好歹从他的骡子上爬了下来，伸手在大车的行李当中乱抓乱摸，嘴里仍然在叫："放狗呀！放狗呀！"孩子也觉得他们简直要用一辈子的时间才能决定该干什么——那些老人哪，在他们身上血已变冷，流得慢了，在他们与孩子本人之间隔着

---

① 从这样的鼓包里将长出鹿角。据福克纳说，他家乡的猎人计算角叉的办法是把两只角的都加在一起，与美国别处以一只为标准的计算法不同。

好多岁月，这就使他们的血变成一种不同质地的更冷的东西，是与他身上甚至布恩与华尔特身上的都不同的。

"你看怎么样，山姆？"德·斯班少校说，"狗能把他撵回来吗？"

"咱们用不着狗的，"山姆说，"要是他听不见狗在后面追，他会绕个圈子在太阳下山时回到这儿来睡觉的。"

"那好，"德·斯班少校说，"你们哥们几个骑马。我们坐大车朝前到大路上去，在那儿等候。"他和康普生将军与麦卡斯林爬上大车，而布恩、华尔特、山姆与孩子上了马，拐回去，走出小路。山姆领着他们走了有一个小时，穿行在下午灰蒙蒙的、没有特点的光线里，这光与拂晓时分的没有多大区别，不经过什么层次就会转成黑暗。这时，山姆让大家停下。

"这就够远的了，"他说，"他会从上风向走来，他不想闻到骡子的气味。"他们把坐骑拴在一处树丛上。这时山姆带领他们步行，这里没有小路，他们在没有特点的下午光线里穿行，孩子紧跟在他的后面，另外两个则紧紧跟在孩子脚后，至少那孩子以为正是这样。其实他们并没有这样。山姆有两次稍微扭回头来，越过自己的肩膀对他说，一边仍然在走："你们来得及的。我们会赶在他头里先到那儿的。"

于是他就设法走得慢一些。他有意要让那令人昏眩的急驰的时光减速，在这速度里，他连见都没见到的那公鹿正在行进，他觉得这急驰的时间必定正在使公鹿越跑越远，越跑越远，而且更加不可挽回地远离他们，虽然现在并没有狗群盯在他后面逼他快跑，虽然，按照山姆的看法，他现在一定已经兜完一圈，正朝着他们跑回来。他们继续往前走；可能过了一个小时或是两倍这点时间，也许还不到一半，孩子可说不上来。接着他们上了一道山脊。他从未到过此处，也看不出这是一道山脊。他只知道地势微微升高，因为矮灌木稍稍变稀了，地面不明显地朝一道密密的芦苇墙倾斜。山姆停住了脚步。"就是这儿。"他说。他对华尔特与布恩说:"顺着这道山脊走下去,你们会到达两个交叉路口。你们会见到足迹。如果他穿过,必定是走那三条小路里的一条。"

华尔特朝四面看了一会儿。"我知道的,"他说,"我还见到过你那只鹿呢。星期一我来过这儿。他算不了什么,仅仅是只一岁的小鹿。"

"一只小鹿?"布恩说。他走路走得在急促地喘气。他的脸仍然显得有点激动。"要是说我方才见到的是只小鹿,那你不如说我还在念幼儿园呢。"

"那我看到的肯定是只兔子,"华尔特说,"我一直听说你上一年级前两年就已经辍学了。"

布恩朝华尔特瞪眼。"如果你不想开枪打他,就走开好了,"他说,"到一边待着去。老天爷啊,我——"

"你们都傻站在这儿,那就没人去打他了。"山姆安静地说。

"山姆说得对。"华尔特说。他走动起来,把他那陈旧的银色枪管头朝下拿着继续往前走。"再往前走一点儿,再安静一点儿。五英里之内霍根贝克还是能及得到的,即使我们当时不在下风头。"他们往前走了。孩子仍能听到布恩的说话声,虽然那话声很快也停下来了。接着,他与山姆又一动不动地站在一小丛灌木当中,背靠一棵大柳栎树,又是面前什么都没有。灰蒙蒙的光线下只有那咄咄逼人的、阴森森的孤寂,只有那终日未歇的淅沥冷雨的喃喃低语。那大荒野仿佛方才是专门等他们找好位置安定下来似的,这时恢复了自己的呼吸。它仿佛向内里倾斜,笼罩在他们之上,在孩子本人、山姆、华尔特和布恩各自所待的潜伏处之上,是那么的巨大、专注、公正无私与无所不知,那头公鹿在它怀里某处走动着,这时还不在奔跑,因为没有谁在追逐他，还没有受惊，也始终不显得狰狞可怖，而仅仅是也很警觉，正如他们都很警觉一样，也许已经在往回绕，也许离这儿相当近了，也许也同样意识到那古老的、永远不死的仲裁者①的眼睛的存在。因为孩子那时仅仅十二岁，而那天早上在他身上发生了一件事：在不到一秒钟里他再也不像昨天那样是个小孩了。也许这件事不至于造成区别，也许即使是一个城里长大的人，更不用说一个小孩，也不可能理解这件事；也许只有一个乡间长大的人才懂得爱自己使之流血的生命。他又开始颤抖了。

"我很高兴事情现在开始了。"他悄没声地说。他说话时哪儿都不动；光是让他的嘴唇为结尾的那几个词儿做出所需的口形："等我举起枪来事情就会结束——"

山姆也是一动不动。"别出声。"他说。

"难道他这么近吗？"孩子悄没声地说，"你以为——"

"别出声。"山姆说。于是孩子就不说话了。可是他无法止住那颤抖。他也没有去试，因为他知道自己需要镇定的时候这颤抖自会停下来的——山姆不是已经使他圣化而且使他不再软弱并内疚了吗？——但并不不再爱与怜悯，对所有活着、奔跑着，接着在一秒钟之内在活得最辉煌、跑得最欢的关头停止生命的一切生物的爱与怜悯，而是不再软弱并内疚。他们就这样一动不动地站着，呼吸得很深，很静，也很稳。如果那天太阳露面的话，现在快该下山了；一种什么东西在逐渐变浓，加深，他原以为是那灰蒙蒙的、一成不变的光线，后来才突然理会变浓加深的是他自己的呼吸、他的心脏、他的血液——是某种东西，所有的东西，事实上山姆·法泽斯给他作上标志的也不仅仅是一个普通猎人的身份，而是用如今轮到山姆来拥有的他那已消失、被

---

① 喻指上帝。

遗忘的部族的某种东西。此刻他停住了呼吸；只有他的心脏、他的血液在动，而在紧接着的寂静里，大荒野也停住了呼吸，倾斜着，从上面向他伛下身子，屏住了呼吸，巨大无比、公正无私，正在等待着。接着他的颤抖也止住了，这是不出他之所料的，于是他把枪上两个挺沉的击锤往后扳。

接着事情过去了。事情过去了。那孤寂还未恢复呼吸呢；它仅仅是不再盯着他而是去看别处了，甚至转过身去把背对着他，顺着山脊朝另一个地点望去，于是这孩子就跟亲眼看见的一样，知道那只公鹿来到了芦苇丛的边上，或是看见了他们或是闻到了他们的气味，便退回到芦苇里去了。可是那孤寂并没有恢复呼吸。它这时应该把气再吐出来，可是并没有。它仍然面朝那边，在注视着，看着方才它在看的东西，那东西不在这儿，不在他与山姆站着的地方；他身子僵僵的，自己也止住了呼吸，思量着，心里在喊不！不！已经知道太晚了，以两三年前那种旧的绝望心情想道：我永远也摊不上开一枪。接着他听见了——华尔特·艾威尔那支弹无虚发的步枪的干巴巴、单独的一下响声。然后是顺着山脊传来的柔和的号角声，于是他心中的某种东西破灭了，这时他知道他从来也没有指望过由自己来开这一枪。

"我想就是这么回事了，"他说，"华尔特打中了他。"他自己也不觉得已把枪稍稍抬起。他重新把枪放低，并把击锤中的一只放平，已经在从灌木丛里走出来，这时山姆说话了。

"等着。"

"等着？"孩子喊道。他将一直记得这情景——他如何转身面对山姆，气势汹汹，因为一个男孩失去了机会、失去了幸运该有多么忧伤。"为什么？你没听见号角声吗？"

他也将一直记得山姆是怎样站立的。山姆一直没有动。他身材不高，其实该算是粗壮宽阔的，而孩子这一年多个头蹿得很快，两人身高已相差无几了，然而山姆仍然越过孩子的头顶向山脊上号角响起的地方望去，孩子明白山姆简直没有看到他；明白山姆知道孩子仍然在自己身边，不过他没有看到这孩子。接下去孩子看见那只公鹿了。它①正从山脊上下来，仿佛就是从与自己的死息息相关的号角声里走出来的。它没在奔跑，它正在走，巨大，不慌不忙，侧斜着它的头，好让角叉能穿过低矮的灌木丛，而这孩子站着，山姆此刻在他身旁而不是像往常那样站在他的后面，孩子的枪仍然一半瞄准着，一只击锤仍然扳起着。

这时候它看见他们了。不过它仍然没开始奔跑。它仅仅停留了一瞬间，显得比所有的人都高，看着他们；接着它的肌肉变活了，聚拢来了。它甚至也没有改变自己的路线，没有飞逃，甚至不是在奔跑，仅仅是以麋鹿走动时那种有翼似的、不费劲的优雅姿势在他们前面走了过去，离他们还不到二十英尺，它头抬得高高的，眼神并不倨骄也不傲慢，却是全神贯注、十分激动而无所畏惧的，这时山姆正站在孩子旁边，右臂举得直直的，手掌向外，说的是孩子在铁匠铺听他和乔·贝克交谈而学会的那种语言，此时只听得山脊上华尔特·艾威尔的号角还在吹响，在通知他们那儿打死了一只公鹿。

"噢咧②，酋长，"山姆说，"爷爷。"

他们来到华尔特附近时，他正背对他们站着，身子不动，几乎像是在沉思，眼睛朝自己脚下盯看。他压根儿没把眼光抬起来。

"上这儿来，山姆。"他静静地说。等他们来到他的身边，他仍然不把眼光抬起来，正站在一只有单枝鹿角的小鹿的上方，在春天那还是只不满一岁的鹿崽子呢。"他那么小，我几乎想放他过去，"华尔特

---

① 此处又用"它"而不是用"他"来指代公鹿了。
② 此词 (Oleh) 可能源于加勒比地区西班牙语中的"Hola"，是人们见面时打招呼的用语，也可能源自某种西非语，用以向对方表示尊敬、承认其权威与乞求保护之意。

说，"可是你们倒看看他走出来的脚印。都快跟一头母牛的一般大了。要是除了他躺倒处之外还有更多条脚印，我准要坚持说另外还有只我见都没见到的公鹿呢。"

3

等他们来到大路上马车等着的地方，天色已经断黑了。天转冷了，雨收歇了，风一吹，天空开始变晴。他的表亲、德·斯班少校和康普生将军已生起了一堆篝火。"你们打中他啦？"德·斯班少校问。

"就打到了一只有单枝角的，是兔子的话，就好算相当大了。"华尔特说。他把小公鹿从他的骡子上卸下来。孩子的表亲麦卡斯林瞅着它。

"就没人瞅见那只大的？"他说。

"我根本不相信布恩见到过它，"华尔特说，"他在树丛里惊动的没准是谁家走失的母牛。"布恩破口大骂起来，狠狠地诅咒华尔特和山姆，怪他们一开始不放狗出去，接着又诅咒公鹿，诅咒世界上的一切。

"没关系，"德·斯班少校说，"明年秋天他会在这里等着我们的。咱们回家吧。"

他们在离杰弗生两英里华尔特家院门口让他下车时，半夜已过，等他们把康普生将军送回家，接着回到德·斯班少校家，天就更晚了，他和麦卡斯林干脆在这儿等天亮，因为要回家还得赶十七英里路呢。天很冷，天空现在一片清澈；太阳出来时将会结厚厚的霜，他们穿过德·斯班少校的院子，马蹄、车轮和他们自己脚底下的地都已经冻上了，他们走进德·斯班少校的屋子，那温暖、黑暗的屋子，摸索着登上黑黢黢的楼梯，直到德·斯班少校找出一支蜡烛，把它点亮，他们走进陌生的房间，爬上深凹的大床，钻进仍然冷冰冰的床单，一直焐到被单在他们身体周围变暖，颤抖终于停了下来，他突然对麦卡斯林讲起方才的事，麦卡斯林静静地听着，直到他讲完。"你不会相信的，"孩子说，"我知道你不会——"

"为什么不会？"麦卡斯林说，"想想在这里，在这个世界上所发生的一切。想想所有那些生气勃勃的热血吧，它们要活着，要得到欢乐，却又再一次渗透进泥土里去。自然，那些血也是为了哀愁与受苦而来到世上的，可是不管怎么说，还是从世上得到了一些，得到的还不少呢，因为不管怎么说，如果你觉得自己在受苦，你是不必一定要继续承受这种生活的；你任何时候都可以选择停止受罪，结束痛苦。而且即使是受苦与忧伤，也总比虚无空白好；只有一样东西比死还不如，那就是耻辱。不过人不可能永远活着，而且人总是在用尽生存的可能性在好久之前就把自己的生命消耗殆尽的。而所有这一切① 必须有个载体；这些东西被发明、创造出来，不可能仅仅是为了给扔掉吧。而土地只是薄薄的一层；你挖下去不多深就会碰到岩石。再说，土地也不想老老实实地容纳东西，收藏东西；它想再次利用它们。瞧瞧种子、橡实，甚至你想埋掉的腐尸的情况吧：它也会不老实，一个劲儿地膨胀，挣扎，直到它重新接触到光与空气，还想捕捉到阳光呢。而且它们——"孩子看见他的手片刻间像剪影似的映衬在窗前，现在他已习惯于黑暗，因而能看到窗外的天空了，那里像洗刷过的、冷冰冰的星星在闪闪发亮"——它们并不要它，不需要它。再说，它本身又有什么需要呢？它正在世界上来来往往，此刻不再像生前那样有充裕的时间了，此刻世界上倒还有许多空间，还有许多地方

---

① 指前面所说的"要活着，要得到欢乐"的生气勃勃的热血。

跟从前比也还没起什么变化，从前，血仍然是血，在世界上是有用的，是受到珍惜的。"

"可是我们需要它们，"孩子说，"我们也是需要它们的。有足够的空间容纳我们和它们。"

"说得是，"麦卡斯林说，"也许它们并没有实体，无法投下影子——"

"可是我看见了它！"孩子喊道，"我看见了他[①]！"

"安静点。"麦卡斯林说。有一瞬间，他的手碰到了被单下孩子的侧胁。"安静点。我知道你看见了。我也看见过。在我杀死我的第一只鹿之后，山姆立刻就带我上那个地方去。"

---

① "它"与"他"均指那公鹿。

熊

1

　　这一回，故事里也是有一个人和一条狗。有两只野兽，包括老班那只熊，有两个人，包括布恩·霍根贝克，他身上有一部分血液是和山姆·法泽斯的一样的，虽则布恩的血是平民的血[①]，而这里面，只有山姆、老班和那杂种狗"狮子"是未受玷污而不可败坏的。

　　他[②]十六岁了。他成为正式的猎人已经有六年了。六年来，猎人们所讲的精彩的话，他都听在耳里。他们讲的是关于荒野、大森林的事，它们之大，之古老，是不见诸任何文件契约的——文件记录了白人自以为买下了哪片土地的狂妄行为，也记录了印第安人的胆大妄为，竟僭称土地是自己的，有权可以出售；荒野与森林可比德·斯班少校与他僭称为自己私产的那

---

① 山姆·法泽斯是契卡索族酋长伊凯摩塔勃与一个具有四分之一黑人血统的女奴所生。布恩·霍根贝克则具有四分之一的印第安血统，他的祖母是一个普通的印第安妇女，所以说他是平民。

② 指本篇主人公艾萨克（昵称艾克）·麦卡斯林，故事开始时，他16岁，时为1883年。

小块土地大，虽然他明知道并不是自己的；荒野与森林也比老托马斯·塞德潘[1]老，德·斯班少校的地就是从他手里搞来的，虽然塞德潘明知道不是这么回事；荒野与森林甚至比老伊凯摩塔勃都要老，他是契卡索族的酋长，老塞德潘的地正是从他那里弄来的，其实他也明知道不是这么回事。猎人们还讲关于人的事，不是白人、黑人或红种人，而是关于人，猎人，他们有毅力，不怕吃苦，因而能够忍耐，他们能屈能伸，掌握诀窍，因而能够生存，猎人们还讲关于狗、熊和鹿的事，这些动物混杂在一起，像浮雕似的出现在荒野的背景之前，它们生活在荒野里，受到荒野的驱策与支配，按照古老的毫不通融的规则（这些规则不知道什么叫惋惜也不懂得宽容），进行着一场古老的永不止息的竞争；——是最了不起的活动，当时的那种吐露是妙不可言的，倾听时的全神贯注更是美妙无比，讲的人压低了声音，但很有分量，存心让人回味，让人追忆，并精确地讲到那些具体的战利品是怎么得来的——那些折断的枪啦、兽头啦、兽皮啦——它们有的挂在镇上公馆的书房里，有的张在种植园宅第的账房间，还有的就挂在营地里（那才是最精彩的），这些兽肉还原封未动、热气腾腾的呢，杀死野兽的那些人就坐在壁炉中熊熊燃烧的圆木前，如果那里正巧有房子和壁炉的话，否则就是坐在帐篷前冒烟的篝火旁。人群中少不了有一瓶酒，因此，在艾萨克看来，心、脑、勇气、计谋与速度的最紧张、最美好的一瞬间，都集中、凝聚在这棕色的液体里，那是不让妇女、孩子与娃娃喝而只有猎人能喝的，他们喝的并非他们打死的野兽的血液，而是某种从狂野的不朽精神里提炼出来的浓缩物，他们有节制地甚至是毕恭毕敬地喝着，并不怀着异教徒饮酒时的那种卑劣的、毫无根据的希望：一杯酒下肚便能在计谋、膂力、速度上胜人一

---

① 当地的一个庄园主，是福克纳的《押沙龙，押沙龙！》一书中的主要人物。

筹，而倒是通过干杯向这些本领表示敬意。因此，在他看来，在这个12月的早晨，事情由威士忌开始便不仅是自然的，而实际上是恰当的了。

他后来才明白，整个事情早在这次打猎之前就开始了。它在那一天就已经开始了，他在那一天第一次用两位数写自己的年龄，他的表外甥麦卡斯林第一次带他到打猎营地来，到大森林里来，让他向荒野为自己争取猎人的称号与资格，假如他这方面有足够的谦逊与毅力的话。当时，他虽然还未见到那只巨大的老熊，但已经继承了熊的精神，这只熊被捕兽夹伤过一只脚，方圆百里之内无人不知，像个活人似的享有具体的称呼——有许许多多传说，说它如何经常捣毁谷仓，把储藏的玉米棒子偷走，说它如何把一整只一整只的猪娃、大猪，甚至牛犊拖到森林里去吞吃掉，如何捣毁陷阱，掀翻捕兽夹，把猎狗撕咬得血肉模糊，死于非命，还说猎枪和甚至步枪近距离照直了对它放，也如同小孩从竹筒里吹出来的豌豆，一点也不起作用——这是一连串在小艾克出生前即已开始的破坏与毁灭行动。在这些行动里，这毛茸茸、硕大无比的身形像一台火车头，速度虽然不算快，却是无情地、不可抗拒地、不慌不忙地径自往前推进。在孩子见到大熊之前，脑海里就常常出现它的形象。大熊在他的梦里蒙蒙眬眬地出现，高高地耸立着，当时，孩子甚至都没见过这片未经斧钺的森林，在那里，大熊留下了它歪扭的脚印，这头毛糁糁、硕大无朋、眼睛血红的大熊并不邪恶，仅仅是庞大而已，对于想用一通吠叫把它吓住的猎犬来说，它是太大了，对于想用奔驰把它拖垮的马儿来说，它是太大了，对于人类和他们朝它打去的子弹来说，它是太大了；甚至对限制它的活动范围的那一带地方来说，它也是太大了。孩子似乎已经凭直觉领悟他的感官与理智还没有掌握的情况：这荒野是注定要灭亡的，其边缘正一小口一小口地不断被人们用犁头和斧子蚕食，他们害怕荒野，因为它是荒野，他们多得不可胜数，彼此间连名字都不知道，可是在那片土地上，这只老熊却享有盛名，在这荒野里飞跑的甚至都不是一只会死的野兽，而是一个从已逝的古老年代里残留下来的顽强不屈、无法征服的时代错误的产物，是旧时蛮荒生活的一个幻影、一个缩影与神化的典型。孱弱瘦小的人类对这古老的蛮荒生活又怕又恨，他们愤怒地围上去对着森林又砍又刨，活像对着打瞌睡的大象的脚踝刺刺戳戳的小矮人；——这只老熊，孤独，顽强，形单影只；没有配偶，没有儿女，也无所谓死亡——简直就是丧失了老妻并比所有的儿子都活得长的老普里阿摩斯①。

他还是个小小孩那阵，当他还要等上三年然后是两年最后还有一年才能成为一个正式猎人时，每年11月，他总要瞧着大车装载着猎狗、被褥、食物、猎枪和他表外甥麦卡斯林、谭尼的吉姆还有山姆·法泽斯(后来山姆干脆搬到营地去长住了)，出发到大洼地也就是大森林里去。在他看来，他们并不是去猎熊和鹿，而是去向那头他们甚至无意射杀的大熊作一年一度的拜访的。两星期后他们便会回来，不带回任何战利品与兽皮。他也不指望他们会带着这些东西回来。他甚至并不担心哪一次大熊会和别的兽皮、兽头一起让大车带回来。他甚至都不幻想在三年、两年、一年后他参加打猎时打中大熊的说不定正好是他的那支枪。他相信只有当他在森林里学艺期满、证明自己有资格当猎人时，才能获准去辨认扭曲的趾印，而即使到了那时，在每年11月的那两个星期里，他也只能作为又一个第二流的猎人，和他的表外甥、德·斯班少校、康普生将军、华尔特·艾威尔、布恩一起，和那些不敢对着大熊吠叫的猎狗与无法使大熊流血的

_____

① 普里阿摩斯为希腊史诗《伊利昂纪》中的特洛伊城的末代国王，他的50个儿子在战争中全部阵亡，他自己在城破后为阿喀琉斯杀死，其妻海枯巴在他死后做了俘虏。福克纳此处所述与原作情节有些出入。

步枪一起，去参加一年一度向这顽强的、不死的老熊表示敬意的庄严仪式。

他盼望已久的那一天终于来到了。这天，他和他的表外甥，还有德·斯班少校和康普生将军坐在一辆四轮马车里，透过在徐徐降落的一阵 11 月的接近冰点的蒙蒙细雨，见到了这荒野，他后来觉得，他所见到的情景总是这副雨蒙蒙的模样，至少在他记忆中是这样——岁暮的一个正在消逝的黄昏，那些高高大大、无穷无尽的 11 月的树木组成了一道密密的林墙，阴森森的简直无法穿越 (他甚至都不明白他们有什么办法、能指望从什么地方进入这森林，虽然明知道山姆·法泽斯带着大车正在森林里等候他们)，马车在最后一片开阔地的棉花和玉米的残梗之间移动，这儿有人类一小口一小口地啃啮原始森林古老的腹侧的最新印记，马车走着走着，在这背景的衬托下，用透视的眼光一看，简直渺小得可笑，好像不在移动 (这种感觉也是后来才变得完善的，那是在他长大成人看到大海之后)，仿佛是一叶扁舟悬浮在孤独的静止之中，悬浮在一片茫无边际的汪洋大海里，只是上下颠簸，并不前进，直到一片海水以及它正以难以察觉的速度接近着的难以穿透的陆地慢慢地转过来，露出一个逐渐开阔的小湾，那就是泊地了。于是他进入了大森林。山姆正等在那儿，身上裹着条被子，坐在那对耐心的、冒着白气的骡子身后的车座上。孩子就这样进入了熟悉真正的荒野生活的见习阶段，有山姆在他身边，正如他小时候追捕兔子这类小动物度过雏形的见习时期，山姆也陪伴在他身边，这时两人裹在湿漉漉、暖烘烘、散发出黑人臭味的被子里，方才暂时对他开放来接纳他的荒野在他身后合拢了，森林在他前进之前开放，在他前进之后关闭，大车也没有固定的路可走，只有一条仅仅看得清前面十码路的通道，大车走过十码后，这段路也就湮没，这大车并没有按自己的意志往前行进，而是由人和大车所造成的纯净的气流浮托着在往前滚动，大车在打瞌睡，听不见一点声音，也几乎见不到一点光线。

他觉得自己长大到十岁时竟亲眼目睹了自己的诞生。而且他并不觉得陌生。这一切他早已经历过，而且也不仅仅是在梦中。他看到营地了——一座有六室的没上油漆的平房，搭在高出春汛最高水位的许多木桩上——他早就知道营房会是什么模样的。大家快快地、看起来很乱其实是井井有条地把装备归置到营房里去，这时他也帮上一手，该怎么干他居然也很清楚，像是早就懂得的。接下去的两个星期里他吃粗粝的匆匆做成的食物——奇形怪状的酸面包和古里古怪的野味，什么鹿肉啦、熊肉啦、火鸡啦、浣熊啦，都是他从来没吃过的——吃这些东西的是男人，做熟这些东西的也是男人，他们先当猎人然后当厨子；他也像猎人那样睡在粗糙的、不垫被单的毯子下。每天清晨，灰色的曙光可以看到他和山姆·法泽斯站在守候猎物的隐蔽处，那是分配给他看守的一个交叉路口。这是最不重要的一个点，是油水最少的地方。这也是他意料之中的事；他自己也不敢奢望能在这第一次打猎时听到狗群追逐的声音。可是还真的让他听到了。那是第三天的早晨——他听到一阵像是低语的声音，辨不清是从哪儿来的，几乎听不出来，可是他知道这就是，虽然从未听到过这么许多猎狗一起奔跑的声音，这阵低语声逐渐变响，分成一个个清晰的声音，再接着他都能从狗群的乱吠中分清他表外甥养的那五条狗了。"好，"山姆说，"把你的枪口往上翘一点儿，把撞针扳回来，然后站着别动。"

可是这一次的机会不是给他的，还没有轮到他呢。心里怀着谦卑，这一点他学会了。他还能学会有耐心。他还只十岁，当猎人才不过一个星期。那一刹那过去了。他觉得他真的看见了那只鹿，那只公鹿，烟色的，由于飞奔而身子变长了，然后消失了，即使在猎狗的吠声早已死寂后，森林和灰蒙蒙的寂寥里仍然回响着各种声音；这时，从远处，穿过幽暗的林莽与灰色的半流体状的晨光，传来两下枪声。

"现在松开你的撞针。"山姆说。

他照吩咐做了。"这你也是早就料到的。"他说。

"是的，"山姆说，"我要你学会遇到你没有开枪时应该怎么做。往往是在熊或鹿来了又跑掉，错过了机会后，人和狗才会被枪走火打死。"

"反正方才跑掉的不是它①，"那孩子说，"甚至也不是一只熊。只不过是一只鹿。"

"是的，"山姆说，"只不过是一只鹿。"

这以后，有一天早晨，那是在第二个星期里，他又听见狗叫了。这一回还不等山姆开口他就把那支太长、太重、像大人一样高的枪照山姆教他的那样准备好了，虽然他知道这一回狗和鹿离他比上次还远，他几乎都听不见。而且这声音也不像他过去听到的任何一次猎狗追逐的声音。这时，他发现山姆居然往前走了几步来到他的身边，但山姆曾教他最要紧的是扳好撞针后就在一个能看清各个方向的位置上站定，然后就再也别动。"那边，"他说，"你听。"孩子仔细谛听，那不是狗群尚未明确找到臭迹时的那种响亮、有力的合唱，而是一阵乱七八糟的尖叫声，比平时要高八度，里面含有比犹豫不决甚至比怯懦可怜更强烈的色彩，当时他还捉摸不清这究竟是怎么一回事，只感到猎狗不很果断，行动甚至也不够迅速，这阵尖叫声过了好半晌才越出人的听觉范围，即便如此，仍然在空中留下那尖细的、几乎像人类那样歇斯底里的、凄惨的、忧伤得几乎有人情味的回声，只是这一次回声前面什么也没有，没感到有一只正在飞遁的难以看清的烟色形体。他能听见山姆在他肩上重重的呼吸声。他看见老人吸气时鼻孔的拱形曲线。

"那是老班！"他悄声喊道。

山姆一动也不动，等到声音消失后才把头慢慢地扭过来，他的鼻

---

① 指大熊"老班"。

177

孔在微微地、不断地、迅速地一张一缩。"哈,"他说,"甚至都没在跑,是在走。"

"可是居然来到这儿!"孩子喊道,"居然一直来到这儿!"

"他①每年都要来的,"山姆说,"一年一次。阿许和布恩说他来这儿是要把别的小熊赶走。要它们快快滚开,千万别待在这儿,直到猎人走掉后再回来。兴许真是这样。"孩子不再听到任何声音,可是山姆的头依然继续慢慢地不停地转动,直到后脑勺正对着孩子。接着头又扭回来,老人的脸低下来看着孩子——仍旧是那张脸,庄严、熟悉,直到露出一丝笑意时才有一点表情,仍旧是那双老人的眼睛,孩子瞧着这双眼睛,只见里面有一种激烈地闪烁着的黑幽幽的微光,激情与骄傲的微光,正在慢慢地暗淡下去。"其实,他既不关心狗和人,也根本不关心熊。他是来看看有哪些人来了,今年新到营地来的是谁,这人打枪的本事行不行,在这儿待得下来不。来看看我们有没有找来一条能用猛烈的吠叫纠缠住他、把带枪的人唤来的狗。因为他是熊的领袖。他是人。"那抹微光泯灭了,消失了;那双眼睛又是他从小就熟悉的眼睛了。"他会把那些狗引到河边。然后就打发它们回家。咱们不如也走吧;去看看它们回到营地时是怎样的一副模样。"

那些狗比他们先回来,一起十只,挤成一堆躲在厨房底下②,他和山姆蹲下来注视着那个幽暗的角落,猎狗在那儿蜷伏着,一声不吭,眼珠子转来转去,闪出光来,旋即又暗淡下去,它们不吱声,却散发出一股孩子还搞不清是什么的骚臭味儿,这不像是狗的气味,要强烈得多,而且不仅仅是牲畜的味儿,甚至也不仅仅是野兽的味儿。由于在尖利、痛苦的吠声前面除了孤寂与荒野什么都没有,因此,当那第十一只猎狗在下午三四点钟回到营地时,当孩子与谭尼的吉姆抱

---

① 指大熊。作者常用"他"来作称呼。
② 房子建筑在木桩上,因此地板与地面之间是有空隙的。

住这条驯顺的、依然在发抖的母狗，山姆用松节油与车轴润滑油抹它的被撕裂的耳朵和抓伤的肩膀时，他们总觉得弯下身去用轻轻的一拍把这头冒失的母狗惩治了一番的不是什么活的东西，而是荒野本身。"就像是一个人，"山姆说，"跟人的做法一模一样。完全是在硬撑，能撑多久就撑多久，因为它明知道自己不勇敢也不行，从一开始就知道迟早有一回必须显示出自己的勇气，否则就没有脸面再说自己是一条狗，虽然它事先就知道这样做后果会是什么。"

他不知道山姆究竟是何时离开的。他只知道山姆不在了。随后的三个早晨，他起床吃早饭时山姆都没在等他。他独自到守候的地点去；现在，没人指点他也能找到那地方了，他坚守在这岗位上就像山姆教他的那样。在第三个早晨，他又听见狗的声音了，它们又在有力、自由地奔跑着追踪一道真正的臭迹了，他就像别人教他那样地准备好了枪，却听见猎物嗖的一声窜了过去，他还没有准备好，还不配在两星期这么短的期间里就得到又一次机会，这两个星期比起他已经以坚韧、谦逊的心情奉献给荒野的漫长的一生无疑是太短了；他又听见了枪声，一下，那是华尔特·艾威尔那支步枪的单独的清脆的一声。这时他不仅能独自找到他的岗位又能回到营房，而且，靠了表外甥给他的指南针居然还来到了华尔特所在的地方，只见华尔特正守候在那只公鹿的身边，一群猎狗忙着在争食扔给它们的内脏，这时除了骑马的德·斯班少校与谭尼的吉姆外，别的人都还没赶到，连骑了那只拉大车的独眼骡的阿许大叔也还没到，人们都说这骡子不怕血腥味，连熊的血腥味也不怕。

骑那只骡的并不是阿许大叔[①]。那是山姆，他回到了营地。山姆等他吃完了午饭，然后，他骑上了独眼骡，山姆骑上和它配套拉大车

---

① 从下文看，这已经不是方才打到公鹿的那一次狩猎，而是另一次了。

的另一头骡子，他们俩在没有太阳、黑得很快的下午一连骑了三个多小时，不走小路，甚至连他能辨认出来的小径也不走，最后来到一块他从未见过的地方。这时他才明白为什么山姆让他骑独眼骡了，它不会因为闻到血腥味，野兽的血腥味而惊逃。可是另一匹，那匹没有残疾的，却突然站住，打算转身逃窜，就在这时，山姆翻身下地，拉紧缰绳，它还是乱挣乱扭，山姆不敢冒险硬往前拉，只能开口哄它朝前走，这时孩子正从乖乖站住的独眼骡背上爬下来。这以后，他站在山姆身边，置身在原始森林与冬日迟暮的浓重的幽黑晦暝之中，低下头去，静静地察看那根有一道道爪痕、被掏空的朽烂的圆木，再看看旁边的湿土地，上面留下了巨大、扭曲的两只脚趾的足印。现在他明白那天早晨他在树林里那群猎狗的吠叫声中听到的是什么了，明白他盯着厨房地板下面蜷缩在一起的狗群时闻到的是什么了。这种东西在他身上也有，虽然不完全一样，因为它们是野性未驯的畜生而他却不是，但是差别是微乎其微的——那是一种急切的心情，消极被动的急切心情；也是一种自卑心理，感到自己在无比古老的森林面前是多么脆弱无能，但是他与猎狗不同的是他并不犹豫，也不畏惧；他嘴里突然变多的唾液中出现了一股黄铜般的味道，脑子或是胃里猛的一阵刺痛的收缩，他也弄不清到底是什么部位，反正这也关系不大；他只知道他第一次明白从他记事前就在他耳边响起，就在他梦里出现，因而也必定在他表外甥、德·斯班少校甚至老康普生将军记事前就在他们耳边与梦里出现的那只老熊，是一只终究会死的动物，而他们每年11月出发到营地来并不真的想把它杀死，这并不是因为它杀不死，而是因为直到目前为止他们还不真的希望自己能杀死它。"咱们明天来干吧。"他说。

"你的意思是咱们明天试试，"山姆说，"咱们还没有找到一条狗呢。"

"咱们已经有十一条狗了，"他说，"星期一它们追了他一气儿。"

"你听到它们的声音了，"山姆说，"也见到它们的模样了。但咱们还没找到合适的狗。好的狗只要有一只也就够了。可是咱们没有。没准世界上哪儿也没有这样的一只狗。现在唯一的办法就是等大熊恰好撞上一个拿着枪的人，而这个人又恰好枪法极准。"

"这个人不可能是我，"那孩子说，"也许是华尔特，也许是少校，也许……"

"也许是吧，"山姆说，"你明天好好瞧瞧。因为他机灵得很。他能活到现在原因就在这里。要是他被包围了，不得不从一个人身边突围，他一定会选中你的。"

"怎么可能呢？"他说，"他怎么会知道……"他顿住了一下，"你是说他已经认得我了，知道我从没来过大洼地，还来不及弄清楚我是不是……"他又顿住了，瞪大了眼睛瞧着山姆；他谦逊地说，甚至也不感到惊奇："那么说他是来观察我的。我想，要做到这一点他来一次也就足够了。"

"你明天好好瞧瞧，"山姆说，"我看咱们最好还是动身回去吧。还不等咱们回到营地天早就断黑了。"

第二天早上，他们比往常早动身三个小时。这回，连厨子阿许大叔也去了，他总说自己的职业是打猎营地的厨子，他除了给德·斯班少校的狩猎野营队做饭，别的事儿基本上没干过，可是荒野并不把他和狩猎队同样看待，除非有一天他像他们全体——包括那个直到两星期以前才第一次见到荒野的孩子在内———一样，也会为猎狗被撕裂的耳朵、被抓伤的肩胛，为一方湿土地上扭曲的脚印而大为激动。他们骑马或坐车去。路太远，步行是不行的：孩子、山姆和阿许大叔领着狗群坐大车，他的表外甥、德·斯班少校、康普生将军、布恩、华尔特和谭尼的吉姆每两个人合骑一匹马；又一次，像两星期前第一天的早晨那样，灰色的曙光发现他坚守在山姆指定后离去让他独自负责的岗位上。他拿着一支对他来说是太大的枪，这支后膛枪甚至还不是他的，而是属于德·斯班少校的，他以前只放过一次，那是在进森林的第一天，他朝一个树墩开过一枪，体验一下后坐力是怎么回事，还学了怎样往枪里装硬纸壳的霰弹；现在，他背靠一棵大橡胶树站在一条小河旁，黝黑的几乎不动的河水从一丛浓密的芦苇丛里沁出来，穿过一块小小的林中空地，又流到芦苇丛中去，在那儿，有一只看不见但是听得见的鸟，就是黑人叫作"主对上帝"①的那种大啄木鸟，在一棵朽木上笃笃地敲啄着。这个岗位和别的任何一个岗位没有什么区别，只是在一些细微的地方与他两星期来每天早上去站的岗位有些不一样；这个地方他虽然感到陌生，比起上次的地方也不见得更不熟悉，那个地方经过两星期的相处，他开始相信自己已多少有些了解——同样的孤寂，同样的荒凉，在脆弱、胆怯的人匆匆穿过之后没有引起任何变动，没有留下痕迹与印记，它准是和山姆·法泽斯的第一个契卡索族老祖宗匍匐进入时一模一样，当时，这个印第安人手里拿着木棒、石斧或兽骨箭，四下张望，随时准备战斗；而要说有什么不同，那就是他蹲在厨房边时，闻到过在厨房底下蜷成一团的猎狗的气味，看见过那条母狗被撕裂的耳朵与胁腹，这条狗像山姆所说的那样，为了可以理直气壮地宣称自己是一条真正的狗，不得不显示一次勇气；另外，他昨天在那被挖空的圆木旁边，看到过一只活生生的熊的脚印。他一点也听不见狗的声音。他像是从来也没有真正听到过狗的声音。他只听见啄木鸟的敲啄声突然停止了，便知道那只熊正在观察他。他根本看不见熊。他不知道熊是在他前面的芦苇丛里呢还是在他后面。他一动不动，抱着那支没有用的枪，他这时明白不论是现在

---

① "主对上帝"（Lord-to-God）是黑人对"logcock"（大啄木鸟）的讹读。

还是以后，他都再也不会朝熊开枪了，这时，他又察觉唾沫中有一股黄铜的味儿，这正是他盯看厨房底下挤作一堆的猎狗时所闻到的那股味道。

后来它走了。啄木鸟干巴巴的笃笃声突然又重新响起来，就像停止时一样突然，过了一会儿，他以为甚至还听到了狗的声音——一阵模糊不清的呜呜声，几乎不能算是声音，没准他听到已经有一会儿了，有一两分钟了，只是后来才察觉，它飘进他的耳朵，之后又飘出去，逐渐消失。它们并没有来近他的身边。如果他听到的是狗的声音，他可不敢发誓说这一定是狗；如果它们追逐的是一只熊，那也一定是另外一只熊。正是山姆本人从芦苇丛里走出来涉过溪流，那条受伤的母狗亦步亦趋地跟在后面，人们就是这样训练"捕鸟狗"走路的。它走过来挨着他的腿卧了下来，一面在发抖。"我没有看见他，"他说，"我没有，山姆。"

"这我知道，"山姆说，"他是来观察的。你也没有听见他的声音，是吗？"

"没有，"那孩子说，"我……"

"他很聪明，"山姆说，"太聪明了。"当山姆低下头去看那条依偎在孩子大腿旁不断轻轻颤抖的母狗时，孩子又在他的眼睛里看到了那种阴郁与沉思的幽光。几滴像晶亮的红莓般的鲜血附着在母狗被抓破的肩部的伤口上。"太大了。咱们还没有找到一条合适的狗。也许总有一天会找到的。"

因为这次过了还有下一次，再有下一次，下一次。他才十岁呢。他像是觉得能够看见他们，他们两个，影影绰绰的，在混沌未开的什么地方，时间就是从那里诞生并且变成时间的：那只摆脱了死亡的羁绊的老熊和他自己，而他也居然分享了老熊的一些灵气。因为他现在认识到他在挤成一堆的猎狗身上闻到的是什么，在自己的唾沫里尝到的是什么了，认识到害怕是怎么一回事了，就像一个孩子，一个少年偶然面临一个多情风流、为许多男人爱恋的女人，或者甚至是仅仅进入过她的寝室，于是对爱情、热恋与肉体关系就有所了解一样，这种男女风情作为人类代代相传的本能存在于他的心里，但还没有成为他自己的亲身体验。这么说我一定要见到他，他想，心里不感到恐惧甚至也不抱什么希望。我一定要正眼盯着他看。那是第二年夏天6月里的事了。为了庆祝德·斯班少校与康普生将军的生日，他们又来到营地。虽然少校出生在9月，将军比他差不多早三十年出生在隆冬，但是每年6月，这两位再加上麦卡斯林、布恩和华尔特·艾威尔（从现在起又加上那孩子）都要到营地来过上两个星期，来钓鱼、开枪打松鼠和火鸡，晚上还带上狗去追逐浣熊与山猫。这就是说，让布恩和几个黑人（现在又加上这孩子）去钓鱼、打松鼠、追逐浣熊和山猫，因为够格的猎人，这不光指德·斯班少校和老康普生将军（将军这两个星期里都坐在一张摇椅里面对一口煮着布伦瑞克炖菜[①]的大铁锅，一面搅动一面品尝，还与阿许大叔争论该怎样炖最好，同时让谭尼的吉姆往一只长柄铁皮勺子里斟威士忌，他就从勺子里喝酒），甚至也包括麦卡斯林与华尔特·艾威尔，他们虽然都还年轻，但是不屑于干那样幼稚的事，情愿用手枪打野火鸡，彼此打赌，或是试试自己的枪法准不准。

　　这就是说，他的表外甥麦卡斯林和别人都以为他是在猎松鼠。一直到第三天晚上，他还以为山姆·法泽斯也是这样想的呢。每天早上，他总是一吃罢早饭就离开营地。他现在有自己的枪了，一支新的后膛枪，是圣诞节得到的礼物；这支枪他以后还要用上近七十年，枪管、枪机要换上两次，枪托换上一次，到后来，除了那块刻有他和麦卡斯林的名字和1878年某月某日等字样的镶银的枪机护圈之外，其

[①] 一种猎人吃的食物，用松鼠肉、兔肉加上洋葱炖煮而成，起源于弗吉尼亚州布伦瑞克县，故名。

他都不是原配的了。他找到了小溪流旁的那棵树，去年有一天早上他就在这里守候过。他靠了指南针的帮助，从这地点向四面八方扩大搜索的范围；他正在教自己成为一个比林中居民更优秀的猎手，虽然自己也不清楚正在这样做。第三天，他甚至还找到了他初次见到熊迹处的那根被挖空的圆木。它如今几乎已经完全变了形，正以令人难信的速度在复原，热切得几乎让人看得见地在舍弃它的过渡形式，回归到原本哺育这棵树的大地中去。他现在是在夏季的树林里巡逻，这里绿得发黑，简直可以说比11月灰蒙蒙的死寂还要暗，在这儿即使是大晌午阳光也仅仅透过无风的枝叶斑斑驳驳地落在永远没完全晒干过的土地上，地上有蛇在游走——噬鱼蛇、水蛇和响尾蛇，它们的颜色也是黑幽幽、斑斑点点的，不动的话孩子不见得每次能看得见；第一天，第二天，他回营地的时间越来越晚，越来越短，到了第三天，他在晦暗的暝色中经过那座圆木马厩四周的小栅栏，山姆正在那儿安顿牲口过夜。"你找的办法还不对头。"山姆说。

他停住脚步。他一时没有答话。然后他平静地说起来了，虽说平静可也是滔滔不绝的，就像小孩垒在小溪边的微型土坝被冲垮了似的："一点不错。是的。可又该怎么办呢？我到小溪边去过。我甚至又找到了那根枯木。我……"

"我看你这样做也不错。很可能他一直在注意你。你一次也没见到他的脚印吗？"

"我……"那孩子说，"我没见到……我根本没想到……"

"是因为那支枪。"山姆说。他站在栅栏旁，纹丝不动，这个老人，这个黑女奴和契卡索酋长的儿子，穿着一条破旧褪色的工装裤，戴着一顶只值五分钱的破草帽，这顶草帽以前是黑人被奴役的标志，现在却成了表示他获得自由的盛装了。这个营地——这片空地、房屋、马厩和它的小场院，都是德·斯班少校历年来在荒野里一点点、

185

却不免是暂时地开出来的——现在都消失在苍茫的暮色里，淹没在大森林亘古的黑暗中。那支枪，那孩子思忖道。都是因为带了那支枪。

"你只能挑一样。"山姆说。

次日，天还没亮他没吃早饭就动身了，这时阿许大叔还躺在厨房地板上的地铺上，要好久以后才醒过来生火呢。他只带了一只指南针和一根打蛇的棍子。他可以先走一英里左右不用看指南针。他在一根圆木上坐下来，看不清手里的指南针，方才走动时停下来的那神秘的夜籁这时又喧腾起来，可是接着就彻底停了下来，连猫头鹰也不叫了，让位给逐渐苏醒的白昼活动的鸟儿，灰蒙蒙、潮滋滋的森林里透进来了一些亮光，他可以看清指南针了。他走得很快但是步子很轻，步子越来越稳，越来越稳，真有点儿像一个林中居民了，不过他现在还顾不上自我欣赏；他惊起了睡梦中的一只母鹿和一只幼鹿，他离它们很近，可以看得很清楚——被压折的灌木、白色的短尾巴、跟在母鹿后面急急飞奔的小鹿，跑得比他所想象的要快。他打猎的方法是对的，是在上风头，就像山姆教他的那样，可是现在没有什么意义了。他没有带枪；这是出于自愿的一种舍弃，不是一种策略，也不是自发的抉择，而是他接受的一个条件，他这样做后，不仅老熊迄今为止未被打破的神秘性可以消除，而且自古以来存在于猎人与被猎者之间的一切规则、一切均势也可以废去。他甚至都不会感到害怕，即使在惊恐完全把他控制住的那一刹那：控制了他的血液、皮肤、内脏、骨头以及记忆，久远的、早在成为他的记忆之前即已存在的记忆——总之，是一切，只除去那一星微弱的、明亮不灭的心灵之火，仅仅是因为有了这一星微火，才使他和这只老熊有所区别，和他今后近七十年里将追踪的所有别的熊和鹿有所区别，关于这心灵之火，山姆曾说："会感到惊吓。这是你不可避免的。可是千万不要畏惧。只要你不把森林里的野兽逼得无路可走，只要它没有闻到你有恐惧的气味，它是不会伤害你的。熊和鹿见到懦夫也不得不吓一跳，连勇士遇到懦夫也不得不吓一跳呢。"

中午时分，他早已远远地越过小溪的渡口，深入到一个他从未到过的陌生地方，这时依靠的不仅仅是那只指南针，而且还有父亲传给他的那只又大又重、有一块饼那么厚的老银表。他是九小时之前出发的；再过九个小时，天色会早黑下来一小时了。他停住脚步，自从终于能看清指南针从坐着的圆木上站起来走路，这还是第一次，接着用衣袖擦了擦汗津津的脸，朝四下张望。他已经放弃了某种东西，出于自愿，由于有需要，是谦卑、平静而毫不遗憾的放弃，可是这显然还不够，仅仅不带枪还是不够的。他站住了一会儿——一个外来的孩子，迷失在这片毫无标志的荒野的绿幽幽的、高达穹苍的晦暗中。接着他把自己的一切都舍弃给这荒野。还有那只表和那只指南针呢。他身上仍然有文明的污染。他把表链和系指南针的皮带从工装上解下，把它们挂在一丛灌木上，还把棍子斜靠在旁边，然后走进树林。

当他明白自己已经迷了路时，他就按照山姆指导、训练他时学会的办法做：四处走动寻找来时走过的路。最后那两三个小时中他走得不算太快，自从把指南针和表挂在灌木上之后他的速度又放慢了一些。他现在走得更慢了，因为那棵树不会离开他太远；事实上，他思想上还没什么准备就又找到了它，就转身朝它走去。可是树下并没有灌木丛，也没有指南针和表，于是他就按山姆教给他的另一个办法做：朝相反的方向绕一个稍微大一些的圈子，这样，前后两个圆圈总会在某处与他来时的路相交，可是他在任何地方都没有碰到自己的或任何别的动物的痕迹和脚印，他现在走得更快了，不过仍然不感到惊慌，心跳得快了一些，但仍然很有力很均匀，可是这一回见到的甚至都不是原来的那棵树了，因为它旁边横着一根圆木，这是他从没见到过的，圆木的另一边有一个小水潭，还有一片潮滋滋地往外渗水的湿土地，这时他使出山姆传授给他的下一招，也是最后的一招，因为他在圆木上坐下来便见到了那只扭曲的脚印，湿土地里的变形的凹痕，只见凹痕里不断进水，直到灌满了开始往外流溢，脚印的边缘开始模糊消溶。他抬眼一望，看见了第二只脚印，就往前移动，看见了第三只；他继续往前移动，不是匆匆地走，更没有奔跑，仅仅是与脚印在他面前出现的速度保持一致，仿佛这些脚印是凭空产生的，只要他有一步赶不上就会永久地消失，而且连他自己也会永久地消失，他不知疲倦地、热切地追随着，既不犹豫也不畏惧，小锤子似的心脏在急促、有力地搏动，呼吸微微发喘，他突然进入了一小片林中空地，荒野和它合而为一了。新的景色使他眼花缭乱，它没有一点声息，凝固了起来——那棵树、那丛灌木、那只指南针和那只表，它们在闪闪发亮，有一抹阳光正好照射着它们呢。这时候他见到了那只熊。它并非从哪里冒出来，就此出现的：它就在那儿，一动不动，镶嵌在绿色、无风的正午的炎热的斑驳阴影中，倒不像他梦中见到的那么大，但是和他预料的一般大，甚至还要大一些，在闪烁着光点的阴影中像是没有边际似的，正对着他看。接着，它移动了。它不慌不忙地穿过空地，有短短的一刹那，走进明晃晃的阳光中，然后就走出去，再次停住脚步，扭过头来看了他一眼。然后就消失了。它不是走进树林的。它就那么消失了，一动不动地重新隐没到荒野中，就像他见过的一条鱼，一条硕大的老鲈鱼，连鳍都不摇一摇就悄然没入池塘幽暗的深处。

2

这么说他是应该憎恨、畏惧这"狮子"的了。这一年他十三岁。他已经杀死过一只公鹿，山姆·法泽斯还用热腾腾的血在他脸上画了纹记，接着，在 11 月里，他又杀死了一头熊。不过在得到这荣誉之前，他就已经和许多具有同样经验的成年人一样，是个能力高强的林中猎手了。现在，他已经比许多具有更多经验的大人更加优秀。营地方圆二十五英里之内，没有一个地方是他不熟悉的——小河、山脊、可以充当标志的树木和小路；在这个范围内，他甚至可以把任何人径直带到任何地方去再带回来。他认得的某些野兽出没的小径连山姆·法泽斯都没有见到过；第三年的秋天，他独自发现了一处公鹿睡觉的窝，他瞒过表外甥偷偷地借了华尔特·艾威尔的步枪，破晓时埋伏在半路上，等公鹿饮完水回窝时一枪把它杀了，山姆·法泽斯曾告诉他，契卡索人的老祖宗就是这样打公鹿的。

到现在，他对老熊的脚印比自己的脚印还要熟悉了，而且熟悉的还不止是那只扭曲的脚印。他只要看见其他三只好脚中任何一只的印迹，便能说出这是哪一只脚的，而且不光是根据它们的大小。五十英里内也还有别的一些熊，它们留下的脚印也一样大，至少是几乎一样大，只有放在一起时才看得出老熊的确实要大些。情况还不仅如此。如果说山姆·法泽斯是他的老师，有兔子和松鼠的后院是他的幼儿园，那么，老熊奔驰的荒野就是他的大学，而老公熊本身，这只长期以来没有配偶、没有子女以致自己成为自己的无性祖先的老熊，就是他的养母了。

现在，只要他愿意，他任何时候都能在离营地十英里、五英里或甚至更近的地方找到那只弯曲的脚印。接下去的三年里，有两回，他守候在岗位上，忽然听到狗群找到了老熊的臭迹时发出的吠声，有一次它们甚至碰巧撞上了它，它们的吠声尖利，凄凉，歇斯底里得简直像人的声音。有一次，他借用了华尔特·艾威尔的步枪打伏击，看见老熊横穿过一条林中走廊，这条长廊是龙卷风扫过时把树木刮得七倒八歪造成的。老熊像火车头似的一冲而过，并没有一步步跨过乱七八糟的枝木，快得他简直不敢相信熊能跑得这么快，几乎快得像鹿，因为鹿跨越时大部分距离都是在空中越过的；他这会儿才明白为什么一只狗非得有非凡的勇气，而且个头与速度也都得与众不同，才能把熊弄得走投无路。他在家里养了一只小狗，是一只杂种狗，也就是黑人称为"小不丁点儿"的那种捕鼠狗，它本身也并不比耗子大多少，可是勇猛异常，这种勇猛早已不能算是真正的勇敢，而是鲁莽了。有一年的6月，他把小狗带进森林，算好了时间，仿佛他们是去会见另一个人似的，他亲自带了那只"小不丁点儿"，在它头上套了一只布口袋，而山姆·法泽斯带的是一对猎狗，用皮带拴着，他们埋伏在臭迹的下风头，还真的遭遇了那只熊。双方距离太近了，那只熊竟转过身来做困兽之斗，虽然孩子后来才明白，那只熊大概是被小杂种狗的发疯一样的尖叫弄昏了头所以才会这样做的。它背靠一棵大柏树的树干，用后腿支着站立起来，准备拼命；在孩子眼睛里，这只熊在不断地往上长，变得越来越高，甚至连那两只猎狗好像也从小杂种狗那里感染到一种绝望的、不顾一切的勇气。到这时候，他突然明白小杂种狗的吠叫声是不会停止的。他把枪往地上一扔就奔。等他追上并且抓住那只声嘶力竭地乱吠并且像只纸风车似的在乱转的小杂种狗时，他觉得仿佛来到了老熊的鼻子底下。他闻到了它那股气味，浓烈的、热烘烘的、腥臭的气味。他伸开四肢伛身向地，抬起头来一瞅，只觉得它像从半空中打下来的一个霹雳，黑压压的高不可攀。孩子感到这景象非常熟悉，后来才想起来：这正是他经常在梦中见到的情景。

接着它走掉了。他没看见它是怎么走的。当时他跪在地上，双手抱住那只疯狂的小狗，耳朵里只听见那两只猎狗可怜巴巴的叫唤声一点点地远去，这时山姆走了过来，手里拿着那杆枪。他把枪悄悄地放在孩子的身边，站在那儿低下头来看他。"你现在已经见到过他两次了，手里又有枪，"他说，"这一次你本来是满可以打中他的。"

孩子站起身来。他仍然抱着那只小狗。小狗即使在他怀里也仍旧在拼命吠叫，朝猎犬逐渐远去的声音乱扭乱挣，活像一堆通了电的弹簧。孩子有点气喘。"你也没有打中他呀，"他说，"枪在你的手里。你方才为什么不开枪打他呢？"

山姆好像没有听见他的话。他伸出手去抚摩在孩子怀里的那只小狗，它仍然在叫、在挣扎，虽然现在那两只猎犬的声音已经听不见了。"他走远了，"山姆说，"你可以放松一下休息休息了，等下次再说吧。"他用手抚摩着小狗，直到它一点点安静了下来。"你差不多就是我们要想找到的那只狗了，"他说，"你仅仅是身架子还不够大。我们还没找到那只合适的狗。光是机灵还不够，还得身架子再大一些，也得更勇敢些。"他把手从小狗的头上收回去，站着凝望熊和猎犬在那儿消失的树林。"反正总有一天会被谁找到的。"

"这我知道，"那孩子说，"这就是这事非得发生在我们当中的一个的手里的原因。所以，不到那最后的一天这件事是不会发生的。在那时连老熊自己都不想活下去了。"

这么说他是应该憎恨和惧怕那"狮子"的了。那是在第四个夏天，他第四次被吸收参加德·斯班少校和康普生将军生日庆祝活动的那回。早春那阵，德·斯班少校的母马产下了一只小公驹。一天黄昏，山姆把马和骡赶到厩里去过夜时，那只小马驹不见了，他花了好大的力气才把那只发了疯似的母马赶进栅栏。起先他想让母马带他到马驹丢失的地方去。可是它不干。它连头都不愿朝森林的某个特定的地区或某个具体的方向扭过去。它光是狂奔，好像魂给吓得出了窍，什么都看不见了。有一回它猛地转过身，朝山姆冲来，好像在极端的绝望中要袭击他，好像它一下子连他是人，是一个早就很熟的人都认不出来了。最后，他总算把它赶进了栅栏。到这时，天已经很黑，没法再循着它的足迹去追溯它方才无疑因忽发奇想而走过的路线了。

他走进屋子去告诉德·斯班少校。这当然是一只野兽干的，一只大野兽，而那只小马驹肯定已经死了，不管死在什么地方。他们心里都明白。"这是一只豹子干的，"康普生将军立刻说道，"还是那一只。去年三月咬死母鹿和小鹿的那一只。"当时，布恩·霍根贝克按惯例到营地来视察，看看牲口过冬的情况如何，山姆就叫他给德·斯班少校捎话——说母鹿的脖子给咬破了，那只野兽接着追上了那可怜巴巴的小鹿，把它也咬死了。

"山姆从来没说过这是豹子干的。"德·斯班少校说。这时山姆也不说什么，他们吃饭时他就站在德·斯班少校的背后，神情莫测高深，好像只是在等他们把话说完就可以回家。他的眼睛里像是什么也没看见。"豹子固然会去扑杀母鹿，事后再去追上小鹿也不费什么事。但是没有一只豹子会在母马和小马在一起时去扑杀小马的。这是老班干的，"德·斯班少校说，"我对他太失望了。他破坏了我们的规矩。我从没想到他会干出这样的事。他咬死过我和麦卡斯林的狗，这倒没什么。我们拿狗的性命来搏；而且我们双方都是事先发出警告的。可是现在他闯进我屋子里来毁坏了我的财产，而且又不是在狩猎的季节。他违反了章程。这是老班干的，山姆。"可是山姆还是什么也没说，光是站在那儿直到德·斯班少校觉得自己也该住嘴了。"咱们明天沿着母马的足迹找去，看看究竟是怎么回事。"德·斯班少校说。

山姆走了。他是不愿住在营地里的；他在四分之一英里外的一条小溪旁给自己搭了一个小窝棚，有点像乔·贝克住的那种，只是更结实些，更紧凑些，那儿还有一间结结实实的小木仓，里面贮存了一些玉米，这是用来喂他每年养的小猪的。第二天早上他们醒来时，他已经在等候了。他已经找到了那只小马驹。他们连早饭也顾不上吃了。那地方倒不远，离马厩还不到五百码——那只三个月大的小马驹侧身躺在地上，喉咙给撕破了，内脏和小半个后臀给吃掉了。它躺倒的姿势不像是倒下去的，倒像是被击中后用力抛出的，而且身上没有猫科动物的爪痕，没有豹子寻找喉管时会在抓住的地方留下的爪印。他们细细辨认那只发疯的牝马绕圈子时和最后在绝望中乱冲乱撞时——就像昨天晚上冲向山姆·法泽斯时那样——的足迹，也观察了它受惊后死命奔跑时的一长溜脚印以及那只野兽的脚印，牝马往前走那时只野兽甚至都没有向它冲过来，仅仅是朝它走了三四步，牝马就垮下来了，这时康普生将军说："我的天，多大的一只狼呀！"

山姆仍旧什么也没说。当大人们跪下来量脚印时，孩子盯看着山姆。这时山姆的脸上显现出某种表情来了。这既不是狂喜也不是喜悦又不是希望。后来，当他长大后，他才明白这意味着什么，原来山姆早就知道这是什么的脚印，是什么动物春上撕裂了母鹿的喉咙并且咬死了小鹿。那天早上山姆的脸上出现了征兆。这么说山姆倒是高兴的，他对自己说，他老了。他没有孩子，没有亲人，在这个世界上再也见不到同一个部族的人。即使他去见了，他也不能抚触他们，与他们说话，因为到这个时候他被迫当黑人都当了七十年了。这样的日子快到头了，所以他是高兴的。

他们回到营地，吃了早饭，又带了枪和猎狗回来。事后孩子才认识到他们当时也该跟山姆·法泽斯一样，明白是什么动物杀死小马驹的了。可是这不是第一次也不是最后一次他看到人们根据自己的错误判断来推理和行动。在布恩叉开双腿站在小马驹之上，用自己的皮带把猎狗轰开之后，它们便去闻臭迹了。其中有一只没有什么判断能力的年幼的小狗吠叫了一阵，狗群就往一个方向跑了几英尺，看来那儿有臭迹。接着它们停了下来，扭过头来看看人们，急切倒是很急切的，但是并不惶惑，仅仅是有点弄不懂，仿佛它们在问"下一步该怎么办？"接着它们又奔回到小马驹身边，布恩仍然劈开腿站在那儿用皮带把它们轰开。

"我从未见到过臭迹会这么快就变淡的。"康普生将军说。

"也许单独一只个头很大的狼,当着母马的面竟能把马驹咬死,是根本不会留下臭迹的。"德·斯班少校说。

"没准是鬼干的。"华尔特·艾威尔说。他眼睛瞅着谭尼的吉姆。"怎么样,吉姆?"

既然猎犬都不愿追踪,德·斯班少校就让山姆去搜索,他在一百多码之外又找到了印迹,他们再一次让猎狗去闻,那只年幼的小狗又叫起来了,当时他们中没一个人明白这不是狗找到猎物的踪迹时的叫法,而仅仅是乡下狗发现它的院子被侵入时的那种吠叫。康普生将军对那孩子、布恩和谭尼的吉姆说,对这几个逮松鼠的人说:"今儿早上你们几个把狗带上。它很可能就在附近转悠,还想把小马驹当一顿早餐呢。你们说不定会撞见它的。"

可是他们没有撞见。孩子记得他们牵着猎犬走进森林时,山姆用怎样的眼光瞅着他们——那张印第安人的脸在露出微笑前一丝表情也没有,除了鼻孔稍稍翕张,就像狗群发现老班的那第一个早晨时那样。第二天他们又带了猎犬出去,到达了出事地点,原想再找到新的足迹,可是却发现连小马驹的尸体都不见了。接着,第三天早上,山姆又在等候他们了,不过这一回他先让他们把早饭吃完。然后他说:"来。"他把他们带到他的屋子,那个小窝棚,又带到旁边存放玉米的小木仓。他把玉米都腾出来了,把门改成了一个陷阱,用那具小马驹的尸体来引它上钩;他们从圆木缝里朝里张望,虽然来不及细看那只畜生的颜色和形状,却已瞥见它的颜色跟长枪或手枪的枪管差不多。它既不是蹲着的,甚至也不是站着。它正在跃动,从半空中向他们冲来——一个重重的躯体往上猛撞,使那扇厚厚的门蹦了起来,碰得门框格拉格拉直响,而这只动物——也不知它是啥东西——好像还不等自己落在地上并找到一个新的立脚点来开始跳跃，就又把整个身体朝那扇门扑过去了。"咱们快走吧，"山姆说，"不然他真要把脖子给撞断了。"即使他们已经退了出去，那一下下重重的、有节奏的冲撞还在继续，每撞一下，那扇结实的门就跃动一次，格拉格拉地响一阵，而那只野兽本身却还是一声不吭——既不哼嗥，也不吠叫。

"这到底是什么东西？"德·斯班少校说。

"这是一条狗。"山姆说，他的鼻孔在很有规律地微微一张一合，那第一天早上猎犬追踪老熊时他眼睛里那股淡淡的、蒙眬的凶光又出现了。"就是这条狗。"

"这条狗？"德·斯班少校说。

"这就是能缠住老班的狗。"

"说是狗才怪呢，"德·斯班少校说，"我宁愿让老班自己参加我的猎狗队也不要这只野东西。开枪打死他算了。"

"不行。"山姆说。

"你永远也驯服不了他的。你还指望让这样一头野兽怕你？"

"我根本不想让他驯服，"山姆说，孩子又一次观看他的鼻孔和眼睛里的那股蒙眬的凶光，"不过要是让他怕，怕我或任何人、任何事情，我倒宁愿让他变得驯服的。不过他是两样都不会的，他是啥也不怕的。"

"那么你打算拿它怎么办呢？"

"你等着瞧吧。"山姆说。

第二个星期，每天早上他们都去山姆的小木仓。山姆早就把屋顶上铺的木瓦掀去了几块，在小马驹尸体上拴了一根绳子，等陷阱一关上，他就把小马驹吊出去。每天早上，他们都看他把一桶水吊进小木仓，而那只狗一个劲儿不知疲倦地在撞门，掉下来，再跳起来撞门。它从来不发出声音，撞门的时候也并不显得气昏了头，而是显出一种非常冷静、冷酷的百折不挠的决心。一个星期快过去时，它不再撞门了。然而它并不明显地变得虚弱，也并不看来领悟了那扇门是怎么撞也撞不开的。好像仅仅是它暂时不屑于这么干了。它也没有趴下。大家都从来也没有见到它趴下过。它站得直挺挺的，他们现在能看清楚了——它身上有一部分大獒犬的血统，有一些阿雷代尔梗犬的成分，说不定还有十来种其他成分，肩宽超过三十英寸，重量他们估计将近九十磅，黄色的眼睛冷冷的，胸膛无比宽大，全身上下都是枪筒的那种奇异的钢蓝色。

这时候两个星期满了。大伙儿准备拔营回家。孩子恳求留下，他的表外甥答应了。他搬进小窝棚和山姆·法泽斯一起住。每天早上，他都看山姆把一桶水吊到小木仓里去。这个星期结束时，狗趴倒了。它会挣扎着站起来，蹒蹒跚跚地半走半爬地来到水桶边喝水，然后又倒下去。有一天早上，它连水桶边也到不了，连前半身也无法从地板上抬起来了。山姆拿起一根短棍准备进小木仓。"等一下，"那孩子说，"让我去拿枪……"

"不用，"山姆说，"他现在动弹不了啦。"它果真不能动了。山姆拨它，戳戳它的脑袋和瘦骨嶙峋的身体时，它侧躺着，一动也不动，两只黄眼睛张开着。眼光已不凶狠，没有一点怨恨，只有一种冷冷的几乎并不针对什么人的敌意，就像某种大自然的力量。它甚至没有看着山姆，也没有去看透过圆木缝在窥探的孩子。

山姆又开始给它喂食了。第一次喂时还得把它的头托起，好让它舐得到肉汤。那天晚上，他在狗够得着的地方留下了一碗肉汤，里面有几块肉。第二天早上碗空了，狗肚子朝下趴着，头抬起着，山姆进去时它那双冷冷的黄眼睛盯着那扇门，当它跳起来时它的眼神没有一丝变化，还是没发出任何声音，只是因为太虚弱，它瞄准的功夫和全身协调的能力还不行，所以山姆还来得及用棍子把它打倒，从小木仓里跳出来，砰的把门关上，而那只狗好像不等四只脚撑起身子蹦跳，就又撞起门来了，好像根本没挨了两星期饿这回事似的。

当天中午时分，有个人从营地方向高声呼喊着穿过林子前来。原来是布恩。他走过来透过圆木缝朝里张望了一会儿，看这只大狗肚子朝下趴在地上，头抬起着，那双黄眼睛睡意蒙眬地眨着，也不知它在看什么，还真有那么一股子摧不垮打不烂的劲头哩。"最好的办法，"布恩说，"就是放出这狗娘养的，逮住了老班，让老班去追它。"他把他那张晒红的颧骨突出的脸扭过来对着孩子。"把你的东西收拾一下。卡斯说你该回家了。你在这儿跟这条吃马肉的臭狗泡在一起时间已经太长了。"

布恩有一匹借来的骡子，拴在营地那边；那辆轻便马车等候在大洼地边。当天晚上他回到了家中。他把森林里的事情告诉麦卡斯林。"山姆打算再饿他，直到能进去摸他。然后再喂他食。然后再一次饿他，如果有必要的话。"

"不过为什么要这样做呢？"麦卡斯林说，"这又有什么好处呢？即使是山姆，也永远驯服不了这只野狗的。"

"我们也不要让他驯服。我们希望他保持原来的野性。我们只不过要让他终于明白：他要想走出小木仓，唯一的办法就是乖乖地听山姆或是别人的话。他就是以后能把老班截住并拖住的那只狗。我们已经给他起了名儿。叫做'狮子'。"

11月终于又来到了。大伙儿又回到营地里来。他和康普生将军、德·斯班少校、他的表外甥、华尔特和布恩一块儿站在院子里，四周是枪支、被褥和一箱箱食物，他看见山姆·法泽斯和"狮子"穿过小巷从围马的栅栏那边走过来——这印第安老头穿着破破烂烂的工装裤和胶皮靴以及一件破旧的羊皮外套，头上那顶帽子还是孩子的爸爸的；那条硕大的狗踩着庄严的步子走在他的身边。那些猎犬冲上去迎接他们，可是半路上都停了下来，只有那只判断力依旧不强的小狗继续往前冲。它摇尾乞怜地跑到"狮子"的面前。"狮子"倒没有咬这小狗。他连步子都没停。他一只爪子一挥，小狗便嗥叫着滚到五六英尺外去了，这种挥打法是只有熊才会使用的。接着他来到院子中，站在那儿，睡意蒙眬地眨巴着眼睛，既不朝任何地方，也不朝任何人瞧一眼，这时布恩说了："耶稣啊，耶稣。——他会让我摸摸他吗？"

"你摸好了，"山姆说，"他不在乎的。不管是什么事情什么人，他全都不在乎。"

那孩子也观察到这一点了。随后的两年里，他一直在观察，要说开头，那还是从布恩抚摩"狮子"的这一刻开始的，当时布恩在"狮子"身边跪了下来，抚摩他的骨骼和肌肉，体会他的力量。好像这"狮子"是个女人似的——或者不如说，布恩本人是个女人似的。这样说更符合当时的实际情况些——一边是那只魁梧的、庄严的、半睡半醒的大狗，像山姆·法泽斯所说的那样，对任何人任何事情全都无所谓；另一边是这个性情暴烈、感觉迟钝、面色严峻的人，他身上多少还有点印第安人的血液，头脑简单得像孩子一样。孩子眼看布恩从山姆和阿许大叔两人手里把喂"狮子"的任务接了过来。他常常看见布恩蹲在厨房旁看着"狮子"大嚼，全然不理会冷雨的浇淋。"狮子"是不肯跟别的狗一起睡一起吃的，因此谁也不知道他究竟睡在哪儿，一直到下一年的11月，大伙儿还都以为他睡在山姆·法泽斯窝棚边的狗窝里呢，当时孩子的表外甥麦卡斯林无意间跟山姆提起这事，山姆才告诉他。那天晚上，孩子和德·斯班少校、麦卡斯林提了一盏灯走进布恩睡觉的后房——这是个拥挤、密不通风的小房间，里面有一股布恩从来不洗的身子的气味和他那套湿漉漉的猎装的气味——布恩在这里仰天呼呼大睡，忽然喉咙里岔了气，醒了过来，躺在他身边的"狮子"抬起了头，扭过来用那双冷冷的昏昏沉沉的黄眼睛瞅着他们。

"真要命，布恩，"麦卡斯林说，"快把这条狗轰出去。明儿一大早还得让他去追老班呢。在这儿让你的臭气熏了一整夜之后，你怎能指望他闻出不如臭鼬气味浓的臭迹呢？"

"我倒没留心我身上的臭味会使我的鼻子失灵。"布恩说。

"即使失灵也没关系，"德·斯班少校说，"我们并不靠你去追踪熊。让他到外面去睡。让他跟别的狗一起到屋子底下去睡。"

布恩起床了。"他会把第一条冲着他打哈欠或者打喷嚏或者不小心碰他一下的狗咬死的。"

"这倒不见得，"德·斯班少校说，"没有一条狗敢冲着他打哈欠，也没有一条狗敢碰他，即便在睡梦中。把他牵出去吧。我明天还要用它的鼻子呢。去年老班耍弄了他[①]。今年老班别想再来这一手了。"

布恩穿上鞋子，没有系鞋带；他穿着那件肮脏的长内衣，因为睡觉而头发乱蓬蓬的，就和"狮子"走了出去。其他的人都回到前房去，接着打牌，发给麦卡斯林和德·斯班少校的牌还摊在桌子上等着他们呢。过了一会儿，麦卡斯林说："你们要我回后房去再看一看吗？"

"不用去，"德·斯班少校说，"我叫牌。"他对华尔特·艾威尔说。接着，他又对麦卡斯林说："要是你去，也别告诉我情况怎样。我开始看出我上了年纪的第一个迹象了：知道别人不服从我的命令就不高兴，即使我下命令时就知道这命令是根本没人服从的。——一对小牌。"他对华尔特·艾威尔说。

"怎么小法？"华尔特说。

"小极了。"德·斯班少校说。

躺在一大堆被子和毛毯下面等候入睡的孩子也同样知道到这时

[①] 指下文所述老班下河从而摆脱了"狮子"的追踪一事。这件事发生在"去年"（亦即1881年），而少校提起此事是在"今年"（1882年）。

"狮子"早已回到布恩的床上去睡了，不论是今晚剩下的时间、明天晚上还是明年、后年的整个11月的夜晚，他都将在布恩的床上睡。当时他想：我不知道山姆是怎么想的。他本可以把"狮子"留在自己的身边，即使布恩是个白人。他还可以向少校或麦卡斯林提出请求的。而且不仅如此。最先抚触"狮子"的是山姆的手，这一点"狮子"也是知道的。后来他长大成人，也就明白了。这是很有道理的。事情本来就应该这样。山姆是酋长，是君王；布恩是庶民，是他的猎手。管狗自然是布恩的事。

在"狮子"带领狗群去追逐老班的那第一个早晨，营地里来了七个陌生人。他们是沼泽地带的居民，长期疟疾缠身，瘦得不像样，谁也弄不清他们到底住在哪里，他们靠设置一长串陷阱捕捉浣熊为生，也许还在沼泽边上开几块荒地种些棉花和玉米，他们身上穿的比山姆·法泽斯的好不了多少，还赶不上谭尼的吉姆有气派呢，带的猎枪、步枪也都陈旧不堪，天刚破晓时，他们就已经在侧院的霏霏细雨中耐心地蹲着了。他们当中有一个是他们的发言人；事后山姆·法泽斯告诉德·斯班少校，整个夏天与秋天，他们不是悄悄地单独来便是三三两两地来，一声不吭地把"狮子"看上一会儿，然后离去。"早上好，少校。俺们听说您今儿个早上打算让那条蓝狗去追那头两只脚趾的大熊。要是您不在意，俺们想跟着去瞅瞅。俺们倒也不想开枪，除非他正好朝俺们这边跑来。"

"那敢情好，"德·斯班少校说，"欢迎你们开枪。这头熊与其说是我们的，还不如说是你们的呢。"

"依俺说这话不假。俺喂了他这么多玉米，也该对他摊上一份了。还不说三年前给他叼走了一只猪娃。"

"俺琢磨俺也该有一份，"另一个人说，"不过那不是老熊干的。"德·斯班少校瞧瞧他。他在嚼烟草。他把烟草渣啐了出来。"给咬死的是只牝牛犊，挺漂亮的。那是去年的事。后来我找到它，依俺说那模样跟 6 月里您那只小马驹差不离。"

"哦，"德·斯班少校说，"很欢迎你们参加。要是你们看见有什么野兽跑在我的狗群的前面，尽管开枪好了。"

不过那天没有人朝老班开枪。谁也没有见到他。狗群在离林中空地不到一百码的地方撞见了老熊，孩子十一岁那年夏天也是在那儿见到他的。孩子当时在距离四分之一英里不到的地方。他听见了狗群的喧叫声，可是从声音里没有辨认出陌生的、因而也就是"狮子"的声音，因此他以为，也相信"狮子"不在里面。尽管这一回狗群追逐老班的速度比他听到过的任何一次都快得多，而且也没有发出那种歇斯底里的尖利的高音，他还是没有明白过来。直到当天晚上山姆告诉他"狮子"找到臭迹后是从来不吠叫的，他才领悟过来。"它要到咬住老班的喉咙时才会猗猗嗥叫，"山姆说，"但它从来也不大声吠叫，连朝那扇两英寸厚的门一次次撞的时候也不哼一声。它身上有那种蓝狗的血统。你们管那种狗叫什么来着？"

"阿雷代尔狷犬。"孩子说。

"狮子"的确是在狗群里；它们撞见老熊的地方离河太近了。当天晚上十一点钟左右，布恩带着"狮子"回到营地，发誓说有一回"狮子"真的把老班截住了，可是别的狗都不愿往前冲，结果老班突了围，逃进了河里，顺游汩了好几英里，布恩和"狮子"沿着河岸追了差不多十英里路，等他们渡过河爬上对岸，天已经黑下来，他们没能找到老班上岸的臭迹，不过没准老班在经过他们过河的渡口时仍然是在水里。接着布恩把那群猎狗好一顿臭骂，骂完才吃阿许大叔给他留的晚饭，吃完就去睡了，过了一会儿，当那孩子推开那间臭气冲天、鼾声如雷的小屋的门时，那只庄严的大狗把头从布恩的枕上抬起来，朝他眨了几眼，然后又垂了下去。

第二年的 11 月来临了，到了狩猎的最后一天——这一天是专门留给老班的，这已经成为一种传统了——在营地上等候的有不止十二个陌生人。这一回来的不光是沼泽地带的居民。有些是城里人，是从像杰弗生一样的其他县府所在地来的，他们听说了"狮子"与老班的事，都来看这只蓝色的大狗如何一年一度与两趾老熊会战。他们有的人连枪都没有，穿的猎装与猎靴昨天还都在商店的货架上摆着呢。

这一回"狮子"是在离河边五英里多的地方与老班遭遇的，它狂吠着截住了老熊，这一回那些猎犬倒是争先恐后地冲上去了。孩子听到了它们的声音；他离它们相当近。他听见布恩在哇哇地叫；他还听见康普生将军放空了两个枪筒，一个枪筒里装的是五颗大号铅弹，另一个是一颗大弹丸，康普生将军把马驱到再往前走一步它就要发疯的地方，就近开了枪，两枪都打中了大熊。他还听见了大熊再次脱逃后狗群的吠声。孩子现在是在飞奔，他气喘吁吁，跌跌撞撞，两肺都快爆炸了，他来到康普生将军开枪和老班杀死两只猎犬的地方。他看见老熊中枪后从伤口上流出的血，但这时他再也跑不动了。他停下来，靠在一棵树上，好让自己的呼吸顺畅些，心脏跳得慢些，他耳朵里听到的猎狗的吠声越来越远，越来越轻。

当晚在营地里——他们多了五个客人，都是穿了新猎装和新猎靴仍然吓得发憷的陌生人，他们迷了一整天的路，后来山姆·法泽斯回进森林去把他们领出来——他听说了其他的情况："狮子"如何再一次截住了老熊，死死地缠住它，可是所有的牲畜都不敢上前，除了那只不怕野兽血腥味的独眼骡，而骑在这匹骡子上的偏偏是布恩，大家知道，他是从来打不中什么的。他用他那支压一下上一颗子弹的老枪朝老熊开了五枪，连一根毫毛都没打中，这时老班又咬死了一条猎犬，再次夺路而逃，跑到河边，一下子没了踪影。布恩与"狮子"尽量壮起胆子沿着河岸追赶。太远了；他们在暮色初临时渡过了河，但是走了还不到一英里，就赶上断黑了。这一回"狮子"在黑地里老班登过岸的地方找到那断断续续的臭迹了，说不定还是血迹哩，亏得布恩在他身上拴了根绳子，他爬下骡子亲自与"狮子"狠狠地搏斗了一番，才总算把他牵回营地。这一回布恩也不骂娘了。他站在门口，浑身是泥，精疲力竭，那张丑八怪似的大脸显得悲哀，还带着惊愕的神色。"我没打中他，"他说，"我离它才二十五英尺，可是一连五枪都没打中他。"

"不过咱们也让他流了血，"德·斯班少校说，"康普生将军让他流了血。这一点咱们以前都没做到过。"

"可是我没打中他，"布恩说，"我一连五枪都没有打中他。'狮子'还在一旁眼睁睁地看着我呢。"

"不要紧的"，德·斯班少校说，"这次较量可相当精彩。何况咱们还让他流了血。明年咱们让康普生将军或是华尔特骑上凯蒂[①]，这样准能降服他。"

这时麦卡斯林问了一句："'狮子'在哪儿，布恩？"

"我让他留在山姆那儿了，"布恩说，他已经转过身子在往外走了，"我跟他一起睡不合适。"

这么说他[②]是应该憎恨与惧怕"狮子"的了。然而他心中并没有这样的感情。在他看来，这里面有一种天命。在他看来，像是有一种他还说不清楚的事情正在开始；也可以说已经开始了。这很像一座搭好布景的舞台上的最后一幕。这是某件事情的结局的开端，他不清楚这是什么事情，不过他并不为之感到哀伤。他决心既要谦逊也要有自信心，因为大家认为他有资格成为这整个事件的一部分，至少是够资格亲眼目击这件事情。

---

① 独眼骡的名字。
② 指"孩子"。

3

现在是 12 月[①]。这是这孩子记忆中最最寒冷的一个 12 月。他们在营地里已经住了两个星期零四天了，要等天气转晴，好让"狮子"与老班进行他们的年赛。然后大家才可以拔营回家。由于没料到会多待这么多天，在等天放晴的日子里，他们除了打扑克，别的什么也不能干，他们的威士忌告罄了，于是派他和布恩带了一只空箱子和德·斯班少校写给酒商赛默斯先生的一张字条到孟菲斯去走一趟，好再弄些酒回来。这就是说，德·斯班少校和麦卡斯林派布恩去弄威士忌，并派这孩子去监督布恩，好让布恩把全部或大部分或至少是一部分酒弄回来。

半夜三点钟，谭尼的吉姆把他叫醒。他匆匆穿好衣服，一边穿一边瑟瑟发抖，这倒并不完全是因为冷，因为新生的火已经在壁炉里呼啸吼叫了，而是因为在这冬夜的这个时刻，血液总是流得很慢，心脏也跳得很慢，人也感到睡眠不足。他穿过住房与厨房之间的空地，这是块铁硬的土地，头上的天空严峻而辉煌，三小时之内天还不会亮呢。孩子用从舌面直到肺尖的全部感觉来品尝那扎人的黑暗，一面走进厨房，走进灯光照耀着的温暖，这里炉火燃得旺旺的，每扇窗户上都布满了水汽，布恩已经坐在桌子前面吃早饭了，他的头低俯在盘子上，都快埋进去了，他那移动着的下颚上布满了青黑的胡子茬，脸上敢情从未沾过水，一头粗硬的马鬃似的头发也敢情从来没碰过梳子——这个有四分之一印第安血统的契卡索族婆娘的孙子，有时候只

[①] 指艾萨克 16 岁那年 (1883 年) 的十二月。

要有人提到他身上有一滴印第安血液，就会勃然大怒，挥起铁硬的拳头，可是在别的时候，那往往是他灌饱了威士忌之后，却会同样怒气冲冲地挥动拳头，申明他的爸爸可是个百分之百的契卡索族印第安人，而且还是一位酋长，而他妈妈身上也仅仅只有一半白人的血液。他身高六英尺四英寸；头脑简单得像个小娃娃，心地憨厚得像一匹马，那双眼睛又小又硬，像皮鞋上的两颗扣子，长在这孩子从未见过的那么丑陋的一张脸上，既不是莫测高深，也不显得浅薄，既不高尚，也不见得邪恶，倒也并不温和，反正是什么表情都没有。好像不知是谁找到了一只比足球稍大的胡桃，用机械师使的锤子把它砸出了些形相，然后往上抹颜色，基本上用的是红色；但不是西印度赭石色，而是一种漂亮、鲜明的红扑扑的颜色，这固然也许是灌了威士忌的结果，但主要还得归功于快活、剧烈的户外生活，那上面的皱纹也不是在世界上生存了四十个春秋所留下的痕迹，而是眯缝着眼睛瞅太阳、瞅黑魆魆的藤蔓丛里有没有猎物在奔跑的结果，这些皱纹也是给营火烤出来的，他经常躺在 11 或 12 月里冰凉的土地上，挨着这营火试图入睡，等待天明好爬起来再去打猎，好像这岁月就像空气一样，仅仅是他在其中走动的某种东西，而且跟空气一样，并没有使他变老。他勇敢、忠心、毫无远见而不可信赖；他没有职业，没有手艺，没有行当，只有一种缺点和一种优点：前者是嗜酒如命，后者是对德·斯班少校和孩子的表外甥麦卡斯林的绝对的、毫无异议的忠诚。"有时候我想把这两点都叫作优点。"德·斯班少校有一回说。"或者都叫作缺点。"麦卡斯林说。

孩子吃他的早饭，耳朵里听到厨房底下狗群的声音，它们在睡意蒙眬中被煎肉的香味所弄醒，要不，也许被头顶上的人的脚步声所吵醒。有一回他还听到了"狮子"的叫声，很短促、很专横的一声，就像任何在营地里最好的猎手只消对人吩咐一声就够了，除非那人是傻瓜，而德·斯班少校和麦卡斯林的狗中没有一只在个头与力量上能与之匹敌的，可是它们都不傻；狗群里的最后一只傻狗去年给老班咬死了。

他们吃完早饭时，谭尼的吉姆走了进来。大车正停在外面。阿许决定亲自赶车送他们到运木头的铁路线上去，到了那儿他们打算打旗号，让运圆木的火车停下来，把他带出去。阿许让谭尼的吉姆来洗碟子。孩子知道阿许干吗要这样做。他以前常听到老阿许拿话来嘲弄布恩，这回已不是第一次。

天气冷得很。大车的轱辘与冻上的土地相碰撞，发出格登格登的声音；凝滞的天空显得很亮。他已经不是在轻轻哆嗦，而是在浑身乱颤了，这是慢慢的、持续不断的、猛烈的颤抖，他方才吃下去的食物在他肚子里仍然是热腾腾、沉甸甸的，而他的躯壳却围绕着它在慢慢地、不断地颤动，仿佛他的胃是悬空漂浮在躯体里似的。"它们今天早上不会去追赶猎物，"他说，"像今天这样的天气，没有一条狗的嗅觉会是灵敏的。"

"'狮子'不算，"阿许说，"'狮子'不需要嗅觉。他唯一需要的是一只熊。"他把两只脚包在麻袋片里，还把从厨房里他地铺上拿来的一条被子裹在头上和身上，在稀疏、明朗的星光底下变得奇形怪状，孩子可从来没见过这么古怪的东西。"'狮子'能在一幢一千英亩大的冰屋子里追踪一只熊。而且还能逮住他。其他那些狗根本不算数，因为只要'狮子'是在追赶一只熊，它们反正怎么也撵不上'狮子'。"

"那些狗有啥不对头的？"布恩说，"狗的事，你到底懂得多少？咱们上这儿来以后，你除了出来砍过几根柴火，正式拖着尾巴离开厨房这还是破天荒第一遭呢。"

"狗是没什么不对头，"阿许说，"只要由着它们去干，那就不会有什么不对头的地方。我倒是愿意自己从生下来那天起就能跟这些懒狗一样，懂得怎么保养自己的身子。"

"哦，反正今天早上不会让它们出去，"布恩说，他的声音很严厉和肯定，"少校答应过的，我和艾克回来之前不让狗群出去。"

"天气今儿个要变呢。要往暖和里变。晚上会下雨。"说到这里阿许笑了，格格地笑了，声音是从被子里什么地方透出来的，他连脸也捂在被子里了。"别那么有气无力的，死骡子！"他说着，猛拽了一下缰绳，于是骡子往前跳去，拉了大车磕磕碰碰地颠簸了几英尺，然后又慢了下来，像往常那样用又急又短的小步子跑了起来。"再说，我倒想知道少校为什么缺了你就不行。他现在一心指望的是'狮子'。我也从没听说过你背了熊肉或别的兽肉回到营地来。"

现在布恩要痛骂阿许一顿甚至于要动手打他　孩子心想。可是布恩没有这样做，他也从未这样做过；孩子知道布恩是根本不会这样做的，虽则四年前布恩曾在杰弗生的大街上用一支借来的手枪对着一个黑人一连开了五枪，其结果跟去年秋天他朝老班开五枪那回一模一样。"老天爷在上，"布恩说，"不等我今天晚上回来，他是决计不会让'狮子'或是别的狗去追什么野兽的。他答应过我的嘛。你快抽那些骡子呀，得不断地抽，让它们跑快些。你难道想让我冻死吗？"

他们来到运木头的铁路旁，生了一堆火。过了一会儿，在东方逐渐变白的天空下，运木头的火车从树林里钻出来了，布恩便朝它挥旗子。这以后，在温暖的守车① 里，孩子重新入睡，而布恩和车长、司闸就聊起"狮子"和老班的事来，日后，人们也是这样聊沙利文和基尔雷② 的事儿的；再往后，人们也就是这样聊丹泼西和突尼的事儿

---

① 货车列车末尾供车长执行任务用的车厢。

② 这四人都是美国著名的重量级拳击家。沙利文于 1889 年打败基尔雷，突尼于 1926 年、1927 年两度打败丹泼西。

的。孩子睡意蒙眬，身子随着没有弹簧的守车的摇摆、颠簸而晃动，耳朵里仍然能听见他们在聊天，讲老班怎样咬死猪娃和牛犊，如何洗劫谷仓，捣毁兽夹和陷阱，还讲它的皮肉里大概嵌进去了多少颗铅弹——这只两只脚趾的老班，在这一带，五十年来，被兽夹夹断脚趾的熊常常被叫做"二趾"、"三趾"或"瘸腿"，只有这只老班是只特殊的熊（照康普生将军的说法是只"熊司令"），他为自己争取到一个只有人才配享有的名字，而且还一点也不感到不好意思。

天亮时他们来到霍克铺。他们从暖和的守车里走出来，穿着猎装和稀脏的卡其衣服，脚登沾满泥污的靴子，而布恩带着没刮胡子的发青的下巴。不过这也没有什么关系。霍克铺是个小站，有一家锯木厂、一家杂货铺和两家小店，还有设在与主轨相连的支轨上的一条滑运道，而这儿所有的人也都穿皮靴和卡其衣服。不多一会儿，去孟菲斯的火车来了。布恩在卖报的小贩那里买了三包加糖浆爆的玉米花和一瓶啤酒，那孩子在他咀嚼声的伴奏下又睡着了。

可是在孟菲斯，事情却不很顺当。好像那些高楼大厦和铺硬石的人行道、那些华丽的马车、那些马拉街车和那些穿了硬领衬衫打了领带的人，使他们的靴子和卡其衣服显得更不雅观和更肮脏了，也使布恩的胡子显得更难看了，更长了，而他那副尊容也更显得不该到树林外边来亮相，至少是不应该远离德·斯班少校、麦卡斯林或是别的认得这副尊容的人，这样，就至少有人出来说一声："不用害怕。他不会伤害你的。"布恩穿过车站，走在光滑的地板上，用舌尖把嵌在牙齿缝里的玉米花舔出来，脸一扭一扭的，他叉开了两条腿儿走着，胯骨那里直僵僵的，仿佛是走在涂了牛油的玻璃上，脸上青黑的胡子茬则像新枪管上的锉屑。他们经过了第一家酒吧。即使大门紧闭，那孩子也似乎能闻到里面铺地的锯木屑味和隔夜的酒臭。布恩咳嗽起来了。他咳了差不多有一分钟。"他娘的怎么感冒了，"他说，"我倒想知道是在哪儿得的。"

"就是方才在车站里得的。"孩子说。

布恩刚开始第二阵咳嗽。听了这话他停了下来。他瞅着孩子。"什么？"他说。

"咱们离开营地那会儿你没得，在火车里也没有得。"布恩瞅着他，眼睛一眨一眨。接着他不眨眼了。他也没有再咳嗽。他平静地说：

"借一块钱给我。拿来吧。你有的啊。如果你早先有，现在就不会没有的。我不是说你是个小气鬼，因为你不是这样的人。你只不过好像是从来想不起来自己需要什么东西的。我十六岁那阵，要是手里有张一元钞票，还不等我认清发行钞票的那家银行的名字，这一块钱就不知哪儿去了。"他又平静地说，"拿一块钱来，艾克。"

"你答应过少校的。你答应过麦卡斯林的。你答应过等回到营地以后再喝的。"

"行了，"布恩用他那平静的、有耐心的声音说道，"就一块钱，我还能做出什么事来呢？你又不会再借一块给我的。"

"你说得太对了，我当然不会。"那孩子说，他的声音也很平静，冷冷地憋着一股怒气，这怒气并不是针对着布恩的，他想起布恩如何坐在厨房里一张硬硬板椅里打鼾，好瞧着钟叫醒他和麦卡斯林，然后赶十七英里路的马车把他们送到杰弗生去坐上去孟菲斯的火车；还想起那匹桀骜不驯、从未套过马笼头的得克萨斯州矮种花斑马，这是他说服麦卡斯林让他买的，是他和布恩用四元七角五分在拍卖场买下的，他们用一根刺铁丝把它拴在两匹驯顺的母马中间，把它弄回家，它竟从未见过从玉米芯上脱下的玉米粒，还以为那都是小甲虫哩，而最后（当时他十岁，而布恩一辈子都停留在十岁的智力水平上）布恩说这匹马驯服了，他们就用一条麻袋罩住它的脑袋，叫四个黑人拽住它，把它往后拉，让它退到一辆二轮大车的前面，给它套上挽具，他和布恩就上了车，布恩说："行了，小伙子们。松开它吧。"于是黑人中的一个——那是谭尼的吉姆——一把将麻袋扯开，接着赶紧往边上一跳，好保全住自己的性命，这样，马车失去了第一只车轮，因为它撞在敞开的院门的门柱上了，而眼看要撞上的那一刹那，布恩一把抓住孩子的后脖颈，一下子把他推进路边的小沟，因此后面的好戏他只看见了一些片断：大车碰碰撞撞地穿过侧门时第二只轱辘也掉了下来，它滚过后院，蹦上回廊，大车的碎片散满了一路，肚子贴地卧在车上的布恩很快就消失在一蓬蓬翻腾迸飞的尘土里，但他仍然攥紧缰绳，一直到连缰绳也断了，而两天之后，他们终于在七英里外找到了那匹小马，脖颈上仍然套着颈轭和笼头，真像一位同时戴着两条项链的公爵夫人。孩子掏出一块钱来给了布恩。

"好吧，"布恩说，"进去吧，别站在外面，多冷呀。"

"我不冷。"他说。

"你可以喝些柠檬水嘛。"

"我一点柠檬水也不要喝。"

酒吧的门在他后面关上了。这时太阳已经老高了。这是个非常晴朗的日子，虽然阿许说过天黑之前要下雨。现在已经暖和些了；明天他们可以去追猎了。他又体会到往昔的那种兴奋劲儿，还是像以前一样的新鲜，就像他进森林的第一天时那样；不管他打猎和追踪的资格会多么老，他永远也不会丧失这种感觉：那真是无比美好的一种生活，既是那么谦逊，又是那么骄傲。他一定不能再想这件事了。他仿佛已经觉得自己在奔跑，在朝火车站跑回去，在朝铁轨那儿跑，马上就要跳上南行的第一班火车；他真的不能再想这件事了。大街上一片忙乱。他瞧着那些拉车的诺曼种高头大马，那些佩尔什马①；他瞧着

---

① 原产于法国佩尔什地区的大种挽马。

那些讲究的马车，那些穿了高贵的大衣的绅士和穿了毛皮大衣显得无比娇艳的淑女就是从这样的马车上下来走进火车站的。(他和布恩这时还仅仅到达离车站两家门面的地方。) 二十年前，他父亲曾骑着马进入孟菲斯，当时他是福勒斯特①将军麾下沙多里斯上校的骑兵队里的一员，骑马顺着大马路走，据传说，径自策马闯进嘉育舒大旅社的前厅，一些北军的军官就坐在那儿的皮椅子上，朝锃亮的高脚痰盂里吐痰，然后他爸爸又走了出来，连一根毫毛都没有受到损伤——

他背后的门打开了。布恩在用手背擦嘴。"行了，"他说，"咱们现在去办事，办完了就他娘的走人。"

他们跑去把箱子装满。他一点儿也不知道布恩是在什么地方、什么时候把另外那瓶酒弄到手的。毫无疑问这是赛默斯先生送给他的。等日落时分他们又来到霍克铺时，这瓶酒已经空空如也了。他们原可以搭乘一辆回去的火车在两小时之内回到霍克铺；德·斯班少校还有麦卡斯林都吩咐过并严格命令过布恩直接回火车站，而且还派孩子跟去监督执行，他们一开始倒是老老实实照办的。在车站的盥洗室里，布恩从酒瓶里喝他的第一口酒。有个戴制帽的人走过来对他说不能在这儿喝酒，可是看了布恩一眼之后就再也不说什么了。第二回，在餐馆里，他正把酒瓶拿到餐桌下面朝喝水的玻璃杯里倒酒，经理(那是个女的)告诉他不能在这里喝酒，于是他又到盥洗室去了。他没完没了地对黑人侍者和餐馆里所有的人谈"狮子"和老班的事，他们没法子只好听他讲，其实他们根本不知道"狮子"是啥，也根本不想知道。这时他忽然想起了动物园。他打听到三点钟还有一班车去霍克铺，因此他们满可以去动物园玩一会儿，然后，在他第三次从盥洗室出来之后，再搭乘三点钟的火车。他们可以接着再搭最早班次的车回

① 纳·贝·福勒斯特(1821—1877)，美国内战时期南方联军的骑兵指挥官。内战前当过牛贩子、奴隶贩子和庄园主。

营地，带上"狮子"再回到动物园来，据他说，那儿的熊都是吃冰激凌和"兰花指"饼干长大的，他要让"狮子"跟它们全都较量一番。

就这样，他们错过了原来该搭乘的第一班火车，不过他好歹把布恩弄上了三点钟的车，这下子他们总算没事儿了，现在布恩干脆不去盥洗间喝酒了，而是大大咧咧地在过道里喝，一面还大谈"狮子"的事，被他揪住衣襟不得不洗耳恭听的那些人也不敢对他说这里禁止喝酒，而在火车站，倒是有个老兄胆子很大，居然敢在他面前提这档子规矩。

太阳落山时分他们来到霍克铺时，布恩却睡着了。孩子费了老大的劲儿终于把他弄醒，把他和箱子弄下了火车，甚至还说服布恩，让他在锯木厂的小卖部里吃了几口晚餐。当他们爬上运木列车的守车朝大森林驶回去时，他总算是大功告成了，这时太阳西沉，红得像血，天空已是彤云密布，当晚地面不会冻冰了。现在轮到那孩子睡觉了，他坐在烧红的火炉后面，没有弹簧板的守车蹦跳着，嘎嘎响着，布恩和司闸、车长一起在聊"狮子"和老班的事，因为他们懂得布恩所讲的事，因为现在已经到家了。"云起来了，开始化冻了，"布恩说，"'狮子'明儿个会收拾他的。"

收拾老班的将是"狮子"或是别的什么人。反正不会是布恩。就人们所知，他从没打中过比松鼠大的东西，除了那个黑婆娘，那是在他朝一个黑大汉开枪的那天。那黑人是个大块头，离布恩还不到十英尺远，但布恩用他从德·斯班少校的黑人马车夫那里借来的手枪一连开了五枪，也没把对方打中，而那黑人掏出一把一块五毛钱邮购来的手枪，他本来可以把布恩打个稀巴烂，可是那支枪偏偏打不响，它仅仅发出五下克嗒克嗒克嗒克嗒克嗒的声音，而布恩还在乱开枪，他打碎了一块大橱窗玻璃，让麦卡斯林赔了四十五块钱，又打中了正好路过的一个黑婆娘的腿，医药费却是德·斯班少校出的；少校和麦卡斯林两人切牌，决定谁负责大玻璃谁负责黑婆娘的腿。就说今年来营地后的第一个早晨他站第一班岗的那回吧，有只母鹿从布恩跟前跑了过去；孩子听见布恩那支用手扳机击发的老枪发出了轰、轰、轰、轰、轰的声音，接着听见布恩嚷道："妈的，它跑了！截住它！截住它！"等孩子跑到那儿一看，那只母鹿的脚印和五颗爆炸的弹壳之间的距离还不到二十步。

当天晚上，营地里有五位客人，是从杰弗生来的，他们是巴耶德·沙多里斯先生和他的儿子、康普生将军的儿子，还有另外两个人。第二天早上，孩子朝窗外的曙色看去，只见外面下着灰蒙蒙的毛毛雨，果然不出阿许大叔所料；他还见到有一大堆人在雨地里站着或蹲着，足足有二十多人，这些都是十年来的受害户，他们的玉米、猪娃，甚至牛犊都变成了老班的美味佳肴，他们头上戴的帽子和身上穿的猎装、工装裤都是连城里的黑人都要扔掉或烧掉的破烂，只有脚上的胶皮雨靴倒还算结实完好，而他们的枪也是陈旧不堪，枪身上的钢蓝色早就褪光了，有几个人连枪也没有。吃早饭时又来了十几个人，有些骑马，有些步行，他们有的是十三英里外一处伐木场上的工人，有的是从霍克铺来的锯木工人，其中只有一个人有枪，那就是运圆木的火车的车长，因此，这天早晨他们走进树林去时，德·斯班少校麾下的人马几乎与六四到六五年那段最后的惨淡的日子里[1] 他所指挥的一样众多，只不过现在的这支队伍里有些人没有枪罢了。营地的院子太小，容纳不下这么多人。他们便推推搡搡地朝小巷里拥去，在这里，德·斯班少校骑在他的牝马上，系了条脏围裙的阿许正把油腻腻的枪弹往卡宾枪里塞，完了把枪递给少校，那只庄严、高大的蓝狗站在少校的马镫旁，那姿势简直不像是狗，而是像一匹马，正漫无目的

---

① 指内战末期 1864 年、1865 年南军濒临失败的时日。

地眨着他那睡意蒙眬的黄水晶似的眼睛，对布恩和谭尼的吉姆手里牵着的一大群猎犬的乱吠乱叫，像是根本没听见似的。

"今儿上午让康普生将军骑凯蒂吧，"德·斯班少校说，"去年他让老班流了血，要是那会儿他骑的是一匹不会受惊的牲口，他就能……"

"不行，"康普生将军说，"我太老了，再骑在骡子、马或别的牲口的背上在树林里乱颠乱闯已经不合适了。再说，我去年得到过一次机会，但是把它失去了。今天我就待在岗位上守候得了。我看还是让那孩子骑凯蒂吧。"

"不，等一等，"麦卡斯林说，"要猎熊，艾克往后有的是机会。还是让别人骑吧——"

"不，"康普生将军说，"我要让艾克骑凯蒂。树林里的事他已经比你我都知道得多了，再过十年，他会跟华尔特一样高明的。"

起初他还不敢相信，直到德·斯班少校对他说了才真的相信。接着他就骑上去了，骑在那匹见到野兽的血也不会惊慌的独眼骡子背上，朝下看着那条一动不动站在德·斯班少校马镫边的狗，在流动着的灰光里显得比一只牛犊还大，比他所知道的"狮子"的实际身量大——它那颗头颅很大，胸脯几乎跟孩子自己的一样宽阔，一身蓝色的皮毛底下的肌肉不会因人的抚摩而抽动或颤抖，因为把血液输送给肌肉的那颗心脏根本就不爱任何人与任何事。它站立的架势像一匹马，但是又不同于马，因为马所意味的只是重量与速度，可是"狮子"不仅仅意味着勇气以及与构成去追捕、厮杀的意志和欲望有关的一切，而且也意味着耐力，为了追上对方、杀死对方而甘愿忍受无法想象的肉体痛苦的意志和欲望。这时那只狗在看他了。它转动了一下脑袋，在狗群嘈杂无聊的汪汪声中看着他，用那双跟布恩的一样深不可测的黄眼睛看着他，这双狗眼像布恩的眼睛一样，里面既没有善也没有恶，既不小气也不大方。它们仅仅是冷冰冰的、半睡半醒的。接着这只狗眨了眨眼睛，于是孩子就知道这狗并没有看他，它根本就一直没有在看他，它连头都懒得从他这儿转开去。

　　那天早上他听见了第一声喊叫。这时"狮子"已经不见了踪影，山姆和谭尼的吉姆正在往一向拉大车的骡子和马的背上放鞍鞯，他看着那些到处乱嗅乱走、哼哼唧唧的猎犬，直到它们也隐没在森林里。这时，他、德·斯班少校、山姆和谭尼的吉姆骑着牲口跟在猎犬后面，听到了那第一声从不到二百码以外潮湿、化冻的树林里传来的尖利的吼叫，他已经有所了解的那种凄惨、几乎像人声的吼叫，这以后，别的猎犬也都吠叫起来，使得阴森森的树林里回响着一片喧嚣。这时他们策马前进了。他仿佛真的能看见那只蓝色的大狗在笔直地朝前冲，一声也不吭，那只熊也是这样：那厚实的、火车头似的形体，四年前那天他看见冲过树木被大风刮倒的地区的那个形体，以他简直无法相信的速度冲在那些猎犬的前面，甚至甩掉了那些狂奔的骡子。他又听见了猎枪的声音，只有一下。森林在他面前敞了开来，他们策马飞奔，那片喧嚣在前面越来越远，一点点变弱；他们经过了那个开枪的人——那是个林中沼泽地的老乡，他一只胳膊朝前指着，脸庞瘦削，那吼叫的嘴小黑洞似的张开着，露出一颗颗龋齿。

　　他听见狗群的噪叫提高了声调，看见它们在前面二百码的地方。那只熊把身子转了过来。他看见"狮子"毫不踌躇地冲了上去，看见那只熊一下子把他打到一边去，冲进吠着的狗群，几乎立刻就咬死了其中的一只，接着一阵风似的转身又飞奔起来。这时他们这几个人进入了猎狗的奔腾的潮流。他听到德·斯班少校和谭尼的吉姆的大声吼叫，还有谭尼的吉姆为了让狗群改变方向而挥舞皮带所发出的打枪般的响声。接下去只剩下他和山姆·法泽斯在骑行了。不过总算有一只猎狗是始终跟着"狮子"的。他听出它的声音了。正是那只仅仅一年之前还没有什么头脑的小猎狗，但反正以别的猎犬的标准来看，今天仍然没有什么头脑。也许这就是勇气吧，他想。"不错，"山姆在他的背后说，"不错。只要能做得到，咱们该让他离开河边。"

现在他们来到芦苇丛里了，这儿是一片灌木地。他和山姆一样，很熟悉穿越这片灌木地的小径。他们从矮树丛里穿出来，差不多正好来到小径的入口处。这条小径横穿灌木地，通向一处俯瞰小河的开阔的高地。他听见了华尔特·艾威尔那支步枪的沉闷的射击声，接着又听见两下。"不行，"山姆说，"我听得见那只猎狗的声音。再往前走。"

他们从发出噼噼啪啪声和沙沙作响的芦苇形成的没有顶的狭窄巷道里钻出来，胯下的坐骑仍然迈着快步，来到那片开阔的高地，下面是浑浊的黄色河流，在灰色、飘浮的光线下没有倒影，看上去像是一动也不动。现在他也能听见猎狗的声音了。它不在奔跑。它的叫声是一种尖利、疯狂的乱吠，而布恩正沿着陡岸在奔跑，他那支老枪用根拉犁的棉绳做的吊带挎在背后，正一蹦一跳地在他背上乱颠。他飞快地转身朝他们跑来，一脸狂野的神情，他纵身一跳，跳上骡背，就在孩子的背后。"那只该死的船！"他喊道，"偏偏在河对岸！大熊径直趟水过河了！'狮子'离它太近！那只小猎狗也是这样！'狮子'离他实在太近，我没法开枪！快走呀！"他喊道，一面用靴子的后跟踢骡子的两侧。"快走呀！"

他们一头冲下堤岸，在化冻的泥土地里趔趄打滑，跌跌撞撞地闯过柳丛，冲进水里。他没有感到震动，也不觉得冷，在泅水的骡子的一边，一手抓住鞍头，另一只手把枪高高地举在头顶，布恩在骡子的另一边。山姆在他们后面的什么地方，接着，在河里，在他们周围的水里，满处全都是狗。它们游得比骡子快；骡子的蹄子还未碰到河滩的沙地，它们就已经挣扎着在往河堤上爬了。德·斯班少校在它们方才离开的河岸上高声呼喊，孩子扭回头去，看见谭尼的吉姆和他的马正进入水中。

这时，他们前面的树林里和饱含雨意的空气里响起了一片喧嚣。这片声浪在喧哗，在震响；它发出回声，撞击在他们身后的堤岸上，弹了回来，重新组成声浪，再次喧哗，震响，直到那孩子真要以为这片国土上所有朝野兽吠叫过的猎狗都一齐在冲着他吠叫呢。骡子一上岸，他就骑了上去。布恩却不想再骑了。他拉着一只马镫，随着他们爬上堤岸，一起冲过陡峭的河岸边缘的那些矮树丛，这时看见了那只熊，正用后腿直立着，背靠一棵树，那些狂吼的猎狗则围绕着它乱跑，而"狮子"又一次冲上前去，腾空跃起。

这一回那只熊没有挥爪将他打倒。它几乎像是恋人似的用双臂抱住了那只狗，一起跌倒在地上。孩子这时已经从骡背爬下。他把枪上的两支撞针都扳了回来，但除了那群折腾着的猎犬带花斑的重重身影之外什么也看不见，直到后来，才见到那只熊重新高高地站立起来。布恩在叫嚷着什么，孩子听不清那是什么；他可以看见"狮子"仍然紧紧缠住了大熊的喉咙，他也看见这半蹲半站的熊用一只爪子打中一只猎狗，把它甩到五六英尺开外去，接着熊升高，升高，仿佛永远也不会停止似的，等它又站直了身子，便开始用前爪撕扯"狮子"的肚子。这时候布恩冲上去了。孩子看见布恩手里那把刀的闪光，看见他跳进了猎狗群中，像跨栏似的越过它们，一边跑一边把它们踢开，然后纵身一跃，像骑上骡背似的骑在熊的身上，两条腿围住熊的肚子，左臂搂住熊的脖子，这也正是"狮子"紧紧趴住的地方，接着，随着刀的起落，孩子看见了闪闪的寒光。

大熊只倒下来一次。有一瞬间他们几乎像一组雕塑的群像：那只趴紧不放的狗、那只熊，还有那个骑在它背上把插进去的刀子继续往深里插的人。接着它们一起倒了下去，被布恩的重量拉得向后倒，布恩被压在底下。最先抬起来的是大熊的背，但布恩马上又骑了上去。他始终没有放开刀子，孩子看见他胳膊和肩部把刀子往里探时那轻微得几乎察觉不出的动作；接着大熊把身子挺直了，把人和狗也一起带了起来，它转了个身，像人那样用后腿朝树林那边走了两三步路，人和狗仍然趴在它的身上，这以后，它才倒了下去。它不是软疲疲地瘫下去的。它是像一棵树似的作为一个整体直挺挺地倒下去的，因此，这三者，人、狗和熊，还似乎从地上反弹起来了一下。

孩子和谭尼的吉姆冲上前去。布恩正跪在大熊脑袋边。他的左耳被扯破了，外衣的左袖已不知去向，右面那只高筒皮靴从膝盖那里一直撕裂到脚背；在毛毛雨洗淋下变稀的鲜血正顺着他的一条大腿、一只手和一条胳膊往下流，顺着他的脸颊往下流，这张脸已经不再是狂野的，而是非常宁静的了。他们一起把"狮子"那紧紧咬住大熊喉咙的嘴撬开。"轻点儿，妈的，"布恩说，"你们难道没看见这狗的肠子全都掉出来了吗？"他动手脱下自己的外衣。他又用那种平静的声音对谭尼的吉姆说："去把小船弄过来。它在河堤下游一百码左右的地方。我方才看见的。"谭尼的吉姆站起来走开去了。接着，孩子不记得是因为谭尼的吉姆喊了一声、惊叫了一声，还是因为他恰好这时抬起头来，他看见谭尼的吉姆佝下身来，看见山姆·法泽斯一动也不动合扑地躺在人们踩过的湿土地里。

他并不是让骡子从骡背上摔下来的。孩子记得方才布恩还没冲上去时山姆已经从骡背上下来了。他身上没有任何伤痕，孩子和布恩把他翻过来时，他的眼睛还是睁着的，他还说了几句话，用的是平时和乔·贝克讲话时用的那种语言。可是他动弹不了。谭尼的吉姆把小船拉过来了；他们听见他隔着河对德·斯班少校叫唤。布恩把"狮子"包在自己的猎装里，抱着他往小船走去，他们把山姆抬过去，再回来用谭尼的吉姆牵狗的皮带把大熊捆在独眼骡的鞍前弓上，把他拖到小船跟前，放进小船，留下谭尼的吉姆，好让他带着一匹马两头骡子泅水过河。还不等小船靠岸，布恩就跳出去从德·斯班少校前面冲过去，少校赶紧一把抓住船头。他瞧了瞧老班，淡淡地说了一声"嗯"。接着他走进水里，伛下身去摸了摸山姆，山姆抬眼看着他，又用和乔·贝克交谈的那种古老的语言说了句什么。"你不知道出了什么事吗？"德·斯班少校说。

"不知道，先生，"孩子说，"不是因为那头骡子。根本没出什么事。布恩朝大熊冲去时，他已经爬下骡背了。等我们抬起头来一看，他已经躺在地上了。"布恩正在朝还在河中央的谭尼的吉姆喊叫。

"快上来，他妈的！"他说，"把那头骡子给我牵来！"

"你要骡子干什么？"德·斯班少校说。

布恩甚至都没有转过眼来看他。"我要去霍克铺请大夫。"他用那种平静的口气说道，脸色也很平静，脸上的鲜血变得越来越稀了。

"你自己才需要大夫呢，"德·斯班少校说，"谭尼的吉姆……"

"甭管他。"布恩说。他把脸转向德·斯班少校。他的脸仍然很平静，但是声音提高了八度。"你难道没看见这狗的肠子全都掉出来了吗？"

"布恩！"德·斯班少校说。两人对看了一阵。布恩比德·斯班少校足足高出一头；就连孩子现在也比德·斯班少校高了。

"我必须去请大夫，"布恩说，"他的肠子全都……"

"那好吧。"德·斯班少校说。谭尼的吉姆从水里爬上岸了。那匹马和那只眼睛没瞎的骡子已经嗅出老班的气味；它们没命地朝堤岸顶上冲，把谭尼的吉姆也拖了上来，直到他使劲让它们停下来，拴住它们，然后自己再走回来。德·斯班少校解开他纽扣眼上的系指南针的皮带，把指南针交给谭尼的吉姆。"你直接上霍克铺去，"他说，"把克劳福大夫带回来。告诉他有两个人要他治疗。骑我的牝马去。你从

219

这儿去能找到路吗？"

"能找到的，先生。"谭尼的吉姆说。

"那好，"德·斯班少校说，"快走吧。"他转过身来对着孩子。"牵上骡子和马，往回走，去把大车套上。我们乘小船去下游的库恩桥。你到那儿去与我们会合。你能重新找到那地方吗？"

"能，先生。"孩子说。

"那好。你出发吧。"

孩子走回到大车那边。他这才知道他们方才奔跑了多么长的一段路。等他把两匹骡子套在大车前，把马的缰绳在车尾板上系好，已经是下午了。再等他赶到库恩桥，已经暮色苍茫。那条小船早就到了。他还不等看见小船，甚至还不等看见河水，就得从倾斜的大车上跳下来，手里捏着的缰绳还不能松开，同时要转来转去找个合适的地方让自己能拽住嚼子绳，揪住那只还想往前冲的眼睛没瞎的骡子的耳朵，并且用脚跟抵住土地，拽住骡子，等布恩上岸来帮他忙。车后系马的那条绳子已磨断了，那匹马已消失在通往营地的那条路上。他们把大车掉了个头，把骡子卸下，他就把那头眼睛没瞎的骡子牵到路上一百码以外的地方，把它拴好。布恩已经把"狮子"抱到大车上了，山姆这时坐起在小船里，他们过去搀他，他要自己走，挣扎着爬上堤岸来到大车前，还想自己爬上大车，可是布恩不等他了；布恩用双手抱起他，把他安顿在座位上。接着他们再一次把老班捆在独眼骡的鞍上，把他拖上河堤，在大车卸去车板的车尾上搁上两根滑竿，把他拖上大车，然后孩子前去把那只眼睛没瞎的骡子牵回来，布恩费了老大的劲把它往车上套，朝它那坚硬的、发出空洞的声音的脸上擂去一拳又一拳，终于迫使它站在该站的地方，打着哆嗦。这时雨落下来了，好像是等了一天，专门等他们要走了才下的。

他们冒着雨穿过滴水的、伸手不见五指的黑夜，回到营地，早在看见任何亮光之前，就听到了用来给他们指明方向的号角声和间歇的枪声。当他们来到山姆那间黑黑的小屋时，山姆想站起来。他又用老祖宗的那种语言说话了；接着只听见他清清楚楚地说："让我下去，让我下去。"

"他屋子里没生火，"少校说，"往前走吧！"他厉声地说。

可是山姆这时在使劲地挣扎了，他想站起来。"让我下去，老爷，"他说，"让我回家。"

于是孩子停住大车，让布恩爬下去把山姆抱下来。这回布恩没有等山姆挣扎着自己走路。他把山姆抱进了小屋，德·斯班少校便用一根纸捻从壁炉的余烬里点着了火，把灯点亮，布恩把山姆放在铺上，帮他脱掉靴子，德·斯班少校给他盖上毯子。孩子没进屋，他在外面牵着骡子。车子一停，老班的臭味顺着流动的夜气往前飘，那只眼睛没瞎的骡子又不安生了，不过山姆的眼睛这会儿兴许又睁开来了，眼光是那么深沉，不但穿越了他们这几个人与这间小屋，而且也穿越了一只熊的死亡与一只狗的弥留。接着他们继续往前赶路，朝着那号角的拖长的呜咽声和枪声走去，这每下枪声都像是完整无缺地停留在沉滞的气流中，等待下一声参加进来与它融为一体，他们还朝着那间点了灯的屋子走去，朝流洒着亮光的窗户走去，朝那些平静的脸走去。布恩走进去了，他一身血污，异常镇静，拿着那件裹着东西的外衣。他把"狮子"，连同血污的外衣什么的一股脑儿都放在自己那张又酸又臭、没有床单的铺上，这张铺即使让对家务事像妇女一样精通的阿许来拾掇，也没法拾掇整齐。

从霍克铺请来的锯木厂的大夫已经来了。布恩不肯让大夫看他的伤，非要大夫先料理"狮子"不可。大夫不敢冒险给"狮子"用麻药。他没有用麻药，就把他的肠子给放回去，然后缝合起来。在手术过程中，德·斯班少校按住他的头，布恩按住他的脚。不过他始终也没有动一动。他仅仅躺在那里，黄色的眼睛睁着，茫茫然的也不知在看什么，而这时，这间有一股布恩身上、衣服上臭味的密不通风的小屋子里，挤满了穿新旧猎装的人，他们在静静地观看。这以后，大夫把布恩的脸、胳膊和腿揩拭干净，消了毒，包扎好，接着，那孩子拎了盏提灯走在前面，大夫、麦卡斯林、德·斯班少校和康普生将军跟在后面，一行人来到山姆·法泽斯的小屋。谭尼的吉姆已经把火生好了；他正蹲在炉火前打盹。自从布恩把山姆放在铺上，德·斯班少校给他盖上了毯子，山姆一点儿也没动过，可是这会儿他睁开眼睛，把每一张脸都打量了一番，等麦卡斯林按按他的肩膀说"山姆，大夫来给你看病了"时，他居然还把两只手从毯子底下伸出来，摸索着要解开衬衫的扣子，麦卡斯林便说："别着急。我们来解。"他们替他脱下了衣服。他躺在那里——那古铜色的、几乎没有汗毛的身体，老人的身体，这个老人，这个野性未驯的人，他离开大森林几乎还不到一代，没有子息，没有亲属，没有臣民——他一动不动，眼睛睁着，但已经不再看任何人了，这时，大夫检查完他的身体，把毯子拉上来，把听诊器放回到皮包里去，啪的一声关上皮包，只有孩子一个人明白山姆也即将死去了。

"虚脱了，"大夫说，"也许是休克了。这么大把年纪 12 月里还到河里去游水。他会好的。让他卧床休息一两天就行了。有人在这儿陪他吗？"

"会有人的。"德·斯班少校说。

他们回到大屋子去，回到那气味难闻的小房间里去，布恩还在那里，坐在他的铺上，用手按在"狮子"的脑袋上，那些跟在"狮子"后面打猎的人以及这一天以前没有机会见到"狮子"的人，都悄悄地走进来，看看他，然后再退出去。这时天蒙蒙亮了，人们都到外面院子里去看老班，只见他的眼睛也是睁着的，嘴唇怒咧着，露出一口坏烂的牙齿。人们看他那只断了脚趾的脚,他皮底下的小硬块,那都是历来打在他身上的子弹(一共有五十二颗,包括大铅弹、步枪子弹和霰弹),还看他左肩下那一道几乎看不出来的伤口,那是布恩的刀子划的,这一刀终于要了他的命。接着,阿许用大勺子敲一只洗碟盘的底,招呼大家吃早饭,孩子发现,人们吃饭时厨房底下的狗居然一声也不吭,这在他记忆中还是头一回。好像是没有"狮子"做缓冲,那只老熊即使已经是躺在院子里的一具尸体,对它们来说仍然是一个强大得难以面对的可怖的东西。

雨在半夜里就已经停了。等到小晌午,淡淡的阳光露面,很快就蒸发干了云和雾气,使空气和大地都变暖了;今天会是那种没有一点风的密西西比州12月的天气,可以算是小阳春里的小阳春。他们把"狮子"抬到前廊,让他晒太阳。这是布恩的主意。"他娘的,"他说,"他从来也不爱待在屋子里,除非我硬逼着他。这你们是知道的。"他拿一根撬棍,把自己铺位底下的地板撬松,这样就可以把地板连同床垫什么的一起抬起来,用不着惊动"狮子"了,他们就这样把它抬到前廊上,放在地上,让他面对大森林。

接下来孩子和大夫、麦卡斯林和德·斯班少校来到山姆的小屋。这一回山姆没有睁开眼睛,他的呼吸是那么轻微,那么安静,他们几乎察觉不出他是在呼吸。大夫连听诊器都没有拿出来,连摸也没有摸他。"他不要紧的,"大夫说,"他连伤风感冒都没有。他只不过是暂时死过去罢了。"

"暂时死过去?"麦卡斯林说。

"是的。老人有时候就是这样的。然后他们好好睡上一夜,或者只消喝上一杯威士忌,就改变主意了。"

他们又回到大房子里。这时人们开始来到了——有的是沼泽地里设置一系列兽夹的居民,他们面黄肌瘦,依靠服用奎宁、捕猎浣熊和饮用河水维持生命，有的是农民，他们在洼地边缘开出小片荒地种植玉米与棉花，他们的农田、谷仓和猪圈一再受到老熊的骚扰，有的是伐木营里来的工人、霍克铺锯木厂来的工人、从更远地方来的城镇居民，他们的猎狗在老熊的爪底下丧生，他们的兽夹、陷阱惨遭捣毁，他们的铅弹被老熊的毛皮带走。他们骑马来，步行来，或者坐大车来，他们进了院子，看看大熊，然后来到屋子前面"狮子"躺着的地方，把小院子挤得满满的，都溢了出来，最后都快有一百个人了，在暖洋洋的、让人昏昏欲睡的阳光下或蹲或立，轻声地聊着打猎的事，谈论野兽和追逐它们的猎狗，谈到了往昔的早已不在世的猎狗、熊、鹿和猎人，在这段时间里，那只蓝色的大狗偶尔会睁开眼睛，他不像是在听人们讲话，而是似乎要在闭上眼睛之前再看看大森林，好让自己记住这大森林，或者想看到这大森林依然还在。他是日落时分死去的。

当天晚上，德·斯班少校吩咐拔营回家。他们把"狮子"带进森林，严格地说是布恩用自己床上的被子裹住了"狮子"把他抱进森林的，他不让任何人碰他，就像昨天大夫来到之前那样；布恩抱着"狮子"在前面走，孩子、康普生将军、华尔特以及留下没走的将近五十个人拿着提灯和松枝火把跟在后面——这些是来自霍克铺甚至更远地方的人，他们还得连夜骑马走出这片洼地呢；也有些是沼泽地的居民与使用兽夹的猎户，他们还得用两只脚走路，走回到散布在各个角落里所居住的小屋子去。布恩甚至都不让别人来挖墓坑，他把"狮子"放进去，给他埋上土，接着康普生将军站在墓前致词，就仿佛地里埋着的是个人似的，而这时际，松枝的火焰和黑烟在冬天的枝干间飘动。接着他们回到营地。德·斯班少校、麦卡斯林和阿许已经把所有的被褥都卷起捆好了。两头骡子已经套在大车前，头朝洼地外沿站着，大车上也已装满了东西，厨房里的炉子已经凉了下来，桌上摆了些冷菜和剩下的面包，只有咖啡是热的，等孩子奔进厨房，德·斯班少校和麦卡斯林已经吃过饭了。"什么？"那孩子喊道，"什么？我可不回去。"

"是的，"麦卡斯林说，"我们今天晚上就走。少校决定要回去了。"

"我不！"他说，"我要留下。"

"你下星期一必须回到学校去。你已经比我原先打算的多旷课一个星期了。从今天起到下星期一，你还得把功课补上。山姆的病不要紧。你听到克劳福大夫是怎么说的。我打算让布恩和谭尼的吉姆都留下来照顾山姆，一直到他觉得好些，能够起床的时候。"

孩子的呼吸急促起来了。这时候别的人都进来了。他迅速地、几乎发狂似的朝那一张张脸扫视了一遍。布恩又拿来了一瓶酒。他把酒瓶倒过来，用手掌根猛击瓶底使瓶塞松动，再用牙齿咬住，拔出瓶塞，啐到地上，然后开始喝酒。"没啥好说的，你该回学校去，"布恩说，"不然的话，就算卡斯不烧你的屁股，我也要烧，我才不管你是十六岁还是六十岁呢。你不念书，长大后有什么屁的前途呢？你又怎么对得起卡斯呢？如果我压根儿没上过一天学，我真不知道自己究竟会怎么样呢？"

孩子又重新看看麦卡斯林。他觉得自己的呼吸越来越急，越来越短，好像厨房里的空气不够这么多人呼吸似的。"今天才星期四。我会在星期天晚上骑一匹马回家。那我就星期六回家吧。我星期天晚上用功，把损失的时间都弥补回来。麦卡斯林。"他说，甚至都没感到绝望。

"不行，我告诉你，"麦卡斯林说，"快坐下来吃你的晚饭吧。我们这就走……"

"等一等，卡斯。"康普生将军说。直到有一只手按在孩子的肩头上，他才知道康普生将军已经走到他背后来了。"怎么回事啊，孩子？"他说。

"我必须留下，"孩子说，"我得留下。"

"好吧，"康普生将军说，"你可以留下。要是多旷课一星期你就拉下那么远，非得拼死拼活地追赶才能把又穷又酸的书呆子写在书皮里的那些话弄懂，那我看你还真不如压根儿不念书的好。——行了，你不要再说了，卡斯，"他说，虽然麦卡斯林并没有开口，"你现在一只脚踏在农庄里，另一只脚踩在银行里；结果连一个好的立脚点都还没有找到，可这个孩子早已是一个聪明的老人了，早在你们这些该死的姓沙多里斯的和姓爱德蒙兹的想起经营农庄和银行之前，而你们办农庄、开银行就是为了用不着弄明白这孩子天生就知道的事，对这个，他也许感到敬畏，不过决没有吓破了胆，他能仗着一只指南针走十英里路，因为他要去看一只熊，而我们这些人谁也没能够接近大熊，好把子弹打进它的身体；他看到大熊后又仗着一只指南针走十英里夜路回来；天哪，没准这就是你们办农庄、开银行的原因和由来呢。——我琢磨，艾克，你仍然不肯说清楚你留下来究竟是为了什么吧？"

他仍然不肯说。"我一定要留下嘛。"他说。

"好了，"康普生将军说，"这儿还剩下不少吃的。那么你星期天回家，照你答应麦卡斯林的那样，行吗？不是星期天晚上：是星期天。"

"好的，先生。"孩子说。

"那好，"康普生将军说，"坐下来吃饭吧，小伙子们，"他说，"咱们快点动身吧。不等我们到家，天就要变得很冷了。"

他们坐下来吃饭。大车已经装好，随时可以上路；他们只消爬上车就可以走了。他们准备让布恩把大车赶到大路上一家农户的马厩那儿，他们的四轮马车就存放在那里。布恩站在大车旁，背后的天空衬出了他的轮廓，头上缠着绷带，像一个帕坦人①，比站在那边的所有的人都高，因为他把嘴上的酒瓶底朝天翘了起来。接着他没有放低酒瓶就把它从嘴边朝一旁扔去，空酒瓶在微弱的星光下旋转、闪亮。"要走的人，"他说，"赶快上这该死的大车。不走的人，给我滚开。"人们纷纷上车。布恩爬上车。坐在康普生将军旁边，大车就移动了，它走进晦暝之中，一直到孩子再也看不见它，甚至都看不见有一团更浓密的黑影在那更广漠的黑夜中移动。不过他仍然能听见它的声音，有好一会儿，听得见大车从这条车辙移到那条车辙时木头车身颠簸所发出的慢条斯理的碰撞声。等他听不见大车声后他仍然能听到布恩的声音。他在唱歌，声音嘶哑，走调，却很响亮。

那是星期四。星期六一早，谭尼的吉姆骑了麦卡斯林的马走出大森林，这是一匹养在森林里六年来没有离开过洼地一次的马。将近黄昏时，他骑着这匹精疲力竭的马穿过农庄的院门，来到农庄的小铺门口，麦卡斯林正在这里把下一周的口粮分配给佃农和雇工，而这一回麦卡斯林未雨绸缪，不去冒险等待人家给德·斯班少校的四轮马车牵马套马。他干脆赶了自己农庄上的马车出去，谭尼的吉姆一上车就在后座上睡着了，麦卡斯林赶车来到杰弗生，等德·斯班少校换上靴子穿上大衣，他们就在黑夜里赶了三十里路，星期天拂晓时分，换上了等在那儿的牝马和骡子，等太阳出来时，他们走出大森林，来到他们埋葬"狮子"的矮土丘，只见坟墩的新土上还留有布恩铁锹的痕迹，在坟丘另一面，有人用新砍下的小树捆在四根柱子之间，搭成一个平台，上面安放着一捆毯子裹起的东西②，布恩和孩子正蹲在平台与坟丘之间，后来，布恩把绷带扯去，露出了老班的爪子留下的长长的伤疤，

---

① 原文为"Paythan"，如系"Pathan"，则为帕坦人，这是居住在阿富汗与巴基斯坦的一个民族。
② 山姆的尸体。这里用的是契卡索族印第安人的一种葬仪。

就像是阳光下结了硬皮的柏油，他跳将起来向他们扑去，手里还拿着那支他从未打着过东西的老枪，其实这时麦卡斯林已经从骡背跳下来了，他两脚一踢摆脱了马镫，纵身一跃，不等骡子停住脚步已经着地了，接着朝布恩走来。

"退回去，"布恩说，"天哪，不许你碰他。退回去，麦卡斯林。"可是麦卡斯林还在往前走，步子迈得挺快，然而并不匆忙。

"卡斯！"德·斯班少校说，随即他又说，"布恩！嗨，布恩！"接着他也爬下坐骑，那孩子也急急地站起身来，但麦卡斯林依旧在朝前走，不很快但是很坚定，他走到坟丘旁，有力地伸出手去，动作很快但并不显得急躁，一把抓住枪筒的中部，结果他和布恩隔着"狮子"的坟丘面对面站着，两人都抓住了这把枪，布恩那张疲倦的、不屈不挠的、惊诧的、狂怒的脸，那张有野兽抓的黑色疤痕的脸，比麦卡斯林的几乎要高出一头，接着布恩的胸膛开始一起一伏，仿佛整个森林、整个荒野都没有足够的空气供给他们这几个人，供给他和其他任何人，甚至不够他一个人呼吸似的。

"松手，布恩。"麦卡斯林说。

"你这混账的细高挑儿——"布恩说，"你难道不知道我能够一把从你手中夺过枪吗？你难道不知道我能把这支枪弯得像条领巾似的缠住你的脖子吗？"

"知道，"麦卡斯林说，"你松手，布恩。"

"是他① 自己要这样做的。他告诉我们的。他一五一十地告诉我们该怎么做。而且看在上帝的分上，你不能把他搬走。我们就照他说的办，从那时起，我一直坐在这儿不让野猫和鸟兽来侵扰他，而且看在上帝的分上……"这时麦卡斯林夺过了枪，他拉枪栓时让枪口斜着

---

① 指山姆。

朝下，五颗子弹咔嗒咔嗒地退了出来，非常之快，第一颗还没有落到地上最后一颗就已经快落出来了，于是麦卡斯林把枪扔在身后的地上，眼睛却片刻也没有离开布恩的眼睛。

"是你杀死他的吗，布恩？"他说。这时候，布恩动弹了。他转过身去，他的动作好像仍然酒醉未醒，而且有一瞬间好像连眼睛也瞎了，他伸出一只手，脚步凌乱地走向大树，还没有走到那儿就像已经停了步，因此跌跌撞撞地倒到大树上去，双手向上一伸，抓住了树，扭过身来，背靠大树，让他那张狂野的、疲倦的、带伤痕的脸和他那大起大落的胸膛衬在树干的前面，麦卡斯林就逼上前去，又面对着布恩，眼睛一直死死地盯住他的眼睛。"是你杀死他的吗，布恩？"

"不！"布恩说，"不！"

"说实话，"麦卡斯林说，"如果他这样求过我，我也会干的。"这时候孩子动弹了。他置身在他们之间，面对着麦卡斯林；眼泪汩汩地涌了出来，仿佛不仅仅是从眼睛里，而是像汗水那样从整张脸上迸流出来的。

"别折磨他了！"他大声喊道，"天哪，别折磨他了！"

4

这一年他①二十一岁了。他可以把它说出来了，这回，他本人和他的表外甥并不是在大森林前并肩而立，而是在他即将继承的那片驯服的土地之前，这是他的祖父老卡洛瑟斯·麦卡斯林用白人的钱从野蛮人那里买来的（他们那些没有枪的祖先曾在这儿打猎），祖父驯服

---

① "他"仍指艾萨克·麦卡斯林，21岁是法定成年的年龄，从这时起艾萨克可以正式继承麦卡斯林家的庄园了。

了土地并且对它发号施令，或者说他相信自己已经驯服了它也可以对它发号施令，原因是他所奴役的并对之握有生杀大权的那些人从这片土地上清除了森林，汗流浃背地搔刨地面，其深度也许达十四英寸，使过去这儿没有的作物得以生长并且重新变成钱，这钱是相信自己买下了土地的人为了得到地、保住地并拿到一份合理的收益而曾经不得不付出的；正是为了这个原因，明知道不是这么回事的老卡洛瑟斯·麦卡斯林才可以生儿育女，繁衍后代，并相信这片土地是他的，该由他占有并传给后人，因为这个坚强无情的人对自己的虚荣、骄傲和力量是早就玩世不恭地有所察觉的，对自己所有的后裔也是全都看不上眼的：① 正如明知道不是这么回事的德·斯班少校和他那片原始森林一样，这片林子比任何文契所记录的都要大都要古老：也正如明知道不是这么回事的老托马斯·塞德潘一样，德·斯班的地还是从他那里用钱换来的：也正如伊凯摩塔勃那位契卡索部落的酋长一样，托马斯·塞德潘的地还是从他那里用钱或甜酒或是任何别的东西换来的，而酋长也知道其实这些土地哪一块都不能算是他的，他既不能把它们消灭，也不能把它们出卖 ②

如今不是在大森林之前，而是在土地的前面，不是想追逐什么、贪求什么，而是想有所舍弃，而且是在小铺里，这本来是最合适的地方，这儿也许不能算是心脏，但肯定是被拒绝被舍弃的东西的腹腔神经丛：一座正正方方的有门廊的木头建筑，像个不祥之物似的蹲在田野的高处，田野上的劳动者仍然受到它的羁绊，不管有没有六五年 ③ 的事情，这所木头房子外面贴满了各种广告，推销鼻烟、伤风药、软膏与药

---

① 本节中作者对标点符号的用法是极不规范的，曾吩咐编辑及排字工人"不得改动"，译文中尽可能不动。

② 原文无标点。以下类似情况亦均照原文。

③ 1865 年是美国内战结束的年份。

水，那是白人制造、白人销售的，目的是把黑人的色素漂白、头发拉直，好让他们酷似二百年来一直奴役他们的那个种族，而且再过上一百年，即使再打一次内战，黑人也无法从这个种族那里获得完全的自由

　　他本人和他的表外甥置身在干酪、腌肉、煤油和马具的陈腐的气味当中，置身在一排排木架当中，木架上放着烟草、工作服、药瓶、线、犁栓，置身在盛放面粉、杂粮、糖浆、钉子的大桶小桶当中，周围还有一只只钉在墙上的木楔，上面挂着犁绳、马轭、笼头和挽链，这里有一张办公桌，桌子上有只木架，架上放着一摞摞账簿，在上面麦卡斯林记下了潺潺流水般流出去的食品、供应、装备的细账，这些东西每年秋天回收，成为收下后轧去棉籽并卖掉的棉花（这两条线细得像真理，不可捉摸有如赤道，然而又像缆绳般结实，能把那些种棉花的人终生捆缚在他们流汗不止地劳动的土地上），这些老账簿模样和大小都很粗笨古怪，在那些发黄的纸上留下了他父亲梯奥菲留斯和他叔叔阿摩蒂乌斯的褪了色的笔迹，那还是内战前的二十年间写的，那次战争至少在名义上把卡洛瑟斯·麦卡斯林的黑奴给解放了：

　　'放弃，'[1] 麦卡斯林说，'放弃。你，他[2] 的直裔男性后代，他看到了机会，抓住了机会，买下了地，拿到了地，反正不管怎么样得到了地，反正不管怎么样，根据那古老的产权状，那第一特许状得到了地，可以传给后人，当时，这片地还是一片荒野，上面有许多野兽和比野兽更野蛮的人，而他清除了土地，把它变成一样可以留传给儿孙的东西，一样值得传给后代使他们感到安逸、安全、骄傲并且使他本人的名声与业绩永垂不朽的东西。你不仅是男性后裔而且是直系第三代唯一的一个也是最后的后裔，而我不仅与老卡洛瑟斯隔开三代而且还是从女儿这一支所出的，我名字里之所以有麦卡斯林这个词儿完全

---

[1] 本节中的双引号作者都用单引号代替。
[2] 指老卡洛瑟斯·麦卡斯林，艾萨克的祖父，麦卡斯林家族的族长。

是因为出于容忍和礼貌，也是因为我的祖母对那个人的成就感到自豪，可是你却认为可以放弃他的遗产和他的业绩。'于是他说

'我没法放弃它。它从来不是我的，我无权放弃它。它也从来不属于父亲和布蒂叔叔，可以由他们传给我让我来放弃，因为它也从来不属于祖父，可以由他传给他们再传给我让我来放弃，因为它也从来不属于老伊凯摩塔勃，可以由他出卖给祖父让他传赠并放弃。因为这地根本也不属于伊凯摩塔勃的祖先，可以由他传给伊凯摩塔勃，让他出卖给祖父或是别的什么人，因为就在伊凯摩塔勃发现、明白自己可以把它换成钱的那一瞬间，就在土地不再属于他，可以由他子子相传的那一瞬间，买下这块土地的人等于什么也没有买到。'

'什么也没有买到？'于是他说

'什么也没有买到。因为他^①在《圣经》里说到怎样创造这世界，造好之后对着它看了看说还不错，便接着再创造人。他先创造世界，让不会说话的生物居住在上面，然后创造人，让人当**他**在这个世界上的管理者，以**他**的名义对世界和世界上的动物享有宗主权，可不是让人和他的后裔一代又一代地对一块长方形、正方形的土地拥有不可侵犯的权利，而是在谁也不用个人名义的兄弟友爱气氛下，共同完整地经营这个世界，而**他**所索取的唯一代价就只是怜悯、谦卑、宽容、坚韧以及用脸上的汗水来换取面包。而且我还知道你打算要说什么，'他说，'只不过祖父——'于是麦卡斯林说

'——的确拥有它的呀。而且并不是第一个。不是唯一的一个也不是第一个，从人被逐出伊甸园算起，你的权威经典里正是这样说的。而且也不是第二个，仍然不是只有他一个，从**他**的由亚伯拉罕^②身上跳出来的选民以及他们的子孙（他们抛弃了亚伯拉罕）的那部乏

---

① 指上帝。下文中黑体的"他"也都指上帝。
② 见《圣经·创世记》第 17 章第 5 至 8 节。上帝使他成为"万邦之父"，有许多后裔。

味、可怜的编年史看是如此，从那五百年的历史①看也是如此，在这五百年里，半个为时人所知的世界和它所包括的一切都臣属于一个城市，正如这个庄园和它所包括的一切生命都臣属于、无法废除地隶属于这家小铺子和那边的你祖父在世时立下的那些账簿，而在接下去的一千年②里，人们为帝国崩溃后破碎的山河争夺不已，直到最后，连那些残损的土地也贫瘠不堪，人们为在旧世界一钱不值的黄昏中这样啃了又啃的骨头猞猁嗥叫，直到最后，一枚偶然的鸡蛋使他们发现了新大陆。因此让我说我的看法吧：不管怎么说怎么着，老卡洛瑟斯的确是拥有这片土地的。他买进了，得到它了，不管怎么说；保住了它、留住了它，不管怎么说；把它传给了后人：不然的话，你干吗站在这里谈什么放弃和断绝关系呢？老爷子得到了，保留了五十年，直到你可以与它断绝关系，与此同时，**他**——这位裁决者，这位缔造者，这位仲裁者——宽恕了人们——不过**他**有没有宽恕呢？朝下界俯视，看到了——不过**他**看到了没有呢？至少**他**无所作为：看到了，却不能有所作为，还是根本没有看到；看到了，却不愿有所行动，还是兴许**他**根本不愿意看见——是脾气乖张，是无能，还是盲目：到底是哪一种情况呢？'于是他说

'是被剥夺了。'于是麦卡斯林说

'什么？'于是他说

'是被剥夺了。不是无能：**他**没有宽恕；也不是盲目，因为**他**在注视着一切。还是让我把话说清楚吧。伊甸园被剥夺了。迦南福地也被剥夺了，那些剥夺了别人的人剥夺了别人同时自己也被剥夺了，而在外地主在罗马妓院里鬼混的那五百年，野蛮民族从北方森林里出来

---

① 指罗马帝国的统治，从公元前 27 年到公元 476 年。下面的"城市"指罗马。
② 指罗马帝国灭亡到哥伦布发现美洲这之间的一千年。下面提到的"鸡蛋"，指的是哥伦布使鸡蛋立起来的故事。

的那一千年，他们剥夺了罗马的地主，吞噬他们蹂躏过的财物，自己又被人蹂躏，接着又在你所说的旧世界一钱不值的黄昏中对着旧世界被啃过的骨头咆哮，以**他**的名义作出渎神的行为，直到**他**仅仅用一只鸡蛋便让他们发现一个新世界，在那里，一个人民的国家可以在谦卑、怜悯、宽容和彼此感到骄傲的精神中建立起来。但不管怎么说怎么着，祖父是的确拥有这片土地的，因为这是**他**允许的，不是因为无能、纵容、盲目而是因为**他**命令这样做，**他**监视着这样做的。**他**看到这片土地早在伊凯摩塔勃和伊凯摩塔勃的父亲老伊塞梯贝哈还有老伊塞梯贝哈的一辈辈先人拥有它之前就已经是受到诅咒的，早在任何一个白人用祖父和他的同类、他的父辈从旧世界腐朽的、一钱不值的黄昏——仿佛这旧世界污浊的风鼓满了帆驱使着船舶——带到新世界来的东西换到手之前，就已经是玷污了的，这片新大陆是**他**出于怜悯和宽容特地赐给他们的，条件是他们必须怜悯、谦卑、宽容与坚韧——'于是麦卡斯林说

'啊。'

'——只要是在伊凯摩塔勃和伊凯摩塔勃的后代手里不间断地传下去，任何地方的土地都是没有希望的。也许**他**看到，只有在一段时期之内，把土地从伊凯摩塔勃血统的人的手里夺走，交给另一种血统的人，**他**才能完成**他**的目的。也许**他**早已知道那另一种血统的人会是怎么样的，也许只有让白人的血统出现，足以引起白人的诅咒，这样做才是最大的公平，也是最大的报复，当——'于是麦卡斯林说

'啊。'

'——当**他**用带恶而来的血统来摧毁恶时，正如医生用发烧来解除发烧，以毒攻毒一样。也许**他**从**他**可能挑选的众多的人中挑中了祖父。也许**他**知道祖父本人不能完成**他**的目的，因为祖父也是诞生得太早了，不过祖父会有后裔，合用的后裔；也许**他**早已预见到祖父会有

什么样的后裔，也许他早已看到祖父身上有能繁殖三代人的种子，他看到这种子会着手让他的卑贱的子民至少有一部分得到自由——’于是麦卡斯林说

　　‘含的子孙。你是喜欢引用《圣经》的：他们是含的子孙。’于是他说

　　‘他在《圣经》里是说了一些话，不过有些话人家说是他说的其实他并没有说。我知道你现在想说什么：如果真理在我看来是这样的而在你看来是那样的，那我们怎么能决定哪种说法是真理呢？其实你不需要选择。心灵早就知道了。他的书不是写给必须作出抉择、选择的人读的，而是让心灵来读的，不是给世界上的聪明人读的，因为也许他们并不需要这本书，也许聪明人已经没有心灵了，而是给世界上遭到厄运和地位卑微的人读的，他们除了用心灵之外再也不能用别的来读了。因为那些为他写他的书的人写的都是真理，而世界上只有一种真理，它统驭一切与心灵有关的东西。’于是麦卡斯林说

　　‘这么说那些为他记录下他的书的人有时是在说谎啰。’于是他说

　　‘是的。因为他们也是人。他们当时试图透过心灵的冲动的复杂性来写出心灵的真理，为了所有那些会在他们死后搏动的复杂、困惑的心。他们试图告诉人们的事，他所想说的事其实也很简单。他们这本记录了他的话的书是为普通人写的，但是普通人却感到难以相信这些话。还必须用他们熟悉、能够理解的日常用语来解释才行，不仅仅对那些听的人，而且也对那些讲的人，因为如果那些如此接近他以致从所有能呼吸与讲话的大众中被选出来记录、传达他的话的人，也只能通过推动心灵的激情、欲念、仇恨与恐惧的复杂性来理解真理，对于那些只能通过口头传达来理解真理的人，他们抵达真理又需跨越何等宽阔的一条鸿沟呢？’于是麦卡斯林说

　　‘我可以回答说我不知道，因为你老是惯于用同一段经文来证明

自己的看法正确，并证明我的看法不正确。可是我不这样说，因为你自己已经答复了：如果按你所说的那样，心灵，那一贯正确、不会出错的心灵，是知道真理的，那么，那就根本不存在时间了。不过也许你是对的，因为虽然你承认从老卡洛瑟斯到你是三代，其实却并没有三代。连两代都是不完整的。布克叔叔和布蒂叔叔。他们不是最早的也不是唯一的。在这片你宣称是上帝创造、人类自己诅咒并玷污的国土上，在不到两代人有时还不到一代人的时间里就出现了一千个别的布克和布蒂。更不用提 1865 年的事了。[①]，于是他说

'是的。除了父亲和布蒂叔叔还有许多人，'他甚至都没朝书桌上的架子瞥上一眼，麦卡斯林也没有看。他们并不需要看。对他来说，好像这些有斑迹的、龟裂的皮面账簿正按着泯灭中的次序被一本本搬下来，摊开在桌子上或也许在某个假想的**法庭**甚至**圣坛**或者是上帝的**宝座**前，在这些记录了人间的不正义以及至少是一点点的改善和补偿的发黄的纸页与浅褐色的墨水永远化为无名、公有的原始尘埃之前，让那位**全知者**作最后一次的细读、沉思，感到赏心悦目

发黄的纸页上潦草地涂写着褪了色的墨水的字，起先是他祖父写的，然后是他父亲和叔叔写的，他们俩过了五十岁然后又过了六十岁都仍然是单身汉，其中的一位管理庄园和农活，另一位管理家务和烹饪，而且在他的孪生兄弟结了婚、这男孩本人出生之后还一直做下去

父亲一入土，这两兄弟就从那幢设想很庞大的、父亲甚至都没有造完的谷仓似的大宅里搬了出来，搬进一座他们俩自己盖的只有一个房间的小木屋，他们住进去以后才增盖了几间屋子，不让任何一个奴隶碰任何一根木头，仅仅是确实要把一根根圆木举起来放在应该放的位置上时，他们才让步，因为这绝不是两个人能抬得动的，他们把所

---

① 麦卡斯林的意思是说：即使在内战之前，也有成千上万像布克和布蒂那样的自动解放黑奴的人。

有的奴隶都安顿在大宅里，那边有些窗户还仅仅是用乱七八糟的木板挡起来的，或是用熊皮、鹿皮钉在空荡荡的窗框上；每天日落时分，负责农活的那个兄弟就会像一个解散一连士兵的军士长那样，让黑人列队前进，然后不管他们愿意还是不愿意，把男人、女人和小孩，他们倒也不提问、不抗议也不求情，统统轰进那所几乎还没形成胚胎就流产的大宅，仿佛连老卡洛瑟斯·麦卡斯林也在这具体表明自己虚荣的不着边际的构思前惊呆了；布克大叔会在心中默默地点名，把他们轰进去，然后用一根熟铁打的有剥兽皮的刀那么长的钉子把门钉死，这根钉子是专门为了这个目的系在门框柱的一根鹿皮短带子上的，其实这座大宅有一半窗子都是没有的，也根本没有装合页的后门，因此不管是当时还是五十年后孩子本身已长大能够听到与记得事儿时，当地都流传着一个民间故事式的传说：说什么这一带整个晚上都出没着麦卡斯林家的奴隶，他们避开月光照耀的大路和骑马巡逻队去别的种植园作客，还说什么在这两个白人和二十来个黑人之间存在着一个心照不宣的君子协定：在那个白人在太阳落山时给他们点了数并把那根自己打的钉子钉进前门之后，只要第二天天亮时把钉子钉进去的那个兄弟把它拔出来时所有的黑人都在屋子里，两个白人就都不会绕到房子后面去看后门

　　这两个孪生兄弟连笔迹也都是一模一样的，只有当你把两种样本并放在一起比较时才能分辨出来，而甚至在两人的笔迹出现在同一页纸上时他们的笔迹也都是一模一样的（他们的笔迹经常出现在同一页上，仿佛他们早就停止了口头交流，而是利用一天天越积越多的纸页来处理人压迫人的不可避免的事务，这种事务在 1830 到 1840 年在整个密西西比州北部的荒原地区进行着，却单单挑中了他们两个来干这样的事）两种笔迹都仿佛出自同一个极为普通的十岁男孩之手，连拼法也一模一样，只不过多少年来毫无进步，而这期间卡洛瑟斯·麦卡

斯林继承与购置的奴隶——罗西乌斯、菲贝、图西迪德斯、尤妮丝以及他们的后代，还有山姆·法泽斯和他的母亲，这两个是卡洛瑟斯用一匹惯于慢跑的劣种阉马向老伊凯摩塔勃去换来的，他的土地也是从这位契卡索酋长那里买来的，还有谭尼·布钱普，这是双胞胎之一的阿摩蒂乌斯在一次扑克牌戏中从邻人那里赢来的，还有那个怪人，他管自己叫珀西伐尔·布朗李，这是双胞胎中那个叫梯奥菲留斯的买来的，干吗要买，他和他的孪生兄弟显然都不清楚，这是从贝德福·福勒斯特手里买下的，当时他仍然仅仅是个奴隶贩子而不是一位将军（这件事占了一个单页，时间不长，还不到一年，事实上还不到七个月，那孩子已经能分辨出一开头是他父亲的笔迹：

珀西伐尔·布朗李　二十六岁。　　　文书兼簿记。一八五六年三月三日在冷水镇① 从 N·B·福勒斯特处购得　价二百六十五元

在这下面，同一种笔迹写道：

一八五六年三月五日根本不会记账也不识字。会写自己的名字可是我自己已经写下来了他说他会犁地可是我看不像。今天已送去大田一八五六年三月五日

还是同一种笔迹：

一八五六年三月六日也不会犁地说他打算做一个牧师这么说

_____

① 该镇位于奥克斯福西北 40 英里。

也许他会牵牲口到溪边去饮水

这一回是另一种笔迹了，现在当两种笔迹出现在同一页上时他能分辨
出是他叔叔的笔迹了：

一八五六年三月二十三日连这一点也不会除非是一回牵一头
得把他脱手

接着又是第一种笔迹：

一八五六年三月二十四日这个世界上究竟会有谁要买他呢

然后是第二种笔迹：

一八五六年四月十九日没人会买的你自己两个月以前在冷水
镇的集市上栽了跟斗我从没说过要卖掉他是要释放他

第一种笔迹：

一八五六年四月二十二日我要从他身上把钱弄回来

第二种笔迹：

一八五六年六月十三日怎么弄呢一年一块钱二百六十五元得
二百六十五年谁来签他的自由证明书呢

接着又是第一种：

一八五六年十月一日骡子约瑟芬腿断被枪杀马房里不对劲黑奴不对劲什么都不对劲损失一百元 [1]

同一种笔迹：

一八五六年十月二日给予自由借方麦卡斯林与麦卡斯林二百六十五元 [2]

然后又是第二种：

十月三日借方梯奥菲留斯·麦卡斯林黑鬼二百六十五元骡子一百元共计三百六十五元他还没有走父亲在这里就好了 [3]

然后又是第一种：

一八五六年十月三日这个狗狼养的不肯离开父亲会怎么干呢

第二种：

一八五六年十月二十九日给他重新起名字

---

[1] 意思是骡子约瑟芬的腿是布朗李笨手笨脚弄断的。骡子残了无用只得枪杀，这笔损失合100元。

[2] 意思是决定让布朗李得到自由，亏损265元由两兄弟共同负担。

[3] 意思是布蒂表示黑人身价与骡子钱均应由他哥哥一人承担。下一句表示自己对不肯走开的珀西伐尔束手无策，希望凶狠泼辣的父亲还活着，可以由他来处理。

第一种：

　　一八五六年十月三十一日给他起个什么新的名字呢

第二种：

　　一八五六年圣诞节叫斯宾特里乌斯

）① 随着一页又一页、一年又一年的过去变得具体了，甚至还影影绰绰地有了生命，各自具备自己的激情与复杂个性；一切都记录在这里，不仅是一般的、可以原宥的不正义行为以及对它的缓慢的补偿，而且也记录下了那个具体的悲惨事件，那是没法得到原宥而且是永远无法补偿的，那新的一页和新的账簿，上面的笔迹他现在只消看一眼便能认出是他父亲的了：

　　　　父亲去世路西乌斯·昆图斯·卡洛瑟斯·麦卡斯林，一七七二年生于卡罗来纳一八三七年卒于密西西比。一八三七年六月二十七日去世并安葬

　　　　罗斯库司。由祖父在卡罗来纳养大年龄不详。一八三七年六月二十七日给予自由不愿离去。一八四一年一月十二日去世并安葬

　　　　菲贝罗斯库司之妻。由祖父于卡罗来纳购得自称五十岁

---

① 前括号在第238页第9行。括号后面的句子接该行"一位将军"。这个句子的主语是"奴隶"（第238页第1行），谓语是本页的"变得"、"有了"与"具备"。这主语与谓语之间的一千多字都是插入语。

一八三七年六月二十七日给予自由不愿离去。一八四九年八月一日去世并安葬图西德斯罗斯库司与菲贝之子一七七九年生于卡罗来纳。一八三七年六月二十八日拒绝接受父亲遗嘱中指定给予的十英亩土地一八三七年六月二十八日拒绝接受阿与梯·麦卡斯林建议赠予的二百元愿意留下做工以偿还身价

在这下面和接下去的五页以及几乎同样数目的年份里，那些缓慢而逐日地积累起来的给他的工钱以及食物与衣服——糖浆、肉和杂粮，还有便宜结实的衬衫、裤子和皮鞋以及偶尔得到的一件用以抵御雨水和寒冷的外套——的费用都记录了下来，两者相抵，得出了缓慢而却是稳定地在增长的节余（艾克觉得似乎可以真的看见那个黑人，那个奴隶——他的白种主人为了那件事① 永远解放了他，但是正是因为有了这件事，只要这黑人记忆犹存，便不能接受这种自由——走进小铺，也许是向那个白人的儿子要求允许他看一下账目，虽然他不认识字，甚至也不要求白人告诉他——他反正总得接受，因为他根本无法查对——账面上怎么样了，还得过多久他才能离开庄园，可以永远也不回来，其实他要去的地方也仅仅是十七英里路之外的杰弗生镇）一直记下去直到最后一条账目，下面还画了两道黑杠：

一八四一年十一月三日付与图西德斯·麦卡斯林现金二百元整。一八四一年十二月图用此款在杰② 开设铁匠铺一八五四年二

---

① 指的是这件事：卡洛瑟斯霸占了黑女奴尤妮丝，在她怀孕后让她嫁给图西德斯。尤妮丝生下了女儿托玛西娜。托玛西娜长大后又为卡洛瑟斯霸占并怀孕。尤妮丝因此投水自尽。这些事虽然没有说穿，但图西德斯肚子里很清楚。卡洛瑟斯在遗嘱中规定自己死后图西德斯可以得到自由与十英亩土地。图西德斯宁愿用自己的劳动所得赎取自由，他不能接受以妻、"女"为代价换来的"恩赐"。
② 指杰弗生镇。

月十七日在杰去世并安葬

尤妮丝一八〇七年父亲在新奥尔良以六百五十元购得。

一八〇九年与图西德斯结婚一八三二年圣诞节在溪中溺死

接下去另一种笔迹出现了，他在账本上看见并且辨认出这是他叔叔的笔迹，这还是第一次，这是做家务事和做饭的那位，麦卡斯林早在孩子出生前十六年就认识他和孩子的父亲了，可是即使是麦卡斯林，也只记得他整天坐在厨房炉灶前一把摇椅里做饭的情形。他写道：

一八三三年六月二十一日她自溺而死[①]

接着是第一种笔迹：

一八三三年六月二十三日世界上有谁听说过一个黑鬼会自溺而死的呢

然后是第二种笔迹，不慌不忙的，完全是总结式的；除了日期不同，两项记载一式一样，就像是用橡皮图章印出来的：

一八三三年八月十三日她自溺而死

于是他想到底是为了什么呢？为了什么呢？当时他十六岁。他独自一个待在这小铺里已不是头一回，把书桌架子上从记事起就十分熟悉

---

① 指尤妮丝。她是 1832 年圣诞节自溺而死的。这里的 1833 年 6 月 21 日是艾克的叔叔记下此事的日期。下面的 6 月 23 日，8 月 13 日都是"记账"的日期，说明两兄弟通过记账在交谈、核实与统一思想。

的老账簿取下来也不是头一回啦。在他孩提时，甚至在九岁、十岁、十一岁他读书识字之后，他常常抬起头来望着这些有斑痕与裂缝的书皮书脊，但并不特别想打开它们，虽然打算总有一天要好好研究它们，因为意识到它们没准包含着一部编年史式的记录，一部极其详尽却无疑是非常乏味的记录，这样的材料是从别处得不到的，里面不仅有关于他的亲骨肉的情况而且还有全部亲属的有关情况，不仅有白人也包括黑人，他们和他的白人祖先一样，也是他的长辈，里面还有有关土地的情况，这土地是他们共同拥有共同利用的，他们全都赖以为生，一起靠它养育的，而且还会继续共同利用下去，不管肤色上的区别和名义上是属于谁的，但是要看账簿也得等到有空闲的某一天，那时他上了年纪，说不定也有点儿感到厌烦了，因为这么多年之后这些老账本里的事早已经是铁定了、结束了、不可改变了、没有危害了。后来他十六岁了。他在找到之前就知道会发现什么了。他在半夜之后，等麦卡斯林睡着了，到他房间里去取了小铺的钥匙，关上了小铺的门，反锁在里面，那盏被人遗忘的提灯又重新在沉滞、冰冷的空气中发出臭味，他趴在发黄的纸页上，心里想的倒不是'她为什么要投水自溺'，而是在想他相信他父亲看到自己的孪生兄弟的第一次评论必定会想的事：为什么布蒂叔叔认为她是自溺而死的呢？在找的过程中，他开始发现在紧接着的下一页上有他知道会找到的材料，不过仍然不是他要的那一点，因为这是他早就知道的：

托玛西娜小名托梅图西德斯与尤妮丝之女一八一〇年生一八三三年六月死于难产已安葬。是年星辰陨落

下面的一条也不是：

图尔图西德斯与尤妮丝之女托梅之子一八三三年六月生是年
星辰陨落父亲的遗嘱

再没有别的人，这张纸页上没有写满每天付给多少工钱和他领的食
物、衣服该扣多少钱的令人厌烦的记录，也没有关于他的死亡与安葬
的记载，因为他比他的白种同父异母兄弟们[1]活得长，而麦卡斯林接
管这些账册后是不记死亡日期的：仅仅是父亲的遗嘱这几个字，这几
个字他是看见过的：老卡洛瑟斯粗大而潦草的字体比他两个儿子的难
认得多，而且拼法也不见得高明多少，他一方面几乎每一个名词和动
词都用大写，另一方面也不稍稍用点心给加上标点符号，也不想法
让文理通顺一些，正如他根本不去费心解释或设法掩饰自己为何要
把一千元的遗产赠给一个没有嫁人的女奴的儿子[2]，这笔钱只有在孩
子成年时[3]才能付给，这样一来就算是承担了那件事的后果了，但仍
然没有提供他承认这件事的明确无误的证明，也不是从他自己的财产
中付出的，而是罚他的两个儿子付款，是让他们来付罚金以弥补父辈
的偶然过失；甚至也不是为了保护自己的名誉让人保持缄默的一种贿
赂，因为他的名誉是只有在他自己不再在世界上保护自己时才会受到
损失的，这笔钱他几乎是很轻蔑地扔出来的，仿佛是在扔一顶旧帽子
或一双旧鞋子，这一千元到了那样的情况下再付出，这不管是对那个
黑人还是对他自己已经再也没有什么现实意义了，那个黑奴要等到成
年时才能见到这笔钱，二十一岁才开始懂得钱是怎么回事，这也未免
太晚了。所以我看这比对一个黑鬼叫一声'我的儿子'还要便宜，他

---

① 指布克和布蒂。图尔是老卡洛瑟斯与托玛西娜所生，故而有此说法。布克与布蒂均死于
　1879年。图尔死亡年份小说中没有交代。
② 这说明卡洛瑟斯根本不把与托玛西娜（她没有嫁人却生了图尔）乱伦的事放在心上，他甚
　至都不想掩饰这件事。
③ 指满21岁时。

想。即使'我的儿子'仅仅是四个字也罢。不过这里面总还是有点爱的，他想。某种形式的爱。即使是他称之为爱的某种东西：总不仅仅是某个下午或晚上使用的痰盂吧。这件事情里有那个老爷子，他老了，离生命结束只有五年了，早就当了鳏夫，由于他的两个儿子不仅是单身汉而且已近中年，宅子里是很寂寞而甚至一定是非常沉闷的，因为如今种植园已经基础稳固，一切运转得很正常，钱现在是够用了，对于一个所犯罪恶甚至明显地保持在财产水平之下的人来说，也许已是太多了；这件事里还有那个姑娘，没有丈夫，年纪轻轻，生孩子时才二十三岁：也许起先他是因为寂寞才派人叫她来，让屋子里有点年轻的声音和动作，把她招来，吩咐她母亲派她每天早上来扫地、铺床，而做母亲的也默许了，因为这也许是早已达成默契的，是早已计划好的：这个姑娘是一对黑人夫妇的独生女，这对夫妇不是干大田活儿的奴隶，自以为地位高人一等，不仅仅是因为方才所说的那个原因，而是因为这个当丈夫的以及他的父母亲都是这个白人从自己的父亲手里继承来的，而这白人在人们出门不是骑马便是坐汽船的日子里亲自赶了三百多英里路到新奥尔良去买回来那个姑娘的母亲给他作妻子①

账本里也就记下了这一些。那些发脆的旧纸页仿佛是自动翻过去似的，当时他正在想他自己的女儿他自己的女儿。不不不即使他再翻回到那一页，在那上面那个白人（当时甚至还不是鳏夫呢）是从来也不再出远门的，正如他的两个儿子在他们的时代一样，这个白人根本没有增加一个奴隶的必要，却大老远地上新奥尔良去买回来一个。孩子十岁时托梅的泰瑞尔还活着，他通过自己的观察和记忆也知道托梅

---

① 意思是：在交通不便的时候，一个白人主子竟会走那么远路花那么多钱（650元）去买一个黑女奴（尤妮丝）回来给自己的黑奴图西德斯当妻子，这是不可思议的。因此艾萨克认为，老卡洛瑟斯从一开始起就是别有用心的。

的泰瑞尔身上早就有一些白人的血液，后来他的父亲又给他增添了一些①；五十年后，在那间半夜里臭烘烘、冷冰冰的房间里，对着冒烟发臭的提灯发出的黄色的光，那孩子俯身细看摊在面前的那张发黄的纸页时，他似乎看见在那个圣诞节，就在她的女儿和她的情人（她的第一个情人他想。她的第一个）的孩子出生前的六个月，她②真的走进了冰冷的溪水，她是孤独的、铁了心的、麻木了的、执行仪式似的，她已经不得不弃绝了信仰与希望，如今又正式、干脆地弃绝了忧愁与失望

也就是这些了。他用不着再看这些账簿了，他也的确没有再看过；那些逐渐褪色但是绝对不会消失的发黄的纸页已经成为他意识的一个组成部分，永远留在那里，就像他本人的诞生是件无可置疑的事实一样：

> 谭尼·布钱普二十一岁一八五九年由阿摩蒂乌斯·麦卡斯林从休伯特·布钱普老爷手中赢得也许是因为五张顺子对看得见的三张三点没有叫牌一八五九年与托梅的图尔结婚

也没有获得自由的日期，因为她的自由以及她的第一个活下来的孩子的自由并非在小铺里由布克与布蒂·麦卡斯林赐给而是得自在华盛顿的一个陌生人③之手，也没有去世与安葬的日期，这不仅仅是因为麦卡斯林管账本时不记死亡消息，而是因为在1883年这一年她仍然

---

① 意思是：图尔的母亲托玛西娜是尤妮丝与卡洛瑟斯之女，身上已有一半白人血统，她的儿子身上本来就应该有白人血统；图尔的父亲是卡洛瑟斯，又给了他"二分之一"的白人血液。这样一来，他的白人血统就更多了。
② 指尤妮丝。
③ 指林肯总统。

活着，而且还会活到亲眼看自己最后一个活下来的孩子 ① 给她生一个孙子：

阿摩蒂乌斯·麦卡斯林·布钱普托梅的图尔与谭尼·布钱普之子一八五九年生一八五九年死

接下去完全是他叔叔的笔迹了，因为他父亲如今已经是那个人 ② 领导的骑兵队里的一员了，那个人当奴隶贩子时父亲都不会拼写他的名字：下面的那位没有占上一页甚至都没有写满一行：

托梅的图尔与谭尼生一女一八六二年

下面的那个也是连一行都没有占满，甚至连性别也未标明，也没有说明原因，虽然孩子能猜得出，因为麦卡斯林当时已经十三岁了，他记得当时许多地方的食品并不经常够人们吃，不仅仅是维克斯堡 ③ 一个地方：

托梅的图尔与谭尼生一孩子一八六三年

接下去仍是同一种笔迹，这回生的孩子活下来了，好像谭尼的坚忍不拔和老卡洛瑟斯的专横行为的一点点变淡、变稀的阴影竟终于把饥馑也给战胜了；而字迹与拼法也比孩子过去见过的更清晰、完整，写得

---

① 谭尼·布钱普与托梅的图尔结婚后，先生下的三个孩子都夭折；后又生下三个孩子，都活下来了，他们是詹姆士（即谭尼的吉姆）、索凤西芭与路喀斯。
② 指纳·贝·福勒斯特将军。
③ 当时正在进行内战，饥馑流行。维克斯堡是密西西比州西部一个城市，1883 年时曾受围攻，故有此语。

也更用心了，好像是这个一开始就应该是个女人的老人在他兄弟去打仗的时候，在做饭、照顾好自己和那个十四岁的孤儿①之余，尽力管好剩下的残破的农场，认为出现了一个吉兆，说明希望已重新升起，因为这个没有名字的小奴隶居然活到了让人给他起一个名字的时候：

> 詹姆士·图西德斯·布钱普托梅的图尔与谭尼·布钱普之子
> 生于一八六四年十二月二十九日母子均安家人想叫他梯奥菲留斯
> 但曾起过阿摩蒂乌斯·麦卡斯林与卡洛琳·麦卡斯林这样的名字
> 的两人都死了因此劝阻了他们凌晨二时出生母子均安

可是往下没有了，什么也没有记载；还得再过两年②，这个差不多成了大人的孩子才会从去田纳西州的那场无效之行回来，他带去了老卡洛瑟斯给他的黑人儿子及其后代的三分之一仍然未动的遗产，在那三个幸存的孩子终于一个又一个地表现出他们明显的生的意愿，在人间站稳了脚跟之后，他们的两位白人堂叔把遗产增加到每人一千元，如果条件允许的话，在他们成年之时给予；总之，还要过上两年，那孩子才会亲自写完这一页，而且一直写下去，写到一个1864年（也包括1867年，这是孩子本人呱呱坠地见到光明的年份）出生的人不被指望活下去、自己也不敢想象能活下去甚至也不想继续活下去的日子③早已成为陈迹的时候；现在是他自己的笔迹了，奇怪得很，他的笔迹既不像他父亲的，也不像他叔叔的，甚至也不像麦卡斯林的，倒是与他祖父的颇为相似，只是拼法并不一样：

---

① 指麦卡斯林·爱德蒙兹。
② 指艾萨克看账本之后的两年，1885 年，那年 12 月 29 日，刚满 21 岁的詹姆士失踪，艾萨克追寻他到田纳西州的杰克逊，无功而回。当时艾萨克 18 岁。
③ 内战后南方经济凋敝，生活困难，故有此语。

一八八五年十二月二十九日他① 于二十一岁生日的那天晚上失踪。艾萨克·麦卡斯林曾追寻到田纳西州的杰克逊，在那里失去其踪迹。准备给他的三分之一的遗产一千元于今日即一八八六年一月十二日归还给财产受托人麦卡斯林·爱德蒙兹

不过在看账本的当时还没有这一条，那要等到两年之后，现在他又看到他父亲的笔迹了，他的老首长② 现在既不是军人也不是奴隶贩子了；这笔迹又在账本里出现一次，以后就再没出现过，这回他的字体更难辨认了，简直让人看不明白，这是因为他得了风湿病，手足不好使，也因为他现在竟然对拼法与标点符号更加惘然无所知了，仿佛他追随一个世上独一无二的曾卖过一个黑奴给他而且让他吃了亏的人打了四年仗，使他不但对信仰与希望完全看穿，而且连拼字法也认为是一文不值的了：

　　索凤西芭·布小姐托图与谭之女一八六九年生

　　但是信心与意志倒尚未消沉，因为笔迹就在账簿上，是遵照麦卡斯林的劝告用左手写的③，可是在账本里就再出现了这一次，以后就又不见了，因为孩子本人这时已经一岁了，等到六年后路喀斯出生时，他的父亲和叔叔都已经死了快五年了，他们俩是在十二个月之内先后去世的；接下来的又是他自己的笔迹了，他在场亲眼看到的，那是在 1886 年，她刚刚十七岁，比自己小两岁，当时他在这小铺里，

_____

① 指詹姆士·布钱普。

② 指纳·贝·福勒斯特将军。

③ 布克患风湿病后，勉力用左手登记黑女孩诞生的事，因此说他"信心与意志倒尚未消沉"。

麦卡斯林从外面淡淡的暮色中走进来，说'他要娶凤西芭'，就这样：于是他朝麦卡斯林背后看去，见到那个男的，是个陌生人，比麦卡斯林高，穿着也比麦卡斯林和艾萨克认得的大多数白人惯常穿的都讲究，他走进房间时的神情像白人，站在那里的神情也像白人，仿佛他之所以让麦卡斯林在他前面进房并不是因为麦卡斯林的皮肤白而仅仅是因为麦卡斯林住在这里，熟门熟路，并且他讲起话来也像白人，他越过麦卡斯林的肩膀迅速而机敏地看了艾萨克一眼，然后就再也不看了，再也没有兴趣了，就像一个成熟的、有克制能力的白人会做出的那样，不是因为不耐烦而仅仅是因为没有时间。'娶凤西芭？'艾萨克嚷道，'娶凤西芭？'接着就再也不吭声了，只顾在麦卡斯林与那个黑人说话时看着，听着：

'去阿肯色州住，我记得你方才是这么说的。'

'是的。我在那里有产业。一个农场。'

'产业？一个农场？是你拥有的吗？'

'是的。'

'你不叫人"先生"的，是吗？'

'对于自己的长辈，我叫的。'

'我懂了。你是北方人。'

'是的。小时候就到北方去了。'

'那么你的父亲以前是个奴隶。'

'是的。以前是的。'

'那么你怎么会在阿肯色州拥有农场的呢？'

'我有一块授予的土地。原先是我父亲的。美国政府给的。由于服过军役。'

'我懂了，'麦卡斯林说，'北方佬的军队。'

'美国军队。'陌生人说；接着是艾萨克自己又叫嚷起来了，是对着麦卡斯林的背叫的[①]：

'去叫谭尼大婶呀！我去叫她！我去——'可是麦卡斯林连理都没有理他；陌生人也甚至都没有朝他的声音回过头来看他一眼，两个人继续说话，仿佛根本没有他这么个人在场：

'既然你什么都像是安排妥了，'麦卡斯林说，'你又何必费这份心来征求我的同意呢？'

'我不是来征求你的同意，'陌生人说，'我是仅仅在你这个家长对她作为家庭女性成员之一承认负有一定责任的条件下，才承认你的权威的。我并不是来征求你的同意。我——'

'不必再说了！'麦卡斯林说。可是陌生人并没有畏缩。这既不是好像他根本不理麦卡斯林的抗议，也不是好像没有听见。而是仿佛他既完全不是在道歉也不完全是在辩解，而仅仅是在发表一个声明，这是局势所绝对需要，也是绝对有必要这样做的，而且必须让麦卡斯林听到，至于他想不想听倒在其次。这好像是他在自言自语，自己出声地说给自己听。他们面对面地站着，不算靠得太近，但是比击剑时双方保持的距离还稍稍近些，身子挺得笔直，嗓音没有提高，并不咄咄逼人，仅仅是非常简练：

'——我通知你，事先告知你，她的家长。凡是有体面的人也都会像我这样做的。何况，你曾经在你这方面，按照你的见识与教养——'

'不必再说了，我方才说过了，'麦卡斯林说，'天黑前你给我离开这个地方。走吧。'可是，有半晌，那个人并没有动，正用那种漠然的、不动感情的眼光打量着麦卡斯林，仿佛是在通过麦卡斯林的瞳仁的反照，观察自己小小的人影。

[①] 艾萨克怕麦卡斯林与黑人发生冲突，故意打岔。

‘好吧，’他说，‘不管怎么说，这是你的房子。而且照你的想法，你是有……不过没什么。你是对的。没有必要再说了。’他转身朝门口走去；他又站住了，但只停留了一秒钟，开口说话时身子又已经在移动了：‘放心好了。我会好好待她的。’说完就走了。

‘不过她又是怎么认识他的呢？’艾萨克喊道，‘我以前连听都没听说过他！至于凤西芭，她生下来之后除了上教堂就根本没有离开过这个地方——’

‘哈，’麦卡斯林说，‘十七岁的大姑娘怎么认识她们要嫁的男人——如果运气好，嫁得出去的话——就连她们的父母都不会及时知道呢。’第二天早上他们都走了，凤西芭也走了。麦卡斯林此后再也没有见到过她，艾萨克也没有，因为他五个月之后终于找到的女人已经不是他原先认识的同一个人了。他把那三千元的三分之一换成金币，掖在腰带里，就和一年前到田纳西去劳而无功地寻访谭尼的吉姆时一样。他们——那个男的——给谭尼留下了一个含糊不清的地址，三个月后寄来了一封信，是那个男的写的，虽然麦卡斯林的妻子艾丽丝曾教会凤西芭认过并写一点字。可是信上的邮戳与那人留给谭尼的地址并不一致，因此艾萨克先坐火车，到了火车不通的地方，改乘简陋的驿马车，然后坐出租马车，这以后又坐了一段火车：这时他已经是个经验丰富的旅行者，是条经验丰富的猎犬，而且这一次是条成功的猎犬，因为他下定决心只许成功；当那缓慢无尽的12月空荡荡的泥泞道路一里一里地被爬过去，一夜又一夜在旅馆、在路边的小客栈（那是用没加工的圆木建成的，里面除了一个卖酒的柜台再没有别的家具）、在陌生人的木屋、在孤寂的谷仓的干草堆上度过，在所有这些地方他都不敢脱掉衣服睡觉，因为像东方三博士①中那位隐

---

① 指《圣经》中所述由东方来朝见初生耶稣的三位贤人。

名微服出行的智者那样，他身上秘密地掖着一根藏有金币的腰带，而驱使他前进的还不是希望，仅仅是决心与拼搏精神，他不断地告诉自己：我必须找到她。我必须如此。我们已经失去他们当中的一个了①。这一次我必须找到她。他也果真找到了。当时天上下着有气无力的、冰冷的雨，他伛身坐在一匹精疲力竭的租来的马的背上，泥浆溅在它的胸前和更高的部位上，他看见那所房子了——一座孤零零的圆木建筑，有一个土砌的烟囱，它蹲在没有大路甚至小道也没有的荒野里，周围是没有围栏的荒地和莽莽苍苍的树林，仿佛正在被雨浇成一摊没有名堂、没有用处的瓦砾堆——没有谷仓，没有马厩，甚至连鸡埘这类的小棚子都没有一间：仅仅是一座小木屋，是手工盖的，甚至也不是精巧的手工，还有不大的一堆砍得七歪八斜的劈柴，只能凑合烧上一天，他骑马走近它时连从屋子底下爬出来对他吠叫的瘦狗都没有一条——仅仅是草创时期的一个农家，也许自然条件还不错，也许有一天会成为一个大种植园，现在可不是，好多年之内还不会是，只有在付出劳动、艰苦、持久与不屈不挠的工作与牺牲之后才能成为一个好农庄；他推开歪歪斜斜的门框里的那扇摇摇晃晃的厨房门，走进一片冰冷的晦暗之中，这里连煮饭的火都没有生，过了片刻之后，他才看见墙角一张粗木桌后面蜷缩着一个身形，那张咖啡色的脸他从小就极其熟稔可是现在却觉得非常陌生，她出生的地方离他自己诞生的房间还不到一百码，她身上流的血里有一部分和他自己的是一样的，可是现在她却成了一代又一代受苦受难的种族的后代，对这个种族来说，一个未经通报擅自闯进来的骑在马背上的白人就是白人雇用的巡逻员，没准会带着一把手枪，并且总是拿着一条'黑蛇'皮鞭；他走进里间，也是这所木屋仅有的另一个房间，发现那个男的坐

---

① 指谭尼的吉姆。他 21 岁时出走。

在壁炉前的一把摇椅里——他坐的是整座房子里唯一的一把椅子，紧挨着那堆微弱的火，所有的柴火还不够维持二十四小时，他还是穿着五个月以前走进小铺时穿的那套像牧师穿的衣服，戴了一副金丝边眼镜，可是当他抬起头来接着又站起身来的时候，艾萨克看见镜架里连镜片都没有，他就在这片凄凉的环境中读着一本书，在这片泥泞的荒地里，没有围栏，连小路都没有，甚至都没有一个有几堵墙的厩棚可以让牲口在里面站立；而整个房间里弥漫着一股臭味，它附着在那个人的衣服上，从他的皮肤里渗透出来，这是追随打了胜仗的大军的投机分子的那种没有基础、幼稚的幻想的臭味，那种无限贪婪与愚蠢的臭味。

'难道你不明白吗？'艾萨克喊道，'难道你不明白吗？这整片土地，整个南方，都是受到诅咒的，我们所有这些从它那里孳生出来的人，所有被它哺育过的人，不管是白人还是黑人，都被这重诅咒笼罩着。就算是我们白人把这种诅咒带到这片土地上来的吧；也许正是因为这个原因，只有白人的后裔才能够——不是拒绝它，也不是与之抗争——也许仅仅是忍受并支撑下去直到这重诅咒被解除。到那时你们黑人就会时来运转了，因为我们的机遇过去了。但是不是现在。这个时刻还没有到来。难道你不明白吗？'

另外那一位现在站起来了，那套未磨损的衣服仍然像是牧师穿的，只是没有以前漂亮了，他合起了书，把一个手指夹在里面免得以后翻不到，那副没有镜片的眼镜拿在另一只不常干活的手里，像是音乐大师的一根指挥棒，而这位眼镜的主人用他那有板有眼的洪亮的声音说起蠢话来了，那些不着边际的蠢话和没有根据的空话：'你错了。你们白人带给这片土地的诅咒已经被解除了。它已经失效、祛除了。我们目前看见的是一个新时代，这个时代像我们国家的建立者所设计的那样，是奉献给自由、解放、人与人的平等的，使这个国家将成为

255

新的迦南①——'

　　'从什么当中解放出来？从工作吗？迦南？'艾萨克挥动胳膊，幅度很大，几乎有些狂暴；于是仿佛迦南就在他们的周围，完整，原封不动，清清楚楚可以看见，从这个漏风的、潮湿的、冰冷的、有黑人秽气黑人臭味的陋室里——那些空荡荡的、没有犁铧与种子来役使的田野，那些没有围栏来圈住牲畜的田野，而牲畜其实也并不存在，不论是在用几堵墙围起来的厩棚之内还是之外，甚至连厩棚本身也是不存在的。'这儿算是迦南的哪一个角落？'

　　'你这个时候来看它当然不中看。现在是冬天。一年里这个时候没有人干庄稼活的。'

　　'这我明白。那么在土地闲着的时候她当然还是得吃得穿的吧。'

　　'我有退伍金的。'对方说。他说的时候那神气活像在说我有上帝的恩宠或是我拥有一个金矿呢。'我还有我父亲的退伍金呢。每月月初领钱。今天几号啦？'

　　'十一日，'艾萨克说，'还有二十天呢。在那以前怎么过？'

　　'家里还有些吃的，是从午夜镇那商人那里赊来的，我的退伍金支票都是在他那里换成现钱的。我把代理权委托给他，替我办理这事，为了双方的——'

　　'我明白了。那么要是这些食物维持不了二十天呢？'

　　'我养的猪里还剩下一头呢。'

　　'在哪儿？'

　　'外面，'对方说，'这地方习惯在冬天把牲口放出去让它们自己找吃的。它过一阵子会回来的。不过不回来也不要紧，必要时我大概可以顺着它的脚印找到——'

_____

① 《圣经》中所说的乐土。

256

'是啊！'艾萨克喊道，'反正不要紧的：你还有退伍金的支票呢。午夜镇上的那个人会给你兑现，从中掏钱给你付食品账，钱多出来就是你的了。可是到时候那口猪也会给吃光的，要不，你一直找不到它，到了那时你又怎么办呢？'

'到那时春天也快到了，'对方说，'我打算到了春——'

'那时候才1月，'艾萨克说，'还有2月。一直要到3月中旬——'当他再次在厨房里停下来时，她没有动弹，她甚至好像并不在呼吸，不像是个活人，除了她的眼睛正在注视着他；他朝她跨上一步，但她仍然没有动，因为她再也无法往后退了：只有那张狭窄、瘦削、未免过于瘦削的咖啡色的脸上那一双巨大、深邃得没有底的、墨黑的眼睛在望着他，但并不显示出惊恐、认识与希望的迹象。'凤西芭，'他说'凤西芭。你还好吗？'

'我是自由的。'她说。午夜镇是由一家客栈、一家出租马车行、一家大杂货店（这就是为了减少双方的麻烦与烦恼而将退伍金支票兑成现钱的地方吧，他想），还有一间小杂货店、一家酒店和一个铁匠铺组成的。可是那儿还有一家银行呢。银行的行长（其实也就是老板）是个从密西西比州迁居至此的人，过去也曾在福勒斯特手底下当兵；艾萨克离家八天以来身子第一次感到轻松，因为已解下了藏金币的腰带，他用铅笔和纸把三元钱与十二个月相乘，然后用一千元除以这个数目；这样可以拖长到差不多二十八年，因此至少在二十八年里她不会挨饿，那银行家答应每个月的十五号亲自派一名可靠的信差把这三元钱送到她本人手里，这以后他就回家了，事情的全部经过就是这样，因为在1874年他父亲和叔叔都去世了，而从1869年那一天[①]他父亲把那些老账本最后一次放回去的时候起，它们就再没有从桌子

---

① 指凤西芭出生时布克在账本上记下此事的那一天。

上的书架上取下来过。不过他是可以把它写完的：

　　路喀斯·昆图斯·卡洛瑟斯·麦卡斯林·布钱普。托梅的泰
瑞尔与谭尼·布钱普最后仅存的一个儿子。一八七四年三月十七
日生

不过也没有必要这样写了：不是路西乌斯·昆图斯，某某人之子等，
而是路喀斯·昆图斯，倒也不是拒绝让人叫他路西乌斯，因为他干脆
把这几个字从姓名当中去掉了；也不是否认、摈弃这个名字本身，因
为他采用了这个名字的四分之三[①]；而是仅仅把这个名字接过来，加
以改造，变了一下，使它不再像白人的名字而是他自己的名字，是他
自己起的，是自我繁殖和命名的，他的老祖宗就是他自己，尽管老账
本上所记的与此相反，说老卡洛瑟斯本人才是

　　这就是一切：1874 年时他是个孩子；到了 1888 年他长大成人了，
他放弃了，拒绝了，也因此得到了自由；到 1895 年他已成为人夫但
不是人父，不是鳏夫但却可算是没有妻子[②]，而且早就发现没有人是
自由的，而且即使自由了也是受不了的；当时他结了婚，住在杰弗生
镇一所偷工减料新盖起来的小平房里，这是他的岳父给他们的；一天
早晨，路喀斯突然站在他房间的门口，他正在房间里看一份孟菲斯
的报纸，看到报纸上端的日期，心想原来今天是他的生日。他今天
满二十一岁了这时候路喀斯说：'老卡洛瑟斯那笔钱剩下的部分在哪
里？我要用了。全都得给我。'

---

① Lucas 中有 Lucius 中的 l, u, c, s 四个字母，故而有此说法。路西乌斯是古罗马人的拼法，
　用在此处，不伦不类。
② 艾萨克在 1889 年前后结婚，由于他不肯听从妻子的话收回田产，妻子拒绝与他同房。后来
　两人分居，故有此说。

经过的情况就是这样：于是麦卡斯林说 [1]

'除了布克和布蒂这两个人以外还有许多人，他们在探索对他们来说过于模糊以致说不清、过于混乱以致听不懂的真理 [2]，然而还有1865 年呢：'于是他说

'可是不够。远远不够，虽然父亲和布蒂叔叔在足足三代人中去探索，甚至也还不止是祖父生育的三代人，如果在他眼皮底下任何地方没有别的人只有祖父那么他连挑选都用不着了。可是他试着挑选了，而且我知道你要说什么。你要说：既然他自己创造了人类他就早该知道虽然他尽可以感到骄傲与悲哀，但是却不能怀着太多的希望，可是他并不怀着希望，他仅仅是等待着，因为他创造了他们：不仅仅是因为他赋予了他们生命，让他们能够活动，而是因为他已经和他们共患难了那么久：和他们共患难了那么久，因为他看到就某些个别的情况来说，他们能够胜任一切，能达到任何高度和深度，这即使在天堂里也是难以理解的，要知道连地狱也是在天堂里创造出来的，因此他必须承认他们，否则就得承认在某个地方存在着与自己法力相等的另一个上帝，这样一来自己就不再是上帝了，因此，为了可以独自居住在他那个孤独的、至高无上的天国里，他必须为自己所做的事情承担责任。其实说不定他也知道这是无用的，但是他创造了人类，知道他们能够完成一切事情，因为他从无所不包的原始的绝对中赋予他们以形体，从那时起就在观察他们，在他们各自崇高与卑劣的时刻，而他们自己并不知道为什么也不知道怎么会是这样甚至也不知道在什么时候：直到后来他看到他们全都和祖父一样，每一个人都是，甚至从

---

① 此处与第236页第9行艾萨克的话"是的。除了父亲和布蒂叔叔还有许多人"相接。作者在长篇累牍地写艾萨克的内心思绪之后，又继续写1888 年艾萨克与麦卡斯林在小铺里讨论舍弃遗产的事。
② 指上帝对黑人的态度究竟如何这一"真理"。

他们当中精心挑选出来的优秀分子，**他**能指望的（注意，不是希望；不是希望，）那些最最优秀的精华也无非就是布克与布蒂这样的人，而且这样的人还不多，等到了第三代，连布克们、布蒂们都没有了，只有——'于是麦卡斯林说

'啊：'于是他说

'是的。如果**他**能从祖父身上看到父亲和布蒂叔叔那么**他**也一定能够看到我。——这个艾萨克比亚伯拉罕晚年所得的艾萨克出生得要晚①，而且弃绝牺牲②：没有父亲，因此安全地离开圣坛，因为这一回那只被激怒的**手**也许不提供小羊了——'于是麦卡斯林说

'是逃避：'于是他说

'好吧。就算是逃避吧。——直到有一天，**他**说了那天下午你在这房间里对凤西芭的丈夫说过的同样的话：不必再说了。够了。不是在激怒中，并没有火冒三丈，甚至也没有厌恶得要命，就像你那天那样：仅仅是够了，然后最后一次看看他们，再看他们一次，因为他们是**他**创造的，在这片土地上，在这个南方，他为南方做了那么多的事，提供树林使猎物得以繁衍，提供河流让鱼儿得以生长，提供深厚、肥沃的土地让种子藏身，还提供青翠的春天让种子发芽，漫长的夏天使作物成熟，宁静的秋天让庄稼丰收，还提供短促、温和的冬天让人类和动物可以生存，而**他**③到处也看不见希望，于是把眼光超越希望本来该在的地方，朝东方、北方和西方看去，那里无边无际地伸延着一整片充满希望的大陆，那是划出来专门作为避开你所说的旧世

---

① 据《圣经·创世记》第11章，亚伯拉罕100岁时生下以撒（艾萨克）。

② 据《圣经·创世记》第22章，上帝为了试探亚伯拉罕，让他把儿子以撒作为燔祭，献给上帝。亚伯拉罕举起刀子要杀以撒时，上帝的使者叫住了他。这时亚伯拉罕看见树枝间有一只公羊，便将它作为燔祭。

③ 此句接本页第14行"然后最后一次看看他们，再看他们一次"，这两句之间的一大段话都是补充前一句的，说明为什么上帝要最后看一眼。

界的毫无生气的黄昏的自由与解放的避难所与圣殿的，**他**看见了那些奴隶贩子的阔绰的后代，他们不论是男是女都像女性那样软弱无用，对于他们来说他们尖声咒骂的黑人是另一个族类，另一种标本，就像是旅行家装在笼子里带回家的一只巴西金刚鹦鹉，而正是这些人，在温暖的、不漏风的会堂里通过要实行恐怖与暴行的决议：还有那些政客的排炮般雷鸣的捞选票的演说，还有那些传教士的卖假药般的骗捐献金的表演，对于这些奴隶贩子的后代，暴行与不义就像**关税表**、**银本位**或永生说一样抽象陌生，而他们利用了黑人受奴役的镣铐和破衣烂衫，就和他们在别的场合下利用啤酒、彩旗，用红火焰和硫磺烧成的标语、戏法和能奏出音乐来的手锯一样：还有那些旋转的轮子，它们为创造利润而生产镣铐和破衣烂衫的纯洁的代用品，它们纺棉花，制造出轧花机，轧去棉籽，造出汽车和轮船，运送棉花，还有那些人，他们为了获得那笔利润而管理机器，他们建立起税收制度，收棉花税，收运输费，收卖棉花的佣金：**他**本来是可以摈弃他们的，因为他们是**他**创造出来的，现在是永远也是，一代一代都是，直到不仅是那个**他**从那里把他们拯救出来的老世界而且包括这个新世界——**他**把这个圣殿和避难所显示给他们看，还引导他们来到这里——也都变成了在最后一个血红的黄昏中冷却下去的同样没有价值、没有浪潮的礁石，而在整个空虚的喧哗与无用的骚动当中，只有一个人①是沉默的，在所有那些人的吵吵闹闹、忙忙碌碌中，只有一个人是非常单纯的，所以才会相信恐怖与暴力总的来说仅仅就是恐怖与暴力，而且是非常直率的，竟然按照这个原则行动，他不通文墨，言语不多，也许仅仅是事情太多而顾不上说话，在所有的人当中只有这一个是不用谄媚和赌咒发誓然后又用乞求和威胁来烦渎**他**的，甚至也没有费这份心

---

① 指约翰·布朗（1800—1859），美国废奴主义者，为了解放黑奴曾在哈泼渡口举行武装起义，后被处死。

思事先向他报告自己想怎么做，因此一个比上帝渺小一些的人连把祖传的滑膛枪从门楣上端的鹿角上取下来这样一个简单的举动意味着什么可能都不会理解，于是上帝说了我的姓氏也叫布朗[①]那另一位说我也是于是他说那么你我的姓氏不能够都叫布朗，因为我是反对那件事的于是那另一位说我也是反对的于是他得意扬扬地说那么你拿了那把枪要到什么地方去呢？于是那另一位用一句话一个词告诉了他于是他：颇感意外：他是既不知何为希望何为骄傲，也不懂得何为哀伤的那么你们的协会、你们的委员会、你们的官员呢？你们的会议记录、你们的动议、你们的国会议程都到哪里去了？那另一位说这些我都不反对。我估摸它们对有时间搞这一套的人来说是挺合适的。我反对的仅仅是弱者（因为他们的皮肤黑）被强者（因为他们皮肤白）所奴役。于是他再一次转身面向这片土地，他仍然有意拯救这片土地，因为他已经为它做了那么多的事情——'于是麦卡斯林说

'什么？'于是他说

'——他仍然对这些人负有责任，因为他们是他创造出来的——'于是麦卡斯林说

'转回来对着我们？他的脸朝着我们？'于是他说

'——他们的妻子与女儿在黑人生病时至少是为他们煮汤和做肉冻的，还穿过泥泞的院子在严冬用托盘托着送到臭烘烘的小屋里去，坐在臭烘烘的小屋里，让炉火一直燃烧着直到危机来临并过去，可是这样做了，仍然是不够的；在黑人病得非常重时把他们搬到大宅里去，说不定还让他们躺在客房里护理他们，这种事如果发生在家里任何一头牛的身上，白人也会这样干的，不过至少他不会这样去对待从马车行里租来的牲口，可是即使这样做了，还仍然是不够的；因此他

---

① "布朗"不用作专门名词时意为"棕色"。这里的意思是：上帝自以为站在黑人与白人之间，不偏袒任何一方。

说了，并不是用忧伤的口气，他们是**他**创造的，因此**他**心中的忧伤不会像**他**所体验的骄傲或希望那么多；显然，除非经过受苦，他们不能学到什么，除非经过血的教训，他们不能记住什么——'于是麦卡斯林说

　　'一天下午，艾许贝[①]骑在马背上去探望他母亲娘家的几个未婚的远房女亲戚，也许仅仅是母亲的什么熟人，忽然遇见双方前哨的小规模交火，他翻身下马，身上那件有鲜红绦饰的斗篷成了目标，他率领了一小队他从未见过的士兵去攻打据垒壕死守的边远地区训练出来的来复枪手。在沙普斯堡战役[②]前，当时李将军已经将他的军队分成两支，一名北军的情报军官在北军战线后面一家酒吧的地上捡到了李将军的作战手令，这张纸也许是用来包几支雪茄的，雪茄一抽完，这张纸显然被随手扔掉了。走木板道的杰克逊[③]已经把他部队的侧翼收拢来了，胡克认为这一点是根本不可能做到的，杰克逊只等着夜晚过去好继续给敌人以连续不断的迎头痛击，这个战斗行动将把整个侧翼重新扔回到胡克的老巢上去，而胡克这时候正坐在钱塞勒斯维尔的前廊上，啜饮热甜酒并且打电报给林肯说自己已经打败了李将军，可是就在这一个伸手不见五指的夜晚，杰克逊和一大群低级军官待在一起偏偏被自己一方的一名巡逻兵开枪打中，他底下军阶最高的是斯图阿

---

① 特·艾许贝(1828—1862)，南方骑兵部队一将领，在杰克逊将军麾下服务。
② 北方称为安梯坦战役，发生于1862年9月。南方的李将军在9月9日发出其著名的"一百九十一号特别命令"，将军队分为两翼，一翼由杰克逊指挥，另一翼由朗斯屈特指挥。四天后北军将领麦克里兰获得一份指令内容，于是利用对方兵力分散的机会，使战局不利于南方。
③ 托·约·"石壁"杰克逊(1824—1863)，李将军手下一员得力大将。"木板道"是把厚木板铺在沼泽地，使军队得以通过的一种临时道路。在钱塞勒斯维尔一役中，北军将领胡克以优势兵力对付李将军。李将军以少数兵力顶住北军主力，命杰克逊突然袭击北军右侧，使之蒙受重大损失。当晚杰克逊正部署兵力准备继续进击，不幸被己方士兵误伤。伤势引起肺炎，使杰克逊于八天后死去。

特 ①，那是个英武的好汉，仿佛生来就能骑马挥舞军刀，对战略技术也无一不精，仅仅是不知苦干、蛮干为何物；正当李将军应当知道米德 ② 的一切情况和汉柯克究竟在公墓冈的什么地方时，也就是这一位斯图阿特却去袭击宾夕法尼亚州的几个鸡窝；而朗史屈特 ③ 也在葛底斯堡，也就是这同一个朗斯屈特和杰克逊一样，也在黑暗中被自己手底下的士兵开枪误伤从马背上摔下来。**他**的脸朝着我们？**他**的脸朝着我们？'于是他说

'还有什么别的办法能促使他们去打仗呢？除了杰克逊们、斯图阿特们、艾许贝们、摩根 ④ 们和福勒斯特们之外，还有什么人呢？——中部和中西部的农民，他们拥有的土地以英亩计而不是以几十英亩甚至也许以几百英亩计，他们自己耕作，收获的没有一次是棉花、烟草或是甘蔗，他们没有奴隶，不需要也不想要奴隶，他们的眼睛已经朝向太平洋海岸，不一定都得花两代人的时间才能抵达那里，仅仅是因为偶然的不幸，一头牛死了或是大车的轮轴断了，于是便在当地停了下来。还有那些新英格兰的机械工人，他们地无一垄，衡量一切事物的标准是水力的功率和转动的齿轮的成本，而那些眼界褊狭的商人和船东眼睛仍然恋恋不舍地回顾着大西洋彼岸，对这片大陆的感情仅仅局限在他们的账房间里。还有那些本应有警觉性能够看出来的人：那是些把只有在神话中才存在的荒野中的城镇地皮买空卖空的人；还有那些本应有机灵劲儿把一切解释得合情合理的人：那是些银

---

① 詹姆斯·艾维尔·布朗·斯图阿特 (1833—1864)，南军将领。

② 乔治·戈登·米德 (1815—1872)，北军统领。温菲尔德·S.汉柯克 (1824—1886)，北军将领。在葛底斯堡战役中，由于斯图阿特带队绕了远路，没有及时与主力会合，李将军一直无法摸清北军的作战部署。当时米德已接替胡克任北军统领，汉柯克正力守葛底斯堡南面的公墓冈。斯图阿特没有把兵力用在点子上，所以此处讥讽他袭击"鸡窝"。

③ 詹·朗史屈特 (1821—1904)，南军将领。他在葛底斯堡战役中没有及时遵照李将军命令进攻，被认为是南军失利的主要原因，一八六四年五月他为己方士兵所伤。

④ 约翰·亨特·摩根 (1825—1864)，南军将领。

行家，他们接受土地作为抵押品，而那第一类人正等着把土地让出去呢，他们接受铁路和轮船作为抵押品，可以把他们送去更远的西部，他们接受工厂、轮机和出租公寓作为抵押品，那些经营公寓的人就住在里面；还有那些本应有时间和眼光能够及时理解、感到恐惧甚至预见的人：那是些在波士顿长大（即使有些并不在波士顿出生）的老小姐，她们是出身名门望族的受过同样教养、同样没结过婚的阿姨、姑姑、叔叔、舅舅的后代，她们的手上没有老茧，除了写控诉南方的文章那支笔磨出来的硬皮，对于她们来说，荒野本身就起始于浪潮的高峰，她们的眼光如果稍有片刻离开峰火山①，那也是望着天堂——当然不会去看那一大帮吵吵闹闹、鱼龙混杂的开拓者的追随人员了：政客们的咆哮、自封的神职人员的甜美的合唱，还有——'于是麦卡斯林说

'行了，行了。你先等一等：'于是他说

'你先让我说。我是打算给你，我们的一家之主，解释一件我必须要做但是自己还不大明白的事，并不是想证明这样做是有道理的，而仅仅是尽可能地解释清楚。我可以说我并不明白自己为什么必须这样做，可是我知道我必须做，因为我还有大半生必须过，而我唯一需要的是做这件事时能够平平静静的。可是你是我的家长。不仅如此。很久以前我就知道，我永远也用不着非得想念我的父亲不可，虽然你不久前刚刚发现你已经在怀念你的儿子了。——那些开支票的人②、那些杀价收买期票的人、那些小学校长、那些自己批准自己可以去教书和领导别人的人，还有那一大帮半文盲，他们穿上白衬衣但并不因

---

① 波士顿的高级住宅区，居民多为第一批移民的后代，他们自己构成一个封闭的小社会，因此不结婚者颇多。他们极富有，眼睛里只有欧洲和天堂。他们鄙视新兴起的西部。此处的"老小姐"似隐指《汤姆大伯的小屋》一书作者斯陀夫人。
② 此句接前段"……甜美的合唱，还有"。艾萨克又继续发表他的议论。

此而有所改变，他们用一只眼睛照顾自己用另一只眼睛相互监视。还
有别的什么人能促使他们去打仗呢：谁能打得他们呆若木鸡，惊恐不
已，把肩膀转向另一个肩膀，把脸扭开去，甚至半晌都不说话，甚至
两年之后仍然心有余悸，以致他们之中居然有人一本正经地建议把自
己的首都迁到外国去 ①，以免遭到另一地区的人的蹂躏和掠夺，其实
这个地区的白人男性公民总共没有多少，只够塞满北方任何一个大
城市：除了 ② 在谢纳多河谷里的杰克逊和想抓住他的三支分开的部队
外，没有人知道自己是刚从一次战斗中退出来还是马上要参加进去，
而斯图阿特则驱策他统率下的整个部队完全绕开本大陆有史以来最为
庞大的一支部队，为的是了解从背后看这支部队究竟是什么模样，而
摩根却率领了一队骑兵冲向一艘搁浅的战舰。除了那些人，他们能相
信使一场成功的战争得以进行的并不是聪明才智也不是权术、政治、
外交、金钱甚至也不是领土完整与简单的算术，而仅仅是对土地的热
爱与勇气，除了这样的人，又有谁会向一股地域十倍于自己、人力百
倍于自己、资源千倍于自己的势力宣战呢——'

'他们还依靠清白、英武的祖先和高超的马术，'麦卡斯林说，
'可别忘了这一点。'这时是黄昏了，10 月的平静的夕阳与无风来吹
散的炊烟混成一片氤氲。棉花早已摘净、轧过籽了，如今大车整天价
载着收下的玉米往来于田地和谷仓之间，像是走在一片生命力顽强的
土地上的一支仪仗队。'嗯，也许这种局面正是**他**所希望的吧。至少，
这是**他**已经得到的。'这一次可没有一叠叠发黄的变色而无害的账页
了。这一次是记载在一本严峻得多的书中，麦卡斯林十四、十五、
十六岁时亲眼见到过，那孩子本人继承了这个局面，就像挪亚的孙子
孙女继承了洪水之后的局面，虽然他们自己并未目睹那场大水：那是

---

① 实际上并无此事，仅仅是 1864 年 7 月南军一度接近华盛顿曾经引起恐慌。
② 此句接本页第 2 行 "还有别的什么人能促使他们去打仗呢"。

个黑暗、腐朽与血腥的时代，三种不同的人①不仅想调整好与别两种人的关系，也想调整好与新的土地的关系，这土地是他们创造的，也是继承来的，他们必须在这上面生活，因为失去它的人和得到它的人同样没有离开它的自由：——那些人一夜之间突然得到了自由与平等，事先没有警告，毫无准备，没有受过任何训练，不知道怎么运用，甚至仅仅采取容忍的态度，他们滥用了自由与平等，倒也不是像孩子们那样滥用，也不是因为他们长期以来受奴役，接着突然之间被解放，而是像人类一向滥用自由那样地滥用，因此他想显然除了从受苦中得到的智慧之外还存在着另一种智慧，一个人必须有了它才能分清什么是自由，什么是放纵；那些人，他们打了四年的仗，打输了，他们的目的是维持一种现状，在这种状况下，解放是一件反常与自相矛盾的事，这不但是因为他们反对自由本身，而是出于人们（不是指将军和政治家，而是指普通人）一向为之战斗为之死亡的那些古老的原因：为了维持现状，或是为了建立一个较好的未来，好让子孙活得下去；最后，仿佛痛苦、仇恨与恐惧还不够似的，那第三种人②，比起与他们不同种族的人来，与他们肤色相同、身上流的血液相同的人倒更像是外人，——这种人又由三部分人组成，彼此各不相同，除了有个共同的巧取豪夺的强烈意愿，他们的父亲不是中年的中尉军需官便是随军小贩与军毯、军靴和军骡的承包商，这三者追随着一次次自己并没有参加的战斗，承继了自己并没有帮助猎获的胜利果实，他们得到了认可与保护，即使并没有得到祝福，他们把骸骨留在南方，他们的下一代将在这里经营尚未开垦的小农场，投入一场剧烈的竞争，对手中有的是黑人，这是蒙他们的父辈给予了自由的，有的是白人，他们的父亲本来根本没有过黑奴，但法律却剥夺了他们的奴隶继

---

① 指南方黑人、南方白人和南北战争后到南方来牟利的北方人。
② 指战后到南方来牟利的北方白人。

承权，到了第三代，这些白人又会回到被人遗忘的小县城，去当理发师、汽车修理工、副保安官、面粉厂轧花厂的工人和热电厂的锅炉工，领导执行私刑的暴徒们①来反对他们祖先曾拯救过的种族，起先穿着便服，后来是一本正经的带头罩的长袍的制服，有联络的口令，以及燃烧的十字架标志；另一部分人是一帮无名的投机者，他们专门从别人的苦难中得到利益，他们是金钱、政治与土地的操纵者，灾难出现在哪里他们也就来到哪里，像蚂蚱一样善于保护自己，不需要祝福，从不会让自己的汗水沾湿犁把与斧柄，他们养肥了自己就消失不见，连骸骨也不留在这儿，同样的他们简直是没有祖先、没有血肉之躯，甚至没有热情与性欲的；另外还有犹太人，他们到南方来也是没有保护的，因为两千年来，他们已经失去了有保护和需要保护的习惯，他们是不合群的，甚至还不像蝗虫那样会团结，他们在这件事上也是具有某种勇气的，因为他们想的并不是单纯的捞一笔钱，而是要为子子孙孙谋福利，为他们找一个安身立命之地，虽然他们永远会感到自己是外人：犹太人也同样是没有受到祝福的：他们是在西方世界地面上流浪的一种贱民，二十个世纪之后，人们仍然拿他们出气，因为有那么一个神话，说是犹太人征服了西方世界。麦卡斯林对这种局面是亲眼目睹的，而那孩子甚至快八十岁时仍然不能肯定分清什么是自己看到的什么是别人告诉他的：那一片黑暗无光、掠夺一空的光秃秃的土地，妇女们带了缩成一团的孩子们蹲伏在锁上的门的里面，男人们披着被单，戴着面罩②，骑马奔驰在阗寂无人的大路上，白人的以及黑人的尸体，吊在孤零零的枝干上晃动着，他们与其说是仇恨的牺牲品还不如说是绝望与铤而走险的替罪羊：一些人在选举棚里被活活打死，一只手里还捏着蘸有墨水的笔，另一只手里拿着墨水未吸干

---

① 意即组成了"三 K 党"。
② 指三 K 党党员的服饰。

的选票：在杰弗生，国家正式任命的警察局长在公文上画一个粗大的
十字当签名，此人名叫西卡莫，他有这个名字倒不是因为他过去的主
人是一位医生兼药剂师，而是因为当他还是个奴隶时，他常常把主人
的粮食做的酒精偷出来，兑上水，装在一品脱的瓶子里，藏在药房后
面一棵大梧桐树 [①] 树根下，向人兜售，他之所以能居高位，完全是因
为他那有一半白人血统的妹妹是联邦部队军需官的姨太太；这一回麦
卡斯林甚至都没有说一声"瞧"，只举起了一只手，甚至也没有指什
么，没有专门指向放账本的架子，而是指向办公桌，指向办公桌所在
的角落，在桌子旁边有一块磨损的地板，二十年来，当白人坐在桌子
后面加、减、乘、除算账的时候，有不少人穿着沉重的皮靴曾经站
在那里。他仍然是无需去瞧的，因为这番景象他亲眼见过，而且在
南方投降的二十三年之后，在宣言 [②] 发表的二十四年之后，他仍然在
瞧：那些账本，现在是新的了，而且很快就记满了，一本记完很快又
开始另一本，包括许多名字，超过了老卡洛瑟斯，甚至他父亲和布蒂
叔叔所能想象的；账本里有许多新的名字、新的面孔，在它们当中，
连他父亲和叔父也会认识的那些老的名字、老的面孔消失不见了——
托梅的图尔死了，即使是那个悲惨的、扮演了不合适的角色的珀西伐
尔·布朗李，此人既不会记账也不会种田，也终于找到自己的真正归
宿了，在 1862 年，当孩子的父亲不在时，他又出现了，显然在种植
园里至少住了一个月，直到孩子的叔父发现了这件事，他是来领导黑
人举行即兴的信仰复兴会的，既布道又用他那高亢甜美的真正女高音
领唱赞美诗，后来又不见了，是拔腿用高速度跑掉的，不是跟在前来
袭击的联邦骑兵队的后面，而是在骑兵队前面鼠窜狼突，可是他又第
三次也是最后一次地出现在一个出差的部队军需官的身边，两人坐了

---

① 西卡莫 (Sickymo) 是梧桐 (sycamore) 的转音。

② 指 1863 年林肯总统颁布的《解放宣言》。

一辆轻便马车穿过杰弗生镇，而就在同时，孩子的父亲（当时是1866年）也正好穿过广场，那辆轻便马车和乘客迅速地穿过那片宁静的田园风光的景色，即使在那样一个转瞬即逝的时刻，他们也给孩子的父亲身边的人们一种在出逃和过不正当的假日的感觉，仿佛一个男人趁妻子不在和妻子的贴身女侍一起出门玩乐似的，这时候布朗李一抬头看见了他过去的一个主人，便向他投去女人那样的挑衅眼光，接着就再次跑掉了，从轻便马车上跳下来，这一回可是永远销声匿迹了，直到二十年后，完全出于偶然，麦卡斯林才又听到关于他的消息，他这时是个老头儿了，身子胖胖的，当了新奥尔良一家高级妓院的手头阔绰的老板；谭尼的吉姆也走了，没有人知道他在哪儿，而凤西芭在阿肯色州，每个月有三元钱，和她那位学者丈夫在一起，这位先生戴了副没有镜片的眼镜，穿一件礼服外套，总有一套开了春要干什么的计划；只有路喀斯，那个小娃娃，留了下来，这是除了艾萨克本人之外老卡洛瑟斯这支遭到厄运注定要灭亡的血脉中最后的一个了，这支血脉的男性支系像是要毁掉它碰见的一切，甚至他也并且至少希望走得远远的；——路喀斯，这个十九岁的男孩，他的名字还要过六年才会出现在那些急急写成的账页里，如今已装订一新，上面也没有尘土，因为麦卡斯林如今每天都把它们搬下来，往上面记录，不让这记录中断，过去两百年没有能记完，再有一百年也不足以完成这任务；这部编年史是一整个地区的缩影，让它自我相乘再组合起来也就是整个南方了，在南方投降二十三年、奴隶解放宣言发表二十四年之后——那股慢慢淌走的涓涓细流：糖浆、粮食、肉、皮鞋、草帽、工作服、犁绳、轭圈、犁扣、锯架和U形钩，这些东西到了秋天会变成棉花流回来——这两条线，细得像真理，不可捉摸有如赤道，然而又如同缆绳那样结实，把这些种棉花的人终身束缚在他们滴下汗水的土地上：于是他说

'是的。把他们束缚住一段时间，仅仅是很短的一段时间。整整一生，包括身后，也许还包括他们的儿子们的一生与身后，甚至是孙子们的一生以及身后。但是并不总是这样，因为他们是会熬过去的。他们会比我们活得长久，因为他们是——'这不是一个停顿，甚至也不能算一次小小的犹豫，可能仅仅为他自己所察觉，仿佛他甚至对麦卡斯林也没办法讲，甚至自己为什么舍弃也没法解释，这件事对他自己也是如此，连那个逃避行为（也许这就是他需要逃避的现实与真理）也是异端邪说：因此即使是在逃避，他也是比自己所担心的更多地把自己和那个邪恶而死不改悔的老人联系在一起，那个老人能把一个女人召到自己鳏夫的屋子里来，因为她是自己的财产，因为她已经够大了而且是个女的，他让她怀了孕又把她遣走，因为她属于劣等种族，后来又遗留给那婴儿一千元，反正到那时他也已经死去，不用自己付钱了。'是的。他本来并不想舍弃。但他不得不舍弃。因为黑人会挺过去的。他们比我们优秀。比我们坚强。他们的罪恶是模仿白人才犯下的，或者说是白人和奴隶制度教给他们的：没有远见、不会节制和逃避责任——并不是懒惰：是逃避责任：是逃避白人硬派给他们做的苦役，不是为了他们地位的提高，甚至也不是为了他们的舒适，而是为了他①自己的——'于是麦克斯林说

'好呀。往下说呀：性关系很乱。爱用暴力。不稳定以及缺乏自我控制的能力。分不清什么是我的，什么是你的——'于是他说

'二百年来我所有的一切对他们来说甚至都不存在，在这种情况下，又叫他们怎么分清呢？'于是麦卡斯林说

'好吧。往下说吧。还有他们的美德——'于是他说

'是的。那是他们自己的。坚韧——'于是麦卡斯林说

---

① 指艾萨克·麦卡斯林。意思是艾萨克的舍弃遗产不是为了黑人，而是为了自己求得良心清白。

'这种品质骡子也有：'于是他说

'——还有怜悯、宽容、克制、忠诚以及对孩子的爱——'于是麦卡斯林说

'这些品质狗也都有：'于是他说

'——不管这些孩子是不是自己的，是不是黑人。不仅如此，他们的这些品质，不仅并非得自白人，而且也不是因为有了白人才形成的，因为他们很早以前从自由的老祖宗那里就得到了，那些老祖宗享受自由的时间可比我们长得多，因为我们从来不是自由的——'可是这种精神也存在于麦卡斯林的眼睛里，他只消看一看麦卡斯林的眼睛便能看到它在那里，七年前那个夏日的黄昏①，他们从打猎营地回来差不多一个星期之后，在他发现山姆·法泽斯告诉了麦卡斯林以前：关于一只老熊，它凶猛、残暴，并不光是因为这样才能生存，它之所以残暴，是因为对自由与解放有一种剧烈的骄傲感，它对自由与解放妒忌心极重，而且引以为骄傲，因此看到它们受到了威胁，不是感到恐惧甚至也不惊慌而几乎是欢乐的，仿佛有意要让它们处在危险中，这样才可以玩味它们，而且使自己那副强有力的老筋骨和血肉变得柔软灵活，好保护它们；关于一个老人，一个黑奴和印第安王的儿子，一方面是一个种族的漫长历史的继承者，这个种族通过受苦学会了谦卑，同时通过比受苦更有生命力的坚韧学会了骄傲，另一方面是另一个种族的历史的继承者，这个种族在美洲大陆上的历史比前一种更为悠久，可是如今仅仅靠了个年老无子的黑人的陌生的血液的孤独的友谊，以及一只老熊的狂野不羁而不可战胜的精神，才能存在；还讲到一个孩子，他希望能把谦卑与骄傲学到手，使自己在森林里本领高强、受人尊敬，但是发现自己很快就很内行了，因而很怕自己永远

---

① 指1881年艾萨克带了小杂种狗去猎大熊的那一天，那次，艾萨克离老班很近，却没有开枪。

不会受人尊敬，因为虽然他做了努力，但是还没有把谦卑与骄傲学到手，直到后来有一天，一个情况也难以说清的老人，像是拉着他的手似的带他到一只老熊和一只小杂种狗相斗的地方去，让他看到，只要能够拥有那另一种品质勇敢，他就能够同时拥有他所需要的那两种品质；还讲到一条小狗，它没有名字，不是纯种，不知道它父亲是谁，它已经长成但是还没有六磅重，它不可能是危险的，因为世界上没有更小的狗了，也不能算它凶狠，因为人家只会把这说成是乱叫，它也并不谦卑，因为它离地面已那么近都没法屈膝了，它也并不骄傲，因为它不会和人们靠得太近，让人们看清是什么样的狗投下了那样小的一团影子，而那团影子连自己的主人不会升入天堂都不知道，因为人们早已认定它是没有不朽的灵魂的，因此它唯一能具备的品质便是勇敢了，虽然人们也许会说这仅仅是乱叫。'这么说你方才没开枪，'麦卡斯林说，'你离老熊有多近？'

　　'我也不知道，'他说，'反正看见他右后腿内侧有一只大扁虱。这我看到了。可是那时候我手里没有枪。'

　　'可是你手里有枪的时候又不开枪，'麦卡斯林说，'那是为什么？'可是麦卡斯林没有等他回答，就站起来穿过房间，在他两年前杀死的那头熊的皮和麦卡斯林在艾萨克出生前杀死的那头更大的熊的皮上走过，来到他杀死的第一只公鹿镶在墙上的头下面的书柜前，拿了一本书走回来，重新坐下，打开书。'听着。'他说。他出声地念了五节诗，把书合起，一只手指夹在里面，把头抬起来。'好吧，'他说，'你听。'又重新念起来，但是这回只念了一节，便把书合上，放在桌子上。'她消失不了，虽然你也得不到你的幸福，'麦卡斯林说，'你将永远爱恋，而她将永远娇美。'①

---

① 这几句诗引自英国诗人济慈的《希腊古瓮曲》。

'他讲的是一个姑娘的事吧。'孩子说。

'他总得讲点儿什么才行，'麦卡斯林说，接着他说，'他讲的是关于真理的事。真理只有一个。它是不会变的。它统驭一切与心灵有关的事——荣誉、自豪、怜悯、正义、勇敢和爱。你现在明白了吧？'他当时并不明白。不过真理好像倒比那些道理简单些，比有人在某本书里所讲的一个小伙子和一个姑娘的事简单，他是绝对不必替他们感到悲哀的，因为他反正是怎么也无法更接近他们，也用不着更疏远他们一些的。他曾经听说一只老熊的事，后来终于长得足够大，可以去捕猎它了，他追踪了它四年，最后手执火器与它遭遇却没有开枪。仅仅是因为一只小狗——可是早在这小杂种狗冲过那二十码朝大熊等着的地方扑去之前，他是可以开枪的，而在老班用后腿站直身子俯向他们那似乎是永无止境的一分钟里，山姆·法泽斯也是任何时候都可以开枪的呀……他想到这里。麦卡斯林望着他，嘴里仍然在说话，他的声音，那些言词，就像暮色本身一样静悄悄的：'勇敢、荣誉和自豪，还有怜悯和对正义和自由的热爱。它们都与心灵有关，而心灵所包容的也就变成了真理，我们所知道的真理。你现在明白了吧？'他现在仍然能够所见那些话语，在目前的暮色中仍然和七年前那个黄昏中一模一样，也仍然是静悄悄的，因为它们没有必要变得响一些，它们反正会活在孩子的心中：他只消透过那抹淡淡的苦笑看看麦卡斯林的眼睛就行了，麦卡斯林的嘴唇微微上翘，你也只能说那是微笑了；——这是他的亲人，几乎可以说是他的父亲，既出生太晚没能赶上旧的时代，又出生太早无法进入新的时代，舅甥俩一起站在他们被蹂躏的祖产前——这片黑黢黢的、受过蹂躏的故土经过了一次未上麻药的手术，仍然脸朝下趴着在喘气——彼此之间现在已经格格不入了：

'那就 habet① 了。——这么说，这片土地确切无疑的因为本身的原因被它自己诅咒了：'于是他说

'是被诅咒了：'于是麦卡斯林仅仅重新举起一只手，甚至都没有开口，也没有指向账本：因此，就像立体幻灯机把它范围之内的万千细节凝聚成一个瞬息即逝的景象一样，这个细致、急遽的动作在这零乱、拥挤、光线昏暗的小房间里，不但显示出了那些账本，而且也完全勾勒出整个混乱、错综复杂的庄园——土地、田畴以及它们以轧去棉籽、卖出去的棉花的形式所表现的一切，它们提供衣食甚至在圣诞节还付给一点点现钱以偿还为了播种、管理、收获和轧籽所付出劳动的男男女女，还有机械、骡子和挽具（土地有了这些才能长出棉花）以及它们的成本、维修与更换零件的费用——那整幢错综复杂的大厦，建筑在不正义的基础上，由无情的贪婪构筑成，营造时有时甚至用一种不仅是对人类而且对值钱的动物来说也是极端野蛮的方式，然而又是有偿付能力与高效率的，而且不仅仅如此：它不仅仍是完整无缺的甚至还有所扩大，有所增长；经过二十年前那场十个庄园里差不多只能有一个留存下来的大混乱与大灾难，这片庄园由麦卡斯林完整无缺地接下来，当时艾萨克本人也还不过是个大小孩呢；它有所扩大，有所增长，而且还会这样继续下去，还会有偿付能力，还会有高效率，只要麦卡斯林和他麦卡斯林的继承人能延续下去，虽然到那时他们的姓也许已经不是爱德蒙兹了；于是他说：'也是 habet 了②。因为事情就是这样：不是土地，而是我们。不仅仅是血统，连姓氏也是；不仅仅是肤色，而且还有那称呼：爱德蒙兹，是白人，可那是女儿的后裔，只能用父亲的姓，别的不行；而布钱普呢，辈分大，又是

---

① 拉丁文，意为"他完了，没有希望了。"这是古罗马角斗场上，当一个角斗士向对方作出致命的一击时，观众呼喊的用语。

② 这句接本页第 3 行"是被诅咒了"一句。

儿子生的，但却是黑人，可以采用任何一个他喜欢的姓，谁也不会管，就是不能用自己父亲的姓，而他父亲是根本没有姓的①——’于是麦卡斯林说

'我也知道你心里在想我现在会说些什么，因此就让我再说一次吧：另外还有一个人，也是第三代的，是儿子的后裔，长子，直系的独子，是白人，甚至仍然是姓麦卡斯林，是父亲传子传孙的——’于是他说

'我是自由的：'这一回麦卡斯林甚至都没有做手势，并没意味着那些发黄的账页，也没假设那立体幻灯机般表现的整体，可是那根祖先的骸骨连成的细细的铁线——它强韧有如真理，不可逾越有如邪恶，比生命本身还要久长——超越了档案与遗产这二者把他和贪欲、情欲、希望、梦想与哀愁相结合，在这些骸骨上面还长得有肉、能够活动时，它们的名字连老卡洛瑟斯的祖父都不曾听说过：于是他说：'而且在这一点上也是自由的：'于是麦卡斯林说

'我想（我会承认的），是**他**从你的时代里选出来的吧，正如你说布克和布蒂是从他们的时代里给选出来的一样，单单为了你，**他**就用去一只熊、一个老人和四年的时间。而你用了十四年才达到这一点，对老班来说，也用了差不多这点时间，也许更多，对山姆·法泽斯，是七十多年。而你只不过是一个人。那么，要大家都自由，又得多久呢？要多久呢？'于是他说

'是要很久。我从未用过别的说法。可是这不会有什么问题的，因为他们是能熬下去的——'于是麦卡斯林说

'反正你是会得到自由的。——不，不是现在，也不是永远，不是我们从他们那里，也不是他们从我们这里得到自由。因此，我也摒

---

① 路喀斯·布钱普的父亲是泰瑞尔（托梅的图尔），泰瑞尔是老卡洛瑟斯与黑女奴托玛西娜的儿子。泰瑞尔与黑女奴谭尼·布钱普结婚后才姓布钱普，而布钱普是谭尼的白人主人的姓。

弃。我会摒弃的，即使明知道那是真的。我必须摒弃。连你也看得出我没别的办法。我还是我；我永远是我生下来时的我，一向的我。而且不仅仅是我。不仅仅是我，正如在你所说的**他**那失败的第一个计划里不仅仅是布克和布蒂一样：'于是他说

'也不仅仅是我：'于是麦卡斯林说

'对。甚至也不是你。因为请注意。你说过，就在伊凯摩塔勃领会他能把地卖给你爷爷的那一瞬间，土地就永远不再是他的了。很好；再说下去：这以后地就属于山姆·法泽斯，他是老伊凯摩塔勃的儿子。那么，除了你，还有谁是山姆·法泽斯的继承人呢？也许布恩可以算一个共同继承人，即使你们不是他血统上的继承人，至少在摒弃土地上可以算得上是吧？'于是他说

'对。山姆·法泽斯使我得到了自由。'于是艾萨克·麦卡斯林——当时他还没有成为艾克大叔，还得过很久才成为半个县的人的叔叔但仍然不是任何一个人的父亲，那时他住在杰弗生的一所寄宿公寓里(法院开庭时那些小陪审团就住在这里，而到处旅行的马贩子、骡贩子也住在这里)——租了一间狭小的没有生火的房间，带着他那副崭新的木匠工具和麦卡斯林送给他的那把用白银镶嵌他的名字的猎枪，还有老康普生将军的指南针(将军死后又加上他那只镶有银饰的号角)，还有他那只轻便铁床、褥子和毯子，六十多年里，他每年秋天都要把它们带进大森林，另外还有那把锃亮的铁皮咖啡壶

曾经有一笔遗产，得自他舅舅休伯特·布钱普，他的教父，那个粗鲁、直率、大嗓门的孩子气十足的人，就是从他手里，在1859年的那次扑克戏里，布蒂叔叔给托梅的泰瑞尔赢得了一个老婆谭尼——'也许是因为五张顺子对三张看得见的三点没有叫牌'——；不是为了朝'报应'不顾一切地反手塞去的最后一笔贿赂，在死亡的觳觫恐惧中用衰弱颤抖的手涂下的褪色的字句与段落，而是一笔遗赠，一件

实物，搁在手里有分量，用眼睛看得见，甚至是听得见的：一只放满金币的银杯，用粗麻布包好，用他教父的戒指在热的火漆上打了封印，这件东西（仍然没有启封）即使在他舅父休伯特健在时，在他成年（到那时就是他的了）前很久，就已经不仅是一个传说，而是成为家神之一了。在他父亲和休伯特舅舅的妹妹结婚后，他们搬回大宅去住，那个老卡洛瑟斯开了个头却始终没有完成的又大又深的洞窟，他们让剩下的黑人搬出去，用艾萨克母亲的陪嫁把房子盖成，至少是把那些还空在那里的门窗安上，然后搬进去住，除了布蒂叔叔，他不愿离开他与孪生兄弟造的小木屋，因为搬回来是新娘的主意，而且远非只是一个主意，终究没人知道她是否真的想住在大宅里，她是否事先就知道布蒂叔叔不愿搬回去住；1867年他出生两周后，这是他和他母亲第一次下楼，一个晚上，那只银杯端放在食具已撤走的晚餐桌上，让明晃晃的灯光照着，他的母亲、父亲、麦卡斯林和谭尼——他的奶妈，怀里抱着他——所有的人都在，只除了布蒂叔叔——大家眼睁睁地看着他的休伯特舅舅如何把一枚枚明光锃亮的硬币哐当哐当地扔进杯子，用粗麻布口袋把杯子包好，把火漆烤热，封了口，把它带回他的家，如今他独自一人住在家里，甚至都没有妹妹来管束他如麦卡斯林所说的那样，或者说好歹抚养他，布蒂叔叔是这么说的，另外（当时是密西西比州的黑暗时代）布蒂叔叔还说，大部分的黑鬼都走了，剩下不走的那些连休伯[1]·布钱普也是没法要的；不过那些狗倒留下没走，布蒂叔叔说尼禄[2]猎狐狸时布钱普却在闲逛

---

[1] 休伯特的简称。

[2] 狗名，原系古罗马国王名。据说公元六十四年罗马城着火，尼禄却坐在高塔观景，并抚琴高歌（fiddle）。这里"反其意而用之"，说尼禄（猎狗）拼命工作，而休伯特·布钱普却无所事事，四处闲逛（亦用"fiddle"一词）。

他们要去看看那边的情况；终于他母亲的意见占了上风，他们打算坐四轮轻便马车去，又一次全体出动，只除了布蒂叔叔，还有麦卡斯林也留下来陪布蒂叔叔，直到后来有一年冬天，布蒂叔叔身子开始不行了，从那时起陪布蒂叔叔的就是他自己了，这时候他开始记事了，有他的母亲，有谭尼，而赶车的是托梅的泰瑞尔：赶二十二英里路到邻近的县，那里有一对门柱，在其中的一根门柱上，麦卡斯林记得有个半大不大的小子，每逢早、午、晚餐便会吹响一只猎狐用的号角，而且会跳下来给任何一个正好听见号角声的过路人开院门，只不过如今院门连影儿都没有了，他们穿过那破败不堪、草木杂生的入口驶向他母亲仍然坚持要人们称之为'沃维克'的那幢大宅，因为如果真理能够得胜，正义能够占上风，那她哥哥就是伯爵府的合法主人，这幢没有上漆的大宅外表上没有变化，但里面每一次似乎比原来更空廓高大，因为他年纪太小，还不懂得那里面高雅的家具陈设已经越来越少了，那些花梨木、桃花心木、胡桃木的家具，它们对他来说反正从来也不存在，只除了在他母亲涕泪俱下的悲叹中，以及偶尔把一件小得可以想法用绳子捆在马车后部或顶上带回家去的物件上（他记得这件事，他亲眼看见的：一瞬间，一刹那，他母亲那女高音喊出的'居然穿我的衣服！居然穿我的衣服！'响亮而愤怒地在空荡荡没打扫过的大厅里回响；一张年轻女性的脸，肤色甚至比托梅的泰瑞尔的还要浅，在一扇正在关上的门后闪现了一下；身腰的一个旋摆，丝绸长裙的一闪亮，耳坠子的轻碰与反光：一个幻影，行踪倏忽、外表艳俗、不合礼教，然而不知怎的，在这孩子——当时还差不多是个小娃娃呢——看来，竟也感到喘不出气、万分激动、受到蛊惑：就像两条清澈透明的小溪会合在一起，他这个仍然是不丁点儿大的娃娃，通过匆匆瞥见的、不可名状的、不合礼教的、混血的异性肉体，与以神圣、不朽的青春期在他舅父身上停留了差不多有六十年的那个孩子，发生了安详、绝对、完美的交流与接触；那衣裙、脸容和耳坠在同一个惊恐的刹那以及他舅舅的喊叫声中消失了：'她是我的厨娘！她是我的新厨娘！我总得有个人帮我做饭吧，是不是？'接着连舅父本人也不见了，那张脸也是紧张、惊惶的，但依然是天真的甚至像个男孩那样不屈不挠的，这回轮到他们①退却了，退到了前廊上，于是他的舅父又出来了，很痛苦，仍然惊恐不安，但是在绝望中又重新振作了一下，他所振作的即使不是勇气也至少是一种自信心：'他们现在自由了！他们和我们一样了！'于是他母亲说：'问题就出在这儿！问题就出在这儿！在我母亲的屋子里！亵渎！这是亵渎！'于是他的舅父说：'真该死，西贝，至少该给她点时间收拾她的东西吧：'终于一切都过去了，都完了，高声争吵以及别的一切，他本人和谭尼，他记得谭尼那张莫测高深的脸伸出在那间原来是客厅的空荡荡的屋子的没有窗板的破窗前面，就在他们俩张望的时候，下面小巷里急匆匆地跑过去一个人影，跌跌撞撞，一路小跑，那就是他舅舅的溃逃的情妇：她的背、她那张他只见过一眼的无名的脸，那条过去撑过鲸骨架、气球般在一件男人大衣下面扑打着的裙子，那只在她膝盖边颠簸、碰撞的沉甸甸的旧毯制旅行包，是在溃逃，是在退却，这是没有问题的，在那条空荡荡的小巷里显得孤独、年轻、凄凉，然而仍然让人兴奋、引起共鸣，仍然穿着从体面的堡垒里夺得的具有旗帜意味的丝绸衣服，而且令人难忘。)

那只杯子，那只火漆封好的神秘莫测的麻布包，端坐在锁好的壁柜的架子上，休伯特舅舅用钥匙打开柜门，把它取下，让它从一个个人的手里传过去：他的母亲、他的父亲、麦卡斯林甚至还有谭尼，坚持要每人都挨个儿拿一下，掂掂分量，还要摇晃一下，听听发出的声

---

① 指艾萨克的母亲等一行人。

音对不对头，休伯特舅舅本人又开了腿站在冰冷的、没有打扫的壁炉前，里面的砖头已经坍塌下来，和煤灰、尘土、灰泥还有扫烟囱扫下来的东西混在一起，成了一堆垃圾，他仍然在大声吼叫，仍然不谙世故，仍然是气派十足：很久以来，孩子相信除了他自己以外没有别人注意到他舅舅现在只将杯子放在他的手里了，舅舅用钥匙把柜门打开，把杯子捧下来，放在他的手里，而且伛身站在他的身边，一直等到他顺从地把它摇了摇，一直等到杯子发出声音，然后不等任何人来得及提出要摸摸杯子，就把它从他手里接过去，锁回到壁柜里去；再往后，当他不仅能够记事而且能够推理时，他也说不上来那是什么，连那里面以前曾是什么也说不清，因为那包东西仍然是沉甸甸的，仍然会咔嗒咔嗒响；再往后他仍然不知道，那时布蒂叔叔已经死了，他的父亲终于在太阳出来后还睡懒觉地在世界上混了差不多七十五年之后，说：'去把那只该死的杯子拿来呀。如果有必要，把那个该死的休伯·布钱普也带来。'因为那杯子仍然会咔嗒咔嗒响的，虽然他舅舅现在连在外甥的手里也不放了，仅仅是亲自拿着走到一个个人的跟前：孩子的母亲、麦卡斯林、谭尼，轮流在每一个人面前摇晃着，一面说：'听见了吗？听见了吗？'他那张脸仍然是不谙世故的，不好算太惶恐，只是有点困惑，但也不算太困惑，仍然是气派十足：现在，孩子的父亲和布蒂叔叔都已经不在人世了，有一天，毫无理由，根本没有发出警告，他舅舅和谭尼那位耄耋不堪的、爱吵嘴的太爷（他声称自己见到过拉斐德①，麦卡斯林说再过十年他就会记得见到过上帝了）在其中一个房间里生活、做饭、睡觉的那幢几乎完全空荡荡的大宅，忽然不声不响地着起了大火，一种悄然的、顷刻之间发生的、没有来源的、一视同仁的燃烧，墙头、地板和屋顶统统在内：日

---

① 拉斐德 (1757—1834)，法国将领兼政治家，美国独立革命时曾志愿帮助美方作战。1825 年他重访美国，到过南方。

出时，大宅还像舅舅的父亲六十年前盖的时候那样耸立在那里，到日落时，只剩下四根熏黑的、无烟的烟囱杵出在一层白色的轻灰和几根烧焦的木板残片之上，这些残片看上去甚至都不像是非常烫手；接着，从晦暗的暝色中，从二十二英里的最后一段路中，两个老人弓着背骑着麦卡斯林记得是整个马厩最后的那匹白色老母马，来到妹妹的家门口，一个把自己猎狐用的号角拴在编成辫子形的鹿皮带上，另一个带着那只包在一件衬衣里的粗麻布小包，这只棕黄色的、用火漆封上的奇形怪状的小包又一次端坐在一只几乎一模一样的架子上，他舅舅现在用手握住了半开的柜门，不但用手握住门把，而且用一只脚顶住了门，钥匙捏在另一只手里，脸上一副急切的表情，仍然不好算惶恐，但仍然而甚至是气派十足，稍稍有点困惑，而孩子站在半开的门边，静静地仰望着那只粗麻布包，它变得几乎有原来的三倍那么高，却比原来薄了一半多，孩子转过身子，这一回他记得的不是他母亲的面容，也不是谭尼的莫测高深的表情，而是麦卡斯林那张阴郁的、鹰一般的脸，是那样庄严、让人难以忍受和感到迷惘；后来，有一天晚上，人们把他摇醒，把仍然半睡半醒的他带到灯光底下，带到有药味儿的房间里来，这股味儿如今已与这个房间不可分了，这儿还有另外一股气味，他以前没有闻到过，现在却一下子就明白是什么了，而且今后再也不会忘记，只见那只枕头，那张憔悴衰颓的脸，仍然在用不谙世故、永生不死、困惑、急切的眼光望着孩子，盯看着他而且想告诉他些什么，后来麦卡斯林走上前去俯身在床上，从睡衣上端抽出系在一根油腻的绳子上的大铁钥匙，这时病人的那双眼睛在说对、对、对，麦卡斯林割断绳子，用钥匙打开壁柜，把那只小包取到床前，就在孩子把包拿在手里时，那双眼睛仍然在打算告诉他什么，这么说这还不是时候，那双手一面要给予一面仍然紧紧地抓住这个小包，那双眼睛比过去更急切，一心想告诉他什么但始终没有说出来；他当时已经十岁了，他的母亲也已经死了，这时候麦卡斯林说，'你现在离成年差不多只有一半时间了。你不如把它打开得了：'可是他说：'不。舅舅说过要到二十一岁：'后来他二十一岁了，麦卡斯林就把那盏亮亮的灯移到撤去碗碟的餐桌的中心，把小包拿来放在灯旁，把他的打开的折刀放在小包旁，然后退后一步，脸上摆出一副老一套的严肃的不能容忍而拒人于千里以外的表情，拿起小包，这只在十五年前一夜之间彻底改变了形状的麻布小包，摇晃时发出一种细微、没有分量、不怎么悦耳、古怪、沉闷的咔嗒咔嗒声，那明亮的刀刃在线绳组成的错综复杂的迷宫里搜索着，印有舅舅布钱普名章的瘤状火漆叭嗒叭嗒地掉在餐桌锃亮的桌面上，于是矗立在那堆破麻布当中的是一把仍然崭新的、没有污渍的铁皮咖啡壶，壶中有一把铜币，还有——他现在知道是什么东西使它们发出闷沉沉的声音的了——一堆多得几乎足够做只耗子窝的叠得整整齐齐的字条：有上好的布纹证券纸，有黑人用的有画线的粗纸，有账册上撕下的不整齐的纸，有报纸上撕下的白纸边，还有一张新工装裤的纸商标，全都注明了日期并签了字，最早的一张还是差不多二十一年前他们看着舅舅在同一个房间同一张桌子甚至在同一盏灯的灯光底下把银杯封在麻布包里后不到六个月写的：

　　我欠外甥艾萨克·布钱普·麦卡斯林伍（五）枚金币特立此亲笔所书百分之五利息之借据

　　　　　　　休伯特·菲兹-休伯特·布钱普
　　　　　　　一八六七年十一月二十七日于沃维克

孩子想：'至少他还是叫他的庄园为沃维克的：'至少有这一次，虽然后来再没这样称呼。借条倒还有的是：

艾萨克一八六七年十二月二十四日借你二枚金币休・菲・布

　　此乃借据艾萨克借金币一枚一八六八年一月一日休・菲・布

这以后又是五枚，然后三枚，然后是一枚、一枚，接下去过了很长的一段时间，舅舅做了怎样的一个梦，他梦见的是怎样的堂皇体面的奉还，他根本没想到对别人是否有任何的损害或是辜负了别人的信任，因为这仅仅是一笔借贷：不，是在合伙经营买卖：

　　我布钱普欠麦卡斯林或他的后裔贰拾伍(二十五)枚金币此笔款项与前此亲笔开具欠单所借之一切均按年息复利百分之贰拾(二十)计息。时为一八七三年一月十九日

　　　　　　　　　　　　　　　　　　布钱普

没有写明地点不过从时间上可以推断出来，只签了一个姓，没写名字，就像当年那位骄傲的老伯爵会胡乱涂上一个奈维尔①那样：这样，加起来就是四十三枚了，他自己当然不会记得，可是据说金币共有五十枚，这就对得起来了：一枚：再取走一枚：再一枚：又一枚，然后是最末了的三枚，然后是最后的那张字条，上面的日期是他到这幢房子来和他们一起住之后，笔迹出于一只颤巍巍的手，倒不是一个失败了的老人的手，因为他从来没有被打败因而知道自己的境况，而也许是一个疲惫的老人的手，而且即使如此，那疲惫也仅仅是表面上的，他仍然是气派十足的，那最后一张借据的简短也不是因为气馁才简短，而仅仅是感到大惑不解，像是简简单单的一句评语或一句解释，而废话一点也没有：

────────────

① 指英国历史上的理查德・奈维尔(1428—1471)，他是沃维克伯爵。休伯特・布钱普和他妹妹认为休伯特是沃维克爵位的合法继承人。

银杯壹只。休伯特·布钱普

这时候麦卡斯林说：'不管怎么说你拿到了不少铜钱。可是它们还不够古老，算不上是古董或传家宝。因此你还是必须得拿这笔钱：'只不过他并没有听见麦卡斯林的话，只静静地站在桌子旁边，平和地看着那把咖啡壶，后来，在下一天晚上，他看着这把壶蹲在杰弗生镇一间窄小的、冰窖般的房间里的壁炉架上，但下面甚至也没有壁炉，这时，麦卡斯林把几张叠起来的钞票扔到床上，但仍然站着（除了床根本没有别的地方可以坐），甚至也没有脱下帽子与大衣：于是他说

'算是借的。借你的。这一笔钱：'于是麦卡斯林说

'那可不行。我可没有富裕的钱可以借给你。你下个月得自己上银行去取，因为我不会把钱给你送去：'他这时连麦卡斯林的话也听不见了，只平静地望着麦卡斯林，他的亲戚，几乎可以算是他的父亲，然而现在又不是亲戚了，因为，说到底，连父亲这一代和儿子这一代都不能算是亲人了：这时候他说

'有十七英里路呢，还要在那么冷的天气里骑马。咱们俩可以都睡在这儿嘛：'于是麦卡斯林说

'你既然不愿睡在乡下你自己的房子里，我又何必睡在城里我自己的房子里呢？'说完他就走了，艾萨克望着那只锃亮的、没有锈斑、没有污渍的铁皮壶，寻思——不是第一次了——得有多少因素才能组成一个人（比方说艾萨克·麦卡斯林），而这个人（比方说艾萨克·麦卡斯林）的精神得穿过多少层迷雾才能走上一条迂回曲折的、费尽心机选中的然而却是准确无误的小路，使自己终于成为今天这样的人，不仅惊愕了他们（那些人生下了老麦卡斯林而他又生下艾萨克

的父亲、布蒂叔叔和姑姑^①，还有那些人，他们生下了老布钱普而他又生下艾萨克的休伯特舅舅与母亲），他们相信是自己造就了他，而且也使艾萨克·麦卡斯林大为吃惊。

　　算是借的，先用着再说，虽然他大可不必这样做：德·斯班少校愿意把自己家里的一个房间让给他住，爱住多久就多久，连问都不会问他一声，以后也不会问，而老康普生将军则更热情，他干脆把艾萨克带到自己的房间，让他与自己合睡一张床，他比德·斯班少校热情，因为他直率地告诉孩子自己为什么要这样做：'你和我一块儿睡，不等冬天过去，我就会知道你这样做的原因。你会告诉我的。因为我不相信你真的放弃家产了。看起来你真的是放弃了，可是我在大森林里对你观察得太深了，我不相信你真的放弃了，虽然看起来非常像：'算是借的，付一个月的饭费和房租，把木匠工具买下来，不单是因为他的手干起活来很灵巧，而是因为他有意要亲手劳动，要是让他伺弄马匹他也能对付，他倒不是一味死板地、满怀希望地模仿那个拿撒勒人^②，就像一个年轻的赌徒买一件有斑点的花衬衫来穿上，因为那个老赌棍上一天正是穿了这样一件衬衫发了利市的，而是（他倒没有故作谦卑的人的自命不凡感，也没有自命清高的人那种假谦虚的派头，那种人要自己去赚取衣食，既不特别想去赚取却又必须去赚取，而且赚取的岂止仅仅是衣食）因为如果那个拿撒勒人发现做木匠对于**他**采取并选择去侍奉的生活与目的有益，那么这对于艾萨克·麦卡斯林也必定有益，虽然艾萨克·麦卡斯林的目的，表面上的动机固然很简单，仍然而且将永远为自己所不理解，而他的生活，在种种需要方面固然是不可克服的，如果他有办法的话，因为不是那个拿撒勒

---

① 即卡洛莱纳，她是麦卡斯林·爱德蒙兹的外祖母。

② 指耶稣·基督。他虽然出生在伯利恒，却在拿撒勒长大，见《圣经·约翰福音》第18章第5到7节。他的父亲约瑟是个木匠。

人，他是不会选择这种生活方式的：然后把债还清①。他已经忘了麦卡斯林以他的名义每月存入银行三十块钱，是因为第一次才帮他取出来扔在他的床上的，以后就再也不会这样干了；他现在有了一个合伙人，或者不如说他是别人的合伙人：那是个不敬神的、无法无天的、狡猾的老酒鬼，六二、六三年时在查尔斯顿②造过闯封锁线的船，后来当了船上的木匠，两年前来到杰弗生，谁也不知道他是从哪里来的，为什么要来，他酒精中毒精神狂乱症好了以后在监狱里待了很长时间；他们俩给银行行长的马厩盖过一个新的屋顶（那老头又给关进监狱之后还对这个活儿赞不绝口呢），艾萨克上银行去领工钱，那行长说，'倒是该我向你借钱呢，而不是付工钱给你'③，现在已经过去七个月了，他才第一次想起这件事，已存有二百一十元了，这翻修屋顶的活儿是他干的第一件有点儿规模的活儿，他离开银行时，存单上的账是存入二百二十元，要二百四十元才能相抵，这就是说只要再存二十元就行了④，后来数目总算相抵了，可是这时总额已增加到三百三十元了，于是他说，'我现在要把它转到他的账上去，'行长说，'这我可做不到。麦卡斯林关照过我不让我转。你有没有别的名字缩写可用来另开一个户头。'不转就不转吧，他积攒起来的硬币、银元和钞票放在手帕里打上结，塞在咖啡壶里，就像谭尼的太爷十八年前从沃维克带来时那样包在一件旧衬衫里，他把它放在老卡洛瑟斯从卡罗来纳带来的一只有铁箍的箱子的底部，他的房东太太说，'连

---

① 此句接 286 页第 12 行 "把木匠工具买下来"。
② 美国南方南卡罗来纳州的港口城市。
③ 银行里存有艾萨克名下的麦卡斯林每月存进去的 30 元钱，艾萨克 7 个月不去支取，所以行长才这样说。
④ 艾萨克存单上有 210 元，再加工钱 10 元，共 220 元。麦卡斯林给他存了 7 个月的钱，再加上第一次给他的 30 元，共 240 元，所以说艾萨克还得存 20 元才算还清欠麦卡斯林的钱。

一把锁也没有！而且你连门也不锁，即使人不在你也不锁！'他尽可能平静地望着她，就跟第一天晚上在这同一个房间里望着麦卡斯林时那样，根本不是亲人却比亲人还要亲，就像服侍你甚至为了拿工钱才服侍你的人有如你的亲人，而那些伤害你的人却是兄弟和妻子般亲极了的亲人

他现在有妻子了，他把那个老人从监狱里接出来，带到他租来的房间，费了九牛二虎之力让他清醒过来，自己二十四小时连鞋都没有脱，扶他起床，喂他吃东西，这一回两人从打地基起盖了一座崭新的谷仓，于是艾萨克成了亲：她是个独生女，一个身材纤小的姑娘，可是奇怪得很，比第一次看见她时显得要大一些，也许是结实了一些，眼睛黑黑的，有一张热情的鸡心脸，她居然有时间用大半天工夫看着他在农场上按老头儿量好的尺寸锯木头：她说：'爸爸跟我说了你的事儿。那个庄园实际上是你的，是不是？'于是他说

'也是麦卡斯林的：'于是她说

'有遗嘱规定一半归他吗？'于是他说

'根本不需要什么遗嘱。他的奶奶是我的姑姑。我们两个就跟亲兄弟一样：'于是她说

'你们其实是表舅甥，你们的关系到什么时候也就是只是表舅甥。我看这根本算不了一回事。'后来他们结婚了，他们结婚了，婚后生活是一个新的天地，也是他祖传的一笔遗产，因为这也是全人类的祖传遗产，由土地而来，超出土地但是仍然属于土地，因为他的遗产也是土地漫长编年史的一部分，也是他的遗产，因为每一个人必须和另一个人共同分享才能进入这种经验，而在共同分享时他们成为一体：在那一刻，成为一体：至少在那短暂的一瞬间，他们成为一体：是不可分的，同时至少是不可挽回、不可恢复的，他们仍然住在一间租来的房间里，不过只是暂时的，那个房间即使没有墙、没有屋顶、没有

地板，却已经足够辉煌，使他每天早上离开而每天晚上都要回来；她的父亲已经拥有城里的地皮，还提供了建筑材料，由艾萨克和他的合伙人来盖房子，一个人出嫁妆；三个人出结婚礼物，不让她知道，直到那座平房盖好，可以搬进去，他始终不知道是谁告诉她的，不是她的父亲也不是他的合伙人，甚至在喝酒时也没有讲，虽然有一阵子他相信了这种说法，他本人干完活回家，只有一点时间洗一洗，喘口气，然后就下楼吃饭，他进入的并不是租来的斗室，因为它还有一丝残留的光辉，尽管今后他们会上了年纪，丧失这份光辉；这时候他看到了她的脸，紧接着她开口了：'坐下吧．'两人坐在床沿上，这时身体甚至都没挨着，她的脸绷紧着，很可怕，她的声音是一种激情的、用气声说出的耳语，里面饱含着无穷无尽的许诺：'我爱你。你知道我爱你。我们什么时候搬家？'于是他说

'我根本不——我根本不知道——是谁告诉你的——'一个热辣辣的巴掌狠狠地打在他的嘴上，使他的嘴唇猛地撞击着他的牙齿，弯弯的手指狠狠地埋进他的脸颊，只有手掌稍稍松了一些，让他可以出声回答：

'庄园。我们的庄园。你的庄园．'于是他说

'我——'那只手又飞过来了，手指连同巴掌，挟带着她全身压过来的力量，虽然除了手以外她一点也没有挨着他，她的声音喊道：'不！不！'她的手指本身仿佛透过脸颊追踪着他那夭折在嘴巴里的说话的冲动，然后又是耳语，又是气声，答应给他爱和不可思议的满足，手掌又松弛下来好让他回答：

'什么时候？'于是他说

'我——'这时她走开了，巴掌也离开了他，她站着，背对着他，头垂下，现在她的声音是那么的平静，有一瞬间都不像是他记忆中的她的声音了：'站起来，转过身去，闭上你的眼睛。'他没听明白，她

又重复了一遍，于是他站起来，闭上眼睛，听见楼下传来呼唤吃晚饭的摇铃声，那个平静的声音又响起来了：'把门锁上。'于是他去锁上门，把前额抵在冰凉的木头上，眼睛闭着，听见自己心跳的声音和他站起来以前就开始听见的窸窣声，一直听到不再有声音，这时楼下的铃声又响了，他知道这一次是特地叫他们俩的，但听见了床上的声音，就转过身来，他以前从未见过她裸体，有一次要求过她，也说了为什么：他要看她裸体，因为他爱她，他也要看她赤裸着身子望着自己，因为他爱她，可是那以后他就再也不提这事了，甚至在她晚上把睡袍罩在身上脱掉里面的衣服和早上套上衣服好脱掉里面的睡袍的时候，还主动把脸转开去，而且她总要先把灯灭了才让他睡到床上她身边来，即使在炎热的夏天，她也总要把床单拉得盖住了两人，才让他挨近自己；这时房东太太走上楼梯穿过门厅来敲门了，然后叫他们的名字，可是她没有动，仍然躺在床上被子的外面，头靠在枕头上，转了开去，什么也没有听，什么也没有想，反正没有在想他，他这样想着，这时房东太太走了，她说：'你把衣服脱了。'她的头仍然转了开去，什么也没有看，什么也没有想，什么也不在等，甚至也不在等他，而她那只手好像本身有意志、有视觉似的动起来了，就在他在床边停下的那一刻抓住了他的手腕，使他根本没有停留而仅仅是改变了前进的方向，这时是朝下了，那只手引导着他，她的身子终于动了，在挪动了，这个动作是个完整的动作，是天生就会而并非经过练习的，而且比人类的历史更为久长，她现在看着他，用一只手把他继续往下拉，往下拉，往下拉，而他既没有看见也没有感觉到她这只手的移动，这时她的手掌抵住了他的胸膛，在推开他，还是那样明显地没有用力也不需要使劲，这时都不在看他了，她没有看的必要，这个贞洁的女人，这个做妻子的，已经在鄙视一切性欲冲动的男人了，这时她整个身体变了，不一样了，他过去从未见过她的肉体除了这次，但现在她甚至也不是他见过的那个肉体而是自有人类历史以来所有自愿朝天躺平张开的女人肉体的综合体，从这肉体的某处，连嘴唇都没动一动，竟发出一个极其微弱然而又是不屈不挠的耳语：'答应我：'于是他说

'答应什么？'

'那庄园。'他动起来了。他已经动了，那只手再一次从他胸前移到他手腕那里，握住了手腕，她的手臂仍然是松弛的，只有手指在轻轻地不断增加压力，仿佛那胳膊和手是条一头打了结的铁缆，他去拉时那只手只有握得更紧。'不，'他说。'不：'她现在仍然不在看他，但表情和对方不同，只是手还在使劲儿：'不，我告诉你。我不愿意。我不能。永远也不：'可是那只手还在使劲儿，于是他说，这是最后的一次了，他想尽可能说得清楚些，他知道语气仍然是温和的，他同时想，比起在那个从来没有什么书可看的打猎营地里听过男人们聊的一大套话的我，她已经懂得更多了。男孩十四五岁时才莽莽撞撞、又怕又想地去打听的事，她们天生就已经感到厌烦的了：'我不能。永远也不能。你得记住：'那只手仍然是得寸进尺而丝毫也不放松的，于是他说了一声好吧，同时又想，她是堕落的。她天生就是堕落的。我们都天生就是堕落的这时他什么也不想了，甚至还说了一声好吧，这事和他梦见的全然不同，更不要说仅仅听男人们聊天所得的印象了，最后不知过了多久他回到尘世来，精疲力竭地躺在永无餍足、无法追忆的海滩上，而她又一次以一个比人类历史更为久长的动作转动身子，使自己摆脱出来，在他们新婚之夜她哭过来着，因此他起先以为她现在又在哭了，她正把头埋在拍松的、棉花塞得足足的枕头里，那声音来自枕头与高声哄笑之间的某处：'也就到此为止了。我这方面就只能做到这地步了。如果这次不能使你得到你说起的那个儿子，那么你的儿子也不会是我生的了。'她侧身躺着，背朝那间租来的空

荡荡的房间，笑啊，笑啊

5

在木材公司进入大森林开始砍伐森林之前，孩子还回过营地一
次①。德·斯班少校本人可就没有这份眼福了。可是他欢迎大伙儿再
去使用营地里的那所房屋，欢迎他们随时到森林里去打猎，于是在山
姆·法泽斯和"狮子"死去的那最后一次打猎后的第一个冬天，康普
生将军和华尔特·艾威尔想出了一个点子：把他们这些过去一起打
猎的老伙伴组织成一个俱乐部，把营地出租并出让进森林打猎的特
权——这点子显然出自老将军那多少有点幼稚的头脑，不过倘若说这
实际上是布恩·霍根贝克本人的发明倒也不好算委屈他。就连那孩子
听说了也能识别出它不过是一种花招：既然无法改变豹子，那就想办
法改变豹皮上的斑点。这样一个毫无现实基础的凭空设想的计划有一
阵子似乎把麦卡斯林也吸引住了，仿佛一旦他们说服德·斯班少校回
到营地去，没准他真的会改变初衷似的，这一点就连那孩子也不相
信。他果然没有改变初衷。孩子不知道德·斯班少校当时拒绝这一建
议时的情况怎么样。研究这个问题时孩子并不在场，麦卡斯林也从未
跟他说过。不过到了 6 月，到了该庆祝他们两人的生日的时候，没有
人提起这件事，转眼又是 11 月了，也没有人谈起要借用德·斯班少
校的林中房屋，孩子始终不清楚德·斯班少校是否知道他们要去打猎
的事，但他敢肯定老阿许是会这样告诉少校的：孩子、麦卡斯林、康
普生将军（这回也是将军的最后一次打猎了）、华尔特、布恩、谭尼

---

① 发生在 1885 年，这时艾萨克 18 岁。

的吉姆和老阿许把两架大车装得满满实实的，赶了足足两天的路，走了差不多四十英里，来到了这孩子从未到过的一个陌生地方，在帐篷里住了两个星期。第二年春天，大伙儿听说（不是从德·斯班少校那里听说的），少校把砍伐森林的权利卖给了孟菲斯的一家木材公司，6月里的一个星期六，孩子跟随麦卡斯林进城，来到德·斯班少校的办公室——这是个宽敞的、空气流通的、四壁摆满书的二层楼房间，一面墙上有几个窗户，看出去是几家商店破破烂烂的后院，另一面墙上有一扇门，通向俯瞰广场的带栏杆的阳台，还有一个挂着帐幔的小壁龛，里面放着杉木水桶、糖罐、勺子和酒杯，还有一只外面套着柳条筐的小口大酒瓶，里面是威士忌，在写字桌上方有把竹子和纸糊的大风扇在来回摆动，老阿许正坐在门口一把翘起两只脚的椅子里，在拉风扇绳子。

"那还用说，"德·斯班少校说，"阿许没准自己也想躲到森林里去快活几天呢，到了那儿，他可以不用吃黛西① 做的饭了。反正他老在嘀嘀咕咕嫌这儿的饭不好吃。你们是不是打算带谁一起去？"

"不，先生，"孩子说，"我原先想也许布恩……"布恩已经在霍克铺当了六个月警长了；当初德·斯班少校和木材公司谈好条件——也许说彼此达成妥协更接近事实，因为木材公司决定，与其让布恩当伐木队的工头，还不如让他当镇上的警长。

"好吧，"德·斯班少校说，"我今天就给他打电报。让他在霍克铺接你们。我让阿许坐火车去，让他们带些吃的到森林里去，这样，你们只消骑马上那儿去就行了。"

"好的，先生，"他说，"谢谢您了。"接着，他听见自己的声音又响了。他本来没打算开口，可是他知道自己会说的，他早就知道自己

---

① 阿许的老伴。

会说的。"也许要是您也……"他的声音一点点变轻了。这声音终于停住了,他也不知道怎么会的,因为德·斯班少校根本没有开口,而且是在他的声音沉寂了以后德·斯班少校才移动身子走回到桌子和桌子上放着的文件前面去的。那些文件根本没有动过,因为孩子走进房间时,少校正拿了份报纸坐在桌子前,孩子站在那儿俯视这个矮矮胖胖的花白头发的人,穿着一件素净上好的绒面呢外衣和一件洁白得耀眼的衬衫,但在孩子的印象中,他老是脚登皮靴,身穿一件满是泥巴的灯芯绒外套,胡子拉碴的,坐在一匹毛糁糁的、健壮有力、蹄关节长长的牝马背上,前鞍鞒上横搁着一支破旧的温彻斯特卡宾枪,那只蓝色的大狗则一动不动有如青铜像似的站在马镫旁,在那最后一年的打猎时,少校和"狮子"就是这样站着的,而反正在孩子眼里,这个人和这只狗都变得多少有点相像了,就和两个在恋爱与事业上都有一手的人在长期恋爱与一起工作之后有时真的会变得相像一样。德·斯班少校的头再也没有抬起来。

"不。我这几天事情太多。不过我祝你们运气好。要是有可能,给我带只小松鼠来也好。"

"好的,先生,"他说,"我会给您带来的。"

他骑上了他的牝马,那头他自己养育长大并训练好的三岁口的小母马。他是半夜后不久离开家的,六小时之后,他甚至没让牝马出汗就来到了霍克铺,他一直以为这个小小的木材转运站也是德·斯班少校的私产,其实德·斯班少校好多年前仅仅把一块地皮卖给了木材公司,也就是现在修了岔轨、造了货运月台和零售商店的那块地皮。虽然他事先已经听说了,也相信自己是有精神准备的,但放眼向四周一看,仍然大吃一惊,既感到黯然又感到愕然:原来这里出现了一座已盖了一半的新的木材加工厂,建成后要占两到三英亩的面积,而堆积的铁轨不知有多少英里长,上面新生的铁锈颜色还是鲜红鲜红的,还有一堆堆枕木棱角还很锋利，上面涂了木馏油，这里还有至少可以给二百头骡子用的畜栏和槽头，还有许多给赶牲口人住的帐篷；于是他尽快把他的牝马安排好托人照料，送入马厩，不再朝镇子看一眼，便带了他的枪登上运木列车的守车，爬上圆形的眺望台，只顾盯着前面那堵森林筑成的墙，进入那里之后不管怎么说他可以再一次躲藏起来，远离尘嚣了。

接着，小火车头尖叫了一声，开始移动了：排气管急急地震颤着，松弛的车钩开始懒洋洋而不慌不忙地拉紧，一阵碰撞从车头一点点传到车尾，当守车也往前移动时，排气管变为发出一阵阵深沉、缓慢的啪啪声，孩子从圆形眺望台望出去，只见火车头完全拐过了这条铁路线上的第一个也是唯一的弯道，随后便消失在大森林里，把身后的一节节车皮也拖了进去，就像是一条肮里肮脏的不伤人的小草蛇消失在野草丛里，还把孩子也拖进森林，不久就以最大的速度，发出卡嗒卡嗒的响声，又像过去那样急驶在两堵未经砍伐像双生子那样相像的林墙之间。这列火车以前倒是没什么害处的。不到五年之前，华尔特·艾威尔就站在这节行进的守车里打中了一只有六个叉尖的公鹿，对了，还有关于那只半大不小的熊的轶闻呢：火车第一次开进三十英里外林中采伐地的那回，有只熊蹲在铁轨之间，屁股翘得老高，像是只在嬉戏的小狗，它正用爪子在刨掘，看看这里是不是藏有什么蚂蚁或是甲虫，也许仅仅想仔细看看这些古怪匀称的、方方正正的、没有树皮的木头，它们一夜之间不知打哪儿冒出来，形成了一条没有尽头的数学上的直线。它一直在那儿刨掘，直到坐在扳了闸的机车上的司机在离它不到五十英尺处朝它拉响了汽笛，才疯狂地跑开，遇到第一棵树就爬了上去：那是棵幼小的栎树，比人腿粗不了多少，这只熊爬到再也没法往上爬的地方，抱紧树干，当司闸员把一块块石碴朝它扔去时，它把脑袋缩在脖子里，就像一个男人（也许应该说像个女人）会做的那样。而当三小时后，机车第一次拉着装满原木的车皮开回来时，那只熊正往下爬到那棵树的半中腰，看见火车开来，又赶紧爬上去，爬到再也没法爬的地方，抱紧树干，看列车开过去，等到下午火车重新开进森林，它还在那里，等到黄昏时火车开出森林，它依旧在树上；那天下午，布恩正好赶了大车到霍克铺去拉一桶面粉，听到了火车上的员工说起这档子事，便赶紧和阿许（当时两人都比现在年轻二十岁）到那棵树下坐了整整一宿，不让人家用枪打它，第二天早上，德·斯班少校把这运木材的火车扣留在霍克铺，这一天日落前不久，在场观看的就不仅是布恩和阿许了，还有德·斯班少校、康普生将军、华尔特和麦卡斯林，当时他只有十二岁，而这只熊在树上待了差不多三十六个小时才下树，连一口水都没喝过。麦卡斯林告诉那孩子，一时大家还以为熊就要在那儿的取土坑边停下来喝水呢，当时他们这群人都站在那儿，但那只熊瞧瞧水，顿住了，瞧瞧人，又瞧瞧水，却没有停下来喝水，而是小跑着走了，用的是熊奔跑的姿势，两对爪子，一前一后沿着两条分开而却又是平行的路线前进。

当时那列火车还是没什么害处的。他们在打猎营地里有时候能听见这运原木的火车经过的声音；这是有时候，因为根本没人操心自己听见了还是没有听见。他们有时听见空车开进森林，跑得又轻又快，只听得车皮发出的轻微的卡嗒卡嗒声、小火车头排废气的声音以及那发出烤花生小贩用的哨子般尖利的汽笛声，那短促的一声刚发出，便被沉思默想、不理不睬的大森林吸收了去，连一声回音都没有。他们又会听见满载的火车从森林深处驶出，这时行驶得不那么快了，可是给人一种幻觉，仿佛在用爬行速度前进的是一架发狂的玩具，它这时为了保存蒸汽也不鸣笛了，仅仅从疯狂的、毫无意义的虚荣心出发，把一小口一小口受折磨的、费了好大劲儿才吐出的废气，喷到亘古以来就存在的林木的脸面上去，它既空虚，又吵闹，还很孩子气，连这些条木要运到何处去、派什么用场都不知道，而搬走这些木头也不会在哪儿留下伤疤与残根，就像一个孩子用玩具车在玩装沙运沙的游戏，卸掉之后又急急跑回来再装，毫不疲倦，毫不停顿，急急匆匆，但是怎么也赶不上耍弄那孩子的那只"手"快，这只"手"耍了个手法，把玩具车卸下的沙子又重新装回到玩具车上。现在情况可不一样了。还是同样的火车，同样的机车和守车，连司机、司闸员和车长也都是原班人马，两年前的那一天，就是对着这几个人，十四小时之内喝醉了清醒过来再喝醉再稍稍清醒的布恩曾经夸下海口，第二天他们这些打猎的准备怎样收拾老班，而这火车还是以同样让人觉得仿佛正以快得发疯的速度行驶在同样那两堵一式一样的不可穿越、密不通风的林墙之间，一路经过的还是那些老路标，还是那些古老的林中十字路口，那是野兽的脚长年累月走出来的，在这里，他追踪过受伤和没有受伤的公鹿，也不止一次地看见它们，那些不光没有受伤而且是矫健异常的公鹿，冲出树林，跳上并越过铺有铁轨和枕木的路基，又跳下去重新奔进树林，它们本应像陆地动物那样跑动，然而却像飞箭似的穿越空间，根本不挨地面，身子变长，足足有原来的三倍，而且显得淡了，连颜色都变了，仿佛在纹丝不动与绝对动之间存在着一个质变的点，越过这个点连物体的化学成分都会起变化，变的时候肉体与精神上都不感到痛苦，不仅在大小和形状上起变化，而且连颜色也会变，变得接近风的颜色，可是这一回仿佛是那火车（其实也不单是火车而且还有他自己，不单是他见过那副景象的视觉和记忆犹新的印象，而且还有他的衣服，就像衣服能把病房或陈尸间里那种逐之不去的恶臭带到无边无际的流动着的新鲜空气里来），在斧钺尚未真正大砍大伐之前就把尚未建成的新木材厂和尚未铺设的铁轨、枕木的阴影与凶兆带进了这片注定要灭亡的大森林；他这时知道早上他一见到霍克铺时有所感但未能明确形诸语言的想法是什么了：何以德·斯班少校不再回来打猎，而且他本人在非来看看不可的这一次之后也绝对不会再来了。

现在他们快到了。不等司机拉汽笛警告他就知道了。接着他看见了阿许和那辆大车，缰绳不用说又是缠绕在闸杆上，但就孩子记忆所及，德·斯班少校禁止阿许这样做都足足有八年了，这时火车一点点慢下来了，松弛的车钩的声音又一颠一撞地从车头传到车尾，当守车缓慢地在大车旁边经过时，他拿着枪从车上跳下，车长在他头上伸出身子向机车发信号，守车仍然在减速，一点点在爬行，虽然机车已经在朝吸去一切声音的森林越来越急地喷气，挂钩的碰撞再一次朝车尾传来，终于守车加快了速度。又过一会儿，火车消失了。像是从来也没有存在过似的。他听不见火车的声音了。大森林意气飞扬，它在沉思默想，不理会周遭的一切，它仪态万千，亘古常青；它比任何木材厂的储木棚古老，比任何铁路支线都要漫长。"布恩先生到了吗？"他说。

"他比我先进森林，"阿许说，"昨儿个我到霍克铺时他已经替我把大车装好了，昨晚我坐火车来到营地看见他坐在房前台阶上。今儿个天还没亮他就到树林里去了。他说要上橡胶树那儿去，让你一边打猎一边走到那儿去找他。"孩子知道那棵树在哪里：那是孤零零的一棵甜橡胶树，就在树林的边上，在一片古老的林中空地中；如果你在一年中这个时节轻手轻脚地走到树林边缘，然后突然跑进林中空地，你能发现这棵树上有时居然有十来只松鼠，它们全都跑不了，因为附近没有它们能跳过去的树。因此孩子根本没有爬上大车。

"我去。"他说。

"我料想你会去的，"阿许说，"我给你带来了一盒子弹。"他把子弹从车上递给孩子，就开始把缰绳从车闸杆上解下来。

"你倒说说看，少校关照你别这样干，至今说了有多少遍？"

"别怎样干？"阿许说，接着他说，"你去告诉布恩·霍根贝克，一个小时之后开午饭，要是你们想吃，到时候别忘了回来。"

"一个小时？"孩子说，"现在还不到九点。"他掏出自己的表，把表面对着阿许，递过去给他看。"你瞧。"可是阿许连看都不看。

"那是城里的时间。你现在不是在城里。你是在树林里。"

"那你瞧瞧太阳。"

"你也别管太阳，"阿许说，"要是你跟布恩·霍根贝克想吃饭的话，最好照我说的那样准时回来。我打算在那个厨房里做饭，因为我还得腾出时间砍柴。你走路脚底下多留神。长虫在到处乱爬。"

"我会留神的。"孩子说。

接着他走进了大森林，这儿不只有他一个人，但他是孤独的；孤独紧紧地包围住他，现在是夏季，这孤独是绿色的。孤独并没有改变，它不受时间的限制，不会改变，正如夏天的绿色、秋天的林火与雨以及铁一般的寒冷，有时甚至白雪也不会改变

那天[1]，他杀死公鹿、山姆用热腾腾的鹿血抹在他脸上的那个早晨，他们回到营地，他记得老阿许一个劲地眨眼，满不高兴，甚至还大发脾气，表示不相信，直到最后麦卡斯林不得不出来作证，说他的确杀死了一只鹿：那天晚上阿许坐在炉子后面大声咕噜，谁也不理，结果只好让谭尼的吉姆来开晚饭，第二天早上也由吉姆叫醒大家去吃已经摆好在桌子上的早饭，但那时才只半夜一点半钟，最后，从德·斯班少校的怒斥和阿许的猖猖抱怨和阴郁的顶嘴中，人们弄清楚原来是阿许也想到大森林里去杀死一只鹿，而且还非去不可，于是德·斯班少校就说

---

[1] 以下是艾萨克回忆 11 岁时与阿许一起打猎的情形。杀死公鹿一事，见本书《古老的部族》。

了，"天哪，要是咱们不让他去，那看样子往后每顿饭都得自己做了。"华尔特·艾威尔也接着说："要不就是每天半夜起来吃阿许做的早饭。"由于孩子这次打猎已经打到了他分内该打的公鹿，就不该再打了，除非是大伙儿需要鹿肉，因此他建议让阿许用他的枪，最后，德·斯班少校作主让孩子把枪给布恩用一天，并决定把布恩那支难以捉摸的手扳枪栓的枪交给阿许用，同时交给他两发大号铅弹，不料阿许却说："子弹我有。"还把子弹拿出来给大伙看，一共有四颗：一颗是大号铅弹，另一颗是三号打兔子的子弹，还有两颗是打鸟的子弹；他还讲每一颗的历史和来历，孩子不仅记得阿许脸上的表情，而且还能记得德·斯班少校、华尔特和康普生将军的表情以及阿许的声音："能不能打？当然能打啦！这一颗"——指大号铅弹——"是康普生将军给我的，是从八年前他杀死那只大公鹿的同一杆枪里退出来的。还有这一颗，"——他指的是打兔子的枪弹，得意扬扬地说，"比这孩子的年纪还大呢！"那天早晨阿许自己往枪里装子弹，把次序颠倒了过来：先装打鸟的子弹，然后是打兔子的，然后才是大号铅弹，这样，大号铅弹就可以先进入枪膛，就这样孩子本人没有了枪，就和阿许走在德·斯班少校和谭尼的吉姆的坐骑以及狗群的旁边（那是下雪的季节），直到它们散开四处寻找并且突然遇见猎物，那一声声美妙的粗犷的叫声飘进沉闷的不断下降的空气中，几乎马上就听不见，仿佛那些不断在下的悄然无声的雪片甚至把尚未形成的回声都已埋进它们那无穷无尽的没有重量的降落之中，这时德·斯班少校和谭尼的吉姆也走开了，一边呼唤着狗一边走进了树林；这以后一切都解决了，孩子知道得很清楚，仿佛阿许告诉了他这时已经猎到了自己的鹿，而且连他乳臭未干就打死了一只公鹿这样的事也被原谅了，于是他们转过身子穿过降落的雪花朝家走去——也就是说，阿许问："现在该怎么走？"而他就说，"朝这边走"——他本人走在前面，因为，虽然他们离营地还不到一英里路，他知道阿许根本弄不清楚他们此刻在什么地方，尽管二十年来，阿许每年都要到营地来待上两个星期；走了不久，阿许拿着布恩那支枪的姿势实在让人心惊肉跳，孩子就让阿许在前面走，于是阿许便跨着大步一边走一边说话，像个老人那样絮絮叨叨地自言自语先是说此时他在什么地方接着便讲森林又讲在森林里安营扎寨的事然后讲在营地里吃饭的事又讲吃饭的问题再讲做饭的问题讲他老婆做的饭然后讲他老伴的简历紧接着便滔滔不绝地讲起一个肤色不太黑的新来的女人的事，这婆娘在德·斯班少校隔壁人家当保姆，阿许说要是她不看清楚她是在跟谁搔首弄姿的话他就要让她明白一个老人究竟是老呢还是不老不过还得没有他老伴整天严密的监视才行，这时两人穿过一丛密密的藤和荆棘中的一条野兽踩出来的小径，这条小径能把他们带到距离营地四分之一英里的地方，他们走近一根横躺在小径上的倒下的树干，还在说个没完的阿许正想抬起脚从上面跨过去，一只熊，那是只一岁的小熊崽，突然在树干另一边坐起身来，前肢抱在胸前，两只爪子软绵绵地耷拉着，仿佛它正蒙住脸在祈祷时被突然惊动了；过了片刻，阿许的枪颤巍巍地举了起来，孩子就说："你枪膛里还没有子弹呢。快扳枪栓呀！"可是那支枪已经咔哒响了一声，孩子又说："拉枪栓呀。你枪膛里还没有子弹呢！"于是阿许便把枪栓摆弄了几下，过了一会儿枪总算握稳了，只听见咔哒响了一声，孩子又说："拉枪栓！"他看见那颗大号铅弹蹦了出来，急旋着落进了藤丛。这一颗该是打兔子的枪弹了，他想，于是那支枪又咔哒响了一声，他又想：下一颗该是打鸟的枪弹；他没有必要再提醒阿许拉枪栓了；他大声喊道:"别开枪了!别开枪了!"可是已经为时太晚,还不等他把话说完,又发出了那样轻轻的、平淡无奇的、恶意嘲弄人的咔哒一声!只见那只熊转过身,四脚落地,然后就无影无踪了,留下的只有树干、藤丛以及那天鹅绒般的不断在下的白雪,这时阿许说:"现在该怎么办?"他就说:"朝这边走。来吧。"于是开始顺着小径倒退着走出去,阿许又说:"我得找回我的子弹。"他就说:"让它见鬼去,让它见鬼去,走吧。"可是阿许把枪支在树干上,走回去,弯下身来在藤丛根部乱摸,结果孩子也只好走回去,弯下身来帮阿许找到了子弹,他们直起身来,这时,在六英尺外支在树干上根本没有人碰的当时两人几乎都忘了的那支枪突然吼叫起来,砰的一声,发出闪光,然后沉寂下来;现在孩子背起了枪,把最后一颗保存那么久像具木乃伊似的子弹退出来,也一起交给阿许,就让后膛打开着,他自己背着枪,一直背到把它靠在营地中布恩床后的屋角里

——;夏季、秋季、下雪的冬季、滋润的充斥汁液的春季,一年四季周而复始永恒地循环着,这是大自然母亲那些不会死亡的古老得无法追忆的阶段,她使他几乎变为一个成年人,如果真的有谁使他成长的话;大自然对一个黑女奴和契卡索酋长所生的老人来说也像父母亲一样,这老人曾是他精神上的父亲,如果某人能是一个人精神上的父亲的话;他敬佩、尊重、爱戴、痛惜并哀悼这位老人;有一天他本人会结婚,他们也将拥有一段短暂的、不实的光辉时刻,正因为它本质上是无法持久的,所以才是光辉的;另外,他们也会,可能会甚至把这样的记忆带到肉体不再与肉体对话的时刻里去,因为记忆至少还是能长期保存的;但是森林仍将是他的情人、他的妻子。

他并不在朝那橡胶树走去。事实上他离开这棵树越来越远了。从

前，那还是不多久以前，没有人陪伴是不许他进森林的，过了不多久，他开始明白自己有多少事还不懂得，竟没有人陪着就不敢进森林了，再过了一阵，他开始弄清楚，当然还是蒙蒙眬眬的，他所不知道的事情的范围时，就敢于试图拿着一只指南针穿越森林了，这倒不是因为他对自己增强了信心，而是因为麦卡斯林、德·斯班少校、华尔特和康普生将军都终于教会了他要相信指南针，不管它表面上指明的是什么方向。现在他连指南针也不用，仅仅依靠太阳，而且也只是下意识地依靠就行了，其实他大可带一张大比例尺的地图来，随时可把自己实际所在的方位标到地图上去，偏离不至于超过一百英尺；果然，几乎就在他预期的那一刻，地势开始逐渐升高了，他经过了四根水泥界标中的一根，这是木材公司的测量员为了标明德·斯班少校留下不卖的那块地的四边而埋置的，接着他站在那小土丘本身的顶上，四根界标都进入了他的视野，它们即使经过了冬季的风霜雨雪的摧残仍显得很苍白，在这片土地上显得那么没有生气而令人震惊地不协调，因为在这片土地上，分解本身就是一个射精、膨胀、受孕、分娩的过程，而死亡竟然是根本不存在的。经过两个冬天落叶的掩埋和两个春天洪水的冲洗，那两个坟丘已经了无痕迹。可是走这么远路来扫墓的人是不需要墓碑的，单靠山姆·法泽斯亲自教他的办法就能找到：看树木的方位就成；而且的确如此，他用猎刀朝土里刺去，几乎第一下就戳到了（但只不过想了解一下是否还在那儿）那只本来制造好了用来盛车轴润滑油现在却装着老班一只干枯毁形的脚爪的铁皮罐头，"狮子"的骨骸就埋在罐头底下。

他没有去动它。他甚至也没有去寻找那另一个墓穴，两年前的那个星期天，他和麦卡斯林、德·斯班少校以及布恩把山姆的遗体放在里面，一起放进去的还有山姆打猎用的号角、猎刀和烟斗；他没有必要找了。他的两只脚一定跨越过这墓穴，说不定就踩在它的上面呢。

不过这也没有关系。没准今天早晨还不等我来到这儿他早就知道我到森林里来了呢，他想，一直走到一棵树前，麦卡斯林和德·斯班少校找到他们那天，他们曾用这树来支撑放山姆遗体的平台的一端——就是这棵树，它的树干上钉着那另一只盛润滑油的铁皮罐，但它已饱经风霜，生了锈，也显得很不协调，但现在伤口已被这大森林消溶一切的同化力所治愈，它不再发出不和谐的声音，里面已经空空如也，他那一天放进去的食物和烟草早已不见，同样快就会消失的是他即将从口袋里取出放进去的东西——一扎烟草、一条新的印花大手帕、一小纸袋薄荷糖，那是山姆生前最爱吃的；这些也会不见的，几乎还不等他转过身去，不是消失，而仅仅是转化成万千生机，它们会在这些不见阳光的秘密地方的幽深处印下纤巧的、小精灵般的脚印，它们，呼吸着的、等待着的以及固定不动的，都在每一根枝丫和每一片树叶后面窥视着他，直到他移动、又移动起来、继续朝前走去；他没有停下，他仅仅是驻留了片刻，旋即离开了土丘，这儿并不是死者的葬身之地，因为世上本来就没有死亡，这儿没有"狮子"，也没有山姆；他们并没有被土地紧紧地围裹住，而是自由地待在土地里，不是栖身在土地里，而是本身就属于土地，生命虽有千千万万，但每一个都密切相关，不可分离，叶子、枝丫与微粒，空气、阳光、雨露与黑夜，橡实、橡树、叶子再又是橡树，天黑、天亮、天黑再天亮，周而复始，一成不变，形态虽有万千种，规律却只有一个：还有老班，老班也是这样；他们连脚爪也会还给它的，肯定会还的：然后是长期的对抗和长期的追逐，没有被逼迫被激怒的心，没有被抓伤和流血的皮肉——就在他惊呆的那一刻，他仿佛也还听见了阿许与他分手时的叮嘱。他甚至能听见阿许的声音，当时他惊呆了，一动不动，一只脚刚把全身的重量承受下来，另一只脚的脚尖刚刚在身后举起，他屏住了呼吸，又像过去那样感到有一阵剧烈的惊恐涌进全身，啊，艾萨克·麦卡斯林已有很久没有这种感觉了，这么说，当他低下头来看它的时候他的感情是恐惧而不是惊骇了。这东西还没有盘卷起来，也没有发出嘶嘶声，它只是沉重而迅速地往回一缩，它的颈部绕成的环圈偏向一侧，仿佛仅仅是为了缠紧些好让抬起的头能稍稍后倾，它也没有感到惊骇，也还没有真正开始威胁对方，这东西有六英尺多长，那抬起的头比他的膝头还高一些，但离开的距离却比他的膝高要短一些，它老了，年轻时一度斑斓刺眼的花纹已暗淡下来，变成单色，也与它匍匐潜行的大森林相协调：这老家伙，自古以来就受到诅咒①，既能致人死命而又形单影只，现在他能够闻到它的气味了：一股淡淡的叫人恶心的气味，像腐烂的黄瓜，也像某种说不出是什么东西的气味，让人想起所有的知识、一种古老的倦怠、低贱的种姓和死亡。它终于动弹了。动的不是头部。它开始从他身边滑行开去时，那高高昂起的头并未改变姿势，它挺直地在空中移动，只是不像方才那样垂直，仿佛这头部和昂起的三分之一身躯是自成一体的：是一个用两只脚行走的不受一切质量与平衡定律支配的活物，而且是本应如此的，因为即使现在，他仍然无法完全相信那投出流动与滑行着的影子的移动着的头真的是一条蛇的头；它走着走着，终于走掉了；他这时才把另一只脚放了下来，连自己也不清楚这是怎么搞的，只顾站在那儿，举起了一只手，和六年前那个下午山姆的姿势一模一样，那天山姆把他带进大森林，领他看这看那，他就是从那天起告别童年时期的，现在他用山姆那天讲的古老的语言说话了，也同样地不假思索："酋长，"他说，"爷爷。"

　　他说不上来是什么时候开始听到那个声音的，因为当他明确意识到的时候，他觉得已经听到有好几秒钟了——那声音像是一个人在用

---

① 隐指《圣经·创世记》中因引诱夏娃摘食智慧果而受到上帝诅咒的那条蛇。

枪筒敲击一段铁轨，很响，很重，倒不是很急，然而有几分狂乱的劲儿，仿佛那个敲击者不仅很强壮，很认真，还多少有点歇斯底里。不过这人不可能在运木材的铁路线上，因为虽然方向是对的，铁路线却离他至少有二英里，而这声音肯定是在三百码之内。他正在这么思忖，忽然明白这声音该来自何方：不管这人是谁，正在干什么，反正这人是在林中空地边缘那棵橡胶树的附近，也就是他要和布恩会合的地方。到现在为止，他一面前进一面在搜索猎物，走得很慢，很轻，既看地面又看树上。现在他继续往前走，枪膛里没装子弹，枪口斜着朝上，枪柄朝后，使自己较容易穿过荆棘和灌木，他逐渐走近，那不间断的金属敲击金属的声音也越来越响，那是种野蛮的、歇斯底里得有点邪门的声音。他穿出树林，来到林中空地，正好面对着那棵孤单的橡胶树。一眼看去，那棵树上仿佛满是发狂的松鼠。看起来总有四五十只，正在树枝之间跳过来窜过去，以致整棵树仿佛变成了癫狂的叶子形成的一个绿色大旋涡，而时不时会有一只、两只或是三只松鼠从树干上蹦下来，落地后不停地打旋，然后窜回树上，仿佛是被伙伴们组成的那个疯狂的旋涡所造成的真空猛烈地吸回去似的。这时他看见布恩了，正坐在地上，背靠着树干，低着头，疯狂地敲击着放在膝上的什么东西。他用来敲击的是拆下来的枪筒，而他所敲击的是那支枪的后膛。剩下的部分给卸成六七片，散摊在他身边，他低垂着一张通红的、淌着汗的核桃般的脸，正以一个疯子不顾一切的劲儿用卸下的枪筒敲打着膝上的后膛。他甚至没有抬起头来看看走过来的是谁。他继续敲击着，仅仅用嘶哑发噎的声音向孩子喊道：

"滚开！别碰它们！连一只也不许你碰！它们是我的！"

三角洲之秋

他们现在很快就要进入三角洲了。那种感觉对他①来说是很熟悉的。五十多年来，每年11月的最后一个星期，他就会重温这种感觉——那最后一座小山（山脚下肥沃、绵延的冲积平地朝前伸展，就像大海从巉岩脚下展开一样）在11月不紧不慢的雨丝底下在远处消溶，就像大海本身在远处消失那样。

早年间，他们是坐大车来的：里面装载着枪支、被褥、猎狗、食物、威士忌，还有期待打猎的那种兴高采烈的急切心情；那些年轻人，他们在冷冰冰的雨里赶车，能赶上整整一夜和第二天整整一天，在雨里搭好帐篷，裹在湿漉漉的毯子里睡觉，翌日天一亮就爬起来去打猎。那会儿森林里还有熊。猎人开枪打母鹿或小鹿，也和打公鹿一样，毫不迟疑，到了下午，他们用手枪射击野火鸡，试验他们偷偷走近猎物的本领和枪法灵不灵，只摘下胸脯肉，别的全都扔给狗吃。那样的好时光现在可一去不复返了。如今他们坐汽车

---

① 指艾萨克（艾克）·麦卡斯林。本篇是根据他的视角来写的。时间是四十年代初第二次世界大战进行期间，他当时已快80岁。

去打猎，车子每年都比上一年开得快，因为道路越来越好，他们要赶的路也越来越长了，而仍然有猎物的区域每年都在往里退缩，就像他的生命之火越燃越弱一样，时至今日，当年坐大车不觉得苦的那批人中，他是最后的一个了，而现在陪他打猎的伙伴都是那些冒着雨或雪珠在冒热气的骡子后面赶二十四小时大车的人的儿子甚至孙子了。大伙儿现在叫他"艾克大叔"，他也早已不告诉别人自己眼看就要满八十岁了，因为他和大家一样清楚，他一路劳顿赶这么远的路来，即使是坐汽车，也纯粹是多此一举。

实际上，每当他如今在帐篷里过头一个晚上，睡在又粗又硬的毯子下，浑身酸疼，难以入寐，身上的血液仅仅因为允许自己喝的一小杯稀稀的兑水威士忌才稍稍有点儿暖过来时，他总告诉自己说这是最后一次打猎了。可是他总是从那次出猎中挺了过来——枪法仍然几乎和原来一样好，看见的猎物给他打中的几乎仍然和原来的一样多；他甚至都记不清在他枪口前倒下的鹿有多少只了——而第二年夏天那漫长的酷热又会使他变得年轻一些。接着11月又到了，他又一次坐在汽车里，同行的是他的老哥儿们的两个儿子，他不仅教会他们辨别公鹿与母鹿的脚印，而且还使他们能分清它们走动时的不同的声音，他会透过挡风玻璃雨刷的抽搐的弧形朝前看，看见土地突然变得平坦，下降，在雨点底下在远处消溶，就像大海本身会在远处消溶一样，这时候他又会说："好，孩子们，咱们又来到这儿了。"

可是这一回，他没有时间说这句话。开车的猛地停住车，狠踩车闸，让汽车吱的一声在滑溜溜的路面上停下来，连招呼都不打一声，竟然把两个乘客往前冲，直到用手撑住才把这股势头抵消。"怎么搞的，洛斯！"坐在当中的那人说，"你就不能刹车前先吹一下口哨吗？你受伤没有，艾克大叔？"

"没有，"老人说，"是怎么一回事？"开车的没有回答。老人的身子依然往前倾着，他把眼光越过隔在当中的那位，仔细地察看他亲戚的那张脸。那是他们几个人当中最年轻的一张脸，鹰钩鼻子，阴沉沉的，稍稍有点狠相，这也是他的祖先的脸，只是温和了一些，有少许变化，它阴郁地透过两根雨刷晃来晃去的淌着水的挡风玻璃，朝外面瞪视。

"这回我本来是不想回到这儿来的。"他突然粗声粗气地说。

"上星期在杰弗生镇你就这么说过，"老人说，"可是后来你改变了主意。莫非你又改主意了不成？现在可不是随便——"

"哦，洛斯是想去的。"中间的那个人说。他的姓氏是勒盖特。他不像是在跟谁说话，因为他并没有看着谁。"要是他跑那么远路仅仅是为了打一头公鹿，那当然又作别论。可是有一头母鹿在这儿等着他呢。当然，像艾克大叔这样的老汉是不会对母鹿感到兴趣的，对两条腿走路的也不会——我是说当她直立起来的时候。再说，颜色也很淡呢。去年秋天，他说要去打浣熊的那些晚上，其实是去猎取那只母鹿的，艾克大叔。今年1月，他出门足足一个月，没准也还是去追她的呢。不过，像艾克大叔这样上了年纪的人当然是不会对这种事情感兴趣的。"他呵呵大笑起来，仍然没有看任何人，不完全像是在开玩笑。

"什么？"老人说，"你说的是什么？"可是他连眼光都没有朝勒盖特瞥一下。他仍然在盯着他的亲戚的脸。眼镜后面的那双眼睛是老人的蒙眬的眼睛，可是它们也是相当尖锐的；它们仍然能和任何别的猎人的眼睛一样，看得见枪筒和在枪口前面奔突的东西。他现在记起来了：去年，就在汽船朝他们扎营地驶去的最后一段路上，一箱食物如何翻下船掉到水里去，第二天，他的亲戚如何回到最近的镇上去取给养，在那里过了一夜。他回来之后，身上起了某种变化。每天拂晓时分所有的猎人都动身时，他也拿了支步枪进入森林，但老人观察着他，看出他心不在焉，没好好打猎。"好吧，"他说，"把我和威尔^①送到能避雨的地方，让我们等卡车，你回去好了。"

"我还是去吧，"对方口气生硬地说，"别着急。反正这也是最后一次了。"

"最后一次猎鹿，还是最后一次猎母鹿？"勒盖特说。这一回，老人连他说什么话也不去听了。他仍然盯看着年轻人那张发怒、焦虑的脸。

"为什么呢？"他说。

"希特勒得手之后，还去打猎？斯密斯、琼斯、罗斯福、威尔基^②或是一个管自己叫什么别的名字的家伙在美国得手之后，还去打猎？"

"我们是不会让这样的人在美国得逞的，"勒盖特说，"即使他管自己叫做乔治·华盛顿也罢。"

"靠什么呢？"爱德蒙兹说，"就靠半夜在酒吧间里唱《上帝保佑亚美利加》，靠把'一角商店'买来的小旗别在胸前吗？"

"原来让你担心的就是这档子事，"老人说，"直到现在为止，我还没有发现咱们美国需要时缺少过保卫者呢。你自己二十多年前^③也出过一份力的，当时你都还没有成年呢。咱们这个国家总还是比任何个人或是集团稍许强大一些，管他是外国的或甚至是本国的。我看，时候一到，当你们那些嚷嚷着不参战就要吃亏和更多的那些嚷嚷着参战才要吃亏的全都累得叫不动之后，美国会收拾那个奥地利裱糊匠^④的，

---

① 勒盖特的名字。
② 斯密斯、琼斯是最普通的名字，泛指任何一个普通人。罗斯福是当时的美国总统。威尔基是 1940 年的共和党总统候选人。洛斯·爱德蒙兹表示，他担心美国也会有一个独裁者上台。
③ 指第一次世界大战。
④ 指希特勒。他从事过这种职业。

不管到那时候他把自己称作什么。我爸爸和一些比你们提到的更有本事的人发动过一次战争①，想把国家分成两半，而他们也失败了。"

"可是传下来的又是怎样的一个烂摊子呢？"那个年轻人说，"一半人没有工作，半数工厂因为罢工而关门。一半人吃社会救济不愿干活，另外一半人就算愿意干也没法干。棉花、玉米、生猪过剩，可是老百姓却缺食少穿。到处都有人告诉你不能在自己的地里种棉花，不管你想种还是不想种，而有军士杠杠的莎利·兰德②，就算身上连一把扇子都不挡，也没法子把兵员的缺额招满。'不要牛油'的论调太多了，其实连枪炮都没——"

"咱们可有个打鹿的营地呢——天知道还去得成不，"勒盖特说，"再说还有母鹿呢。"

"你提到母鹿，这很好嘛，"老人说，"母鹿，还有小鹿。世界上唯一多少能得到上帝祝福的战斗也就是人类为保护母鹿和小鹿的战斗了。如果说我们即将投入战斗，我们最好提醒一下，把这一点记住。"

"在你——你七十过了有好几年了吧？——在你这七十多年中，你难道没有发现世界上有一种东西是永远也不会短缺的？那就是女人和小孩。"爱德蒙兹说。

"也许正因为这个，我这会儿最担心的就是咱们还得沿河赶十英里路才能搭帐篷，"老人说，"所以还是赶路吧。"

他们继续往前走。很快他们的车子又开得很快了，因为爱德蒙兹开车一向很冲，他根本不和谁商量用什么速度，就跟方才急刹车时不跟谁打招呼一样。老人的神经又松下来了。就像以往六十多个去了又来的 11 月里那样，他望着在自己眼皮底下起了变化的土地。起先，

---

① 指 1861 到 1865 年的美国南北战争。

② 莎利·兰德（1906—1979），三四十年代很红的一个美国杂耍演员、扇舞明星，从文中看，她曾为招募兵员而演出变相裸体舞。

只是密西西比河边与小山脚下有一些古老的集镇，开垦的人离开那里，带了一伙伙的奴隶后来又带了雇工，与莽林般密不通风、下半截在水里的芦苇、丝柏、橡胶树、冬青树、橡树和梣树苦苦搏斗，从那里开辟出种棉花的小块地，随着岁月过去又发展成大片棉田然后是种植园。鹿和熊走出来的羊肠小道变成了大路然后是公路，镇子逐个儿在路旁蹦出来，在塔拉哈契河和葵花河边蹦出来，这两条河会合成为雅佐河 ①，那就是绍克陶族印第安人的"死人河"——这些稠重、缓慢、乌黑、不见天日的河川里几乎没有水流，一年中总有一次全然不动，接着河水倒灌，泛滥，淹没了肥沃的土地，然后洪水退走，使土地变得更加肥沃。

　　这些大都是过去的事了。今天，一个人从杰弗生出发，得开车走上二百英里，才能找到可以打猎的荒野。今天，土地敞着怀，从东面环抱的小山峦直到西面冲积堤形成的壁垒，全都长满了骑在马背上的人那么高的棉树，够全世界的纺织厂忙一气儿的——那是肥沃的黑土，无从丈量，浩渺无边，全都肥得出油，一直延伸到耕种土地的黑人的家门口和拥有土地的白人的家门口；它一年就能让一条猎狗累得趴下，五年能让一条干活的骡子累死，二十年能让一个小伙子变老——在这片土地上，无数小镇上的霓虹灯眨着眼，无数锃亮的当年出厂的小汽车风驰电掣地在铅垂线般直的宽阔公路上掠过他们身旁，然而，在这片土地上，人类的活动的唯一永恒标记看来还是那些巨大的轧棉机，虽然它们都是在一个星期之内用一块块薄铁板拼焊成的，因为没有一个人，即使他是百万富翁，会盖一个比只有一片屋顶几堵墙更好一些的房子来遮蔽他赖以为生的野营设备的，原来他明知道十

---

① 密西西比河的支流。下面提到的"倒灌"的原因是：密西西比河流域北部每年冰雪消融时，河水水位高涨，因此向支流倒灌。雅佐河与密西西比河在福克纳老家奥克斯福西南160英里（直线距离）处会合，这就是本文中的打猎地点。

年左右总有一遭，他的房屋会让洪水淹到二层楼，使屋里所有的一切都毁掉；——这片土地上现在听不到美洲豹的吼啸，却响彻了火车头拖长的叫鸣；列车长得令人难以置信，只由一台机车牵引，因为这一带哪儿都没有倾斜的地势也没有丘陵，除了那些由早被遗忘的土著的手垒起的土墩（那是用来躲避一年一度的洪水的，后来他们的印第安后裔用来埋葬父辈的骸骨），如今旧时代遗留下来的仅仅是给小镇起的那些印第安名字，它们通常也是河、溪的名字——阿卢司恰司库纳啦、梯拉托巴啦、霍摩其托啦、雅佐啦。

下午没过多久，他们就来到河边。在最后一个起印第安名字的小镇的马路尽头，他们等着，直到另一辆小汽车和两辆卡车赶了上来——一辆卡车拉的是被褥、帐篷和食物，另一辆拉的是马儿。他们驶离了水泥路面，再赶了一英里多路之后，又离开了沙砾路面。车子排成纵队，在逐渐消逝的下午中辛辛苦苦地向前行进，这时车轮上装上了防滑铁链，车子在车辙之间颠簸、溅泼、打滑，过不了多久，他觉得他的记忆以一种与车队行进的蜗牛速度成反比的高速度，飞回久远的过去，他脚下的土地不是倒退到若干分钟以前那最后一段砂砾路面，而是倒退了几年、几十年，回到他初次见到时的景象：他们现在走着的那条路又重新成为熊和鹿踩出来的远古的羊肠小道，他们现在经过的逐渐看不清的田野又一次被斧子、锯子和骡拉的犁细致、狠命地开掘着，从大荒野的边缘，从阴郁、邈远的纠结的林莽，而不是现在的那些用机器开沟挖渠辟出的冷冰冰的一英里见方的平行四边形。

他们来到渡口，把东西都卸下来，马儿要被带着顺流往下游走，到营地对面的一处地方游过河，他们本人和被褥、食物、猎狗、枪支则由摩托艇载运过去。虽然他不是骑师，不是农民，甚至也不是乡居之人（除了祖传的成分和儿时的经历之外），可是却由他来哄劝、抚慰那两匹马，由他那只瘦弱的手来拽拉它们，它们在退缩、挣扎、颤抖了一会儿之后，终于挤拥向前，迟疑了一下，就半爬半跳地下了卡车，其实他倒不是因为它们是活物、是畜生而和它们亲，只是因为上了年纪属于过去的时代，因而没有被毒化了其他人的钢铁制的抹了油的活动部件所玷污。

这以后，他把那杆只比他小十二岁的古旧的带击锤的双响枪竖立在双膝之间，眼看那些人类惨淡经营的最后的痕迹也逐渐退后终于不见：那是那间小屋、那片空地、几小块一年前还长满野树的不规整的开荒地，上面矗立着的今年的棉花残梗几乎和原来的芦苇一般高，一般密，仿佛人类必须把自己的庄稼嫁给荒野才能征服荒野似的。孪生兄弟般的两岸和他记忆中一样和荒野一起前进——那二十步之外就看不透的纠结的荆棘与芦苇，那魁伟的高耸入云的橡树、橡胶树、梣树和山核桃树，它们身上没有响过别的丁丁声，除了猎人斧子的砍伐，没有回响过别的机器声，除了穿越它们的老式汽船的突突声，还有就是和这条摩托艇一样的汽船的吼叫，他们乘它进入荒野，来住上一两个星期，因为这里仍然是荒野。荒野还剩下一部分，虽然如今从杰弗生进入这荒野要走二百英里，而过去只需走三十英里。他看见这荒野没有被征服，没有被消灭，而仅仅是退却了，因为它的目标现在已经完成了，它的时代已经过去了，它朝南撤退，通过这个山峦与大河①之间的倒三角形地带，到最后，它的残留部分仿佛被收拢来，上面的树木形成一种极高的密集度，阴沉沉的，莫测高深地无法穿透，被暂时地堵截在一个漏斗状地形的最尖端。

他们来到去年扎营的旧址，这时离天黑还有两个小时。"你上那边最干燥的树底下去待着，"勒盖特吩咐他，"——要是你找得着的话。我和这几个小伙子来搭帐篷。"他既没有去躲雨也没有帮着干活。

---

① 指密西西比河。

他现在倒还不累。累劲儿要过些时候才上来。没准这回它压根儿不会来呢，他想，过去五六年来，每逢 11 月里这个时刻，这样的想法总会涌上他的心头。没准我早上还可以和大伙儿一块出去放哨呢；但他又知道自己是去不了的，即使他听从劝告，找一处最干燥的地方坐下来，什么也不干，一直等到帐篷搭好，晚饭煮好。因为这还不是疲倦的问题。这是因为他今天晚上准会失眠，只会睁大了眼睛平心静气地躺在行军床上，帐篷里是一片打鼾声和夜雨的淅沥声，原来他野营的第一个晚上总是睡不着的；他心境很平和，既不后悔也不烦恼，对自己说这没有什么了不起，自己的日子已经不多，可不能浪费一个夜晚在睡眠上了。

他穿着油布雨衣，指挥人们从船上把东西卸下来——帐篷、炉子、被褥、人的食物和狗的食物，这是在打到猎物有肉吃之前吃的。他派两个黑人去砍柴；他先让厨房帐篷搭起来，支起炉子，生上火，把晚饭先做起来，这时候，大帐篷的桩子还在往地里打呢。接着，天开始黑了，他坐船过河，来到马儿等待着的地方，它们一面往后退一面对着河水喷鼻子。他握住缰绳，就靠这点点压力还有他的嗓音，把马儿拉进河里，让它们挨近那条船，只有脑袋还露出在水面上，好像它们真是靠老人那双衰弱无力的手提着才得以浮起在水中似的，这时船重新渡河，两匹马依次趴在浅水里，又是气喘又是打颤，眼睛在暮色中一个劲儿地转动，直到同一只柔弱无力的手和同一个没有提高的嗓音让它们鼓起劲儿往上攀登，拍打溅泼着水，登上堤岸。

这时候晚饭做好了。现在最后一抹天光已经不见，只在河面与雨脚之间隐隐约约留下几处极淡的微光。他喝了一小杯稀稀的兑水威士忌，然后站在张开的防水帆布底下的泥浆地里，念祷文，对着盛在铁盘子和杯子里的煎猪肉片、软不唧唧的不成形的热面包、罐头黄豆、糖浆和咖啡念谢恩祷文——这些都是他们带来的城里食物——然后重新戴上帽子，别的人也都学他的样。"吃吧，"他说，"把这些全吃了。明天早饭后我不要营地里还留有一小块城里带来的肉。这以后你们这些小伙子去打猎。你们必须去打猎。六十年前，我初次来这块大洼地和老康普生将军、德·斯班少校、洛斯的爷爷还有威尔·勒盖特的爷爷一起打猎，那时候，德·斯班少校只让带两块外来的肉进他的营地。那就是半爿猪身和一条牛后腿。而且并不是让第一顿晚饭和第一顿早饭时吃的。那是留着一直等到快拆营每一个人都吃厌了熊肉、浣熊肉和鹿肉连看都不要看它们时才吃的。"

"我还以为艾克大叔要说猪肉和牛肉是专门给狗吃的呢，"勒盖特说，一面咀嚼着，"不过你说的很对，我记起来了。在狗吃厌了鹿下水时，你们就每天傍晚打一只野火鸡给它们当饭吃。"

"时代不同啰，"另一个人说，"那会儿这儿有的是猎物。"

"是啊，"老人轻轻地说，"那会儿这儿有的是猎物。"

"而且他们那时连母鹿也打，"勒盖特说，"而现在呢，我们谁都不打，只除了一个，那是——"

"那时候连打母鹿的人也比我们棒。"爱德蒙兹说。他站在粗木板桌的一端，别人吃的时候他吃得很快，一口接一口地不停。老人又一次紧紧盯着那张阴郁、漂亮、心事重重的脸，在冒烟的提灯的微光下，那张脸现在变得更加黝黑、更加阴郁了。"往下说呀。把话说完嘛。"

"我可没有说过这句话，"老人说，"好人是不管什么时代到处都有的。大多数的人都是好人。有些人仅仅是不走运，因为大多数的人仅仅比环境提供的机会活得稍稍好一些罢了。我还认识一些人，就连他们的环境也阻拦不住他们。"

"是啊，我看也不能说是——"勒盖特说。

"你在世界上活了快八十年了，"爱德蒙兹说，"结果对你周围的畜生所了解的就这么一点点呀。也真该问问你：你年纪都活到哪儿去了？"

饭桌旁一片沉默；勒盖特目瞪口呆地望着爱德蒙兹，一时连嘴巴都忘了咀嚼。"唉，天哪，洛斯——"第三个说话的人说。可是老人又开口了，他的声音仍然是平静、没有受到刺激的，仅仅是多了一分威严。

"也许你说得有道理，"他说，"不过要是你所说的那种活法能使我学到什么别的东西，那我想我还是满足于现在的这种情况的，不管我年纪是活在什么身上。"

"是啊，我看洛斯也不是认为——"勒盖特说。

第三个说话的人仍然在桌子上微微前俯，瞅着爱德蒙兹。"那你的意思是说一个人之所以守规矩，仅仅是因为正好有人在监视着他，"他说，"是不是这样呢？"

"是的，"爱德蒙兹说，"因为有个穿蓝外衣、胸前别了只徽章的人①在监视他。也许仅仅因为有那只徽章。"

"这我不承认，"老人说，"我并不认为——"

另外那两个人并没在听他说话。连勒盖特也只是暂时在听他们讲话，他嘴巴里仍然塞满了东西，仍然稍稍张开着，他在刀尖上平搁着另一块什么吃的，往嘴里送到半路停住了。"我很高兴我对人的看法和你的不一样，"第三个说话的人说，"我看你这个看法是把自己也包括进去的吧。"

"我懂了，"爱德蒙兹说，"你宁愿相信艾克大叔那套关于环境的看法。好吧。那么又是谁决定环境的呢？"

"运气，"第三个人说，"机会。偶发事件。我明白你打算要说什

———————————————————

① 指警察之类的公务人员，他们监督执行猎物保护法，不许猎人打母鹿与小鹿。

么了。可是这正是艾克大叔方才说了的：那就是有时候，也许是大多半的时候，人只是比他和他周围的人的行为的最后结果稍稍好一些，当他有机会这样去做的时候。"

勒盖特这一回先把嘴里的东西咽下去。这一回他可不让别人拦着不让他说话了。"不过，我可不能说一连两个星期每天每夜都能打到母鹿的洛斯·爱德蒙兹是个蹩脚的猎人，更不是个运气不好的猎人。一个第二年仍然能猎取同一只母鹿的人——"

"吃点肉吧。"在他身边的人对他说。

"——可不是运气不好的——什么？"勒盖特说。

"吃点肉吧。"对方把碟子端到他面前。

"我还有一些。"勒盖特说。

"再吃点儿，"那第三个说话的人说，"你和洛斯·爱德蒙兹俩都再吃点儿。吃它一大盘。一起使劲儿吧唧吧唧地吃，这就腾不出嘴来招架了。"有人扑哧了一声。接着大伙儿都轻松地哈哈大笑，紧张空气被打破了。可是老人不管别人还在哄笑，仍然用他那安详、仍然没有发火的声调在说：

"我仍然这样相信。我在所有的地方都看到了证明。我承认人的生活环境在很大程度上都是他自己创造的，是他和在他周围生活的邻居一起创造的。他也继承一部分已经形成的生活环境，甚至已经几乎给弄糟的生活环境。方才那边的亨利·怀特说了，从前这儿的猎物可要多得多。以前是多。太多了，那时我们连母鹿也杀。我好像记得威尔·勒盖特也提到过这件事——"有人笑了，只笑了一声，马上就煞住了。笑声停了，大伙儿都在侧耳倾听，神色庄严，眼光低垂，看着自己的盘子。爱德蒙兹在喝他的那杯咖啡，郁郁不欢，若有所思，心不在焉。

"有人仍然在杀母鹿，"怀特说，"这样明天晚上在这大洼地溜达而没有母的来陪它的公鹿就不止是一只了。"

"我并没有说所有的人,"老人说,"我方才是说大多数的人。而且也不仅仅是因为有一个别着徽章的人在监视我们。我们没准连看都看不到他,除非兴许他明天中午时分路过这里,和我们一起吃午饭,检查我们的执照——"

"我们不杀母鹿,因为如果我们一直在杀,那要不了几年,可以猎杀的公鹿就连一只也剩不下了,艾克大叔。"怀特说。

"照那边的洛斯的说法,这件事是根本用不着我们操心的,"老人说,"今天早上来这儿的路上,他说过母鹿和小鹿——我相信他说的是女人和孩子——是这个世界上永远也不会短缺的两样东西。可是这并不是全部情况,"他说,"这仅仅是一个人必须给自己提供的心灵上的理由,因为他的心并不总有时间来考虑合适的字眼。上帝创造了人,**他**创造了让人生活的世界,我寻思**他**创造的是如果**他**自己是人的话也愿意在这上面生活的那样一个世界——上面有地方可以行走,有大森林,有树木与河川,也有在上面繁衍的猎物。也许**他**并没有把打猎和屠杀的欲望放进人的心中,可是我寻思**他**也知道反正人是会有这种想法的,人反正是会自己教会自己这样做的,因为人现在离上帝本人的标准还远着呢——"

"什么时候人才能变成上帝呢?"怀特说。

"我认为,每一个男人和女人,在他们连结婚还是不结婚都根本不在乎的那一刻,我认为不管他们已经结婚或是以后要结婚或是永远也不结婚,就在他们俩结合在一起的那一刻,他们就是上帝。"

"照你这样说法,在这个世界上就会有些上帝我连碰都不愿碰,即使是用一根长长的棍子。"爱德蒙兹说。他把他的咖啡杯放下,看着怀特。"而且包括本人在内,假如你想知道的话。我要去睡了。"他走了。人群中起了一阵小小的波动。可是一会儿就平息了,大伙儿仍然站在桌子旁边，并不看着老人，但是显然被他那低沉、安详的嗓音吸引住了才留在这里，正如那些涸渡的马儿是靠了他那只衰弱无力的手才把脑袋伸出水面的。那三个黑人——厨子、他的下手还有老依斯罕——正静静地坐在厨房帐篷的入口，也在听，三张黑脸一动不动，陷入了沉思。

"他把二者都放在这个世界上：人，以及他要追踪、屠杀的猎物，而且事先都是知道的。我相信**他**说过：'就让它这样吧。'我寻思连结尾如何，**他**事先也是知道的。可是**他**说：'我给他一个机会试试看。在给他跟踪的欲望和屠杀的能力的同时，我也给了他警告和事前的提醒。他糟蹋的森林、田野以及他蹂躏的猎物将成为他的罪行和罪恶的后果与证据，以及对他的惩罚。'——睡觉的时候到了，"他说，声音和语调一点儿也没有改变，"四点钟开早饭，依斯罕。太阳出来的时候我们要让地上有肉。"

铁皮火炉里的火烧得很旺；帐篷里很暖和，除了脚底下的烂泥，别的地方都开始变干燥了。爱德蒙兹已经用毯子裹住了自己，一动不动，脸朝着帐篷壁。方才依斯罕也给他铺好了床——那张结实的、有点残破的老铁床，那床有斑迹的、不太软和的褥垫，那几条破旧的、洗了多次的毯子，随着岁月过去已经越来越不保暖了。可是帐篷里很暖和；要不了多久，等厨房里打扫干净，明天早饭的准备工作做好，那个年轻的黑人就会进来躺在炉子前面，这样晚上可以经常叫他起来添加柴火。这时候，艾克大叔知道今天晚上他反正是睡不着的了；他用不着安慰自己说没准还能睡着。不过这也没有关系。现在白天已过，夜晚正等待着他，不过没有什么可以惊怕的事，也没有烦恼。也许我就是为这个而来的，他想：不是为打猎，而是为了这个。我不管怎么说也是会来的，即使明天就回去。他身上只穿着他的松松垮垮的羊毛内衣，他的眼镜折了起来放进破旧的眼镜盒，给塞在枕头底下，以便随时可拿，他瘦削的身子舒服地陷在褥子和毯子的旧坑里，朝天躺着，双手交叉放在胸前，眼睛闭着，与此同时，其他人都脱了衣服，上了床，最后的零零散散的话语也逐渐为鼾声所代替。这时候他睁开眼睛，像个小娃娃那样安详、文静地躺着，仰望着发出雨水淅沥声的一动不动的饱鼓鼓的肚子似的帆布帐篷，在那上面，炉火的红光正在慢慢暗下去，而且还会暗下去，直到睡在炉前两块木板上的年轻黑人坐起来，添柴捅火，然后重新躺下。

猎人们曾经有过一幢房子。那是六十年前的事了，当时大洼地离杰弗生只有三十英里，德·斯班老少校，那是他父亲六一、六二、六三、六四年①当兵时的骑兵司令，还有他的表外甥（其实可以算是他的大哥，也可以算他的父亲）第一次带他到大森林里来打猎。老山姆·法泽斯当时还活着，他生下来就是个奴隶，是黑女奴和契卡索印第安酋长的儿子，他曾经教自己怎样开枪，不仅教什么时候开而且还教他什么时候不开；就在像明天那样的一个11月的黎明时分，老人领着他径直朝那棵大丝柏树走去，知道那公鹿准会从那里经过，因为山姆·法泽斯血管里流着的东西也在公鹿的血管里流着，他们站在那里，背靠粗大的树干，这个七十岁的老人和十二岁的男孩，而除了晨曦，这里什么都没有，这时公鹿突然出现，烟色的，从虚无中出现，迅如风雷，这时山姆·法泽斯说，"好。你快开枪，不过别慌张。"那枪迅速地举平，并不匆忙，砰的一声打响，于是他走过去，公鹿仍然完整无缺地躺着，仍然采取着迅如风雷时的姿势，他就用山姆的刀给它放了血，山姆把双手蘸在热烘烘的血里，给他的脸画上永不消失的花纹，这时他站直了，尽量使自己不打颤，既谦卑又自豪，虽然一个十二岁的男孩当时还不会用言语来表达这种感情：我杀死了你；我的

---

① 指 1861 到 1864 年，那时正值美国南北战争期间。

举止必须不辱没你那正在离去的生命。我今后的行为将永远配得上你的死亡；为了这一点，也为了不止这一点而在他的脸上画花纹：那一天他本人和麦卡斯林争辩并不是因为荒野而是因为那驯顺了的土地，那古老的冤屈和耻辱本身，至少要抛弃与拒绝这土地、冤屈和耻辱，虽则他无法纠正冤屈并泯除耻辱，他在十四岁了解这些时曾经相信等到他有法定资格时就一定能够纠正并泯除，可是等到二十一岁有法定资格时却明白这两件事他全都做不到，不过至少可以弃绝这冤屈与耻辱，至少在原则上如此，至少可以在实际上弃绝土地本身，至少是为了他的儿子；他真的这样做了，自以为是这样做了；然后（那时他结婚了）在后街一所牲口贩子住的公寓的一间租来的斗室里，他第一次也是最后一次看见她赤裸的身体，这回轮到他本人和妻子争辩了，为了那同一块土地，那同样的冤屈和耻辱，他想至少要把他的儿子拯救、解放出来，不让他为它们感到遗憾与歉疚，可正因为拯救与解放了他的儿子，他失去了他的儿子。他们打猎的人当时还有房子。那个屋顶，每年11月大伙儿待在这个屋顶底下的那两个星期，变成了他的家。虽然自此以后，秋天的那两个星期他们住进了帐篷，而且不会一连两年扎营在同一个地方，并且他现在的伙伴已经是一起住过林中房屋的那些人的儿子甚至孙子，那所房子也不存在都快有五十年了，那种信念，那种像是回家似的感觉与感情，也无非已经随之而转向帆布帐篷了。他在杰弗生有一所房子，一所挺不错的房子，虽然小了一些，在那里他曾经有过一个妻子，和她一起生活过，后来失去了她，是啊，失去了她，虽然在他和他那个聪明的老酒鬼搭档为这对夫妇盖完房子让他们搬进去之前他在租来的斗室里就已经失去她了：反正是失去她了，因为她爱他。不过，女人家的要求也未免太高了。她们年纪再大，也还是痴心地相信她们急于想得到的一切总是有希望可以得到的；而那所房子仍然由他死去的妻子的守寡的外甥女和她的几个孩子住着，她帮他看家，他在那里住得满舒服，他的要求、需要甚至老人的那种费工、没什么坏处的用钩针挑的小编结物，也总会有亲戚至少是亲戚的亲戚来帮他完成，这些亲戚是他专门从人寰中选出来加以抚养的。可是他在那几堵墙里耗费时间，仅仅是为了等待11月的到来，因为纵然这个帐篷地上净是烂泥，床不够宽不够软甚至也不够暖和，却是他的家，而同伙中有几个他只是在11月中的那两个星期里和他们见面，他们全都不姓他曾经很熟悉的那些姓氏——德·斯班、康普生、艾威尔和霍根贝克——可是却比任何人都更是他的亲人。因为这是他的土地——

那个最年轻的黑人的影子朦朦胧胧地出现了。它往高里伸，挡住了炉火在帐篷顶的越来越微弱的反光，柴火往铁炉子的嘴里扔进去，直到火光和火焰在帆布篷顶高高地、明亮地蹿跳。可是那个黑人的身影仍然矗立着，又高，又宽，是站着的，因为它遮住了大半个篷顶，直到又过了一会，老人终于支撑起一只胳膊肘，抬起身子来看看。原来不是那个黑人，而是他那个亲戚；当他开口时，那人猛地从红红的火光前转过身来，他的侧影显得阴森森、恶狠狠的。

"没事儿，"爱德蒙兹说，"你快接着睡吧。"

"在威尔·勒盖特提醒之后，"麦卡斯林说，"我倒记起来了，去年秋天你在这儿也是睡得不踏实。不过你那时说是去打浣熊。也许是威尔·勒盖特这么说的吧？"对方没有回答。接着他转过身子，回到自己床上去了。麦卡斯林仍然支着一个胳膊肘，观看着，直到对方的影子在墙上沉落下去，消失了，和一大团睡觉的人的影子混在了一起。"这就对了，"他说，"想办法多睡一会儿。咱们明天还得打兽肉回营地呢。这以后，你有什么打算尽管干你的去。"他重新躺下来，双手又交叉地放在胸前，眼睛望着帆布篷顶上炉火的反光。现在火花又很稳定了，新放进去的柴火被接受了，正在给融为一体；很快它又会开始变弱，同时带走一个年轻人的激情与不安的突然迸发的最后一次回光返照。让他清醒地躺上一会儿吧，他想；有一天他会长久地躺倒，甚至连难填的欲壑也没法让他醒来。而躺在这里，睁着眼，在这样的环境里，会比什么别的事更能抚慰他的心灵，如果真有什么能抚慰一个还只四十岁的人的心灵的话。是的，他想；四十岁或是三十岁，甚至是小青年那颤抖的、难以成眠的激情；帐篷里，发出雨水淅沥声的圆球形帆布篷顶下面，已经再一次地充满着这种激情了。他仰卧着，闭上了眼睛，呼吸平静、安详，像一个小孩子，正在谛听——谛听那股阒寂，然而又绝对不是阒寂无声而是充满了繁响。他几乎可以看见这股阒寂，巨大、原始、阴森森的，它在对着底下这可怜、短暂而乱七八糟的人与人的邂逅沉思，这样的邂逅在短短的一个星期之后就会消失，再过一个星期就会彻底愈合，了无痕迹地淹没在没有标志的孤独之中。因为这是他的土地，虽然他从未拥有过一尺一寸。他也从来没想要拥有它，即使在他明白无误地见到了它的最后的厄运之后，眼看着它在斧子、锯子和测程仪线，后来又在炸药和拖拉机的犁头的屠杀前面年复一年地退却，因为这土地并不属于任何人。它属于大家；只是他们必须很好地利用它，既谦卑，又自豪。这时他突然明白为什么自己从来也不想要拥有它的任何一部分，至少是多少抵制一下人们所说的"进步"，至少是用自己的长寿来反衬它的厄运。这是因为剩下的地方实在只有那么些。他仿佛看见了他们两个是同龄人——他自己和这荒野，他自己的一生，作为猎手、林中人，虽然并非与荒野同时呱呱坠地，而是传给他的，他兴高采烈地承袭了下来，又谦卑，又骄傲，通过那个老德·斯班少校和那个老山姆·法泽斯，此人教会了他打猎；他和荒野一起走向生命的尽头，不是进入忘却与虚无，而是进入一个摆脱了时间与空间的"维"，在那里，砍去了树木的土地又一次被掀翻绞扭，成为数学般精确的一方方棉花地，好让那些疯狂的旧世界的人把棉花变成子弹，用以互相射击，其实他们都能找到足够的空间的——仿佛看见了① 他过去认识、喜欢并比他们多活了几年的老人们的名字与脸庞，他们又在高高的、未经斧钺的树木和看不见的荆棘丛的阴影里活动着，在那里，强壮的永远不死的野兽永恒地在不知疲倦、吠叫着的永远不死的猎狗前面奔突，在无声的枪击下倒下去又像凤凰那样复活。

他睡着过。这时马灯点亮了。在外面的黑地里，年纪最大的那个黑人依斯罕在用一把勺子敲打铁皮平锅的锅底，一边喊道，"快起来喝四点钟的咖啡。快起来喝四点钟的咖啡"，帐篷里充满了低沉的说话声和穿衣服的声音，还有勒盖特的声音，他一遍又一遍地在说："快点出去，让艾克大叔睡他的觉。要是你们吵醒他，他就要跟我们一块儿走了。今天早上森林里可没有他的事儿。"

因此他就一动也不动。他眼睛紧闭地躺着，呼吸轻柔、平静，听见他们一个个地离开帐篷。他倾听着油布下面那桌子边的人们吃早餐声音，也听见他们在离去——马的声音，狗的声音，直到一切归于沉寂只有黑人们清餐桌的声音。再过一会儿，说不定他还可以听见第一只猎狗发出的第一声微弱而清脆的吠叫声呢，那是穿过湿漉漉的树林从公鹿睡过的窝那里传过来的，这以后他就会重新入睡——帐篷的门帘往里卷了一下，垂了下来。不知是什么东西猛地撞在床脚上，不等他睁开眼睛，一只手伸进毯子抓住了他的膝盖。原来是爱德蒙兹，正背着一支猎枪，而没有带他的步枪。他用生硬、急促的嗓音说道：

"对不起，把你吵醒了。待会儿会有一个——"

"我醒着呢，"麦卡斯林说，"你今天打算用这支猎枪吗？"

"昨天晚上你刚跟我说过你需要兽肉，"爱德蒙兹说，"会有一

---

① 接上页倒数第 7 行的"同龄人"。

个——"

"从什么时候起你用步枪就打不到野兽啦？"

"行了。"对方说，窝着一肚子火，很不耐烦，但又不得不很别扭地压着火。这时候麦卡斯林看到他手里拿着一包厚厚的长方形的东西：那是一只信封。"会有个送信的今天早上不定什么时候来，是来找我的。也没准不会来。如果来了，把这个交给送信人，告诉对方——说我说不行。"

"一个什么？"麦卡斯林说，"告诉谁？"他用胳膊肘支撑着半坐起在床上，这时，爱德蒙兹把信封猛地往他的毯子上一扔，已经转身朝门口走去了，那只信封掉下来时硬邦邦的、沉甸甸的，没有发出声音，已经在朝床下滑去，麦卡斯林一把抓住了，透过纸一摸，马上就得出结论那里面是一厚摞钞票，仿佛他已经拆开来看过。"等一等，"他说，"等一等。"——不仅仅是一个有血缘关系的亲人的口气，甚至不仅仅是一个长者的口气，因此对方停住了脚步，掀起帆布门帘，回过头来看，这时麦卡斯林看到外面天已经大亮。"告诉她不行，"他说，"告诉她。"他们互相瞪视着——乱七八糟的床上的那张苍老、苍白、因为睡眠不足而变得憔悴的脸，以及那张既在发火又很冷静的发暗、阴郁的年轻人的脸。"威尔·勒盖特没说错。这就是你所说的猎浣熊了。现在又来了这一手。"老人倒没有把信封举起来。他没有作出什么动作，作出什么手势来指点它。"你答应过她什么啦？怎么连见她一面的勇气都没有就反悔啦？"

"什么也没有答应过！"对方说，"什么也没有答应过！就这点事儿。告诉她说我说不行。"说完他就走了。门帘被掀起，漏进来一抹微光和永不停歇的淅沥雨声，接着垂了下来，撇下这老人仍然支着肘半坐起在床上，信封捏在另一只颤抖的手里。接着甚至还不等对方走出他的视域，他似乎立刻就开始听见那艘来近的艇子的声音。在他看来，这二者之间根本没有间歇：那张门帘垂下，把同一抹微弱、充满雨丝的光送了出去，就像那是同一次呼吸的出气与吐气，紧接着那门帘又掀了起来——那装在舷外的发动机的越来越大的吼叫声，音量不断加大，离他越来越近，越来越近，声音越来越响，越来越响，然后戛然而止，就像一支蜡烛被吹灭那样地骤然与断然，在小艇滑向堤岸时声音落进了船头底下的水的怀抱里和汩汩声中——那个最年轻的黑人，那个小伙子，撩起了门帘，在这一刹那间老人越过门帘看到了那只小艇———只很小的艇子[1]，有个黑人坐在船尾往上翘的发动机旁——接着一个女人走了进来，戴着一顶男人的帽子，穿了件男人的油布雨衣和一双橡皮雨靴，用一条胳膊托着一只用毯子裹成的包包，另一只手把没有扣上的雨衣的下摆拉起来遮住了包包；她还带来了一些别的东西，某种不可捉摸的东西，一种气味不正的东西，他知道要不了多久自己就能把这种气味辨别出来，因为依斯罕自己不来，却派这个年轻的黑人到帐篷里来通报来客，这就等于已经告诉了他，给了他警告；门帘终于在年轻黑人的身后垂下来了，帐篷里就剩下他们两人——那张脸看不大清楚，到现在为止只知道很年轻，有一双黑眼睛，奇怪的是脸色惨白，但也不像是有病的样子，不像一张农村妇女的脸，虽然她穿的是农妇的外套，这张脸正俯视着他，这时他已经坐起在床上，手里捏着那只信封，脏兮兮的内衣松松地从他身上垂下来，乱成一团的毯子堆在他的屁股周围。

"那[2]是他的吗？"他喊道，"不要骗我！"

"是的，"她说，"他走了。"

"是的。他走了。你可没法在这儿逮住他了。反正这一次不行了。我琢磨连你自己也没有想到吧。他留下这个给你。给。"他摸索着去

---

[1] 指洛斯的黑人情妇坐了来的摩托艇，下文的"黑人"是她的表亲。

[2] 指妇女手中抱着的婴儿。

找那只信封。倒并不是把它捡起来的，因为它仍然在他的手里；他根本就不曾把它放下来过。好像他必须得摸索一下，才能让他那只迄今为止一直很顺从的手在实质上与他那指挥着手的脑子相协调，好像他从来没做出过这样的行动似的①，他终于把信封递了出去，嘴里又说："给。拿去呀。拿去呀！"直到他注意到了她的眼睛，或者说她的眼神而不是她的眼睛，她现在正用那种执着的沉思的眼光，用孩子似的清澈无底的专注、坦率的眼光，盯住了他的脸。就算她曾瞥见那只信封或是他伸手出去的动作，她脸上反正是没有流露出来。

"你是艾萨克大叔。"她说。

"是的，"他说，"不过你先别管这个。给。拿着呀。他说，告诉你说不行。"她看了看信封，然后接了过去。信封是封了口的，上面没有写收信人的名字。然而，即使在她朝信封正面瞥了一眼以后，他看见她仍然用空着的那只手捏住了信封，用牙齿撕去一只角，想法子撕开信封，把整整齐齐的一摞捆好的钞票倒在毯子上，对它们连看都不看一眼，然后朝空信封里看看，用牙齿咬住信封边，把它全部撕开，这才把它捏成一团，扔在地上。

"里面就只有钱。"她说。

"你还指望什么？你还指望别的什么？你认识他已经很久，至少是过从甚密，因此生下了这个孩子，难道对他的了解就这么浅吗？"

"接触不算多。时间也不是很长。就光是去年秋天在这儿的一个星期，再就是1月间他约我出去，我们一起去西部，去新墨西哥州。我们在那里住了六个星期，在那里我至少可以睡在给他做饭，帮他洗熨衣服的那套公寓房间里——"

"可是没有结婚，"他说，"没有结婚。他没有答应过跟你结婚。

---

① 指把钱交给黑人——即他以前将"遗产"交给索凤西芭与路喀斯的事。

不要骗我。他没有这样做的必要。"

"是的。他没有这个必要。我也没有要求过他。我当时知道自己在干什么。我一开始就知道,早就知道了,到后来名誉(我相信他是用这个说法的)才告诉他,是时候了,该用一套漂亮话来告诉我他的行为准则(我相信他是用这个说法的)不允许他永远这样做。而且我们一致同意了。后来,在他离开新墨西哥州之前,为了稳当起见,我们又取得了一致的意见。那就是说,事情就到此为止。我相信了他。不,我不是这个意思;我是说我相信了自己。到那时,我已经连他说什么话都不去听了,因为那时候已有很久他连一句值得我一听的话都说不出来了。到那时,我连他说话都不怎么去听,因此也用不着请他不要再说。我是在听自己讲话。而且我也是相信的。我准是相信了的。我不知道我怎么能够不相信,因为当时他按我们一致同意的那样,走开了,而且也像我们一致同意的那样,没有写信来,光是把钱汇到维克斯堡①银行里我的账户下,却不说明是谁汇的,这也是我们说好的。这么说我一定是相信的。上个月我甚至还写信给他,想把事情再弄弄清楚,信没有拆就退了回来,我当然心里很清楚。于是我离开医院,租了个房间住下来,等猎鹿的季节来到我好再次把事情弄弄清楚,昨天我等在路旁,你们的汽车经过,他看见了我,这样一来我就很清楚了。"

"那么你要怎么样呢?"他说,"你要怎么样?你希望得到什么呢?"

"是啊。"她说。在他瞪视着她的时候,他的白发从枕头上歪到一边,他的眼睛由于没戴那副集中视力的眼镜,显得模糊、没有虹膜,更像是没有瞳仁,他又一次看到那种严肃、专注、充满思索和超然的

---

① 密西西比州西部的一个市镇。

执拗劲儿，仿佛是个孩子在盯着他看。"他的太爷——等一等——他的爷爷的**爸爸**的爷爷是你的爷爷。麦卡斯林。只不过他们是姓爱德蒙兹的。只不过还得比这更亲密。那天你的表外甥麦卡斯林是在场的，当时你父亲和布蒂大叔从布钱普先生手里赢得了谭尼，让她嫁给没有姓的泰瑞尔，因此你们就管他叫托梅的泰瑞尔。可是再往后他们就得姓爱德蒙兹了。"她注视着他，几乎是平心静气地，是那种眼睛不眨一眨的、不动肝火的凝视——那双又黑又大的深邃无比的眼睛，在一张死人般没有血色的苍白的脸上，在老人看来，简直像是没有生命的，然而又是年轻的，令人难信地、甚至是根深蒂固地充满了生机——仿佛她不仅是什么都不看，而且除了跟她自己，也没在跟任何人讲话。"我本想把他造就成一个男子汉。他甚至都还没有成长为一个男子汉。你们宠坏了他。你，还有路喀斯大叔和莫莉大婶。不过主要是你。"

"我？"他说，"我？"

"是啊。当你把地给了他爷爷的时候，那块地本来不属于他，他甚至并不拥有由遗嘱或法律规定的一半。"

"别扯到那上头去，"他说，"别扯到那上头去。你呀，"他说，"你说起话来口气像是都进过大学似的。你的口气简直像是个北方人，而不像是个这儿三角洲的拖着条邋里邋遢长裙的乡下贱娘们。可是，仅仅是因为一箱食物恰好从船上掉进了水里，一天下午你在街上遇到了一个男人。一个月之后你就跟他出走，和他同居，直到他让你怀上一个孩子；这以后，按照你自己的说法，你坐在那儿眼看他拿起帽子说声再见走了出去。连三角洲的一个乡下人也会把自己的穿邋遢长裙的娘们照顾得好一些的。难道你连一个家里人都没有吗？"

"有的，"她说，"我那时候跟一个亲戚一块儿过。是我的姨妈，住在维克斯堡。两年前我父亲死了，我到那儿和她一起过；我们家以前是在印第安纳波利斯。可是我找到了一个工作，在这儿的阿鲁司恰司库纳①的学校里教书，由于我的姨妈是个寡妇，有一大家子要养活，她收衣服回来洗，以此养——"

"收什么回来？"他说，"收衣服回来洗？"他蹦了起来，虽然仍然是坐在床上，却是往后一倒，一只胳膊撑在床上，头发披在一边，瞪视着对方。现在他明白她带到帐篷里来的是什么了，老依斯罕派那小伙子带她来时已经告诉他的又是什么了——那苍白的嘴唇，那没有血色、死人般的脸色然而又不是病容，那黑色的、哀愁的、什么都知晓的眼睛。在美国，也许在一千或是两千年之后，他想。可是现在不行！现在不行②！他喊出声来，不很响，而是用惊讶、哀怜和愤怒的声音说："你是个黑鬼！"

"是的，"她说，"詹姆士·布钱普——你们叫他谭尼的吉姆，虽然他也是有姓的——是我的爷爷。我方才就说了嘛，你就是艾萨克大叔。"

"那么他知道吗？"

"不，"她说，"知道了又有什么好处呢？"

"可是你是知道的③，"他喊道，"可是你是知道的。那么你来这儿希望得到什么呢？"

"什么也不希望。"

"那么你干吗要来呢？你方才说昨天你在阿鲁司恰司库纳等着，他跟你见了面。那你今天早上来这儿干吗？"

"我要回北方去。回家去。我的表亲前天开了他的船带我来。他

---

① 地名，是一个小镇。
② 艾萨克从对方姨妈替人洗衣服判断出对方是个黑人，他认为一两千年后美国黑人与白人可以通婚，但是"现在"（1941年）不行。
③ 在艾萨克看来，洛斯与谭尼的吉姆的孙女的结合有亲族乱伦的成分，又有黑白人血统混合的成分，是族长卡洛瑟斯·麦卡斯林罪行的又一次重复，也是上帝对这一族人的惩罚。

打算送我到李兰^①去搭火车。"

"那你去吧。"他说。接着又用他那尖细的、不太响的、让人寒心的嗓音喊道："离开这儿！我没法帮你的忙！谁也不能帮你的忙！"她动了一下；她又不在看他了，而是在朝门帘那儿看。"等一等。"他说。她又停住脚步，仍然很听话，她回过身来。他拿起那摞钞票，把它放在床脚的毯子上，把手缩回来，放到毯子底下。"拿去。"他说。

这时她才看了看钱，这是第一次，是短促、茫然的一瞥，紧接着目光就移了开去。"我不需要钱。去年冬天他给过我了。另外还有他汇到维克斯堡去的钱。都提供给我了。名誉和行为准则也照顾到了。这些都是早就安排好的。"

"拿去吧。"他说。他的嗓门又开始变大了，可是他把它压了下来。"带走，别留在我的帐篷里。"她走回到床边，拿起了钱；可是这时候他又一次地说，"等一等。"虽然她仍然伛着身子，没有转身，他却伸出手去。可是，由于是坐着，他够不着，因此她移动她的手，也就是拿着钱的那一只手，直到他能够碰到它。他没有捏住那只手，仅仅是碰了碰——老人那些关节突出、没有血色、骨头变轻变干的手指在一秒钟的时间里接触到了年轻人平滑、细嫩的肉，在这里，顽强、古老的血液跑了一大圈之后又回到了老家。"谭尼的吉姆，"他说，"谭尼的吉姆。"他又把手缩回到毯子底下：他现在生硬地说："我猜是个男孩吧。他们一般都是男的，除了也是她自己的娘的那一个^②。"

"是的，"她说，"是个男孩。"她又站了片刻，眼睛望着他。在很短的一瞬间里，她那只空着的手动了一下，仿佛想把雨衣的下摆从孩子的脸上撩起来。可是她没有撩。当他又说了一声"等一下"，并且

---

① 地名，在奥克斯福西南100英里。从新奥尔良去芝加哥的火车经过该处。

② 指托玛西娜，她既是老卡洛瑟斯的女儿，又是他的情妇。详情见《熊》。

在毯子底下动了一下时，她再次把头扭开去。

"你把身子转过去，"他说，"我想起床。我长裤还没穿呢。"可是他起不来。他坐起在乱成一团的毯子里，全身颤抖，这时她重又转过身来，黑眼睛里充满了疑问，俯视着他。"在那边，"他生硬地说，那是一个老人的尖细、发颤的嗓音，"挂在那边的钉子上。在帐篷柱子上。"

"什么？"她说。

"那只号角！"他生硬地说，"那只号角。"她走过去拿，把那摞钱往雨衣的斜口袋里一塞，仿佛那是块破布，是块脏手帕，她把号角往上一举，取了下来，那是康普生将军在遗嘱里规定留传给他的，上面包着从公鹿脚胫部剥下来的完整无缺的皮，还箍着银线。

"是什么？"她说。

"那是他①的。拿去吧。"

"噢，"她说，"好吧。谢谢你了。"

"好说。"他生硬地、急急地说，可是这会儿口气已经不太生硬了，很快就会一点儿也不生硬，而仅仅是快快的、急急的了，到这时，他知道他对自己的嗓音正在失去控制，这是他所不愿意的，却又是无能为力的。"这就对了。回北方去吧。去嫁人：嫁一个与你同种族的男人。这是你唯一的出路——一个时期之内是如此，说不定很长时间之内还是这样。我们必须等待。去嫁给一个黑人吧。你年轻，秀气，皮肤几乎是全白的；你可以找到一个黑人，他在你身上会看到你在他②身上看到的东西，他不会向你提出任何要求，更不对你有什么期望，从你那里得到的将是更少，如果你想报复的话。然后你会忘掉这一切，忘掉它曾经发生，忘掉他曾经活在世上——"这时，他终于

---

① 指婴儿。这个举动说明艾萨克在一定程度上承认这个婴儿是他祖先的后裔。
② 指洛斯。但前后的"他"都指那个"黑人"。

能迫使自己闭嘴了，于是就闭上了嘴，坐在那堆毯子里，可是就在这一瞬间，她目光如炬地静静地盯看着他，虽然身子一动未动。但这种表情很快也就消失了。她站在那里：身上的雨衣闪闪发亮，仍然在滴水，头上戴着一顶湿透了的帽子，平静地俯视着他。

"老先生，"她说，"难道你活在世上太久，忘记的事情太多，竟然对你了解过、感觉过、甚至是听说过的关于爱情的事儿一点点都记不起来了吗？"

这以后她也走了。一缕光飘进帐篷，带进来永不停歇的雨脚的淅沥声，等门帘垂下，这些又都给关在了外面。他重新躺下了。在颤抖、喘气，毯子一直堆到下巴颏儿，双手交叉放在胸前，他倾听着那噗噗声和吼叫声，倾听着马达的逐渐升高又逐渐变弱的悲嚎声，这些声音① 终于全都归于沉寂，帐篷里重新为寂静与雨声所统治。还有寒冷；他在寒气里躺着，轻轻地发抖，不断地发抖，全身发僵，除了发抖，身子一动也不动。这个三角洲，他想：这个三角洲。这片土地，在两代人的时间里，人们把沼泽排干，使土地裸露出来，使河流减少，这样，白人就能拥有种植园，每天晚上去孟菲斯，黑人也能拥有种植园，坐种族隔离的火车去芝加哥，住在湖滨大道百万富翁的公馆里，在这片土地上，白人种菜来的农场，日子过得像黑鬼，而黑鬼则当佃农，过着牛马一般的日子，这里种的是棉花，竟能就在人行道的裂缝里长得一人高，而高利贷、抵押、破产和无穷无尽的财富，中国人、非洲人、雅利安人和犹太人，这一切都在一起生长、繁殖，直到后来，都没有人有时间去说哪一个是谁的，也并不在乎……这就难怪我过去熟知的那片被毁掉的森林也不嚷嚷着要求复仇了！他想：那些毁掉森林的人会帮助大森林来完成复仇大业的。

---

① 指黑人妇女乘亲的船离去的声音。

帐篷的门帘被人急急地向内撩起，然后又垂落下来。他没有动，光是转了一下头，睁开眼睛。是勒盖特。他迅速地走到爱德蒙兹的床铺前，弯下腰，在仍然乱成一团的毯子里匆忙地搜寻什么。

"你找什么？"他说。

"找洛斯的刀，"勒盖特说，"我是回来带一匹马去的。我们撂倒了一只鹿。"他站直身子，手里拿着那把刀子，接着便匆匆忙忙地朝门帘走去。

"是谁打死的？"麦卡斯林说，"是洛斯吗？"

"是的。"勒盖特说，撩起了门帘。

"等一等。"麦卡斯林说。他突然身子一挺，用胳膊肘撑了起来。"那是什么？"勒盖特在撩起的门帘下站住了一会儿。他没有扭过头来望。

"只不过是一只鹿，艾克大叔，"他不耐烦地说，"没什么了不起的。"他走了；门帘又在他身后垂了下来，再次把微弱的光和雨的不断的呜咽声隔在外面。麦卡斯林重又躺下去，毯子又一次拉到颏下，两只交叉的手又一次在这个空荡荡的帐篷里没有分量地放在他的胸前。

"那是一只母鹿呀。"他说。

去吧，摩西

1

　　那张脸黑黑的，很光滑，让人难以看透；那双眼
睛见过太多的世面。那头黑人鬈发给理得像是覆盖在
头颅上的一顶便帽，一溜边缘整整齐齐，看上去像上
过漆似的，头路用剃刀修过，因此这脑袋看来像是个
铜像的头，坏不了、很结实。他穿的是一种运动服，
在男子服饰商店的广告里叫作套装，衬衫和长裤是搭
配好的，而且是从同一种浅黄褐色的法兰绒上裁剪下
来的，它们售价不菲，装饰得过于繁复，有着太多的
褶裥；他在钢板隔成的号子的钢床上半躺着，一名武
装警卫就站在号子外面看守着，到现在已经站了二十
个小时了，他叼着烟，在回答问题时，用的口音你尽
可以说是天底下任何地方的口音却唯独不能说是南方
口音，甚至连黑人的口音都不像，提问的是个戴眼镜
的年轻白人，他坐在对面的一只钢凳上，拿着一只人

口普查 ① 工作者用的宽大的文件夹。

"名叫赛缪尔·沃瑟姆·布钱普。二十六岁。出生在密西西比州杰弗生镇附近的乡下。没有成家。没有——"

"等一等。"人口调查员飞快地记录着,"这可不是你在芝加哥被判——生活时的那个名字呀。"

对方把烟头上的灰啪地抖掉。"当然不是。杀死警察的是另外一个家伙。"

"好吧。职业——"

"致富得实在太快了。"

"——无业。"调查员飞快地写着,"父母。"

"当然。两个。可我不记得他们了。是我姥姥把我带大的。"

"她叫什么?还活着吗?"

"我不知道。名叫莫莉·沃瑟姆·布钱普。如果还活着,那就是住在密西西比州杰弗生镇十七英里外的卡洛瑟斯·爱德蒙兹的农庄里。行了吧?"

调查员合上文件夹,站起身来。他比对方年轻一两岁。"如果你家里人不知道你在这里用的是什么名字,他们又怎能知道——你又怎么指望能回到家乡呢?"

对方把烟灰啪地抖落下来,还是躺在钢床上,身上是一套好莱坞式的高级服装,那双高级鞋子也是调查员一辈子买不起的。"我还管这个干吗?"他说。

于是调查员就离开了;守卫再次把钢门锁上。那人躺在钢床上抽烟,过了一会儿,人们前来撕开他那精品长裤的裤管,剃掉他的高价

---

① 1940 年美国举行过一次人口普查,因此可以认为这就是本篇故事所发生的年代。

发型①，把他带出了牢房。

2

也就在同一个燠热、明亮的 7 月早晨，同样燠热、明亮的风既拂
动了紧挨着加文·史蒂文斯的窗子的桑树叶子，也吹进了他的办公
室，仅仅吹动了室内的东西，就造成了一种凉爽的假象。风儿掀动了
桌子上县检察官的文件，也钻进了坐在桌子后面那人的一头早白的
乱发——那人有一张瘦削、聪明、表情多变的脸，身上那皱巴巴的
亚麻套装的翻领上有根表链，上面挂着一把"菲·贝他·卡巴"②钥
匙——这就是加文·史蒂文斯，哈佛毕业的 ΦBK 联谊会会员，也是
海德堡大学③的哲学博士，他的公务是他的业余爱好，虽然这给他提
供了生计，而他严肃从事的本职却是一项做了二十二年还未能完成的
把《旧约》译回到古典希腊文④去的工作。不过那股风似乎并未使来
访问他的人有什么感觉，虽然从外表上看在那阵微风之前她并不会比
一张纸片燃成的未经触动的灰更重一些和结实一些——这是个黑人小
老太太，有一张皱缩的、老得出奇的脸，头上包着块白头巾，还戴了
顶黑草帽，那本该是儿童用的。

"布钱普？"史蒂文斯说，"你是住在卡洛瑟斯·爱德蒙兹先生农
庄上的吧。"

---

① 大腿与头部是给死囚上电刑时接电极的地方。
② 美国大学优秀生和毕业生荣誉组织 ΦBK 联谊会，这三个希腊字母代表一句格言，意为
"哲学是人生的指导"。
③ 在德国西南部海德堡市，为一著名学府。
④《旧约》主要用希伯来文写成，少数片断用阿拉姆文。公元前 3 世纪中叶已出现希腊文译
本。后又根据希腊文译成拉丁文，英译是根据拉丁文本译出的。史蒂文斯的辛勤劳作纯属
多余。

"我已经离开了，"她说，"我是来找我的孩子的。"接着，坐在他对面的硬椅上一动不动，她开始吟唱起来。"洛斯·爱德蒙兹出卖了我的便雅悯。在埃及卖掉了他。法老得到了他[①]——"

"等一等。"史蒂文斯说，"等一等，大婶。"因为回忆与往事眼看要咬到一块儿合二而一了。"要是你不知道你孙子在哪儿，你怎么会知道他碰到麻烦了呢？你是说爱德蒙兹先生不愿帮助你去找他吗？"

"是洛斯·爱德蒙兹把他出卖的，"她说，"在埃及卖掉了他。我不知道他在哪儿。我只知道法老得到了他。你就是法律。我要找到我的孩子。"

"好吧，"史蒂文斯说，"我来想想办法看。要是你不回家，那你在城里住在哪儿呢？说不定要花一些时间的，因为你不知道他上哪儿去了，你都有五年没听到他的消息了。"

"我住在汉普·沃瑟姆那里。他是我兄弟。"

"好的。"史蒂文斯说。他并没感到惊奇。他从小就认识汉普·沃瑟姆，虽然他从未见过这个黑老婆子。不过即使他见过，他也不会感到惊奇。这些人就是这样。你可能认得两个黑人多年；这两个人说不定还多年替你干活，姓氏各不相同。然后你突然偶然得知两人原来是兄弟或是姐妹。

他坐在不能算是微风的流动的热空气里，听着她慢慢地费劲爬下外面陡峭的楼梯，这时记起那个孙子来了。那个案子的文件五六年前到过他的桌上，然后送到地方检察官那儿去——布奇[②]·布钱普，这是一年里在市镇监狱里几进几出的那个小伙子的名字：他是这黑老太女儿的孩子，出生时母亲就死了，父亲又抛弃了他，姥姥留下他扶养

[①] 见《圣经·创世记》第 37 到 47 章，其实被卖掉的是便雅悯的哥哥约瑟。但是约瑟设法让便雅悯留下充当人质。

[②] 布奇 (Butch) 与屠夫 (butcher) 音近，应是赛缪尔的外号。

他，或者是想这样做。因为十九岁那年他就离开乡下到镇上来，为了赌钱与斗殴一年里倒在监狱里待了大半截，终于因为破门闯进一家商店偷盗而被正式起诉。

他是被人当场发现的，那时他抄起一根铁管朝惊动了他的那个警官抢去，然后被警官用手枪枪托将他打倒在地，嘴给打烂了，仍然骂声不绝，他的牙齿露出在汩汩流着的血里，像是还在拼命地大笑。过了两晚，他越了狱，从此再没人见到过他——还是个没满二十一岁的小青年呢，身上确实有生了他又抛弃他的父亲传留的某种气质，而他父亲因为过失杀人眼下正在州立监狱里服刑——确实是颗不仅凶狠而且是危险与邪恶的坏种。

原来这就是我得去寻找和拯救的那个人，史蒂文斯想。因为他片刻也没有怀疑那黑老婆子的直觉。要是她还能测算出那孩子在何处以及遇到了什么麻烦，他也不会感到惊奇的，倒是稍后他才真的觉得奇怪了，因为自己居然那么快就打听到那孩子在何处以及出了什么事。

他的头一个想法是打电话给卡洛瑟斯·爱德蒙兹，那黑老婆子的男人曾在此人的农庄上当过多年的佃户。不过照黑老婆子的说法，爱德蒙兹已经不肯再管这件事了。于是他一动不动地坐着，听凭热风吹拂他那头乱蓬蓬的白发。这时候他明白这黑老婆子的意思了。他现在记起来了，当初把那孩子赶到杰弗生来的实际上正是爱德蒙兹；他在孩子正撬他的杂货铺时逮住了他，便命令孩子滚蛋而且今后再也不许回来。这还不是那保安官，那警方的命令呢，他想。而是范围更广阔，更急迫的事儿……他站起身，拿上他那顶很旧而有点破的巴拿马细草帽，走下屋外的楼梯，在正午一开始那种炎热的死寂时分中穿过空荡荡的广场，来到县报办公室。编辑正在里面——这人上了年纪，但头发却没有史蒂文斯那样白得厉害，他打着一条极细的黑色领带，穿了件前胸上过浆的旧式衬衫，是个大胖子。

"有个黑老婆子名叫莫莉·布钱普，"史蒂文斯说，"跟她男人住在爱德蒙兹的农庄上。是她外孙的事。你准记得他的——布奇·布钱普，大约五六年前在镇上泡了一年，大部分时间是在监狱里度过的，有天晚上他们终于在他偷盗朗斯韦尔商店时逮住他了，记得吧？唉，他现在惹的祸可比那回更大了。我丝毫也不怀疑她的话。我替她也是为我所代表的广大公众的利益着想，仅仅希望他这回惹下的祸十分严重因此没准也就是决定性的——"

"等一等。"那编辑说。他甚至都不用离开办公桌。他把通讯社发来的那张新闻稿的薄纸副本从铁尖刺①上取下，递给史蒂文斯。电报上写明发自伊利诺斯州乔里特城②，时间是当天早上。

> 因杀害芝加哥警察而被判处死刑的密西西比州黑人在处决前夕回答人口调查提问时透露其化名。赛缪尔·沃瑟姆·布钱普——

五分钟以后，史蒂文斯又穿过空荡荡的广场，这时离正午炎热的死寂时分更近了。他原以为自己正在走回住处去用午餐，可是发现并不在往那边走。再说，方才我忘了锁我办公室的房门了，他想。不过，她又是怎么能在太阳底下从十七英里以外赶进城来的呢。她甚至可能是走来的呢。"这么看来，方才我说我希望发生的事大概不是认真的。"他说出声来，一边离开白晃晃的、如今已没有一点儿风的直晒的阳光，重又登上户外的楼梯，走进他的办公室。他停住脚步。接着他说：

---

① 旧时一种办公室用具，下面是一较大底盘，上有铁尖刺，可将文件插在上面供查考或进一步处理。
② 小市镇，在芝加哥西南30英里，该处有两座州立监狱。

"早上好，沃瑟姆小姐。"

她也相当老了——身子瘦削、腰背笔挺，一头白发按旧时的样式梳得整洁地堆在头上，戴着顶足有三十年历史的旧帽子，已褪成铁锈般的黑色，还拿着一把破旧的遮阳伞，原本应该是黑色的，现在却褪成了绿色。他也是从小就认得她的。她独自住在她父亲留下的那所危房里，她在那里教人在瓷器上作画，同时在她父亲的奴隶之一的后裔汉普·沃瑟姆和他老婆的帮助下养鸡、种菜，为的是拿到市场上去卖。

"我是为莫莉的事儿来的，"她说，"莫莉·布钱普。她说过你——"

他把消息告诉她的时候她盯看着他，直挺挺地坐在老黑婆子方才坐过的硬椅上，那把褪了色的伞就靠在她的一膝上。在她膝头上那双相叠的手底下，搁着一只旧式的缀有珠子的手提包，几乎有手提箱那么大。"他今天晚上就要给处决了。"

"再没有什么办法了？莫莉和汉普的双亲过去属于我的祖父。莫莉和我是同一个月出生的。我们就像亲姐妹那样一起长大。"

"我打过电话了，"史蒂文斯说，"我和乔里特的典狱长谈了话，又跟芝加哥的地方检察官谈了。他受到的是公正的审判，他有好的律师——如此等等。他有钱。他是在经营一种叫彩票赌博的行当，他这号人就靠这个捞钱。"她盯看着他，身子笔挺，一动也不动。"他是个杀人凶手，沃瑟姆小姐。那个警察背对着他时他开了枪。真是有其父必有其子。他后来供认不讳，全都承认了。"

"我知道。"她说。这时候他明白她并没有在看着他，至少是视而不见。"这真可怕。"

"杀人也是可怕的，"史蒂文斯说，"还是这样收场好一些。"这时她又在盯着他看了。

"我方才在想的倒不是他。我想的是莫莉。绝对不能让她知道。"

"是的，"史蒂文斯说，"我在报馆里已经跟威尔莫思先生打过招呼了。他同意不发任何消息。我会给孟菲斯的报馆打电话的，不过也许已经来不及了……如果我们能劝她今天下午在孟菲斯报纸登出来之前就回来……在农庄里，她能见到的唯一的白人就是爱德蒙兹先生，我也会给他去电话的；即使万一别的黑人听说了这件事，我敢肯定他们是不会说的。也许两三个月后我会下乡去告诉她那孩子死了，已经埋葬在北方的什么地方了……"这一回她以那样一种表情看着他，使他不由得停住了话头；她坐在那里，在硬椅上挺得笔直，盯看着他，直到他停住话头。

"她会要把他带回家去，和自己在一起的。"她说。

"带他？"史蒂文斯说，"他的尸体？"她看着他。那表情既不是表示震惊也并非不以为然。它仅仅体现了对流血与悲哀的一种古老的、无时间限制的、女性的亲密关系。史蒂文斯想：她是在这样热的天气里徒步走到城里来的。除非是汉普用贩卖鸡蛋和蔬菜的轻便马车把她捎来的。

"他是她大闺女，她那死去的老大的独子。他是必须回家的。"

"他必须回家，"史蒂文斯同样镇静地说，"我立刻来办这件事。我马上就打电话。"

"你太好了。"她头一回动了动，挪动了一下身子。他看着她双手捏紧了手提包，把它往身上拉了拉，"费用由我来支付。你能不能告诉我大概得——？"

他直直地瞅着她的脸。他连眼皮都不眨一眨就撒了个谎，既快又轻易。"十一二块钱也就够了。一口薄棺他们总是会提供的，要花的仅仅是运输的费用。"

"一口薄棺？"她再一次以那种古怪的、超然的眼光看着他，仿佛他是个小娃娃似的。"他是她的外孙呢，史蒂文斯先生。她把他接过来抚养的时候，让他用了我父亲的姓名——赛缪尔·沃瑟姆。不能仅仅用一口薄棺，史蒂文斯先生。我知道每个月付一定数目的钱是可以办得到的。"

"不能仅仅用一口薄棺。"史蒂文斯说。他用的口气就跟方才说他必须回家时一模一样。"爱德蒙兹先生是会帮忙的，这我知道。据我所知，老路克·布钱普在银行里存得有一些钱。还有，倘若你允许我——"

"用不着那样做。"她说。他看她打开提包；看着她在桌子上点数出二十五块钱，其中有皱巴巴的钞票，也有硬币，五分、一角、一分的全有。"这就能应付急需的开支了。我去告诉她——你肯定真的没有希望了？"

"我能肯定。他今天晚上就会死去的。"

"那我今天下午就告诉她他已经死了。"

"你要不要让我来告诉她？"

"我来跟她说吧。"她说。

"那么，你要不要我前去看她，跟她谈谈呢？"

"你能这样做真是太好了。"说完她就走了，身子挺得笔直，脚步又脆又轻，几乎是急急的，走下楼梯，逐渐听不见了。他再次打电话，先打给伊利诺斯州的典狱长，接着打给乔里特的一家殡仪馆。接着他又一次穿越那炎热的、空荡荡的广场。他只等了一小会儿，那位编辑就吃完午饭回来了。

"我们得把他接回家乡，"他说，"沃瑟姆小姐和你和我还有别的一些人负责这件事。总要花——"

"等一等，"那编辑说，"别的哪些人？"

"我都还不知道呢。总要花个二百来块钱吧。我还没把电话费计算在内；那就由我自己来对付吧。一等我碰到卡洛瑟斯·爱德蒙兹，就要从他那儿榨出点钱来；我不知道会有多少，不过总不能太少吧。也许从广场那一带可以讨到五十块。可是剩下的就是你跟我的事儿了，因为她硬要留给我二十五块，这已经是我想让她相信要花的费用的两倍，也是她出得起的钱的四倍——"

"等一等，"那编辑说，"等一等。"

"他的尸体将由后天的第四次车送来，到时候我们去接，沃瑟姆小姐和他的姥姥，那老黑人，坐我的车，你和我坐你的车。沃瑟姆小姐和老太婆要把他带回家去，带到他出生的地方去。也许是老太婆带大他的地方去。或者是她打算抚养他的地方。让枢车开到那儿去又得花十五块，鲜花还不算在内——"

"还有鲜花？"编辑喊叫起来。

"还有鲜花，"史蒂文斯说，"整个花销就算它二百二十五块吧。看样子主要得由你和我来分担了。行吧？"

"不，不行，"编辑说，"不过看来也由不得我了。老天爷呀，"他说，"就算我能作主，这份新鲜劲儿也差不离值这些钱了。我还是生平第一次为事先答应不登消息倒贴呢。"

"你已经事先答应不登消息。"史蒂文斯说。在这个燠热的、如今连一点儿风都没有的下午余下的时间里，从县政府来的官员们、从十五与二十英里外县治边缘来的治安法官、法警们登上楼梯来到这空无一人的办公室，呼唤检察官的名字，空等了一会儿，然后离开，接着又回来再次坐下，气得要冒烟，而与此同时，史蒂文斯正沿着广场从一家商店走到另一家，从一个办公室来到另一个——管他是商人还是店员，是老板还是伙计，或是医生牙医律师还是理发师——对他们都用他那套现成的话急急地说："是要把一个死去的黑小子接回家乡来。完全是看在沃瑟姆小姐的份上。也不必在纸上签名什么的了；就给我一块钱吧。没有就给半块，要不二毛五也成。"

那天晚上饭后，他穿过没一丝风的星光灿烂的黑夜来到市镇边缘沃瑟姆小姐的房屋前，敲了敲没上过漆的前门。汉普·沃瑟姆前来应门——那是个老头儿，肚子鼓鼓的，是靠吃蔬菜吃大的，他、他老伴还有沃瑟姆小姐三个基本上以此为生，他老眼昏花，头上剩下一圈白发，那张脸倒很有点古罗马将军的气派。

"她正候着您呢，"他说，"她关照请您上楼到卧室去。"

"莫莉大婶就在那儿吗？"史蒂文斯说。

"我们全都在那儿。"沃瑟姆说。

于是史蒂文斯穿过点着油灯的过厅（他知道整幢房子仍然用油灯照明，而且也没有接通自来水），走在这黑人的前面，登上洁净的没有上漆的楼梯，旁边的墙纸颜色早已褪尽，然后跟着老黑人穿越过厅进入那个干净的陈设简陋的卧室，这里有一股淡淡的然而确切无疑属于老小姐的气味。他们全都在那里，沃瑟姆说得不错——他的老伴，一个不算太黑的大块头女人，包着块颜色艳丽的头巾，正靠在门上，沃瑟姆小姐在一把直背的硬椅里仍然坐得笔挺，那个黑老婆子则挨着壁炉坐在仅有的一把摇椅里，即使在这样一个夜晚，炉床中一些灰里还微微闷着小火。

她手里拿着一个芦苇秆陶土烟袋锅，可是没在吸，那熏黑的烟斗里的灰是白色死寂的；直到现在，史蒂文斯才第一次认真看她，他想：好上帝啊，她个儿还没有一个十岁的小孩大呢。接着他也坐下了，于是他们四个——他本人、沃瑟姆小姐、黑老婆子和她的兄弟——挨着砖砌的炉床围成一圈，在这炉床上，人类协调与团结的古老象征正在缓缓地闷燃着。

"后天他就会回到家乡了，莫莉大婶。"他说。那黑老婆子甚至都不对着他看；她始终也没有正眼看过他。

"他死了，"她说，"法老抓走了他。"

"噢，是的，主啊，"沃瑟姆说，"法老抓走了他。"

"卖掉了我的便雅悯，"黑老婆子说，"在埃及把他卖掉了。"她开始在椅子里轻轻地前后摇晃。

"噢，是的，主啊。"沃瑟姆说。

"别出声，"沃瑟姆小姐说，"别出声了，汉普。"

"我给爱德蒙兹先生去过电话了，"史蒂文斯说，"等你们去到那儿的时候他会把一切都准备好的。"

"洛斯·爱德蒙兹出卖了他。"黑老婆子说。她坐在椅子里前后摇动。"卖掉了我的便雅悯。"

"别出声，"沃瑟姆小姐说，"别出声了，莫莉。现在先别说。"

"不，"史蒂文斯说，"不，他可没有出卖，莫莉大婶。不是爱德蒙兹先生。爱德蒙兹先生可没有——"可是她根本听不见我的话，他想。她甚至都不对着他看。她始终没有正眼看过他。

"卖掉了我的便雅悯，"她说，"在埃及把他卖掉了。"

"在埃及把他卖掉了。"沃瑟姆说。

"洛斯·爱德蒙兹出卖了我的便雅悯。"

"把他卖给了法老。"

"把他卖给了法老，而现在他死了。"

"我还是走吧。"史蒂文斯说。他迅速地站起来。沃瑟姆小姐也站起来，可是他没有等她走到自己的前面去。他急急地穿越过厅，几乎是在奔跑；他甚至都不知道她是不是跟在后面。很快我就可以去到外面了，他想。那样就可以享受到空气、空间和风了。接着他听见她走在自己后面的声音了——也就是他听到她的脚步走下自己办公室外面楼梯的脆亮、轻快、敏捷然而却不急促的那种声音，但一阵阵人声压过了它们：

"出卖了我的便雅悯。在埃及卖掉了他。"

"在埃及卖掉了他。噢,是的,主啊。"

他一出溜地下了楼梯,简直是奔下的。现在不远了;他这会儿能闻到它并感觉到它了:那流动的空气和纯朴的黑夜,现在他能够注意礼貌了,就停下来等着,在门口转过身来,看着沃瑟姆小姐跟随自己来到门口——那高昂、白色、挺直、老式的头穿过老式的油灯光向他靠近。现在他能听见第三个人的声音了,那该是汉普那老伴的——一个地道的、一直在唱的女高音,没有歌词,在姐弟俩的主唱与对唱底下潜行:

"在埃及卖掉了他,而现在他死了。"

"噢,是的,主啊。在埃及卖掉了他。"

"在埃及卖掉了他。"

"而现在他死了。"

"把他卖给了法老。"

"而现在他死了。"

"我很抱歉,"史蒂文斯说,"我请求你原谅我。我应该想到的。我本不该来的。"

"没关系,"沃瑟姆小姐说,"那是因为我们不好受。"

于是在第三天,那仍然是个晴朗、炎热的日子,北边开来的列车到站时,灵车与两辆小轿车等候在那里。那里另外还有十来辆小轿车,不过直到列车进站史蒂文斯和报馆编辑才开始注意到来的人真不少,黑人、白人都有。接着,在闲着无事的白人汉子、小后生和小男孩以及大约五十来个黑人男女悄没声儿的围观下,那个黑人殡葬商手下的几个伙计从列车上抬起银灰两色的棺材,抬到灵车边,三两下将象征人的不可避免的最终结局的花圈和花形饰物扯下,将棺材推进灵车,再把花儿什么的扔进去,砰地把门关上。

接着，沃瑟姆小姐、黑老婆子和他雇来的司机乘一辆车，他本人和编辑则坐编辑的车，他们跟在灵车后面，这灵车从车站拐上小山的漫长的山坡，用低速挡哼哼唧唧的跑得还挺快，登上山顶后它走得更快了，可是发出的声音却叫人宽慰，简直像主教嗓子眼里的那种嘀嘀声，然后它放慢速度进入广场，穿越广场，绕过邦联战士纪念碑和法院，这时给史蒂文斯捐过一块、半块、两毛五的商人、店员、理发师和专业人员以及一个子儿没捐的人都从门口与楼上窗口静静地观看着，接着灵车拐上了一条街，在市镇边接上一条乡村土路，直通十七英里外的目的地。灵车又重新加快速度，后面仍然跟着两辆小车，里面坐着四个人——那个头抬得高高的、身板笔挺的白人妇女，那个黑老婆子，那个正式任命的正义、真理与权利的捍卫者以及那位海德堡哲学博士——好一支向黑人杀人凶犯，那恶有恶报的豺狼的灵车作陪衬的浩浩荡荡的队伍！

当他们来到市镇的边缘时，灵车跑得相当快。此刻他们在标明是杰弗生镇的那块金属标牌前一闪而过。有限公司和人行道都消失了，路逐渐变成砂砾路，斜斜地爬上另一座小山的漫长的山坡。史蒂文斯伸手去把开关闭掉，于是编辑的车子靠惯性朝前滑行，在他开始踩闸时便慢下来，而这时灵车与另一辆小车迅速离去，仿佛是在逃跑，久日不雨的夏季轻尘从飞旋的车轮底下喷涌出来；很快它们就不见了。编辑笨拙地把车掉头，弄得排挡嘎嘎响，前扯后拉再加上踩油门，最后总算是面朝市镇，回到了路上。这时他坐直了片刻，一只脚放在离合器踏板上。

"你可知道今天早上在火车站她求我做什么事儿？"他说。

"就算不知道吧。"史蒂文斯说。

"她说：'你准备在报上登消息吗？'"

"什么？"

"就是这样说的，"编辑说，"她说完又说了一遍：'你准备在报上登消息吗？我要在报上全登出来。一点也不漏。'我都想说：'如果我正巧知道他确实是怎么死的，你也想把那情况登在报上吗？'老天爷呀，即使我和她都知道我们已经知道的情况，我相信她也会说是的。可是我没有这样说。我仅仅说：'嗨，你又不识字，大婶。'可她说：'贝尔小姐会指给我看登在哪儿，我可以瞅的。你在报上登吧。全都登出来。'"

"哦，"史蒂文斯说。是啊，他想。她现在反正无所谓了。因为事情必须这样发展她也阻止不了，而现在一切都过去了，结束了，完事了，她就不在乎他是怎么死的啦。她仅仅是要他回家乡，不过得要他风风光光地回来。她要有那口棺材，要有鲜花，还要有灵车，她还要坐小轿车跟在灵车后面穿过市镇。"走吧，"他说，"咱们回镇上去吧。我都有两天没碰我的办公桌了。"